btb

Buch

Ein alter Mann, der gerne einmal einen über den Durst trinkt, aber ansonsten harmlos ist, wird schwer verletzt in der Ausnüchterungszelle vorgefunden. Hat die Polizei ihn misshandelt? Kriminaldirektor Lars Johansson, neu auf diesem Posten, soll ermitteln. Zunächst hält er das Ganze für einen Routinejob. Erst allmählich wird ihm klar, dass es Elemente bei der Stockholmer Polizei gibt, die nicht nur brandgefährlich sind, sondern auch über einen gewaltigen Einfluss im Apparat verfügen. Den alten Mann, »Opa Nisse« genannt, kann er nicht mehr befragen. Im Koma liegend, murmelt er nur wirres Zeug und erliegt schließlich seinen schweren Verletzungen. Als Johansson die Streife überprüft, die Nisse aufgelesen hat, stößt er auf ein bemerkenswertes Detail: Alle vier Männer halten mit Abstand den absoluten Rekord, wenn es um Anklagen wegen Misshandlung bei Festnahmen geht. Jede dieser Anklagen wurde bislang niedergeschlagen, denn wem glaubt man wohl mehr? Den Vorbestraften oder den Männern mit der Dienstwaffe? Nach einer aufwendigen Recherche glaubt er die Polizisten überführen zu können und schafft es sogar, sie vor Gericht zu stellen. Aber dann läuft alles ganz anders, als er gedacht hat ...

Leif GW Persson bei btb

Zwischen der Sehnsucht des Sommers und der Kälte des Winters. Roman (HC-75140)

Leif GW Persson

In guter Gesellschaft

Roman

*Aus dem Schwedischen
von Gabriele Haefs*

btb

Die schwedische Originalausgabe erschien 1982 unter dem Titel
»Samhällsbärarna« bei Piratförlaget, Stockholm.

Mixed Sources
Product group from well-managed
forests and other controlled sources

Cert no. GFA-COC-1223
www.fsc.org
© 1996 Forest Stewardship Council

Verlagsgruppe Random House FSC-DEU-0100
Das FSC-zertifizierte Papier *Munken Print* für Taschenbücher aus
dem btb Verlag liefert Arctic Paper Munkedals AB, Schweden.

1. Auflage
Deutsche Erstveröffentlichung Juli 2005 bei btb Verlag,
einem Unternehmen der Verlagsgruppe Random House GmbH
Copyright © 1982 Leif GW Persson
Copyright © der deutschsprachigen Ausgabe
2005 btb Verlag, München
Umschlaggestaltung: Design Team München
Umschlagmotiv: corbis/Zaunders
Satz: IBV Satz- und Datentechnik GmbH, Berlin
Druck und Einband: Clausen & Bosse, Leck
Lektorat: Claudia Franz
EM · Herstellung: Augustin Wiesbeck
Printed in Germany
ISBN 3 442 73338 3

www.btb-verlag.de

Sie spannten ihn auf ein Karrenrad, die Nabe bohrte sich in sein Kreuz, sein Nacken hing über den eisernen Rand. Seine Arme und Beine hatten sie mit einem Axtstiel zerschlagen und kunstfertig mit den groben Speichen verflochten. Sicherheitshalber hatten sie seine Handgelenke und Fußknöchel mit Riemen aus ungegerbtem Leder festgebunden. Endlich hatten sie dann das Rad auf einen mindestens fünfzehn Ellen langen Eichenpfosten gespießt und ihn auf diese Weise gen Himmel gehoben.

Dort ruhte er nun. Zwischen Himmel und Erde, wie lange schon, wusste er nicht. Über sich sah er den vom Wind zerfetzten Herbsthimmel, wo die Sonne bereits tief stand, obwohl es noch nicht einmal Mittagszeit war. Unter ihm die schwarze Scholle. Frisch gepflügt mit gewundenen Furchen. Von hier oben sah es aus, als zögen Kolonnen von fetten Schnecken dahin. Was er da sah, waren sicher ihre Rücken.

Natürlich musste es wehgetan haben, aber das spürte er nicht. In seinem Körper gab es nur den Frieden, den das Wissen um die höchste Gerechtigkeit schenkt. Deshalb hob er auch seinen Blick zum Himmel und sagte – mit so lauter und deutlicher Stimme, dass die Wachen unten am Feuer erschrocken zusammenfuhren und zu ihm hochblickten: »Mein Gott. Ich, Michael Kohlhaas, danke dir dafür, dass ich mein Recht erhalten habe.«

Er senkte die Augen wieder. Auch die Schnecken waren stehen geblieben, aber keine wagte es, ihn anzusehen.

Schwedischer Herbst

1

Unsere Zeit kennt die Gnade nicht.

Er lag ordentlich im Bett, die Kante des Bettbezugs klemmte unter seinem Kinn, und seine Arme ruhten auf der Decke. Es war ein durchaus behaglicher Raum, kein typisches Krankenhauszimmer. Klein und hell, gepflegt und eben erst gelüftet, Textilien und Bettwäsche in milden Gelb- und Grautönen. Ein Nachttisch aus hellem Eichenfurnier. Das Einzige, was das Bild im Grunde störte, waren der Mann im Bett und eine überaus nichts sagende Lithographie an der Wand.

Sein Gesicht war geschwollen, großporig und überzogen von einem feinmaschigen Netz aus Adern und Gefäßen. Zwischen Augenbrauen und Wangenknochen befand sich ein kräftiger Bluterguss, dessen Ausläufer sich bis zur Augenhöhle zogen. Außerdem hatte er eine hässliche Wunde an der linken Schläfe, Schrammen auf dem Nasenrücken und blaue Flecken an den Armen.

Die Krankenschwester, von der Johansson ins Zimmer geführt worden war, hatte gesagt, der Patient sei bei Bewusstsein. Wenn das stimmte, ließ er sich jedenfalls nichts anmerken. Er lag unbeweglich da, und sein verschlossenes Gesicht trotzte allen Annäherungsversuchen. Nach einer halben Stunde beschloss Johansson aufzugeben. Gegen

Ende hatte er vor allem schweigend auf seinem Stuhl neben dem Bett gesessen. *Das ist doch keine Arbeit für einen Polizeidirektor.* Deshalb erhob er sich vorsichtig. Griff nach dem Tonbandgerät, das er auf die Bettdecke gelegt hatte, und bückte sich nach seiner Aktentasche auf dem Boden.

Plötzlich bewegte sich der Mann im Bett. Er ballte die linke Faust, und im spaltbreit geöffneten Auge war ein leichtes Funkeln zu ahnen. Johansson beugte sich über ihn.

»Wer hat dich zusammengeschlagen?« *Falsch*, dachte er. Falsche Frage. Hat irgendwer dich zusammengeschlagen, hätte er fragen sollen.

Aber jetzt war es geschehen. Außerdem reagierte der Mann. Er fasste nach der Bettdecke und versuchte, den Kopf zu heben. Und dann kam es. Mit schwacher und unsicherer Stimme, aber doch deutlich.

»Björneborger ... Björneborger Marsch.« Dann sank sein Kopf zurück auf das Kissen.

2

Erst gegen Abend fingen die Autos an, auf den Verkehrsadern in die Stadt hinein Schlangen zu bilden. Eine sich windende Blechkarawane, in der die aktiven, wohlangepassten Mitbürger zufälligerweise mitwirkten. Alle, die eine Muschel von einem Muslim unterscheiden konnten, alle, die Laub harken und ein Boot für den Winter auflegen konnten. Es war Sonntag, der achte September, und der Ausklang eines ruhigen Wochenendes.

In der Stadt geblieben waren die anderen. Jene, denen ihr Videogerät lieber war als der Altweibersommer, jene, die an solche Dinge keinen Gedanken verschwendeten, und jene, die keine Wahl hatten. Geblieben waren Gauner, Säufer, Junkies und alle anderen, die nur Ärger machten. Geblieben waren genügend Polizisten, Sozialarbeiter, Ärzte und Krankenschwestern, um der großen Mehrheit alle Sorgen zu ersparen.

Es war auch für die Polizei ein ruhiges Wochenende gewesen. Im Laufe des Sonntags waren zweihunderteinundzwanzig Vergehen gemeldet worden. Nur halb so viel wie normal, und auch keine besonders auffälligen Dinge; fünfzehn Körperverletzungen, zehn Raubüberfälle, neun Handtaschendiebstähle, etwa fünfzig Einbrüche und ansonsten einfache Klauereien. Die insgesamt tausendunddreißig Polizisten, die in diesen vierundzwanzig Stunden Dienst gehabt hatten, brauchten sich also nicht an ihrem Kaffee zu verschlucken.

In der Zentrale der Stockholmer Polizei konnte man in aller Ruhe die Aufgaben an die Kollegen draußen im Feld verteilen, und es herrschte kein Mangel an unbelegten Zellen im Polizeihauptquartier Kronoberg und in den einzelnen Wachdistrikten. Nur etwa hundert Festnahmen hatte es gegeben, zumeist Betrunkene und alte Bekannte. Dass einer davon an diesem Tag gleich zweimal festgenommen wurde, konnte die Arbeit auch nicht merklich beeinträchtigen. Umso weniger, als er zunächst im ersten Wachdistrikt in der Nähe der Zentrale Mittagsschlaf gehalten und danach im WD 4 draußen bei Farsta sein Nachtquartier bezogen hatte. Zehn Stunden später und fast ein Dutzend Kilometer von dort entfernt.

»Überaus ruhig«, fasste der Wachhabende in der Zentrale die Lage zusammen, als die Nachtredaktion der großen Abendzeitung ihn anrief, um sich nach Vorfällen zu erkundigen, über die es sich zu schreiben lohnen könnte.

»Ruhig und friedlich«, bestätigte sein Kollege von der Kriminalabteilung, dem zehn Minuten später dieselbe Frage gestellt wurde. Er konnte nur von zwei Dingen berichten, und das waren höchstens Spaltenfüller. Es ging um Ionnis, 13, und Sirka-Lisa, 19.

Ersterer war übers Wochenende nach Stockholm gekommen, um seinen Vater zu besuchen. Die Eltern waren geschieden, und Ionnis wohnte bei seiner Mutter in Eskilstuna. Am Samstagvormittag klingelte der Junge an der väterlichen Tür in Tensta, dort aber war niemand daheim. Um seine Mutter nicht unnötig zu beunruhigen, hatte er sich einmal rund um die Uhr in der Stadt herumgetrieben, dann hatte er sich in die U-Bahn zum Östermalmstorg gesetzt, um zum Hauptbahnhof zu fahren und von dort den Zug nach Hause zu nehmen. Leider war er im selben Wagen gelandet wie ein achtzehn Jahre alter Kung-Fu-Spezialist, der fast doppelt so groß war wie Ionnis. Zwischen Östermalmstorg und Hauptbahnhof waren dem dreizehnjährigen »Kanacken« überzeugende Beweise für die Fertigkeiten seines Reisegenossen geliefert geworden. Mit nur einem Tritt hatte er beide Hoden des Jungen zertreten, obwohl der »Wagen so verdammt gewackelt hatte, dass es scheißschwer war, im Gleichgewicht zu bleiben.«

Jetzt lag Ionnis im St.-Görans-Krankenhaus. Der Täter saß im Arrest, und beide Eltern waren unterrichtet. Die des Täters, nicht die von Ionnis. Die hatte man noch nicht erreichen können.

Sirka-Lisa arbeitete seit einigen Monaten in einem Altenheim in den südlichen Vororten. Als »Pottmieze«, wie der Wachhabende in der Bereitschaft sich auszudrücken beliebte. Am Sonntagnachmittag hatte sie offenbar – und aus unklaren Gründen – einen nervösen Zusammenbruch erlitten und einen Rollstuhl mit einer achtzigjährigen Frau in hohem Tempo die Treppe hinuntergeschoben. Bei der ersten Vernehmung gab sie an, sie sehne »sich nach ihrem einjährigen Sohn und habe es satt, lauter undankbare alte Idioten durch die Gegend zu fahren, die durchaus nicht zu alt und zu krank sind, um mitten in der Nacht ihre Klingel zu betätigen«.

Jetzt lag ihr Opfer in seinem Bett. Zugepflastert, ansonsten aber fast so gut in Schuss wie zuvor. Sirka-Lisa saß im Arrest, und die Heimleitung war im Bilde.

Ionnis, 13, und Sirka-Lisa, 19. Aber kein Wort von Nils Rune Nilsson, 66. Sinnlos betrunken war er in die Obhut einer fünfköpfigen Streife geraten. Aber da er nicht viel Arbeit machte und Nilsson nur einer von vielen Betrunkenen war, die an diesem Abend festgenommen wurden, fand das niemand weiter beachtlich.

3

In gewissen Situationen zählt der Augenblick. Draußen war schöner September. Früher Herbst vom Feinsten, mit klarer Sonne und schneidender Luft. Alles zusammen – dass das Wetter Kontur annahm, dass er zuerst sein Büro und jetzt auch noch das Krankenhaus hatte verlassen können – wirkte auf Johansson dermaßen belebend, dass er beschloss, zu Fuß ins Polizeigebäude auf der anderen Seite der Brücke zurückzukehren. Glück hatte er noch dazu. Auf halbem Weg begegnete ihm eine Frau seines Alters, die mit geradem Rücken und hocherhobenem Haupt energisch ausschritt. Außerdem lächelte sie ihn im Vorübergehen an. Sie würden sich zwar niemals wiedersehen, aber manchmal zählt eben der Augenblick, und das hier war so ein Fall.

Dieses Gefühl hielt für den restlichen Weg an, obwohl er die letzten Meter im Schatten der braun glasierten Fassade des riesigen Polizeigebäudes zurücklegen musste. Als er gerade den Eingang durchschreiten wollte ... (die Fernsehkamera über den Glastüren hatte ihn bereits eingefangen. Möglicherweise hatte der Computer, der die Kamera lenkte, auch registriert, dass dieser Besuch durchaus seine Ordnung hatte, Polizeidirektor Lars M. Johansson, derzeitiger Chef des Landeskriminalamts und M wie Martin, kehrte ins Vaterhaus zurück), ... als er gerade den Eingang durchschreiten wollte, überlegte er sich die Sache noch einmal anders. Machte auf dem Absatz kehrt und begab sich zum U-

Bahn-Schacht beim Rathaus. Nach Hause. Damit er seine Ruhe haben würde und nachdenken könnte.

Johansson wohnte auf Söder. In der Wollmar Yxkullsgata in einer viel zu großen Vierzimmerwohnung, wo er vor einigen Jahren nach seiner Scheidung von Gattin und zwei Kindern einsam zurückgeblieben war. Die ersten Jahre waren nicht nur einsam gewesen. Vor allem hatten sie sich durch ein ansehnliches Bohèmeleben ausgezeichnet. Jetzt dagegen war alles anders. In Johanssons Leben herrschten Sitte und Ordnung, und seine Wohnung war so gepflegt wie die Räumlichkeiten der Sicherheitspolizei an dem Tag, da der zuständige Parlamentsausschuss zu seinem alljährlichen Besuch anrücken würde.

Mit diesem Zustand war er zufrieden, und er hatte gelernt, seine Sehnsüchte zu vergessen. Inzwischen betrachtete er seinen Ordnungssinn, seine persönliche Ordnungsliebe, als beste Garantie gegen einen Rückfall in die Leibeigenschaft, die historisch gesehen das einzige Erbe seiner Sippe gewesen war. Es waren böse Zeiten, und sie würden auch nicht besser werden, davon war er absolut überzeugt, aber er selbst stand da wie eine norrländische Fichte, und so durfte er sich ab und zu sogar einen persönlichen Dispens von seinen Pflichten gönnen. Um einer Frau zuzulächeln, die er noch niemals gesehen hatte und die ihm niemals wieder begegnen würde. Um mit seinem Vater und seinen Brüdern auf Elchjagd zu gehen. Oder mit alten Kollegen einen zu trinken und allerlei Lügenmärchen aufzutischen.

Zu Hause herrschte wie fast immer Friede. Als Erstes stellte er das Telefon aus. Dann kochte er sich eine Kanne Kaffee und zog sich in sein Arbeitszimmer zurück. Mit Kaffee, einem großen Becher, einem Block mit kariertem Papier, einem kleinen Tonbandgerät und den Notizen, die er sich gemacht hatte, ehe er ins Krankenhaus gegangen war. Die folgenden Stunden verbrachte Johansson mit seinen Gedanken. Seine Schlussfolgerungen verteilte er auf Block und Tonbandgerät, und ungefähr zum Zeitpunkt, da seine Kollegen ihre Schreibtische in dem einige Kilometer entfernten großen Haus verließen, wusste er, wie er in dieser Ermittlung vorgehen wollte. Er schaltete das Telefon ein und führte in rascher Folge drei Telefongespräche. Dann schaltete er es wieder aus. Stand auf und ging in die Küche. Vier Stunden hatte es gedauert, und er fühlte sich noch immer dermaßen wohl in seiner Haut, dass er kurz überlegte, ob hier ein Grund für einen Dispens vorliege, ob er zum Beispiel ein Schnäpschen zum Essen trinken dürfe, aber da es mitten in der Woche war, beschloss er, davon abzusehen.

Er wärmte die Reste der Elchklopse auf, die seine gute Mutter ihm bei seinem letzten Besuch im Elternhaus mitgegeben hatte. Er trank ein alkoholarmes Bier und kochte sich neuen Kaffee, mit dem er sich dann ins Wohnzimmer zu Fernseher und Neunuhrnachrichten begab. Nach einer Stunde schaltete er den Fernseher aus. Ging in die Küche und spülte. Als er damit fertig war, ging er zu Bett, und schon um elf Uhr schlief er tief und fest. Einsam, nicht in den Schlaf gewiegt. Auf dem Rücken, die Hände über der Brust gefaltet.

4

»Darf man fragen, worum es hier geht?«

Wesslén war lang, mager, gut angezogen und gut aussehend. Sein Gesicht war braun gebrannt und schärfer gezeichnet, als man es von einem Kriminalkommissar eigentlich verlangen konnte. Vor allem war er für seine Pünktlichkeit bekannt. Halb neun hatte man abgemacht, um Punkt halb neun saß er in Johanssons Zimmer im Besuchersessel.

»Sicher«, sagte Johansson. Beugte sich über seinen

Schreibtisch und reichte dem Besucher zwei Bögen Papier. Die Frucht seiner gestrigen Gedankenarbeit, von seiner Sekretärin eben noch ins Reine geschrieben.

»Du hast doch sicher von Onkel Nisse gehört«, sagte er dann. Wesslén nickte, ohne zu antworten. »Das hier ist eine Zusammenfassung unserer bisherigen Kenntnisse. Ich habe es selbst verfasst. Lies erst mal und sag dann, was du meinst.«

Wesslén nickte und las. Johanssons Aktennotiz bestand aus zehn Punkten. Aufgestellt in chronologischer Reihenfolge unter der kurzen Überschrift: »*Nils* Rune Nilsson. Zusammenfassung des bekannten Handlungsverlaufs.«

1. Sonntag, 8. September, gegen 21.30: Eine Busstreife vom WD 1 greift den Rentner *Nils* Rune Nilsson sinnlos betrunken vor der Klara Norra Kyrkogata 21 auf. Er wird den Vorschriften gemäß ins Arrestlokal vom WD 1 in der Bryggargata verbracht. Bei seiner Festnahme weist er keine sichtbaren Verletzungen auf.

2. Am selben Abend um 22.05 wird Nilsson im WD 1 in Arrest genommen. Bei der Durchsuchung weist er keine sichtbaren Verletzungen auf.

3. Am selben Abend um 22.15, 22.30 und 22.45 wird Nilssons Arrestzelle inspiziert. Nach Aussage des stellvertretenden Wachhabenden lag Nilsson ca. anderthalb Meter von der Zellentür entfernt auf der Seite. Dort konnte er durch das Glasfenster in der Zellentür sehr gut gesehen werden. Er blieb in dieser Stellung liegen und atmete ruhig und gleichmäßig. Der Wärter sah deshalb keinen Grund, die Zelle zu betreten und Nilsson zu untersuchen.

4. Am selben Abend um 23.00 entdeckt der Wärter in Nils-sons Gesicht große Wunden, ansonsten aber liegt er – »nach Erinnerung des Wärters« – in derselben Haltung an derselben Stelle auf dem Zellenboden.

5. Am selben Abend um ca. 23.05 wird vom stellvertreten-den Wachhabenden ein Krankenwagen gerufen. Nilsson ist bewusstlos und liegt noch in der Zelle, als er um 23.30 vom Krankenwagen abgeholt und ins Krankenhaus Sab-batsberg gebracht wird. Der Wachhabende hatte folgen-de Maßnahmen angeordnet: a) Nilsson wurde an der Stelle in der Zelle fotografiert, wo er verletzt aufgefun-den worden war. b) Die Zelle wurde fotografiert. c) Der Wachhabende hat die Zelle inspiziert, um festzustellen, ob es »möglicherweise Spuren gibt, die eine Erklärung für die vorliegenden Tatsachen liefern könnten«. Er hat jedoch nichts Bemerkenswertes entdeckt.
Nachdem Nilsson abgeholt worden war, hat der Wach-habende in Erwartung der technischen Untersuchung die Zelle abschließen und versiegeln lassen. Danach hat er gegen 23.50 seinen Vorgesetzten informiert. Dieser hat den Vorfall am Montag, dem 9. September, um 00.30 dem wachhabenden Kommissar bei der Krimi-nalpolizei gemeldet. Am selben Tag um 08.30 wurde der Fall der Abteilung Gewalt überlassen, die sich sofort an die Ermittlungen gemacht hat.

6. Am Montag, dem 9. September, hat am Vormittag Per-sonal von der technischen Abteilung die Zelle unter-sucht. Des Weiteren hat Personal von der Abteilung Ge-walt vormittags und nachmittags Vernehmungen durch-geführt mit 1) den fünf Streifenpolizisten, die Nilsson festgenommen hatten, 2) dem stellvertretenden Wach-habenden im Arrest, 3) dem zivilen Wärter, der die Auf-sicht über Nilsson hatte.

Es wurde außerdem mit dem Arzt der Station in Sabbatsberg gesprochen, wo Nilsson behandelt wird. Bei diesem Arzt wurde ein medizinisches Gutachten über Nilssons Verletzungen bestellt. Schließlich wurde versucht, Nilsson zu den Vorfällen zu vernehmen, was jedoch nicht möglich war, da er nicht zu vollem Bewusstsein gelangte.

7. Am Dienstag, dem 10. September, gegen 08.30 hat das ermittelnde Personal der Abteilung Gewalt seine Ergebnisse dem Abteilungsleiter vorgetragen. Dieser hatte seinerseits am selben Tag gegen 09.30 den Chef der Kriminalabteilung informiert, welcher daraufhin entschied, eine Voruntersuchung sei nicht einzuleiten, »da die bereits durchgeführten Ermittlungen keinen Grund zur Annahme ergeben, dass wir es hier mit einem Verbrechen zu tun haben«. Die Ermittlungen der Abteilung Gewalt wurden am selben Tag mit dem Ergebnis abgeschlossen, dass »Nilsson vermutlich auf Grund seines stark berauschten Zustands in der Zelle gestürzt ist und sich dabei verletzt hat«.

8. Am Dienstag, dem 10. September, gegen 09.00 wurde Nilssons nächste Angehörige, eine Tochter, 32, durch das Krankenhauspersonal telefonisch von den Vorfällen unterrichtet. Am selben Vormittag hat sie ihren Vater im Krankenhaus besucht, dort hat sie auch mit dem Stationsarzt gesprochen, der ihr zu einer Anzeige riet, da seiner Meinung nach ihr Vater misshandelt worden sei. Die Massenmedien haben offenbar gleichzeitig von allem erfahren, aus der großen Aufmerksamkeit zu schließen, die dem Vorfall in den Nachrichtensendungen in Radio und Fernsehen am Dienstagabend zuteil wurde.

9. Am Mittwoch, dem 11. September, gegen 08.00 beschließt der Oberstaatsanwalt von Stockholm, eine Voruntersuchung einzuleiten, um zu ermitteln, ob ein Verbrechen vorliegt. Vom Landespolizeichef verlangt er am selben Vormittag, das Landeskriminalamt solle Personal bereitstellen, was bewilligt wird. Die Voruntersuchung ist bereits eingeleitet worden, und der Unterzeichnete, Podi Lars Johansson, hat Nilsson um 13.30 im Krankenhaus Sabbatsberg besucht. Nilsson war jedoch nicht bei vollem Bewusstsein und konnte keine für die Ermittlungen hilfreichen Auskünfte geben.

10. Am Donnerstag, dem 12. September, um 07.30, als diese Zeilen hier geschrieben werden, scheint noch keine Anzeige von Seiten der Tochter vorzuliegen.

Wesslén hatte aufgehört zu lesen. Er nickte nachdenklich und sah Johansson an.

»Eins verstehe ich nicht«, sagte er. »Das mit dem Gutachten des Stationsarztes. Was steht da drin?«

Johansson musterte Wesslén mit zufriedener Miene, gab aber keine Antwort.

»Ja«, sagte Wesslén und nahm abermals Anlauf. »Wenn wir nun davon ausgehen, dass Nilsson sich diese Verletzungen selber zugezogen hat. Und dann schreibst du hier ... unter Punkt acht ... dass derselbe Herr Doktor, der dieses Gutachten über Nilssons Verletzungen ausgestellt hat, der Tochter rät, Anzeige zu erstatten, weil ihr Vater misshandelt worden sei. Was steht in diesem Gutachten?«

Jetzt wirkte Johansson noch zufriedener. Fast fröhlich. Feierlich schaute er auf seine Armbanduhr.

»Wir haben Donnerstag, den zwölften September, null acht fünfundvierzig, und es ist fast achtundvierzig Stunden her, dass die Kollegen in Stockholm beschlossen haben, Onkel Nisse sei gestürzt und habe sich dabei verletzt ... und in einigen Stunden wird es drei volle Tage her sein, dass dieselben Kollegen ein Gutachten von seinem Arzt angefordert haben. Aber ...«, Johansson legte eine Kunstpause ein, »... ein Gutachten haben wir nicht, aus dem schlichten Grund, dass unser Freund, der Doktor, noch keins zu Papier gebracht hat.« Er nickte Wesslén nachdrücklich zu.

»Ja, wenn das so ist«, sagte Wesslén. Er wirkte ein wenig besorgt, und sein freundliches Nicken war einer eher seitlichen Bewegung gewichen.

»Genau so«, sagte Johansson, der langsam in Fahrt kam. »Ich habe wie blöd gesucht, konnte aber nichts finden. Also hab ich den Kerl angerufen ... den Arzt, meine ich ... und der hatte zwar schon angefangen zu schreiben, aber am Dienstagvormittag ruft dann die Abteilung Gewalt an und teilt mit, das sei einfach ein Unglücksfall gewesen und die Ermittlungen würden eingestellt. Ungefähr eine halbe Stunde ehe die Tochter beim Doktor anklopft.« Johansson lachte zufrieden. »Ich würde ja gern wissen, ob die abends ferngesehen haben ... die von der Abteilung Gewalt, meine ich.«

Wesslén hatte offenbar ferngesehen. Die Bilder von Nils Rune Nilsson, das Interview mit dem Stationsarzt und mit Nilssons Tochter. Er zog seine mageren Schultern hoch wie eine nass gewordene Krähe.

»Himmel, ja«, sagte er. »Lustig ist das bestimmt nicht.«

»Nix«, sagte Johansson. »Ich nehme an, dass sie sich nicht gerade totgelacht haben. Und jetzt haben wir einen erstklassigen Skandal am Hals. Was machen wir da? Hier hast du alle verfügbaren Unterlagen.« Johansson schnappte sich eine rote Plastikmappe, die auf dem Schreibtisch lag, und schob sie zu Wesslén hinüber. »Die Namen sämtlicher Beteiligten ... ich kann dir bei den Vernehmungen helfen, wenn es so weit ist. Können wir morgen um acht weiterreden?«

»Sicher.« Wesslén war aufgestanden und schloss nachdenklich seine langen knochigen Finger um die Mappe.

»Das ist so gut wie aufgeklärt.« Er lächelte den Papieren zu, die er in der rechten Hand hielt.

»Noch etwas«, sagte Johansson. »Ich dachte, Jansson könnte helfen.«

»Drogenjansson?« Wesslén war mit der Hand auf der Klinke in der Tür stehen geblieben.

»Mordjansson«, sagte Johansson. Er blickte Wesslén abwartend an.

»Ach so.« Wesslén nickte leicht. Wenn er überrascht war, dann zeigte er es nicht. »Ich vermute, du hast einen guten Grund.«

»Aber sicher«, Johansson zögerte. *Das hier ist nicht leicht*, dachte er. »Möglicherweise einen personalpolitischen.«

Wesslén nickte langsam. Er machte ein ernstes Gesicht.

»Das ist gut genug.« Jetzt sah er Johansson an. »Und außerdem ist es ja nicht die Welt.«

5

Nicht Drogenjansson. Mordjansson.

An diesem Donnerstagmorgen – am Tag nach dem Krankenhausbesuch, der Begegnung auf der Brücke und anderen Dingen – war Lars M. Johansson wie üblich um halb sechs aufgewacht. Anders als an den meisten anderen Tagen war er absolut ausgeruht und in bester Stimmung. Tatkraft durchströmte jeden Kubikzentimeter seines schweren Körpers. Er duschte und dachte sogar, als er sich im Badezimmerspiegel betrachtete, abgenommen zu haben. Er verzehrte ein ausgiebiges Frühstück und las in den Morgenzeitungen über sich selbst (»Die Polizei leitet neue Ermittlungen ein«), dann zog er sich ungewöhnlich sorgfältig an.

Um zehn nach sieben schloss er die Tür hinter sich und ging raschen Schrittes zur U-Bahn-Station Mariatorg. Von hinten und wenn nicht seine langen Beine in einem gewissen Widerspruch zum groben Oberkörper gestanden hätten, sah er fast aus wie ein eifriger Bär auf der ersten Blaubeersuche der Saison. Die einzige Wolke an seinem blauen Himmel war Mordjansson. Nicht Drogenjansson, obwohl der doch eigentlich den größeren Grund zur Besorgnis geben müsste. An Nils Rune Nilsson, 66, »Onkel Nisse«, wie er in den Abendzeitungen geheißen hatte, verschwendete er nicht einen einzigen Gedanken.

Wie immer errang er einen guten zweiten Platz. Seine Sekretärin war schon zur Stelle in ihrem kleinen Zimmer vor seinem großen. Nur am ersten Tag war er ihr zuvorgekommen, und ziemlich bald war ihm aufgegangen, dass sie sich den Gewohnheiten ihres neuen Chefs angepasst hatte und jetzt eine halbe Stunde früher zur Arbeit erschien als sonst und als es ihre Pflicht wäre.

Da ihm das ein schlechtes Gewissen bereitete, hatte er die Sache ihr gegenüber zur Sprache gebracht. Er wusste, dass sie allein stehend war, ein Kind im Kindergarten hatte und einen um einiges weiteren Weg zur Arbeit als er. Sie brauche wirklich nicht seinetwegen mitten in der Nacht aufzustehen. Aber sie hatte darauf beharrt, und erst nach allerlei Überredungsversuchen hatten sie sich darauf geeinigt, dass sie dann eben früher nach Hause geht. Ob sie das wirklich tat, war unklar. Jetzt zerbrach er sich nicht mehr den Kopf darüber.

»Guten Morgen.« Johansson deutete eine Verbeugung in Richtung ihres Schreibtisches an und erhielt als Antwort ein Nicken und ein Lächeln. »Fünf Dinge ... kannst du das hier ins Reine schreiben.« Er zog seine Notizen aus der Aktentasche. »Ich brauche das in einer Stunde, wenn Wesslén kommt. Und fünf Kopien. Versuch, Jansson zu erreichen. Ich möchte so schnell wie möglich mit ihm sprechen.«

»Drogenjansson?«

»Mordjansson. Nicht Drogenjansson. Und so schnell wie möglich.« Johansson machte ein entschlossenes Gesicht.

Sie nickte und runzelte besorgt die Stirn. *Reinschrift, Kopien, Mordjansson.*

»Mal sehen ...«, Johansson fuhr sich mit der Hand übers Kinn. »Das waren ...«

»Drei.« Sie schaute von ihrem Block hoch.

»Genau«, sagte Johansson. »Und dann brauche ich ein Musiklexikon und eine Aufnahme vom Björneborger Marsch. Auf Kassette.«

Nichts schien seine Sekretärin überraschen zu können. Sie nickte einfach. Legte Block und Kugelschreiber hin und griff zur Liste mit den internen Telefonnummern. Johansson zog hinter sich die Tür zu und setzte sich an seinen Schreibtisch.

Während er auf Wesslén wartete, rief Johansson den Oberstaatsanwalt an, einen kleinen, dynamischen Mann von angelsächsischem Äußeren. Nach Aussage des Landespolizeichefs, eines alten Juristen vom Obersten Gericht, der von der ganz lässigen Sorte und außerdem einen halben Meter größer war, sah er aus wie sein eigener Kalfaktor. Aber das konnte ja egal sein. Er war zweifellos ein Mann, der wusste, wie man eine Gelegenheit beim Schopf ergreift. Deshalb hatte er auch, sobald ihm klar geworden war, welcher Sturm sich in den Massenmedien zusammenbraute, die Ermittlungen im Fall »Onkel Nisse« angeordnet, höchstpersönlich die Ermittlungsleitung übernommen und die Unterstützung vom Landeskriminalamt angefordert. Außerdem hielt er sich morgens um Viertel vor acht in seinem Dienstzimmer auf. Ebenso enthusiastisch und beredt wie ein Coach vom Cambridger Achter.

»Wie geht's, Johansson?«

»Prima Leben«, heuchelte Johansson. »Hier sind alle auf den Beinen. Ich habe Wesslén abgestellt ... den Chef der Betrugsabteilung. Und Jansson, einen alten Gewaltermittler ... mit zwanzig Jahren Erfahrung. Und zwei Mann aus unserer Ermittlungsabteilung.« *Ging man so vor, wenn man Kühlschränke verkaufen wollte?*

»Aha.« Der Oberstaatsanwalt hörte sich nicht überzeugt an. »Und du meinst, das reicht?«

Idiot, dachte Johansson, sagte es aber nicht.

»Das wird die Zukunft zeigen«, antwortete er gelassen und mit einer Spur Ångermanländisch in der Stimme. »Im Notfall muss ich andere Termine absagen.«

»Aha. Das ist hervorragend.« Jetzt klang er ein wenig beruhigt.

»Doch«, sagte Johansson mit tönender Stimme. »Solchen Dingen müssen wir auf den Grund gehen.« Das war ein Zitat des Landespolizeichefs aus einem Interview in einer großen Morgenzeitung. Johansson fiel ein, dass er über die Wortwahl nachgedacht hatte.

»... ich werde das Ganze beaufsichtigen. Und bestimmte Vernehmungen leiten.«

»Ja, aber das ist doch ganz hervorragend.« Der Oberstaatsanwalt hatte plötzlich eine Wärme in der Stimme, die nicht oft zu hören war, wenn er eins seiner seltenen Plädoyers hielt. »Du glaubst, du kannst das schaffen?«

»Natürlich«, sagte Johansson. »Ich werde wohl einige Besprechungen ansetzen müssen, aber da hilft ja nun mal nichts.«

Eine Viertelstunde, nachdem Wesslén gegangen war, traf Jansson ein.

Mordjansson, Kriminalinspektor Jansson, war ein dicklicher älterer Mann mit grauem Anzug und traurigen grauen Augen. Unruhigen Augen, die Johansson folgten, als dieser zwischen den Papieren auf seinem Schreibtisch herumwühlte. Er verbreitete einen leichten Biergeruch, und es lag sicher nicht an einer Erkältung, dass der von stark riechenden Mentholtabletten überlagert wurde. Johansson, der seine Unruhe verstand und auch sonst ein Mann mit sechs offenen Sinnen war, gab sich alle Mühe, einen beruhigenden Eindruck zu machen.

»Hast du schon von Onkel Nisse gehört?«, fragte er.

»Meinst du den aus der Zeitung?« Jetzt lag in Janssons Augen eher Überraschung als Unruhe.

»Ja«, sagte Johansson. Sein fester grauer Blick fixierte den wässrigen des Kollegen auf der anderen Seite vom Schreibtisch. »Mir ist die Ermittlung übertragen worden, und ich habe sie Wesslén aufgedrückt, und jetzt wollte ich dich um deine Hilfe bitten.«

»Ja, sicher.« Jansson war deutlich überrascht. Das hörte man. Mit so was hatte er um neun Uhr morgens nicht gerechnet.

»Eine Anzahl von Kollegen wird in den Massenmedien kritisiert ...«

»Ja, hab ich gelesen.« Jansson beugte sich in seinem Sessel vor.

»Ich habe hier eine Namensliste. Und noch andere Unterlagen über den Hintergrund.« Johansson schob Jansson einige mit Büroklammern aneinander geheftete A-4-Seiten hin. »Sieh mal nach, ob du was Interessantes über sie herausfinden kannst. Ob sie schon mal in solche Vorfälle verwickelt waren. Aber diskret.« Er nickte, um das zu betonen. »Sieh unsere Register durch. Das alles muss unter uns bleiben. Wesslén kümmert sich um die Außenwelt. Bleib mit ihm in Kontakt.«

»Wie viel Zeit hab ich?«

»Es hat keine Wahnsinnseile. Eine Woche.« *So was darf nicht zu schnell gehen,* dachte Johansson. Es galt, den Takt der Ermittlungen Onkel Nisses massenmedialem Wert anzupassen.

»Ich werde sehen, was ich tun kann.« Jansson faltete die Papiere zusammen und verstaute sie in seiner Jackentasche.

Er erhob sich mit einiger Mühe aus Johanssons Designersessel, ganz Leder und Metall, nickte und schaute zur Tür hinüber.

»Ja«, sagte Johansson abschließend. »Dann sind wir uns also einig.« Er hatte das vage Gefühl, dass sein Besucher dankbar aussah. Dankbar und konzentrierter als sonst. Wenn das stimmte, mochte das gut sein, war aber nicht nur angenehm.

Termine konnte er absagen, und er tat es gern. Aber an diesem Tag musste er auf die Mittagspause verzichten, und das ärgerte ihn, da es donnerstags in der Polizeikantine hervorragende Erbsen mit reichlich Speck gab.

»Ich muss in der Stadt etwas erledigen«, sagte er zu seiner Sekretärin. »Ich bin nach der Mittagspause wieder da. Geschäfte.«

6

Drogenjansson. Nicht Mordjansson. Oder auch Nils Rune Nilsson, 66. Das waren die Gründe, aus denen Johansson die hervorragende Erbsensuppe in der Kantine verpasste und sich stattdessen nach Östermalm begeben musste. Man konnte über Mordjansson sagen, was man wollte, und das taten ja auch viele, aber hier traf ihn wirklich keine Schuld.

Johansson stieg am Östermalmstorg aus – die Umstände hatten ihn zu einem fanatischen U-Bahn-Fahrer werden lassen – und ging bei schönem Septemberwetter zu Fuß durch die Storgata. Vom meteorologischen Überschwang des Vortags konnte zwar nicht die Rede sein, aber das Wetter war doch gut genug. Es war Wetter für einen klaren Kopf, ohne dass man sich den Arsch abfror, und das war doch das Beste. Er bog bei der Grevgata nach rechts ab und hatte weiterhin Rückenwind. Wenn man so wollte, ging es bergab, aber er neigte nicht zu solchen Vergleichen, und außerdem sollte niemand unbesehen verurteilt werden.

Die Adresse lag in der Nähe des Strandväg, und das Haus war ebenso standesgemäß, wie es die Gerüchte immer behaupteten. Ein altes Patrizierhaus aus der Jahrhundertwende, das in ein Bürogebäude umgewandelt worden war, sicher nicht gratis. Das Vestibül war holzgetäfelt, hatte Marmorboden und eine hohe Stuckdecke. Links prangten die Namensschilder der Mieter, und ein dicker roter Teppich zeigte den Weg zum Fahrstuhl. AS AKILLEUS hauste im obersten Stock, offenbar ganz allein. Das Namensschild war aus rostfreiem Stahl, die Schrift AS AKILLEUS in bankmäßigen Versalien zum Relief erhoben. Darunter die kurze, schnöde Mitteilung, »Vermittlung, Finanzierung, Verwaltung«. Johansson kam sich vor wie der Vetter vom Lande, als er den Fahrstuhl betrat.

»Johansson«, sagte Johansson. »Ich bin mit Direktor Waltin verabredet.«

Die Sekretärin war von der gleichen neutralen Freundlichkeit wie die seine, obwohl sie teurer aussah. Vermutlich, um nicht zu sehr von den Ledermöbeln, den chinesischen Teppichen und den Holzschnitten an der Wand abzustechen. Ging man vom Büro aus, konnte kein Zweifel bestehen, dass bei Akilleus die Geschäfte des Jahrhunderts gemacht wurden.

»Einen Moment, ich sage eben Bescheid. Würden Sie sich so lange setzen?«

Was hatte er schon für eine Wahl? Johansson ließ sich in einen riesigen Ohrensessel sinken und gab sich alle Mühe, mit seiner Umgebung zu verschmelzen. Auf dem Tisch neben ihm verriet ein Stapel Reklamebroschüren in mattem Mehrfarbdruck, um was für ein Unternehmen es sich hier handelte.

»WO HABEN SIE IHRE SCHWACHE STELLE?« Johansson dachte über die Frage nach und musterte einen kräftigen,

nackten Männerfuß, der den Umschlag zierte. Übergewicht, dachte er. An seinen Füßen gab es nichts auszuset-
zen. Die hatten ihm während seiner ersten Jahre bei der
Truppe gute Dienste geleistet, und wenn das hier eine Fuß-
pflegeklinik wäre, hätten sie einen anderen Innenarchitekten anheuern müssen.

»Waltin.«

Der Mann vor ihm war in seinem Alter, pflegte sich aber,
anders als er selbst, lautlos zu bewegen und geschmackvoll
zu kleiden.

»Johansson«, sagte Johansson. Er stand auf und nahm die
ihm hingestreckte Hand. »Ja, wir waren wohl verabredet.«

Waltin bedauerte, dass Johansson hatte warten müssen. Leider sei er bei einem Termin in der Stadt aufgehalten worden.
Johansson nickte und lehnte der Reihe nach Kaffee und Zigaretten ab. *Erbsensuppe gibt's hier wohl nicht?*

»Möchtest du dich mal umsehen?«, fragte Waltin.

»Ja«, sagte Johansson. »Wenn sich das machen lässt.«

Natürlich ließ sich das machen. Johansson war doch der
oberste Chef von AS AKILLEUS. Wenn auch nur zufällig,
reine Formsache gewissermaßen.

Dieses eine Mal schienen die Gerüchte durchaus zuzutreffen, und in diesem besonderen Fall war das vielleicht gar
nicht so gut. Die Räumlichkeiten waren ebenso teuer und
elegant eingerichtet, wie behauptet wurde. Es gab nicht nur
eine eigene Sauna, das hatte Johansson ja schon gewusst,
sondern einen ganzen Wellnessbereich mit Sauna, Dusch-
raum, Solarium und Gymnastikhalle. Es gab auch ein Re-
chenzentrum mit der neuesten Generation an Elektronik
und Angestellten, die gleichermaßen durchtrainiert und begabt wirkten.

»Tja«, sagte Johansson. »Wirklich nicht schlecht.«

»Nein«, stimmte Waltin zu und biss einem langen Zigarillo energisch die Spitze ab. »Eine hervorragende Geschäftsidee. Von der Ähre bis zur Stulle sozusagen. Wir decken die ganze Kette ab und sind derzeit auf dem Markt ziemlich allein damit. Vermittlung, Finanzierung, Verwaltung … und jede erdenkliche juristische und finanzielle Beratung. Normalerweise wird das auf mehrere Hände verteilt, aber wir hier bei Akilleus können fertige Pakete liefern.«

»Ja«, sagte Johansson. *Was hätte er auch sonst sagen sollen?*

»Es reicht wirklich, eine gute Idee zu haben. Wir haben schon mehrere solcher Projekte gelandet. Unter anderem eine verdammt witzige Geschichte.« Waltin kniff die Augen zusammen und zeigte seine weißen Zähne. »Einwegsärge aus Pappe. Da haben wir Patentfragen und Finanzierung geklärt, wir haben einen Hersteller gefunden … in Småland natürlich. Einfach alles. Hervorragende Idee.«

»Einwegsärge?«

»Ja, sicher.« Waltin wirkte fast enthusiastisch. »Ist doch ein typischer Einwegartikel. Sieht genau aus wie Holz … Edelholz, Fichte, polierte Eiche. Du kannst haben, was du willst. Senkt die Bestattungskosten derzeit um zwanzig Prozent.«

»Es läuft also gut«, sagte Johansson.

»Besser als gut.« Waltin nickte bestätigend, effizient und geschäftsmäßig. »Wir haben im ersten Geschäftsjahr ein Netto von dreieinhalb bei einem Totalumsatz von knapp fünfzig Brutto. Die Hälfte auf Finanzseite. Wir haben einen irren Coup gelandet und konnten vom vierten AP-Fonds zu einem Diskont plus eins leihen. Und das haben wir scheibchenweise zu einem Diskont plus zwanzig platziert.«

»Nicht schlecht«, sagte Johansson. Im Grunde hatte er nur eins kapiert, dass nämlich seine Frage nicht beantwortet worden war.

»Du denkst an die anderen Aktivitäten?«, Waltin zwinkerte ihm vertraulich zu.

»Ja«, sagte Johansson. »Die hatte ich wohl eher im Kopf.«

»Gehen wir zu mir«, entschied sein Gastgeber.

Die Geschäfte liefen hervorragend. Das hätte jedes Kind begriffen. Sogar Johansson. Was die polizeidienstliche Nachrichtenarbeit anging, besaß Waltin einen »durchaus begründeten Optimismus«, der übrigens von der Analysegruppe des Unternehmens geteilt wurde. AS AKILLEUS hatte bereits in mehreren brisanten Branchen wichtige Kontakte aufbauen können, und jetzt hatten sie allerlei Haken ausgelegt. Mit dicken Ködern, und wenn einer anbiss, wären sie bereit.

»Wir haben einen richtig dicken Fisch im Visier«, erzählte Waltin. »Einen Gemeinderat, der einen Schulneubau zu vergeben hat. Dreißig Millionen, und er will nur zwei Mille schwarz. Der war es übrigens, den ich vorhin getroffen habe. Wir müssen doch feilschen … damit es überzeugend wirkt.« Waltin lächelte zu dieser Erklärung. »Harte Zeiten. Wenig Spielraum.«

»Jaa«, sagte Johansson. »Es sieht ein bisschen düster aus. Wie läuft es denn mit Jansson? Drogenjansson?«

»Hervorragend«, sagte Waltin, senkte die Stimme und beugte sich vor. »Wir haben am Montag seine Wohnung versorgt. Wir haben schon feststellen können, dass es funktioniert. Hervorragende Klangqualität. Gute Empfangsbedingungen.« Jetzt lächelte er wieder. »Seinen Dienstwagen haben wir schon vorige Woche erledigt, wie du weißt.«

»Ja«, sagte Johansson. »Das habe ich gehört. Aber da ist noch etwas«, er nickte Waltin mit ernster Miene zu, »das mir Sorgen macht. Onkel Nisse. Hast du von dem gehört?«

»Nils Rune Nilsson.« Waltin wechselte sofort von der Geschäfts- auf die Sozialberatermiene über. »Lass hören«, sagte er freundlich. »Wir sind doch dazu da, uns um Sorgen zu kümmern.«

Bei AS AKILLEUS wurde Zeitung gelesen. Ein »Mitarbeiter« war ausschließlich mit Medienüberwachung befasst und schaffte sehr viel mehr als nur die Wirtschaftsblätter. Nils Rune Nilsson war durchaus bekannt. Eine brisante Ermittlung. Wie immer, wenn die Massenmedien über die Truppe und die Kollegen herfielen. Waltin begriff das Problem. Er wusste jedoch nicht, ob es »sein Bier« war.

»Wir sollen uns mit Nachrichtentätigkeit, Infiltration, Provokation, innerer Sicherheit und Organisationsschutz befassen, mit Korruption in der Truppe ... aber hier weiß ich nicht so recht.« Waltin sah Johansson unverwandt an. »Wenn ich es richtig verstanden habe, ist das doch eine Lappalie. Ein Suffkopp, dem die Kollegen von der Streife eins auf die Mütze gegeben haben. Falls das überhaupt stimmt. Es heißt doch, er sei gestürzt.« Waltin zuckte seine maßgeschneiderten Schultern.

»Sicher«, sagte Johansson. »Ich dachte aber, du könntest dich mal umhören, ob da irgendwas dahintersteckt.« Waltins Augen leuchteten plötzlich interessiert auf.

»Du meinst, es könnte sich um eine Verschwörung gegen die Truppe handeln«, sagte er langsam. »Du hast nicht zufällig ...«

»Halt«, sagte Johansson und hob abwehrend die Hand. »Ich habe nicht mal einen begründeten Verdacht gegen die Kollegen, denen die Zeitungen ans Leder wollen. Und noch weniger gegen irgendwen sonst. Aber ich habe ein Problem. Ich kann nicht bei den Kollegen rumlaufen und fragen, ob sie irgendeinen Scheiß zu erzählen haben ... über die betreffenden Kollegen. Schon gar nicht, falls Nilsson doch von selbst gestürzt ist. Aber du kannst das. Ich will, dass du für mich die Ohren offen hältst.«

»Natürlich kann ich das.« Waltin nickte wohlwollend. »Sicher. Aber ich fürchte, es ist die falsche Sozialgruppe.« Wieder lächelte er. »Wir arbeiten hier ja nicht gerade mit Ordnungsproblemen.«

»Es reicht, wenn du zuhörst«, sagte Johansson. »Dann brauche ich mir nicht einige Tausend von eurem tollen Netto auszuleihen und einen Privatdetektiv anzuheuern.«

»Keine Ursache«, sagte Waltin und breitete in einer Geste der Großzügigkeit die Hände aus. »Was hältst du denn von den modernen Ermittlungsmethoden? Du selbst bist als Ermittler doch eher von der alten Schule, hab ich gehört. Habt ihr euch früher verkleidet?«

»Nicht dass ich wüsste.« Johansson überlegte. »Einmal sollte Jarnebring … der Kollege also … einen Würstchenverkäufer spielen, weil beim Eisstadion Johanneshov irgendein Trottel herumgelaufen ist und mit dem Schwanz gewedelt hat, aber Jarnebring hat sich geweigert und mit der Gewerkschaft gedroht. Deshalb wurde nichts aus der Sache.«

»Neue Zeiten, neue Verbrechen … das erheischt neue Methoden.« Waltin sah aus wie einer, der weiß, wovon er redet.

»Kann schon sein«, sagte Johansson und stand auf. »Aber wir haben ihn doch erwischt. Am nächsten Tag und ganz ohne Bauchladen.«

7

Als er zurückkam, wartete schon die Belohnung auf ihn. Mit der leisen Andeutung eines selbstzufriedenen Lächelns, doch schon das war ungewöhnlich, überreichte seine Sekretärin Johansson zwei wertvolle Dinge: eine Kassette und einen dicken Band in einem grünen Umschlag mit dem verheißungsvollen Titel *Die große Welt der Musik.*

»Deshalb hat es so lange gedauert.« Sie tippte zur Erklärung auf das Musiklexikon. »Hier unten haben sie doch nichts, und in der Bibliothek werden Nachschlagewerke nicht ausgeliehen. Da musste ich es kaufen. Die Quittung liegt drin.«

»Hier unten« war die Bibliothek des Polizeigebäudes.

Eine im Verhältnis zur Besucherfrequenz unerklärlich geräumige Lokalität in den inneren Regionen des Hauses, die als Aufbewahrungsort für tonnenweise Schriften von gelinde gesagt unterschiedlichstem Bezug zur Polizeiarbeit genutzt wurde.

»Sag das nicht«, sagte Johansson und wiegte den grünen Leinenband in der Hand. »Ich war vorige Woche da. Die hatten sowohl Hornblower als auch die Katzenjammerkids in Prachtausgabe.«

Sie schaute ihn fragend an.

»Aber sicher doch«, sagte Johansson fröhlich. »Von beidem sämtliche Bände. Halbleinen und überhaupt. Ein Geschenk an die Polizei von einem pensionierten Seekapitän in Mölndal. Der Bibliothekar hat mir die Schenkungsurkunde gezeigt. Da stand, dass der Spender dem Wellenbrecher, der sich stark und unverdrossen der Schändlichkeit unserer Zeit in den Weg stellt, seine Dankbarkeit erweisen wolle. Vermutlich ein Verrückter.« Johansson lachte.

Jetzt war sie wieder wie sonst. Neutral freundlich, aber nicht überrascht.

»Ein Musiklexikon hatten sie jedenfalls nicht.«

»Was dich im Kampf gegen das Verbrechen jedoch nicht behindert hat.«

Johansson war so froh, dass es ihm anzusehen war.

Hier müssen wir nun innehalten. Müssen den Bericht unterbrechen und eine Erklärung nachschieben. Johanssons deutliche Freude könnte sonst seltsam und albern wirken und von ihm als Person ein falsches Bild zeichnen. Über den Polizeidirektor Lars Martin Johansson können wir denken, was wir wollen, aber albern ist er auf keinen Fall. Kindisch? Wenn man unter »kindisch« versteht, dass er – zumindest in gewissen Punkten – sein kindliches Gemüt behalten hat und es in seltenen Fällen auch im Dienst auslebt. Personen mit kindlichem Gemüt sind aber nicht kindisch.

Das Problem mit Johansson ist eher umgekehrt. Dass ein äußerlicher Betrachter ihn für sympathischer halten kann, als er es in Wirklichkeit ist. Mehr als ein Mensch ist schmerzlich eines Besseren belehrt worden. Um seine derzeitige Freude zu verstehen, muss man etwas über seine Herkunft wissen. Außerdem muss man sich klar machen, dass er durchaus fähig ist, für seine Sekretärin den Affen zu spielen. Dass er zum Beispiel die selbstverständliche Tatsache entdeckt hat, wie gut sich sein großer, grober Körper und seine bisweilen fast karikaturhafte norrländische Erscheinung mit einem etwas polternden und kindischen Verhalten vertragen. Na gut.

Lars Martin Johansson war sein gesamtes erwachsenes Leben bei der Stockholmer Polizei gewesen. Er hatte, um einen abgegriffenen Ausdruck zu verwenden, »sich in der Truppe nach oben patrouilliert«. Seine ersten dienstlichen Schritte hatte er übrigens im Viertel Gamla Klara in der Stockholmer City gemacht, und zwar zu der Zeit, als dort noch die Zeitungsredaktionen saßen und »Klara« in Polizeikreisen ein Begriff war. Landesweit bekannt wegen der unwahrscheinlichen Mengen an »Suff und Scherereien«, die dort florierten, und andere Zusammenhänge sollten wir hier ignorieren.

Sein ganzes erwachsenes Leben hindurch Polizist. Zumindest rein formal. Die letzten sieben Jahre betrachtete er selbst als Exil, und das, obwohl man doch eigentlich von einer Karriere sprechen konnte. Zu viele und zu lange Jahre. Zuerst als Leiter einer Ortsabteilung, dann als Abteilungsdirektor im Personalbüro der Landespolizeileitung; ganz hinten im Tross der Polizeiarmee, und dort beschäftigt mit Gehaltsfragen, Dienstordnungen und Einsatzbereichen. Und ach so weit entfernt vom Frontdienst der fünfzehn Jahre davor. Bei Streife, Diebstahlbekämpfung, Drogen und Ermittlung.

Er hatte eine freiwillige Entscheidung getroffen – was immer das sein mag – und an Gründen, warum er den Posten, für den er empfohlen worden war, erhalten hatte, könnten wir mehrere nennen. Dass er als überaus hervorragender Polizist gegolten hatte und dass sein Leumund und seine Meritenliste tadellos waren, hatte vermutlich keine so große Rolle gespielt. Entscheidend war wohl eher seine lange Gewerkschaftserfahrung gewesen. Im Hinblick auf die Stelle, auf die er sich beworben hatte und die er dann bekam, war das doch verständlich und logisch. Der Klatsch, er sei als Kriminalpolizist einfach zu tüchtig gewesen und derart störenden und tief greifenden Wahrheiten auf die Spur gekommen, dass er einfach hatte befördert werden müssen, lässt sich klarerweise mit guten Gründen zurückweisen. Klatsch ist eine Mischung aus mehr Bosheit denn Wahrheit.

Aber egal. Sieben Jahre sind eine lange Zeit, wenn man mit sich und seinem Leben nicht zufrieden ist. Was anfangs wie ein ausgeglichenes, friedliches und sogar privilegiertes Dasein wirken mag, kann sehr rasch zu einer Tundra trostloser Einförmigkeit werden. Unter der Voraussetzung, dass man kein waschechter Karrieremensch ist. Und in der Lage, sich die Sache anders zu überlegen.

Den Posten als Chef vom Landeskriminalamt hatte er im Sommer erhalten. Es handelte sich um eine Vertretungsstelle für sechs Monate, und die Art des Polizeidienstes war mit seiner vorangegangenen Beschäftigung durchaus zu vergleichen. Das Landeskriminalamt hatte nahezu dreihundert Angestellte, und Johansson war eher Personalchef als irgendetwas anderes. Aber auf dem Papier war er doch mehr. Er war der Chef einer Polizeitruppe, die jede Kriminalabteilung jedes größeren Polizeidistrikts im Land aussehen ließ wie ein dörfliches Bürgermeisteramt aus der Zeit der Jahrhundertwende. Wenn man nicht hinter die glänzende Fassade schaute.

Johansson war der Chef, und die ganze Zeit über hatte er polizeidienstliche Befugnisse besessen. Auch wenn er in der Personalabteilung Papiere sortierte. Und wenn die rein kriminalistische Arbeit eigentlich von anderen als dem Chef erledigt werden sollte. Klar gesagt worden war das nicht. Im Gegenteil, und das war es, worum es im Fall Johansson vor allem ging. Um die Chance ... die Hoffnung, doch noch mal ein richtiger Polizist sein zu dürfen. Die magischen Worte aussprechen zu dürfen: »*Kommen Sie bitte mit.*« Wieder ins eigentliche Leben zurückzukehren.

Sympathisch? Alle, die wissen, worum es hier geht, wissen, dass es nicht darum geht.

Jetzt hält er die Eintrittskarte in der Hand, und möglicherweise können wir es als Ironie des Schicksals betrachten, dass die erste polizeiliche Ermittlung nach diesen langen Jahren ein paar Kollegen im ersten Wachdistrikt gilt. Der nach der Umorganisation der Stockholmer Polizei den Namen WD 1 bekam, und von dem Gamla Klara nur einen kleinen Teil ausmacht.

Es ist halb drei am Donnerstagnachmittag, als Lars M. Johansson behutsam, fast zärtlich, Tonbandgerät, Kassette und Musiklexikon auf seinem großen Schreibtisch abstellt. Sie sind die grundlegenden Bestandteile des Traums, der ihn bereits einen ganzen Tag lang verfolgt. Der Traum von der umjubelten Heimkehr. Der verlorene Sohn kommt ins Haus des Vaters zurück. Verkleidet als Bettler, aber sowie er die Tür durchschritten hat, lässt er seine jämmerlichen Lumpen fallen und tritt hervor in der strahlenden Tracht des Erlösers: Palmwedel und Weihrauch, Hörner und Becken, *die detektivische Großtat.*

Die Einladung liegt auf seinem Tisch. Sie ist auf ihn persönlich ausgestellt. Sein Terminkalender ist für den ganzen Nachmittag weiß wie Schnee, kein Besuch, keine Arbeitsgruppe, keine Besprechung. Nichts, was ihn praktisch oder theoretisch daran hindern könnte, sofort einzutreten. Was aber macht er?

Er geht hinunter in die Schwimmhalle des Polizeigebäudes. Zuerst setzt er sich in die Cafeteria. Isst ein Krabbenbrot mit Mayonnaise und trinkt eine große Tasse Kaffee. Bisher ist seinem Verhalten nichts anzumerken. Möglicherweise hat er sich einen ungünstigen Moment ausgesucht. Erst als er sich die Mayonnaise aus den Mundwinkeln wischt und vom Tisch aufsteht, fängt er an, sich seltsam zu betragen. Denn nun steuert er die Schwimmhalle an, schwimmt tausend Meter und verbringt fast eine Stunde in der Sauna.

Die Erklärung liegt nicht darin, dass er religiös wäre und wir es hier mit einer handfesten symbolischen Läuterung zu tun hätten. Er ist auch kein fanatischer Sportler oder zumindest ein begeisterter Schwimmer. Durchaus nicht. Sein Oberkörper, der sich im Laufe der Jahre mehr und mehr dem eines Seehunds angeglichen hat, wurde am gedeckten Tisch geformt, nicht im Becken. Die Badehose hat er von einem Kollegen geliehen, und in diesem Teil des Hauses ist er ein so seltener Gast, dass sich die übliche Clique von badenden Chefspersonen bei seinem Erscheinen in der Sauna fragt, ob er verkatert ist. Erst gegen fünf – als er ganz sicher ist, dass seine Sekretärin und die meisten anderen auf seinem Gang Feierabend gemacht haben – kehrt er in sein Zimmer zurück.

Das kann wirklich ganz und gar unerklärlich erscheinen. Unter der Voraussetzung, dass man nichts über seine Kindheit und vor allem nichts über die Weihnachtsfeste seiner Kindheit weiß.

8

Johansson war auf einem Hof in der Nähe von Näsåker am Ångermanälv geboren und aufgewachsen. Mit Vater, Mutter und sechs älteren Geschwistern, darunter drei Brüder. Aber trotz ihrer Menge waren die Geschwister altersmäßig dicht beisammen, und vom verwöhnten Dasein eines Nachkömmlings konnte keine Rede sein, Lars M. verbrachte seine Kindheit vor allem damit, die Angriffe seiner Geschwister zu überleben. Und wenn schon nicht im Sinne Darwins, dann doch immerhin in übertragener Bedeutung.

Am Schlimmsten war das alles zu Weihnachten. Dem Fest der Liebe. Am frühen Morgen ging es in der Küche los. Da standen sein Vater und die drei älteren Brüder herum und trafen die letzten Vorbereitungen für die Jagd auf den Weihnachtshasen. Sie klirrten mit den Gewehren, der Schweißhund, der zur Feier des Tages ins Haus durfte, bellte eifrig und eine überdrehte Mutter entdeckte, dass die »Mannsbilder« bereits den halben Weihnachtsschinken als Brotbelag verzehrt hatten. Wenn der Vater dann seinen obligatorischen Weihnachtsschnaps erhalten hatte, ging's los. Ohne Lars. Denn Rotzgören konnte man nicht in den Wald mitnehmen. Das hatte der zweitälteste Bruder ihm bereits am Vorabend erklärt.

Es stand das Angebot der Mutter und der vor Eifer geröteten Schwestern, bei den häuslichen Weihnachtsvorbereitungen zu helfen. Das lehnte er in der Regel ab. Stattdessen drehte er eine Runde über den Hof. Redete mit den Hunden, die im Hundehof hinter der Scheune zurückgelassen worden waren, und stellte sich vor, dass er gerade zu diesem Weihnachtsfest von seinem lieben Opa ein eigenes Gewehr bekommen würde, wonach es mit der Weihnachtsjagd richtig losgehen könnte.

Zum Essen waren die anderen dann wieder da. Mit Hasen, Gewehren und Geschichten. Etwas später traf die Verwandtschaft ein. Die Großeltern und ab und zu auch der Onkel, ein Junggeselle, der Abenteurer der Familie, der in einem Hotelzimmer in Chicago von einem echten Neger ausgeraubt worden war.

Wenn sie sich dann endlich zum obligatorischen Weihnachtsschmaus an den Tisch setzten, hob sich die Nacht schwarz wie eine frisch geteerte Tür vom weißen Schnee ab. Käse, Hering und Sülze. Schinken, Laugenfisch und Weihnachtsgrütze. Weihnachtsschnaps für Großvater, Vater, Onkel und den ältesten Bruder, der im Frühling von zu Hause ausziehen würde. Damit war er übrigens während Lars M.s gesamter Kindheit beschäftigt.

Wenn sein Onkel dann sagte, er werde mal schnell im Stall vorbeischauen und nachsehen, was die Tiere so machten, damit der Vater das nicht noch erledigen müsse, ehe der Weihnachtsmann kam, dann näherte er sich endlich. Der kritische Augenblick, in dem es galt, ganz schnell die eigenen Weihnachtsgeschenke vor schnelleren, längeren und stärkeren Fingern zu retten. Das gelang ihm nur selten. An einem seiner ersten Weihnachtsfeste – er erinnerte sich nicht selbst daran, sondern hatte es als lustige Anekdote erzählt bekommen – hatte er versucht, ungeöffnete Pakete in die relative Einsamkeit seines Zimmers zu schmuggeln. Das hatte unter seinen Nächsten großes Erstaunen und eine nicht geringe Unruhe ausgelöst, und er selbst hatte auch in erwachsenem Alter keine Lust gehabt zu erklären, was der Anlass gewesen sein mochte.

In ihm hatte sich nämlich die intensive Sehnsucht entwickelt und festgesetzt, irgendwann einmal seine Überraschungen ganz allein genießen zu dürfen, und diese Möglichkeit wollte er sich nicht entgehen lassen. Nicht jetzt, da er Polizeidirektor war und der bestausgerüsteten Kriminalabteilung des Landes vorstand.

Zuerst sorgfältige Vorbereitungen. Die Tür ganz fest zumachen. Sich davon überzeugen, dass die Direktleitung ausgeschaltet war und die Telefonzentrale keine Gespräche auf der anderen durchstellte. Danach ließ er sich hinter dem Schreibtisch nieder. Er machte es sich bequem und rückte die Schreibtischlampe so zurecht, dass sie mit dem hellen Septembernachmittag hinter seinem Fenster harmonierte und gleichzeitig ausreichend Licht lieferte. *Zuerst die Literatur,* dachte er. Eigentlich hätte er eine krumme Pfeife und ein Rauchjackett brauchen können, aber da er nicht rauchte, musste es ohne gehen. Moderne Kriminalbeamte saßen in Hemdsärmeln da, und jetzt – in feierlicher Einsamkeit und eigentlich schon nach Feierabend – war es absolut zulässig, dass sogar eine Chefperson den Schlips lockerte und die Manschetten umkrempelte.

Björneborger, Björneborger, dachte Johansson und schlug das dicke Buch auf. Björling, Björling, Björling, Björling ... hier müsste es doch stehen. Oder genauer gesagt, hätte es stehen müssen. Nach dem letzten Björling und vor Blacher, Boris, deutscher Komponist. Aber da stand eben nichts. Johansson drehte das dicke Buch um und betrachtete verstimmt den grünen Umschlag.

Also musste er einen neuen Versuch machen. Märsche? Ja, da stand es. »Zu den bekanntesten Märschen gehören folgende ...« Er stand als Nr. 2 hinter »Alte Kameraden«, begleitet von der kurzen Notiz: »1860/Finnland/Pacius«.

Jetzt wird's heiß, dachte Johansson. Schnell weiter zu P wie Pacius, dem »Vater der finnischen Musik«. Offenbar ein fleißiger Mann, der jede Menge Töne auf dem Gewissen hatte. Aber kein Wort mehr über den Björneborger Marsch. Vermutlich keins seiner bedeutenderen Werke, dachte Johansson.

Vielleicht könnten ein paar Marschklänge die Schuppen von seinen Augen blasen? Johansson schob die Kassette ein und drückte auf den Startknopf, doch anstelle von scheppernden Becken und dröhnenden Hörnern hörte er die Stimme seiner Sekretärin. Sie klang überaus fröhlich, als sie verkündete: »Hier kommt der Björneborger Marsch in einer Einspielung des Musikkorps der Königlichen Leibgarde.« *Hatte sie denn kein Vertrauen zu seinem musikalischen Gehör?*

Egal. Jetzt kam es. Eine für Johanssons Geschmack leicht zögerliche Einleitung, dann wurde es rasch schneller. Die Töne liefen an den Wänden seines Zimmers um die Wette, und er ertappte sich dabei, wie er mit den Fingern auf seinem Schreibtisch den Takt schlug. Danach dachte er lange nach. Er schaute aus dem Fenster. Nicht das gleiche Wetter wie am Vortag. Heute war der Nachmittagshimmel grau und bewölkt. Auch nicht die gleiche Stimmung. Er verspürte jetzt eine leise Düsterkeit, die sich in seinem ganzen Körper ausbreitete. *Aufgeben wäre eine Schande,* dachte er, ließ das Band zurücklaufen und hörte den Marsch noch einmal. Und noch einmal. Und noch ...

»Träume sind Schäume« sollte doch eine Garantie dafür sein, dass sie nicht in Stücke gehen können. Diesmal traf das nicht zu.

Wenn Johansson eine verfeinertere Seele wäre – wie immer sich das bei seiner Kindheit hätte ergeben sollen –, dann hätte er es vermutlich dabei bewenden lassen, nach dem sechsten Hören leise und entspannt das Gerät auszuschalten, nachdenklich zu nicken und in Gedanken festzustellen, dass sich das Menschenleben oft als Jagd nach dem Wind erweist.

Das tat er aber nicht. Plötzlich schlug er mit dem rechten Zeigefinger zu, und der Marsch riss jäh mitten im Stück ab. Johansson starrte das Tonbandgerät wütend an und sagte laut und deutlich und ohne den geringsten norrländischen Akzent:

»Verdammt noch mal, ich versteh hier keinen Scheißton.«

Dann fuhr er nach Hause, um in Ruhe nachdenken zu können.

9

»Die Trauernden. Oder sollten wir sagen, die Auserlesenen. Von den Massenmedien.« Wesslén blätterte in seinem blauen Ordner und reichte Johansson dann einen Zettel. »Die Namen hast du schon mal gesehen.«

Es war eine Liste mit den vollständigen Namen, Personenkennnummern, Adressen, Diensträngen, Dienstjahren und derzeitigen Posten von sieben Personen. Alles Männer, der älteste war fünfunddreißig, der jüngste einundzwanzig, sechs Polizisten und ein zivilangestellter Gefängniswärter.

»Die Streife, die Nilsson aufgelesen hat, der Wachhabende vom WD 1 am fraglichen Abend, und der Wärter, der sich um Nilsson gekümmert hat. In genau dieser Reihenfolge«, erklärte Wesslén.

»Berg, Borg, Mikkelson, Orrvik und Åström«, las Johansson vor.

»Ja, das sind die Kollegen von der Streife«, sagte Wesslén. »Berg ist der Gruppenchef. Er ist Polizeiinspektor. Borg ist sein Chauffeur. Polizeiassistent und irgendeine Art von Unterchef, wenn ich das richtig verstanden habe. Die anderen sind ebenfalls Polizeiassistenten. Mikkelson scheint übrigens der Jüngste in der Truppe zu sein. Hier in Stockholm wenigstens. Gerade einundzwanzig, der reinste Knabe. Berg und Borg. Kann man sich leicht merken.« Wesslén nickte.

»Berg und Borg«, wiederholte Johansson. »Wie Bill und Bull aus dem Kinderbuch.«

»Genauso werden sie von den Kollegen auch genannt«, teilte Wesslén mit. »Es scheint sich um ehrbare Mannen ohne Furcht und Tadel zu handeln. Ich habe im Register nachgesehen, ob einer von ihnen schon mal Ärger hatte …

mit der Polizei.« Wesslén schien belustigt. »Aber gegen keinen liegt auch nur das Geringste vor. Und hier hast du ihre Zeugnisse und dienstlichen Meriten. Nichts Überragendes, aber durch und durch solide Ware.« Er löste einige Blätter aus dem Ordner und reichte sie Johansson.

»Ich vermute, die hast du von Jansson?« Johansson kniff die Augen zusammen und blätterte pflichtschuldigst.

»Nein«, sagte Wesslén. »Herr Jansson ist spurlos verschwunden. Ich hab sie von meinem Mädel.«

Wessléns »Mädel« war weder seine Tochter noch seine Frau noch seine Freundin, sondern die Abteilungssekretärin. Wesslén hatte zwar eine Tochter, aber die war erst drei. Noch dazu hatte er sie mit einer Lebensgefährtin, die fünfzehn Jahre jünger war als er. Die beiden waren ein beliebtes Gesprächsthema unter den Kollegen.

»Sie wollte nachsehen, ob sie noch mehr findet.«

»Sehr gut«, sagte Johansson. »Und dann haben wir ja noch Jansson. Der ist sicher auf eine heiße Spur gestoßen. Wie sieht es mit den beiden anderen aus? Dem Wachhabenden und dem Wärter?«

»Genauso.« Wesslén konsultierte seinen blauen Ordner. »Nicht ein Schatten. Jedenfalls nicht in unserem hervorragenden Register.«

»Hm, dann nicht«, sagte Johansson. »Ich glaube, wir sollten versuchen, uns nächste Woche mit diesen vortrefflichen Kollegen zu verabreden. Das könnte doch eine aufbauende Wirkung haben.« Er dachte an die AS AKILLEUS und fühlte sich gar nicht wohl in seiner Haut. Warum, wusste er nicht.

»Dann haben wir das Opfer.« Wesslén schien sich überaus wohl in seiner Haut zu fühlen. Er war groß und in sich zusammengesunken, energisch und abwartend, ernst und belustigt, alles in einer verwirrenden Mischung. Vor allem schien er sich zu amüsieren. »Ein paar persönliche Daten und Auszüge aus dem Polizeiregister«, erklärte er und fischte noch weitere Blätter aus seinem blauen Ordner.

»Ja, das sehe ich«, sagte Johansson. Er begriff auch. Das hatte er schon getan, ehe er Onkel Nisse im Krankenhaus aufgesucht hatte. Er hatte es bereits den allerersten Zeitungsberichten entnommen, obwohl man sich alle Mühe gegeben hatte, um genau das zu verhindern.

Geliebtes Kind hat viele Namen, und ein Mensch ist wie sein Registerauszug. Aus den Unterlagen in Johanssons Hand ging hervor, dass der Rentner Nils Rune Nilsson sechsundsechzig Jahre alt war und am Heiligen Abend Geburtstag hatte. Ehe er offiziell in Rente gegangen war, hatte man ihn lange krankgeschrieben, was er davor getan hatte, war unbekannt. Ansonsten war er allein stehend und hatte eine zweiunddreißigjährige Tochter. Auch sie allein stehend.

Inzwischen war Nils Rune Nilsson bei einem ansehnlichen Teil der schwedischen Bevölkerung zu Onkel Nisse geworden. Bei Sozialbehörden und Polizei lief er unter anderen Namen und Bezeichnungen. So war er Mitglied des großen Kollektivs, das zusammenfassend und dienstintern als »unsere schwierigere Klientel« tituliert wurde. Wollte man sich an die Öffentlichkeit wenden und objektiv und sozial sein – und keine Ausdrücke verwenden, die noch rascher verfielen als die Klientel selbst –, konnte man zum Beispiel von Betreuungskonsumenten sprechen. Und hier war nicht die Rede von irgendeinem hergelaufenen Feld-, Wald- und Wiesenkonsumenten. Nils Rune Nilsson war der wahre Traum eines jeden Sozialarbeiters.

Wollte man sich präziser ausdrücken, konnte man ihn auch den Untergruppen »ältere Randgruppenmitglieder«, »ältere allein stehende Männer mit Alkoholproblemen«, »obdachlose Männer« (wenngleich diesem Exemplar im Moment eine so genannte Zuweisungswohnung zur Verfügung stand) oder vielleicht einfach »alte Kerle« zuordnen. Und alle wussten genau, was gemeint war. Jemand wie Onkel Nisse. »Unsere Opas«, wie ein jüngerer, strahlender So-

42

zialchef mit dem Gehalt von zwei Bankdirektoren und einem hoch entwickelten Solidaritätsgefühl auf einer Sozialfürsorgekonferenz gesagt hatte, wo Johansson als Vertreter der Polizei zugegen gewesen war.

Wesslén konnte offenbar Gedanken lesen.

»Er scheint zur A-Mannschaft zu gehören, wie man bei der Krankenkasse sagt«, erklärte er, während Johansson las.

»Ja«, sagte Johansson und nickte. »Ein geliebtes Kind hat viele Namen. Bodensatz, Dreck, Asoziale, Berber, Suffköppe ... wie wir bei der Polizei sagen.«

Wesslén nickte, gab aber keine Antwort. Er wirkte jetzt weniger amüsiert als zuvor. Ein wenig unlustig fast, wie das leicht passieren kann, wenn man an die vielen Trinker, Junkies und Sozialfälle denkt. Flohstichige Arbeitsverweigerer, die den anständigen Menschen das Leben vergällen. Aber natürlich. Vielleicht trog ja einfach sein Aussehen. Lang und mager, wie er war. Mit dem Gesicht eines Tabakindianers.

Johansson vertiefte sich wieder in seine Lektüre. Er war erst bis zur Mitte des Registerauszugs gelangt, aber auch das war eine Leistung, denn der war fast so lang wie Onkel Nisse selbst. Zugleich machte es nicht den Anschein, als bekleide er eine höhere Position in der Aktiengesellschaft Schwedische Verbrechen.

Die ersten Eintragungen reichten zurück in die Zeit vor dem Zweiten Weltkrieg, die letzte hatte kaum ein Jahr auf dem Buckel. Eine lange kriminelle Karriere, die in den Kellerregionen des Verbrechertums begonnen hatte, um immer weiter nach unten zu führen. Schon 1937 hatte Nils Rune Nilsson offenbar Gefahr im Verzug gewittert und sich mit Hilfe von zwei Befehlsverweigerungen und einer unerlaubten Entfernung von der Truppe aus dem Militär werfen lassen. Das hatte ihm sechzig Tage Arrest eingebracht.

In den fünfziger Jahren spiegelte seine Laufbahn den wachsenden Wohlstand und vor allem den Siegeszug des

Automobilismus wider. In Nisses Fall durch etliche Fälle von Trunkenheit am Steuer, die mit unerlaubter Teilnahme am Straßenverkehr wechselten, weil ihm der Führerschein abgenommen worden war. Nach der ersten Haft von einem Monat.

Dann einige kleine Diebstähle, einmal grober Unfug, eine leichte Körperverletzung, Gewalt gegen Beamte im Dienst, Beleidigung von Beamten im Dienst und eine fast unglaubliche Serie von »Trunkenheit und Erregung öffentlichen Ärgernisses«, die erst um die Mitte der siebziger Jahre herum abriss, weil diese Vergehen hinfort nicht mehr als Vergehen galten. Sie waren Relikte aus alten Zeiten, in denen auch Trunkenheit, anders als heute, noch ein Verbrechen war. Etwas, für das man einfach eingebuchtet wurde.

Und dann plötzlich... als Johansson das Ende schon kannte und das Blatt sinken lassen wollte. Da sah er es. *Leuchtend wie ein Winterapfel im Kartoffelkoben.* Beihilfe zu schwerem Raubüberfall. Zweieinhalb Jahre Haft. Vor vier Jahren.

Johansson musste das noch mal lesen; Trunkenheit und Erregung öffentlichen Ärgernisses, Trunkenheit und Ärgernis, Trunkenheit und Ärgernis... kleine Diebstähle, Beschädigung fremden Eigentums, kleine Diebstähle, Beschädigung fremden Eigentums, Beihilfe zu schwerem Raubüberfall... Bußgelder, Bußgelder, Bußgelder... zweieinhalb Jahre Haft.

»Ja, verdammt«, sagte Johansson nachdenklich.

»Ja«, stimmte Wesslén zu, der natürlich Gedanken lesen konnte. »Am Ende hat er offenbar sozialen Ehrgeiz entwickelt.«

»Was war das für ein Vergehen?«, fragte Johansson. Das ging nämlich aus dem Registerauszug nicht hervor. Dort standen nur die strafrechtliche Bezeichnung und die Folgen.

»Schon komisch«, sagte Wesslén. Jetzt war er wieder der Alte. »Ich habe mir sogar einen Mikrofilm mit der ursprünglichen Anzeige geben lassen. Aber da stehen nur ein paar Zeilen. Die im Grunde nichts verraten. Ich habe die gesamte Akte bestellt, aber die ist noch nicht eingetroffen.«

»Ja«, sagte Johansson. *Du hättest mal die Weihnachtsfeste meiner Kindheit miterleben sollen. Die hätten dir gefallen.*

»... aber offenbar scheint Onkel Nisse sich an einem bewaffneten Überfall auf die Hauptfiliale der Skandinaviska Bank am Sergels Torg beteiligt zu haben. Vor viereinhalb Jahren.«

»Waaas«, rief Johansson. Seine Überraschung war so echt, dass das W richtiggehend knisterte. Er hatte sich eine Geschichte im Suff vorgestellt, die ausgeartet war. Eine Flasche Villa-Franca und ein Portemonnaie. Vielleicht ein Holzschuh auf den Kopf, weil das Opfer sich zur Wehr setzte. Aber doch nicht die Hauptfiliale der SE-Bank. Das widersprach allen Axiomen der Polizeiarbeit.

»Bist du ganz sicher?« *Auch im Computerregister konnte es zu Fehlern kommen.* Das war nicht oft der Fall, aber es kam vor, und das wusste Johansson nur zu gut.

Wesslén zuckte mit den Schultern. Zum wievielten Mal er das tat, hatte Johansson vergessen.

»Es steht nun mal so da. Wir werden es ja sehen, wenn ich die Akten bekomme. Was immer das mit der Sache zu tun haben mag. Mit unserer Ermittlung, meine ich.« Er zuckte mit den Schultern.

Ehe sie sich trennten, beschlossen sie ihr weiteres Vorgehen. Genauer gesagt, Wessléns weiteres Vorgehen, denn Johansson wollte sich vom Dienst davonstehlen und nach Ångermanland heimfahren, um Elche zu jagen. *Dafür ist man schließlich Chef.*

Wesslén dagegen wollte das Wochenende nutzen. Onkel Nisses Arzt in Sabbatsberg aufsuchen, mit Nilssons Tochter reden, falls er ihrer habhaft werden konnte. Er hatte bereits erfolglos versucht, sie anzurufen. Vielleicht saß sie in der

45

Redaktion des »Expressen« und tischte Erinnerungen an ihre glückliche Kindheit auf? Und er wollte Nils Rune Nilsson selbst vernehmen. Falls der nun ansprechbar wäre.

»Viel Glück«, sagte Johansson. »Du hast meinen Zettel gesehen?«

Sicher. Wesslén hatte Johanssons Erinnerungsnotiz an den Besuch im Krankenhaus gelesen. Außerdem hatte er offenbar das Musiklexikon registriert.

»Du hast keine Ahnung, was er gemeint haben kann?« Wesslén schielte zu dem grünen Leinenband rüber, der im Regal hinter Johanssons Schreibtisch lag.

»Nix«, sagte Johansson. »Vielleicht war es ein Codewort, damals beim Banküberfall. Frag ihn doch selber. Bestimmt kriegen wir eine Belohnung, die wir uns teilen können.«

»Sicher«, stimmte Wesslén zu. Wand sich aus dem Sessel, nickte kurz und verschwand so unmerklich wie ein ungewöhnlich langer und magerer Geist aus der Flasche.

Während Wessléns gehetzter Schatten durch die langen Gänge des Polizeigebäudes verschwindet und Jansson Gott weiß was unternimmt – in seinem Zimmer ist er jedenfalls nicht – packt der Chef vons Ganze, Polizeidirektor Lars Martin Johansson, seine Sachen zusammen, verabschiedet sich höflich von seiner Sekretärin und fährt dann mit dem Fahrstuhl in den Keller und die Tiefgarage des Polizeigebäudes. Dort steht das Auto, das er ausgeliehen hat. Ein ganz normaler grüner Volvo, der ihn hoffentlich, ein toller Chauffeur ist Johansson nämlich nicht, ohne Missgeschicke in eine bessere und redlichere Welt befördern wird.

46

10

Und er gelangte dorthin. Zum Sumpfgelände am Fluss, siebenhundert Kilometer nördlich vom großen Polizeigebäude auf Kungsholmen in Stockholm. Gleich oberhalb des Flussufers, wo Tannen und Kiefern mit gespreizten Wurzeln Front gegen die trägen Wassermassen machten. Dort war er aufgewachsen. Genauer gesagt, oben auf dem Hügel. Mehrere hundert Meter weiter oben, aber sehr viel weniger weit weg als die roten Wälder von Ådalen, die sich in weiter Ferne blau und diesig mit Gottes Himmel vereinten.

An just dieser Stelle hatte er schon oft gesessen. Auf einem Felsvorsprung, umgeben von Birken und einigen versoffenen Tannen. Wogende Büschel aus starrem Gras, Himbeersträucher, wo der Boden einigermaßen trocken ist.

Morgennebel hatte es gegeben. Ganz still und nicht allzu kalt. Im Rucksack hatte er eine stählerne Thermoskanne Kaffee, Würfelzucker und Graubrot mit Kalbssülze. Seine Mutter war mitten in der grauen Septembernacht aufgestanden, hatte für ihn, seinen Vater und seine Brüder Brote geschmiert und Kaffee gekocht. Alles eine Geste aus dem guten Leben, das ihm bisweilen gehörte.

Um kurz vor sieben an diesem magischen Samstagmorgen oberhalb des Ångermanälvs näherte er sich der zufälligen, aber logischen Vollendung. Ein grober Elchbulle, ein Zehnender, glitt aus dem Dunst. Blieb stehen, spitzte die langen Ohren und schnaubte vorsichtig in Richtung von Lars M. Der hatte den Gewehrlauf auf den schwarzen, zottigen Bug gerichtet. Dann drückte er ab. Erst nach dem Schuss merkte er, dass sein Herz schneller klopfte als sonst, und aus irgendeinem Grund musste er an die Frau denken, die ihm auf der Barnhusbrücke begegnet war.

Ein Lächeln und ein Zehnender in nur einer Woche, dachte er zufrieden. Du bist kein Polizist, Johansson. Du bist Wanderer und Jäger, und das hier ist das Jahr der Gnade.

11

Nils Rune Nilsson hatte eine zweiunddreißigjährige Tochter, mit der Wesslén sich schrecklich gern unterhalten hätte. Der Grund war einfach und selbstverständlich. Sie war offenbar der letzte Mensch, der mit Nilsson zu tun gehabt hatte, ehe er unten in Klara aufgegriffen worden war. Jedenfalls war sie der letzte Mensch, von dem sie wussten, dass er mit Nilsson zu tun gehabt hatte.

Den Interviews der Tochter in Zeitungen, Radio und Fernsehen zufolge hatte der Vater am Sonntagabend bei ihr gegessen. Danach hatten sie ferngesehen, und gegen neun war er dann aufgebrochen. Er war nicht betrunken gewesen und hatte sofort nach Hause gehen wollen, um in den eigenen vier Wänden weiter fernzusehen.

Soweit Tochter und Massenmedien.

Da die Tochter in der Vulcanusgata unterhalb der Sankt Eriksbrücke wohnte, Nilsson dagegen in der Drejargata oben in Birkastan, nur einige Blocks weiter also, fand Wesslén das alles gelinde gesagt seltsam. Falls denn die Tochter die Wahrheit sagte. Und unter der Voraussetzung, dass der Vater sie nicht belogen und die Massenmedien nicht alles in den falschen Hals bekommen hatten.

Es ergab keinen Sinn.

Auf der einen Seite ein nüchterner oder jedenfalls nicht betrunkener Nils Rune Nilsson, der gegen neun Uhr abends die Vulcanusgata verlässt, um sich direkt nach Hause in die Drejargata zu begeben. Ein Spaziergang von vielleicht fünfhundert Metern und höchstens zehn Minuten, falls man langsam geht. Wesslén hatte das auf dem Stadtplan nachgemessen.

Auf der anderen Seite und offenbar unwiderlegbar ein sinnlos betrunkener Nilsson, der abends gegen halb zehn vor der Klara Norra Kyrkogata 21 aufgelesen wird. Ein Weg von anderthalb Kilometern in die entgegengesetzte Richtung.

Hier gab es ein Fragezeichen, das Wesslén klären wollte, und zu diesem Zweck hatte er versucht, die Tochter zu erreichen. Ihre Nummer besaß er, und er hatte den ganzen Donnerstag über bis spätabends immer wieder angerufen. Keine Antwort. Schon am Donnerstagvormittag hatte er ihre Nummer am Arbeitsplatz herauszufinden versucht, da sie um diese Zeit doch sicher dort anzutreffen sein würde, aber offenbar hatte sie keinen. Blieb noch die Möglichkeit, sie zu Hause aufzusuchen, und da die Sache ja doch sensibel war, beschloss er, das persönlich zu erledigen.

Eine hervorragende Ermittlung in diesen Zeiten der Einsparung, dachte Wesslén, als er auf dem Weg vom Polizeigebäude in die Vulcanusgata über die Sankt Eriksbrücke ging. Sowohl die Wohnung von Nilssons Tochter als auch das Krankenhaus Sabbatsberg (wo er in zwei Stunden den Stationsarzt und mit etwas Glück auch Nilsson selbst sprechen würde), die Adresse, wo man Nilsson aufgegriffen hatte, und die Arrestzelle des WD 1, in die er von der Streife dann gebracht worden war, das alles war von den Büros des Landeskriminalamts auf Kungsholmen zu Fuß zu erreichen. Außerdem war das Wetter gut, und wie Johansson bewegte er sich gern. Ihm jedoch wurden keine Blicke schöner Frauen zuteil, und sein Gehirn war mit dienstlicheren Gedanken befasst, als sie Johansson normalerweise beschäftigten.

Wesslén hatte nämlich eine Theorie zu der Frage, warum er die Tochter nicht erreichen konnte. Im Hinblick auf das Wenige, was er über sie wusste, ließ diese Theorie sich am einfachsten als Vorurteil beschreiben: Der Apfel fällt nicht weit vom Pferd.

Eine hervorragende Arbeitshypothese, dachte Wesslén. Leider fand sie keinen Platz unter den eher allgemein gehaltenen Dienstvorschriften über die Bedeutung objektiver und vorurteilsfreier Arbeit, aber er selbst hatte sie nur selten revidieren müssen.

Als er dann die Gegend sah, in der die Tochter wohnte,

kamen ihm jedoch Zweifel. Das müssen wir zugeben. Eine Oase mitten in der Millionenstadt. So nah und doch so fern dem lärmenden Verkehr oben auf der Brücke. Ein kleiner Park oberhalb der Eisenbahnlinie beim Klara Strand. Eine ruhige und stille Straße, eingerahmt von kleinen gepflegten Wohnhäusern des beginnenden zwanzigsten Jahrhunderts. Sorgfältig, aber in moderner Farbgebung renoviert. Glatte Sandsteinfassaden in Ocker, Rosa, Pistazie und Hellgrau. Steile Ziegeldächer. Am grünen vierstöckigen Haus, in dem die Tochter wohnte, war über der Tür sogar ein weißer Kalksteinfries angebracht. Zwei kleine, fette, Trompete spielende Kinder zu beiden Seiten der Hausnummer. Wesslén musterte sie missmutig.

Aufgeben wäre eine Schande, dachte er dann und betrat das Haus. Links an der Wand hing im Metallrahmen hinter Glas die übliche Liste der Mietparteien. Es waren offenbar keine großen Wohnungen, sondern solche mit höchstens einem oder zwei Zimmern. Für jede Etage vier Namen. Nilssons Tochter wohnte zwei Treppen hoch. Außerdem war ihr Name mit anderen Buchstaben geschrieben als die der übrigen Hausbewohner, was darauf hinweisen konnte, dass sie erst später eingezogen war.

Wesslén ging die Treppe hoch, obwohl es einen Fahrstuhl gab. Hier schienen vor allem ältere Menschen zu wohnen, aus den vielen verschnörkelten Messingschildern zu schließen und aus den vielen Türen, die mit Gucklöchern, stählernem Einbruchschutz und zusätzlichen Sicherheitsschlössern versehen waren.

Als Wesslén die Tür der Tochter sah, hob sich seine Stimmung ein wenig. Da gab es mehrere Dinge, die dem Gesamteindruck der Umgebung widersprachen und zugleich seine Theorie stärkten. Zum einen hing hier kein Messingschild, sondern ein handgeschriebenes Stück Pappe, das mit Heftzwecken direkt an der Tür befestigt war. Noch besser. Der Briefschlitz wies deutliche Einbruchspuren auf, und die

Türklinke baumelte lose herab. Hervorragend. Unten an der Tür waren ohne jeden Zweifel Trittspuren zu sehen. Ränder von Gummisohlen und helle Risse im dunklen Holz.

Wäre es eine normale Bude in irgendeinem Vorort gewesen, wo die Türen aus geleimtem Furnier bestehen und nicht wie hier aus massiver gebeizter Eiche, dann hätte die Tür Löcher gehabt. Eventuell ausgebessert mit Moltofill, aber jedenfalls etwas, das auch einen normalen Menschen stutzig gemacht hätte. *Hier ist ein geübter Blick vonnöten,* dachte Wesslén zufrieden.

Wäre Wesslén ein normaler Besucher gewesen, dann wäre er jetzt vor die Tür getreten und hätte geklingelt. Das tat er aber nicht. Er machte etwas, das zwar übel ist, doch leider in gewissen Kreisen unserer Gesellschaft immer wieder vorkommt. Unter Kriminalpolizisten und Einbrechern zum Beispiel.

Er schlich sich an die Tür und legte das Ohr daran. Lauschte, hörte aber nichts. Nun bückte er sich vorsichtig und hob die Klappe am Briefschlitz. Schaute hinein und horchte. Keine Fußmatte, keine Zeitung, keine Post. Nur ein brauner Korkteppich. Und nichts zu hören. Keine Stimmen oder andere menschlichen Geräusche. Nicht einmal das leise Brummen eines Kühlschranks, das man ab und zu vor ähnlich geschnittenen Wohnungen hört. Er lauschte eine halbe Minute, aber noch immer war nichts zu hören.

Weiterhin gebückt, hob er die linke Hand und drückte auf die Klingel. *Und jetzt?* Noch immer nichts zu hören. Das änderte sich erst, als er sich erhob.

Er drückte pflichtschuldig einige weitere Male auf den Klingelknopf, dann zog er einen Briefumschlag aus seiner Jacke. Einen weißen Umschlag, den er sicherheitshalber eingesteckt hatte. Der Umschlag enthielt einen Vordruck für Personen, die nicht in ihrer Wohnung waren, das waren sie übrigens fast nie, und die gebeten wurden, sich bei der Polizei zu melden. In diesem besonderen Fall wurde Nils

Rune Nilssons Tochter gebeten, sich an Kriminalkommissar Wesslén zu wenden. Adresse und Dienstnummer waren angegeben. Sicherheitshalber war auch seine Privatnummer vermerkt, für den Fall, dass sie die Mitteilung erst nach Büroschluss fand. Das war nicht üblich, aber anders als für Johansson war für Wesslén diese Ermittlung dringlich, und da er ohnehin, ebenfalls anders als Johansson, mit Dienstrang und allem im Telefonbuch stand, spielte es auch keine Rolle. Vorsichtig ließ er den weißen Umschlag durch den Briefschlitz fallen und sah zu seiner Überraschung, dass er überaus sichtbar auf dem braunen Korkteppich landete. Und das, obwohl es doch dunkel in der Wohnung war.

Zeit für den nächsten Schritt, dachte Wesslén.

Er musterte kritisch die anderen Türen und ging danach einen Stock höher. In der Wohnung, die über derjenigen der Tochter lag, fand er das Gesuchte: ein ordentliches Messingschild mit Vor- und Nachnamen des Bewohners. Einen Vornamen, der annehmen ließ, dass der Bewohner das richtige Alter hatte. Außerdem war die Tür mit Guckloch, Stahlschutz und Sicherheitsschloss versehen, dazu mit zwei Schildern am Türrahmen, die verkündeten, dass die Wohnung überwacht werde und Reklameboten, Vertreter und schnöde Bettler sich die Mühe sparen könnten.

Perfekt, dachte Wesslén, und da er all das nicht war, klingelte er. Kurz, höflich, aber zugleich energisch. *Hier wohnt ein pensionierter Versicherungsinspektor von über siebzig,* dachte er. Ein entschiedener Mann mit klaren Ansichten, der die Nachbarn genau im Auge behält und mit Vornamen Harald heißt. Letzteres ging aus dem Türschild hervor. Ein Ehrenmann, der sich nicht davor fürchtet, der Polizei behilflich zu sein, und der jedes Jahr zu Weihnachten eine Prachtausgabe vom Jahrbuch der Polizei kauft, um …

»Worum geht es?« Eine barsche Stimme erklang so plötzlich hinter der Tür, dass Wesslén zusammenfuhr.

»Kriminalpolizei«, sagte er höflich.

»Haben Sie einen Ausweis?«, fragte die Stimme.

»Ja, natürlich«, sagte Wesslén und suchte in seiner inneren Jackentasche nach seiner Brieftasche.

»Halten Sie den hoch, damit ich ihn sehen kann.« Die Stimme klang überaus befehlsgewohnt.

Wesslén tat, wie ihm geheißen, und das Klirren der Sicherheitskette auf der anderen Seite der Tür ließ darauf schließen, dass ihm geglaubt wurde. Die Tür wurde sperrangelweit aufgerissen, und vor ihm stand ein energischer grauhaariger Herr von Mitte siebzig in einer langen Strickjacke mit Gürtel, dazu Flanellhosen und ein Stock mit Gummizwinge.

»Kommissar Wesslén. Ich wollte Sie um einen Gefallen bitten.«

»Kommen Sie rein.« Der Energische nickte kurz und ging vor ihm her in die enge Diele.

Obwohl Wesslén sich in gewissen Situation so geschmeidig bewegen konnte wie ein Wiesel, hätte er fast zwei Säbel von der Wand gerissen, die über Kreuz an der Wand zum Wohnzimmer hingen.

Er wollte ihm gern behilflich sein. Tatsache war, dass er in seinem Beruf viel mit der Polizei zu tun gehabt hatte. Vor seiner Pensionierung vor etwa fünf Jahren, als Versicherungsinspektor bei der Skandia. Wesslén nickte stumm und brachte sein Begehr vor. Hatte der Herr möglicherweise in letzter Zeit Frau Nilsson gesehen?

»Die Schlampe!« Leider hatte er sie noch am selben Morgen gesehen. Er wäre wirklich dankbar, wenn die Polizei genügend Zivilcourage zeigte, sich die und ihren kriminellen Verlobten ebenso energisch vorzunehmen, wie sie es ja offenbar mit ihrem saufenden Vater gemacht hatte.

»Ehre solchen Männern«, fügte der Inspektor a.D. noch hinzu.

Wesslén hatte eine wache Ahnung, welche Männer gemeint waren, und begnügte sich mit einem neutralen Nicken.

»Feste, Lärm im Suff, Dreck. Ich habe mich in den sechs Monaten, in denen sie hier jetzt wohnt, schon dreimal beim Vermieter beschwert. Vandalismus im Treppenhaus ... erst am Sonntag hat der Verlobte versucht, die Tür einzutreten.«

»Ach?« *Jetzt wird es heiß*, dachte Wesslén.

O ja. Zuerst die übliche lärmende Zecherei den ganzen Nachmittag. Er hatte mit dem Stock aufs Parkett geklopft. Er zeigte auf die schwarzen Abdrücke der Gummizwinge. Dann war es erst richtig losgegangen. Irgendwann während der Fernsehnachrichten. Lärm und Geschrei im Treppenhaus, da hatte er seine Tür geöffnet und sich das angehört. Gerade rechtzeitig, um mitzubekommen, dass die Tür unten zugeschlagen wurde und der Verlobte darauf losmarschierte. Danach waren sie verschwunden.

»Sie?«, fragte Wesslén. *Irgendwann so gegen acht*, dachte er.

»Der Verlobte und ein älterer Penner, den ich noch nie gesehen habe«, erklärte der Grauhaarige. »Ich habe vom Fenster aus gesehen, wie sie gekommen sind, und aus den Zeitungen habe ich erfahren, dass es sich um ihren Vater gehandelt haben muss. Ja, ja, der Apfel fällt nicht weit vom Pferd, wie man so sagt.« Er nickte Wesslén nachdrücklich zu.

»Ja, ja«, sagte Wesslén. »Sie wissen nicht zufällig ...«

»Seltsam, dass Sie den Verlobten nicht auch festgenommen haben«, fiel ihm sein Gastgeber ins Wort. »Aber na ja.« Er zwinkerte konspiratorisch. »Ach, so ist das ... um den geht es Ihnen eigentlich.«

»Gewissermaßen«, stimmte Wesslén zu. »Sie wissen nicht zufällig, wie er heißt?«

»Nein, aber seine Autonummer habe ich notiert. Moment mal.« Er erhob sich mit einer gewissen Mühe aus seinem Sessel, in dem er mit ausgestrecktem rechten Bein gesessen hatte, und humpelte zu einer Schreibtischplatte aus Mahagonifurnier. »Ich habe sie hinten auf meine Visitenkarte geschrieben. Die können Sie behalten. Die Nummer stimmt übrigens noch. Ich wohne hier seit dreißig Jahren. Gerade richtig für einen Junggesellen.«

»Nette Wohnung.« Wesslén war aufgestanden und hatte die Karte eingesteckt. Er schaute sich mit beifälligen Blicken in dem bräunlichen und übermöblierten Zimmer um.

»Ja«, stimmte der Grauhaarige zu. »Wenn man nur die da unten loswerden könnte.«

»Wir werden sehen, was sich machen lässt.« Wesslén gab sich alle Mühe, umgänglich und dienstwillig auszusehen. »Ich muss mich wirklich bedanken.« Er wühlte in seiner Jackentasche. »Hier ist meine Karte. Rufen Sie bitte an, wenn was sein sollte.«

»Herr Kriminalkommissar.« Der Versicherungsinspektor a. D. nickte beifällig. »Ich bringe Sie zur Tür.«

»Danke«, sagte Wesslén, »aber das ...«

»Keine Ursache.« Sein Gastgeber humpelte vor ihm her in die Diele. »Hier hab ich übrigens etwas, das Sie interessieren wird.«

Er zeigte mit dem Stock auf ein Bücherregal aus dunkler furnierter Eiche, das die Wand bedeckte.

»Das Jahrbuch der Polizei. Alle Jahrgänge. Kauf ich mir immer zu Weihnachen.«

Wesslén nickte beifällig zum obersten Regalfach hoch. *Du bist ein Genie, Wesslén,* dachte er.

»Sie sind ein Bücherfreund, Herr Versicherungsinspektor.«

»Nennen Sie mich Harald.« Er streckte eine ruhige Greisenhand aus. »Ich bin ja wohl der Ältere.«

»Gunnar«, sagte Wesslén höflich. Fast hätte er Sherlock gesagt.

Unten blieb er noch einmal vor der Tür der Tochter stehen. Horchte, bückte sich und schaute durch den Briefschlitz. Derselbe braune Korkteppich, aber kein weißer Umschlag. Vorsichtig richtete er sich auf und ging.

12

Auf Sonnenschein folgt Regen. War Wessléns Besuch in der Vulcanusgata ein Erfolg gewesen, wurde seine Begegnung mit Nilssons Stationsarzt zum Fiasko. Ein sensiblerer Mensch als Wesslén hätte wohl noch härtere Worte benutzt und von einer zwischenmenschlichen Katastrophe gesprochen.

Zuerst hatte er über eine Viertelstunde warten müssen, obwohl sie eine Uhrzeit vereinbart hatten. Das belustigte Lächeln der Krankenschwester, von der er zum Wartezimmer des Arztes geführt worden war, hatte ihm klar gemacht, dass er vermutlich ohne Not dort herumsaß. Dass er auf jemanden wartete, der nicht sonderlich viel zu tun hatte, aber das Wartenlassen als Umgangsform verstand.

Als man ihn endlich vorgelassen hatte, war natürlich von Anfang an alles schief gegangen. Auf der anderen Seite vom Schreibtisch saß ein Mann, der die Polizei nicht schätzte. Als Individuen, als Gruppe, als Beruf, einfach als Rasse. Wesslén wusste nicht, warum, spürte es aber ganz stark, und dieses Gefühl hatte ihn noch nie getrogen. Es war genau wie zuvor bei Nilssons Tochter. Der er noch nie begegnet war.

Der Stationsarzt war ein adretter kleiner Mann von Mitte dreißig. Er hatte sich hinter einem leeren Schreibtisch verschanzt, der nicht groß genug war, um bedeutendere Papierhaufen zu dulden, ohne seinen Status zu verlieren. Der Arzt hatte dunkle, sorgsam gekämmte Haare, trug eine rahmenlose Brille und den üblichen weißen Kittel. Ein adretter kleiner Mann, fast pedantisch, mit kleinen, abgemessenen Bewegungen. Wesslén seinerseits gab sich alle Mühe, es ihm nachzutun, und da er, anders als der Arzt, großzügige äußerliche Voraussetzungen hatte, wirkte er so herzlich wie ein katholischer Geistlicher, der soeben den Küster beim Versuch erwischt hat, ein Beichtkind zu verführen.

Zuerst erklärte er den Grund seines Besuchs. Genau und umständlich, denn das gehörte zu seiner Taktik. Der neuen Taktik, die er im Wartezimmer entworfen und die er umzusetzen beschlossen hatte, sowie er vom Arzt begrüßt worden war. Der ließ sich nicht lumpen. Er ließ sich im Sessel zurücksinken, stützte die Ellbogen auf die Armlehnen und formte aus seinen Fingerspitzen ein Dach. *Geck*, dachte Wesslén. Selbst schuld.

»Ich habe Ihre Kommentare in den Massenmedien gelesen, und da verstehe ich eins nicht so recht«, sagte Wesslén gelassen.

»Ach? Und was?« Jetzt ließ er die Hände sinken, aber sein Tonfall sagte alles.

»Also. Wenn ich das, was Sie gesagt haben, mit den Gesprächen vergleiche, die Sie am Montag mit unseren Ermittlern geführt haben.« Wesslén ließ die Papiere auf seinen Knien rascheln.

»Jetzt muss ich Sie doch bitten, sich etwas klarer auszudrücken, Herr Kommissar.« Die Wangen des Arztes färbten sich.

»Kriminalinspektor Lewin ... der Sie am Montag aufgesucht hat ... ist der Meinung, Sie hätten eine präliminare Aussage gemacht ... eine mündliche Aussage während dieses Gesprächs ... die sich deutlich von dem unterscheidet, was Sie später über die Entstehung von Nilssons Wunden gesagt haben.«

»Ich verstehe nicht, wie er zu diesem Eindruck gelangt sein kann.« Jetzt stützte er die Ellbogen auf den Schreibtisch und fixierte Wesslén.

»Er sagt ... ich zitiere«, sagte Wesslén, und da sein Gedächtnis hervorragend war, zitierte er eher, als dass er aus Johanssons Aufzeichnungen über dessen Besuch bei Onkel Nisse vorlas, nicht einmal aus Lewins Bericht, den er in der Eile nicht hatte finden können. Von der anderen Schreibtischseite her war das ja nicht zu erkennen. »Ich zitiere ... dass Sie nach der ersten Untersuchung nicht sagen können ... jedenfalls nicht mit Sicherheit ... ob Nilssons Verletzungen von anderer Seite verursacht wurden oder von ihm selbst, indem er zum Beispiel gegen eine Tür oder zu Boden gefallen ist.« Wesslén schlug sicherheitshalber den Ordner wieder zu, ehe er seinen Widersacher auf der anderen Schreibtischseite musterte.

»Soll das ein Zitat sein?« Die Stimme klang spöttisch.

»Sehen Sie selbst.« Wesslén schlug den Ordner wieder auf, suchte Lewins Aktennotiz heraus und reichte sie rüber. »Sie meinen also, dass Sie das nicht gesagt haben?« *Hoffentlich hat Lewin das Band noch.*

Aber auch der Arzt besaß ein gutes Gedächtnis. Dass sein Gespräch mit Lewin auf Band aufgenommen worden war, wusste er offenbar genau. Und wenn nicht, stand das auf dem Zettel, den er gerade las. Er ließ sich Zeit, ehe er ihn zurückgab, und jetzt war er wieder er selbst. Die leichte Röte auf Wangen und Ohrläppchen verschwand, und seine Fingerspitzen hatten wieder zueinander gefunden. »Für einen Laien mag das einfach wirken.« Zurückgelehnt und die Finger zu einem Dach gespitzt. »Ich habe diesem Kriminalinspektor gegenüber ausdrücklich betont ...«

»Lewin.« *Spiel hier kein Theater,* dachte Wesslén.

»Lewin, ja. Ich habe ausdrücklich betont, dass ich bisher nur einen kurzen Blick auf den Patienten werfen konnte. Wir kamen auch überein, er und ich ... wie wichtig eine ordentliche gerichtsmedizinische Untersuchung wäre, und wir beschlossen, dass ich ein Gutachten schreibe.« Er blickte Wesslén nachsichtig an.

»Jaa«, sagte Wesslén.

»Ja.« Der Arzt räusperte sich. »Ich bin jetzt fertig damit und wollte es gleich nach dem Wochenende abschicken. Falls es noch benötigt wird. Die Ermittlungen sind doch eingestellt worden, wenn ich das richtig verstanden habe.« Noch ein Räuspern und ein Themenwechsel. »Und Sie«, er musterte Wesslén belustigt, »Sie scheinen ja einen eigenen Arzt zu haben. Es war doch gerade erst einer in ihrem Auftrag hier und hat ihn sich angesehen. Nicht dass ich Probleme damit hätte.«

»Auf Wunsch des Oberstaatsanwalts von Stockholm. Ich sollte vielleicht etwas klarstellen.« Wesslén räusperte sich ebenfalls. »Es war ein Vertreter der Gerichtsmedizin in Solna. Er steht nicht im Dienst der Polizei ... sondern hilft uns in Übereinstimmung mit geltenden Gesetzen und Vorschriften und ist selbstverständlich ganz und gar unabhängig von der Polizei.«

»Eine Art Aushilfe, ja«, erklärte der Arzt rasch und zufrieden. »Wie dem auch sei. Meine spätere Einschätzung ...« Jetzt starrte er seinen Besucher an, um klarzustellen, dass der hier nicht der Vernehmungsleiter war. Eher ein schwieriger Patient. »Meine ursprüngliche Einschätzung diente als Grundlage einer teilweise veränderten und überzeugenderen Schlussfolgerung. Nämlich dass aller Wahrscheinlichkeit nach Nilssons Verletzungen durch Gewaltanwendung entstanden sind, der er von Seiten einer anderen Person ausgesetzt war. Und dass hier nicht die Rede sein kann von selbst verursachten, sturzbedingten Verletzungen.«

»Ich wäre Ihnen sehr verbunden ...« Wesslén platzierte seine Worte genüsslich und genau, »wenn Sie mir eine Kopie des Gutachtens, das Sie Anfang nächster Woche an die Polizei zu schicken gedenken, zukommen lassen könnten.« *Dann hab ich immerhin dein Wochenende ruiniert*, dachte er.

Der Arzt nickte kurz. Selbstverständlich.

»Könnte ich wohl den Patienten sehen?«, fragte Wesslén.

Konnte er. Der Stationsarzt sah so zufrieden aus, als er ihn zu Nilssons Zimmer lotste, dass Wesslén sich dazu gratulierte, keine Kommentare über die gerichtsmedizinischen Qualifikationen des Doktors abgegeben zu haben. *Und ihr eigener Arzt war ja sowieso schon dort gewesen.*

Der Besuch bei Onkel Nisse war ebenso angenehm wie das Gespräch mit dem, der die Verantwortung für seine Behandlung trug. Und es wurde zu einem Punktsieg für Letzteren.

Ob Nilsson bewusstlos war oder einfach schlief, konnte Wesslén nicht erkennen. Der Stationsarzt erklärte, er schlafe, habe aber auch in wachem Zustand kein Bewusstsein für das, was um ihn herum geschehe. Deshalb gebe es keinen polizeilich relevanten Grund, ihn zu wecken. Einen medizinischen schon gar nicht. Also standen sie beide stumm neben dem Bett und sahen den Mann an.

»Na? Was meinen Sie, Herr Kommissar?« Der Arzt blickte ihn säuerlich an. »Sieht er aus wie einer, der umgekippt ist und sich ein paar Schrammen zugezogen hat?«

Nein, dachte Wesslén. Das tut er wahrlich nicht. Aber er sagte es nicht.

»Ich bin kein Arzt.« Er nickte dem Doktor kurz zu.

13

Am Morgen hatte Wesslén seinen Tag genau geplant. Nach dem Besuch im Krankenhaus hatte er seine Tochter aus dem Kindergarten abholen wollen. Das tat er nicht. Er fuhr mit dem Taxi vom Krankenhaus zum Polizeigebäude. Obwohl es in Gehweite lag und gutes Wetter war und man in Zeiten der Einsparung lebte.

Als er in seine Abteilung stürzte, war es schon zwei Uhr nachmittags, und nur einige wenige der Personen ganz oben in der Hierarchie waren noch an ihrem Arbeitsplatz. Die Übrigen waren nach dem Mittagessen zu allerlei Arbeitsgruppen, Besprechungen, Sitzungen und so genannten externen Terminen davongeeilt.

Nach erhabenem Vorbild. Der Chef vons Ganze, wenn auch nur vertretungsweise, war bereits um neun Uhr morgens zur Elchjagd aufgebrochen. Jetzt war er bereits auf der Höhe von Sundsvall und quälte sein geliehenes Fahrzeug weit über dessen Fähigkeiten und die geltenden Geschwindigkeitsbegrenzungen hinaus über die Europastraße 4. Außerdem hatte er hervorragende Laune. Anders als Wesslén, der schon ziemlich verärgert war, bis er endlich Hilfe fand. Und zwar von der Abteilungssekretärin, die ihre Hilfsbereitschaft mit dem abteilungseigenen Aspi teilen musste.

»Stell fest, wem dieses Auto gehört.« Er reichte der Sekretärin, die vom Aspi eifersüchtig beäugt wurde, die Visitenkarte des Versicherungsinspektors mit der Autonummer.

»Besorg das Foto vom Besitzer … und dann kannst du«, er wendete sich an den Aspi, »zum Inhaber dieser Visitenkarte fahren, ihn von mir grüßen, ihm das Foto zeigen und fragen, ob es der Richtige ist. Aber ruf vorher an und frag, ob ihm das recht ist.« Der Aspi nickte glücklich.

»Du kannst den Abteilungswagen nehmen.« Wesslén nickte zum Schlüsselschrank an der Wand rüber. »Du hast doch einen Führerschein?« Jetzt sah der andere verletzt aus. Offenbar hatte er einen.

»Na gut«, sagte Wesslén. »Wenn es der Richtige ist, dann will ich alles über ihn wissen. Und in frühestens zwei Stunden ruft ihr bei mir zu Hause an und berichtet. Es darf auch später sein. Ist das klar?«

Die Miene des Aspi erweckte nicht gerade Vertrauen.

»Ich wollte nur wissen … dieser Richtige, wer ist das?«

»Kann dir ja wohl egal sein«, sagte Wesslén kurz. »Grüß einfach von mir und frag, ob es der Richtige ist. Frag, ob das der Verlobte von Frau Nilsson ist.«

»Komm jetzt«, sagte die Sekretärin entschieden und packte ihren Gehilfen am Arm. »Wir können doch nicht den ganzen Tag verquatschen.«

Und nun noch ein Taxi. Wesslén schaute auf seine Armbanduhr. Halb drei. Da Freitag war, nahm er sich eins auf der Straße. »Norra Stationsgata«, sagte er kurz, ehe er sich neben den Fahrer zwängte.

Und er wurde in die Norra Stationsgata gefahren. Genauer gesagt zu dem Kindergarten, den seine Tochter besuchte und der im ganzen Land für seine schlechte Luft bekannt war. All die Abgase der großen Verkehrsader draußen trübten die kindlichen Gemüter der Kleinen und schwärzten ihre zarten Lungen. Wesslén fand das gar nicht komisch. Er hatte seiner Tochter wegen mit dem Rauchen aufgehört und konnte sich noch immer schrecklich ärgern, wenn seine Mitbewohnerin ein seltenes Mal zur Zigarette griff.

Aber man merkte es ihr wirklich nicht an. Sie sah ebenso gesund und strahlend aus wie die Kinder in der Babykostwerbung.

Die dreijährige Tochter war Wessléns Augenstern. Was immer das sein mochte. Sie hatte ihn nämlich danach gefragt, und als er sich die Sache genauer überlegt hatte, man musste die Fragen kleiner Kinder ja schließlich ernst nehmen, war ihm aufgegangen, dass er keine Ahnung hatte. Bei genauerem Nachdenken klang es auch gar nicht mehr angenehm. Eher nach einer Art Geschwulst.

»Das ist jemand, den man schrecklich lieb hat«, erklärte er.

Sie hatte die Frage offenbar schon vergessen und war darin vertieft, eine Kautabakdose auf dem Bürgersteig mit Tritten zu bearbeiten.

Abgesehen davon, dass er keine Ahnung hatte, war der Nachmittag ein Erfolg. Sie gingen zusammen spazieren.

62

Schauten im Tiergeschäft vorbei und kauften Vogelfutter für die Vögel und Larven für die Fische. Sie bekam zwei Tüten, die sie selbst trug. Dann kauften sie Lebensmittel, und sie war schon müde und wollte in ihrem Wagen sitzen. Als sie den Vanadisväg erreichten – akzeptable Entfernung zum Polizeigebäude, falls man wie Wesslén ein schneller und beweglicher Mann in den besten mittleren Jahren war – schlief sie bereits. Sie saß in sich zusammengesunken in ihrer Karre, den Kopf auf der Brust, die Mütze auf Dreiviertel und die Hände um die Vogelfuttertüte gefaltet.

Du bist ein glücklicher Mann, dachte Wesslén, als er Kind und Tüten in den engen Fahrstuhl bugsierte.

Seine Mitbewohnerin, die Mutter des Kindes, war zu Hause, offenbar schon seit einer ganzen Weile. Das war nicht weiter erstaunlich, denn sie war Betriebswirtin und Abteilungsleiterin bei einer größeren Computerfirma. Eine typische Polizistengattin war sie wahrlich nicht, aber andererseits waren sie ja auch nicht verheiratet. Ein Kriminalkommissar von siebenundvierzig, der mit einer Betriebswirtin von zweiunddreißig zusammenlebte. Fünfzehn Jahre jünger und doppelt so hohes Gehalt. Vor allem wenn man alle Zuwendungen mitzählte, die zum Gehalt dazukamen. Es war keine sonderlich überzeugende Kombination, und wenn es überhaupt funktionierte, beruhte das wohl darauf, dass sie einander nach vier Jahren des Zusammenlebens noch immer ganz außerordentlich liebten. Das nähere Umfeld staunte und war zugleich peinlich berührt.

An diesem Tag war ihr nichts von all dem anzumerken. Sie war mit Küchenputz beschäftigt und ging so in dieser Aufgabe auf, dass sie die Küche eher abzureißen schien. *Essensgäste.* Das Freitagsritual.

»Willkommen, willkommen«, sagte sie fröhlich. Sie küsste ihre Tochter auf die Stirn, befreite sie gleichzeitig von ihrem Overall und schaffte es auch noch, Wesslén mit der

Hand über Wange und Kinn zu streichen. »Ich dachte schon, ich müsste euch vermisst melden.«

»Es war einfach zu viel los.« Wesslén lächelte sie an.

»Wir haben Essen für alle Vögel und Fische gekauft«, fiel die Tochter ihm freudestrahlend ins Wort. »Hurra, hurra.«

»Und die Sachen für mich?« Sie schaute Wesslén fragend an.

»Sicher«, sagte der. »Alles. Und jetzt bin ich total pleite.«

»Ich kann dir was leihen. Hier hat ein Irrer angerufen. Meine Schuld, ich wollte ja unbedingt, dass wir im Telefonbuch stehen. Er heißt Harald und behauptet, es sei unser Mann.«

»Ich hab ihm unsere Nummer gegeben«, gestand Wesslén schuldbewusst.

»Dann musst du mit ihm reden. Das ist er bestimmt wieder.« Das Telefon in der Diele klang ungewöhnlich dringend.

»Wesslén«, sagte Wesslén und klemmte sich den Hörer zwischen Kinn und Schulter, während er gleichzeitig den Plastikbehälter mit den Larven zu öffnen versuchte, den seine Tochter ihm auffordernd hinhielt.

»Harald hier«, verkündete am anderen Ende der Leitung eine Lautsprecherstimme.

Wesslén stöhnte in Gedanken.

»Hallo, hallo«, sagte er lahm. »Ist was passiert?«

»Dein junger Wachtmeister war vor einer halben Stunde hier und hat mir ein Foto gezeigt.« Er senkte die Stimme. »Es ist unser Mann.«

Vermutlich hält er die Hand um den Hörer, dachte Wesslén. Mitten in seiner übermöblierten Einsamkeit zwischen Säbeln, Jahrbüchern, Familienfotos und Herrenmöbeln.

»Hervorragend«, sagte er herzlich. »Dann danke ich dir sehr für deine Hilfe.«

»Keine Ursache, wirklich gar keine Ursache.« Jetzt hatte

er wieder sein altes Stimmvolumen erreicht. »Wenn mir noch mehr einfällt, melde ich mich.«

»Ja«, sagte Wesslén. »Dafür wäre ich sehr dankbar. Ich hab leider gerade einen dringenden Einsatz und muss nach Ångermanland fahren.« *Hatte Johansson nicht dorthin gewollt?* »Aber Montag bin ich wieder da, falls etwas sein sollte.«

»Gute Reise«, polterte Harald. »Grüß die Lappen.«

Sein Aspi war nicht viel besser. Wesslén hatte kaum den Hörer aufgelegt, schon rief er an. Ebenso aufgeregt wie sein Vorgänger, wenn auch nicht ganz so laut.

»Ich habe alle Informationen beschafft«, keuchte er. »Es scheint sich um eine ziemlich vorbelastete Person zu handeln. Er ist aus Långbro entwichen. Dieser psychiatrischen Klinik«, erklärte er. »Aus der geschlossenen Abteilung, deshalb wird er gesucht.« Sein Tonfall ließ keinen Zweifel aufkommen, wie er über solche Leute dachte.

»Was du nicht sagst«, sagte Wesslén mit pädagogischem Ernst. »Ist Sonja da?« Sonja war die Abteilungssekretärin.

War sie offenbar. Das hörte Wesslén an der enttäuschten Stimme. Aber der Junge hatte immerhin Recht gehabt. Die Sekretärin konnte bestätigen, dass der Betreffende in die geschlossene Abteilung der psychiatrischen Klinik Långbro eingewiesen worden und vor vierzehn Tagen beim Ausgang verschwunden war. Weshalb er seither polizeilich gesucht wurde.

Vorbelastet war er außerdem. Ihrem Tonfall konnte er anhören, dass die Vorbelastung teilweise wie erwartet war, teilweise aber auch so schwer, dass man sich lieber nicht an einem Freitagnachmittag um kurz vor fünf telefonisch darüber verbreitete.

»Wenn er gesucht wird, dann wird er auch gefasst«, sagte Wesslén. »Du könntest mir nicht zufällig einen letzten Gefallen tun, ehe du für heute nach Hause gehst?« Er bemühte sich um den angemessenen flehenden Ton.

»Doch«, sagte sie kurz.

»Wenn du kurz bei der Ermittlung anrufen könntest. Grüß von mir und frag, ob sie den Versuch machen könnten, den Kerl zu schnappen. Und wenn ihnen das gelungen ist ... dann sollen sie mich anrufen.«

»Doch«, sagte sie. »Weil du's bist.« Jetzt klang ihre Stimme ein wenig sanfter. »Unser Junior will auch noch ein Wort mit dir wechseln.«

»Ich dachte, ich könnte losfahren und Ausschau nach ihm halten, wenn du willst.« Er gab sich alle Mühe, dienstlich und korrekt zu klingen, aber das gelang ihm nicht so recht. »Ich hab die Adresse hier. Wallingata.«

Wesslén seufzte in Gedanken.

»Nett von dir«, sagte er. »Ich danke dir, aber ich hab schon die Ermittlung darum gebeten, besser, die machen das.«

Einer ist enttäuscht, und eine kommt zu spät nach Hause, dachte er und legte auf.

14

Am Samstagmorgen um halb acht klingelte im Schlafzimmer von Wesslén das Telefon. Er war seit einer Viertelstunde wach. Er lag noch im Bett und fragte sich, wie er seine Tochter weghieven könnte, ohne sie zu wecken. Seine Mitbewohnerin lag nämlich auf der anderen Seite, aber auch sie schlief, und so war von ihr keine Hilfe zu erwarten. Obwohl sie die konkrete Ursache der unsittlichen Pläne war, die ihm durchs Gehirn jagten.

»Wesslén.« Es war schwer, leise zu sprechen, ohne zu flüstern.

»Jarnebring, Ermittlung.« Eine abgehackte, energische Stimme. »Wir haben deinen Alten. Er sitzt unten in Stockholm auf der Wache.«

»Bin in einer Viertelstunde da«, sagte Wesslén leise. Er

war schon dabei, aus dem Bett zu steigen. Seine Pläne von vorhin hatte er soeben verworfen.

»Wär gut«, sagte die Stimme. »Wir warten hier zu viert.«

Zu viert, dachte Wesslén, als er mit dem Fahrstuhl aus der Garage einen Stock höher in die Wache fuhr. Wie war das denn zu verstehen? Zwei Männer von der Streife und ein Festgenommener, das macht drei. Nicht vier.

Auf dieser Wache hatte er vor vielen Jahren als Chef gesessen. Damals war er ein in die Jahre gekommener Junggeselle ohne sonderlich dringende Freizeitbeschäftigungen oder familiäre Verpflichtungen gewesen. Aber natürlich kannte ihn hier niemand mehr. Das Personal wurde regelmäßig ausgetauscht, und die meisten waren hierhin befohlen worden. So wohl auch der mäßig enthusiastische Kollege hinterm Empfangstresen.

»Ich bin mit einem gewissen Jarnebring verabredet«, sagte Wesslén. *Jarnebring?* Der Name kam ihm bekannt vor, aber er konnte ihn nicht unterbringen.

»Und wer bist du?«, fragte der Kollege. Er sah sauer aus und war schlecht rasiert.

»Wesslén, Landeskrim«, sagte Wesslén und zog seinen Ausweis hervor.

»Aha«, der Kollege hinterm Tresen warf einen zerstreuten Blick darauf, machte zwei Schritte in Richtung der inneren Gemächer und brüllte:

»Jaaarnis ... Besuch für dich. Und scheiß auf die Wurst. Die gehört der Bereitschaft.«

»Schick ihn rein.« Eine wütende Stimme von weither.

Vermutlich aus der Küche. Wesslén war mit den Räumlichkeiten durchaus vertraut.

15

Am Küchentisch saß ein großer, grober Kerl von Mitte vierzig, mit klobigen breiten Schultern, die an seinen Ohren anfingen und erst bei den behaarten Handgelenken zu enden schienen. Er hatte sich mit Kaffee, Broten und der Morgenzeitung versehen und auf den Stuhl neben seinen militärisch grünen Parka gefläzt.

Wesslén wusste auf den ersten Blick, wen er vor sich hatte. Er sah hier die eine Hälfte des in den siebziger Jahren berüchtigten Duos der zentralen Ermittlungsabteilung. Den Muskelprotz. Die größere und stärkere Hälfte. Die andere war Wessléns jetziger Chef, Polizeidirektor Lars Martin Johansson, der auch nicht gerade klein war. In seinem Fall aber handelte es sich eher um Übergewicht als um rohe Kräfte. *Johansson und Jarnebring,* dachte Wesslén. Bill und Bull.

»Setz dich«, sagte Muskelpaket freundlich, aber gebieterisch und ohne von seiner Zeitung aufzublicken.

Wesslén nahm brav ihm gegenüber Platz.

»Wir haben ihn uns vor einer Stunde geholt.« Jarnebring legte die Zeitung zusammen und schaute Wesslén aus seinen dunklen Augen an. Gut verschanzt hinter den kräftigen, geschwungenen Augenbrauen und ohne auch nur den Anflug von Lachfältchen in den Augenwinkeln.

Kann ich mir denken. Wesslén nickte höflich.

»Wo habt ihr ihn gefunden?«

»Ähhh.« Ein irritiertes Schnauben. »Er war bei sich zu Hause. Unten in der Wallingata.« Er zog ein schwarzes Notizbuch aus seiner grünen Jacke und blätterte mit einer Hand darin herum. »Ein ganz normaler Scheißalki in einer ganz normalen Scheißalkibutze. Wir haben ihn in den Arrest gesteckt.«

»Und alles ging ruhig und gesittet vor sich?« Wessléns Stimme klang leicht und unbeschwert, obwohl ihm durchaus nicht so zu Mute war.

»Was glaubst du denn?« Jetzt lächelte er Wesslén zufrieden an. »Ich und Molin waren da … der Kollege, mit dem ich zusammen fahre. So ein kleiner Scheißer. Den hätte doch jede Kindergartentante einsammeln können. Er sieht aus wie das, was hervorgekrochen kommt, wenn man einen Stein umdreht. Aber ich bin ja gar nicht so … der Landeskrim helf ich doch gern.« Wieder dieses Grinsen.

»Dafür sind wir auch sehr dankbar«, sagte Wesslén. »Ich sollte mich wohl mal mit ihm unterhalten.« Er erhob sich und schob den Stuhl unter den Tisch.

»Tu das.« Noch ein zufriedenes Nicken. »Allerdings gibt es eine Komplikation.«

»Was denn?«, fragte Wesslén abwartend. *Vier,* dachte er.

»Er hatte Damenbesuch. Die Herrschaften schliefen gerade, als wir angeklopft haben. Zwischen all den leeren Gläsern und Kotzehaufen.«

»Ach«, sagte Wesslén. »Irgendeine Bekannte?« *Ei verflucht,* dachte er, obwohl er sonst niemals fluchte.

»Kann ich mir nicht vorstellen.« Jarnebring sah Wesslén belustigt an. »Wir haben sie auch mitgenommen. Sitzt ebenfalls da draußen. Natürlich in einem Zimmer für sich, zusammen mit einem der Mädels von der Bereitschaft.« Jetzt war er dermaßen zufrieden mit sich, dass er Wesslén zuzwinkerte.

»Aha. Und wer ist sie nun?« Wesslén ließ seinen großen Kollegen nicht aus den Augen.

»Das wollte sie nicht verraten.« Jarnebring zuckte mit den Schultern. »Und da sie keine Papiere bei sich hatte … und sie war ziemlich aufsässig … und da sie mit einem Typen zusammen war, der gesucht wird … in so einem typischen Schlupfwinkel mit allerlei Diebesgut … da haben wir sie eben mitgenommen.« Er hatte beim Reden an seinen Fingern abgezählt. Jetzt hielt er eine ansehnliche Pranke mit vier gespreizten Fingern hoch.

Aha, dachte Wesslén. So war das also. Zwei und zwei

macht vier. Er wusste Bescheid und brauchte nicht zu fragen.

»Also«, sagte Jarnebring jetzt. »Wie gesagt, das haben wir gemacht, und das entspricht absolut jeder auch nur vorstellbaren Scheißregel. Und im Moment verschafft der Kollege sich alle Infos über sie.«

Wesslén nickte schweigend. Er dachte an die Zeitungen und daran, dass er sich am Wochenende vielleicht auch auf die Elchjagd verlegen sollte.

»Und er sitzt also da draußen?« Er schaute zum Verhörzimmer der Wache rüber.

»Allerdings ...« Jarnebring schien Wessléns Frage nicht gehört zu haben, »werde ich das Gefühl nicht los, dass ich die Dame schon mal irgendwo gesehen habe.«

»Kann ich mir vorstellen.« Wesslén sah keinen Grund, hier noch länger dankbar zu sein.

»... sie erinnert mich eigentlich an die Tochter von diesem Ehrenmann Onkel Nisse ... die am Sonntag im Fernsehen war. Aber natürlich ... sie erinnert mich auch an eine alte Nutte, die ich mal gesehen habe.« Er schaute Wesslén unverwandt ins Gesicht. »Ich habe sie sogar gefragt, ob sie Nilsson heißt. Aber sie hat die Antwort verweigert, und da mussten wir ihre Personalien doch überprüfen.«

»Schreib einen Zettel.« Wesslén nickte kurz. *Idiot*, dachte er.

Der Apfel fällt bekanntlich nicht sonderlich weit vom Pferd. In gewissen Kreisen fällt er sogar so dicht daneben, dass Blutsbande und juristische Formalitäten davon zerschmettert werden. »Der Verlobte«, »der angehende Schwiegersohn«, wenn er das überhaupt war, schien in allen wichtigen Punkten eine Kopie von Onkel Nisse zu sein. Alkohol hilft ja angeblich beim Verbrüdern, aber wir dürfen auch seine bemerkenswerte Fähigkeit nicht übersehen, Brüder auf die Dauer gleichzumachen, sogar rein äußerlich.

Er war um einiges jünger als Onkel Nisse. Immerhin. Und anders als beim Original konnte man hier noch immer ahnen, wie er früher ausgesehen hatte; schlank und gut gebaut mit blauen Augen und hellen, offenen Zügen. Bald würde man diese Details vernachlässigen können, vorausgesetzt, er lebte noch so lange. Ein Suffkopp mittleren Alters von dreiunddreißig Jahren mit leeren Augen, Zuckungen im Gesicht, magerem, zitterndem Körper und bebenden Händen. Prima Ware für die gesundheitsbehördlichen Plakatkampagnen, die vor dem Fluch des Alkohols warnen, und ebenso jämmerlich wie angekündigt. Vor einer guten Stunde hatten Jarnebring und Molin seinen Stein umgedreht. Nun war er hervorgekrochen und schaute aus zusammengekniffenen Augen ins Sonnenlicht.

In den vierzehn Tagen seit seiner Flucht aus der Psychiatrie hatte er sozusagen im Vorbeigehen sein betrübliches Vorstrafenregister dadurch erweitern können, dass er in einem alten Auto durch die Gegend gefahren war, welches zwar ihm gehörte, aber durchaus nicht von ihm hätte gefahren werden dürfen, nicht einmal dann, wenn er zufällig nüchtern gewesen wäre. Offenbar hatte er auch genügend gestohlenen Kram angesammelt, um eine Anklage wegen Hehlerei zu rechtfertigen. Aber während seiner Zeit in Freiheit, so nennt man es doch, hatte er vor allem in Essig gelegen.

Deshalb machte er auch keinen besonderen Krach. Im Gegenteil, er beantwortete Wessléns Fragen nach bestem Wissen und unterstützt von einem Gedächtnis von der Leistungsfähigkeit eines verwitterten Lattenzauns. Das brauchte seine Zeit, und zuerst waren Kaffee und Zigaretten angesagt. Er wollte nichts essen, und Kaffee rührte er niemals an. Zigaretten dagegen rauchte er. Den ersten Zug führte er sich mit Hilfe beider Hände zu Gemüte.

Sein Bericht sah ungefähr so aus:

Er kannte Nilsson und Tochter schon seit etlichen Jahren.

»Zehn vielleicht.« Mit der Tochter »hatte er was am Laufen«, Nilsson sah er nur sporadisch. Zuletzt am Sonntag vor einer Woche. Da hatten sie bei der Tochter zu Hause gezecht, nach einer Weile aber hatte es Krach gegeben, und er und Nilsson waren aus der Wohnung verschwunden. Es war übrigens die Tochter, die den Vater vor die Tür gesetzt hatte, und da er selbst für Letzteren eingetreten war, hatte er ihm Gesellschaft leisten müssen.

Um welche Uhrzeit?

Das wusste er nicht mehr, aber es war irgendwann am Abend gewesen. Nilsson und er hatten sich dann in die Stadt begeben. Beim Norra Bantorg hatten sich ihre Wege getrennt, nachdem sie ein Café zu betreten versucht hatten, das leider geschlossen war. An eine Schlägerei zwischen ihm und Nilsson konnte er sich nicht erinnern. Nilsson war »scheißblau« gewesen und »mehrmals auf die Fresse gefallen«. Er selbst hatte ebenfalls »kräftig einen im Tee«, aber doch nicht ganz so schlimm, und am Ende hatte er es satt, immer wieder stehen bleiben und seinem älteren Kumpel auf die Beine helfen zu müssen. Er hatte ihn ganz einfach seinem Schicksal überlassen, und wohin Nilsson dann gegangen war, da hatte er wirklich keine Ahnung. Ebenso wenig, wie er wusste, was er selbst unternommen hatte. Vermutlich war er nach Hause in die Wallingata gegangen.

Nein. Für das alles konnte er keine Zeugen nennen. Abgesehen von Nilsson natürlich.

Das Gespräch dauerte etwas über eine Stunde, mit Zigaretten, Kaffeeresten und einem von der Wache ausgeliehenen Verhörzeugen. In dieser Zeit versuchte Wesslén, nicht an die Tochter zu denken. Auch wenn das Verhör mit ihrem Bekannten auf seine Weise hervorragend gelaufen war und er sie nun mit guten Gründen zur Vernehmung holen konnte, wollte er lieber nicht an diesen Fall denken.

Deshalb registrierte er mit gemischten Gefühlen, dass sie auf ihn wartete, als er das Verhörzimmer verließ. Zusammen mit einem anderen Menschen, dem er auch nicht unbedingt begegnen wollte, nämlich Jarnebring in seinem grünen Parka. Sie saßen nebeneinander auf der Bank im Wartezimmer der Wache und schienen sich hervorragend zu verstehen.

»Frau Nilsson würde gern mit Kommissar Wesslén sprechen.« Jarnebring lächelte seine neue Freundin verständnisinnig an und verbeugte sich ironisch vor Wesslén.

Als Wesslén sein Gespräch mit Nils Rune Nilssons Tochter beendet hatte, wollte er zuerst nach Hause fahren. Doch da er Sinn fürs Praktische hatte und sich ohnehin schon im Haus aufhielt, schaute er im Archiv der Kriminalabteilung vorbei, um sich die Personalakte ihres Vaters aushändigen zu lassen. Eigentlich hatte er sie in seine Aktentasche stecken und mit nach Hause nehmen wollen, was nicht gerade legal gewesen wäre, aber sie war um einiges dicker als erwartet. Deshalb ging er auf sein Zimmer damit, und als er erst einmal mit dem Lesen angefangen hatte, blieb er sitzen.

Was die Tochter gesagt hatte? Nichts von Interesse. Im Grunde bestätigte sie, was ihr Nachbar, der Versicherungsinspektor, und ihr »Verlobter« Wesslén bereits erzählt hatten. Von den unwesentlichen Abweichungen mal abgesehen, die sich immer einstellen, weil der Mensch sich in einem so vorteilhaften Licht darstellen möchte wie nur eben möglich. Wie sie aussah, war eigentlich unwichtig. Weil sie einerseits in unserem Zusammenhang eine Nebenrolle spielt und ihr Aussehen und ihre Kleidung von gelinde gesagt zweitrangiger Bedeutung sind. Andererseits können alle, die solche Details interessieren, sich die Sache aus den Beschreibungen der ihr nahe stehenden Personen sicher zusammenreimen.

Wesslén selbst konzentrierte sich während der Vernehmung auf vier verschiedene Tatsachen, von denen jedoch keine in seinem Vernehmungsprotokoll notiert wurde.

– Dass sie im selben Jahr geboren worden war wie Wessléns Mitbewohnerin. Ansonsten gab es keine Ähnlichkeiten.
– Dass sie die angebotene Zigarette mit der Begründung abgelehnt hatte, schon eine ganze Packung erhalten zu haben.
– Dass sie, ihrem Atem nach zu urteilen, erst vor sehr kurzer Zeit Bier und möglicherweise auch Schnaps getrunken hatte.
– Dass sie aus freien Stücken und ohne die geringste Andeutung von Seiten Wessléns die Missverständnisse bedauert hatte, zu denen es zwischen ihr und dem Kollegen Jarnebring leider gekommen war. Anfangs, wohlgemerkt. Jetzt herrschte Friede Freude Eierkuchen.

Zwischen den letzten drei Beobachtungen könnte man möglicherweise einen Zusammenhang finden, aber das wurde nicht erwähnt.

Zwei grüne Ordner und ein brauner. Der braune war der älteste und hatte schon Risse im Rücken. Er war zwei Jahre vor Ausbruch des Zweiten Weltkriegs anlässlich von Nilssons militärischen Sünden angelegt worden. Vermutlich konnte er auch eine Erklärung dafür liefern, was Nilsson zu Johansson gesagt hatte, als der ihn im Krankenhaus aufgesucht hatte. Eine plausible Erklärung, wie Wesslén mit einer gewissen Zufriedenheit annahm.

Der erste grüne Ordner enthielt nichts Interessantes. Eine Litanei vom Bodensatz der Gesellschaft, und wer mag sich so was schon anhören?

Nummer zwei war ein wenig besser. Er setzte um die Mitte der siebziger Jahre ein und ließ noch genügend Platz für den Fall, dass Nilsson in seiner kriminellen Karriere weitere Meriten ansammeln würde. Gegen Ende gab es ein di-

ckes Voruntersuchungsprotokoll über seine Rolle im Raubüberfall auf die Hauptfiliale der SE-Bank am Sergels Torg.
Dem Vorsatzblatt war zu entnehmen, dass Nilsson, *Nils
Rune*, just von jenem Mann als Helfer auserkoren worden
war, mit dem Wesslén vor einer guten Stunde gesprochen
hatte. Dem »Verlobten«. Dem »Schwiegersohn in spe«.

Natürlich stutzte Wesslén, als er das sah. Für ihn kam das
überraschend. In den folgenden zehn Minuten las er konzentriert. Als er mit der Darstellung des Banküberfalls fertig
war, schüttelte er mit einem mitleidigen Lächeln den Kopf.
Er ließ alles auf seinem Zimmer liegen. Nahm seine Aktentasche und fuhr nach Hause. Die Aktentasche war leer, abgesehen von zwei von Johanssons Illusionen, und da er sie
selbst zerschlagen hatte, nahmen sie fast keinen Platz in Anspruch, und da es nicht seine eigenen waren, trug er schwer
genug an ihnen.

16

»Jetzt gehen wir alle nach Skansen«, sagte Wesslén zu seiner
Mitbewohnerin und zu seiner Tochter, sobald er im Vanadisväg zur Tür hereingekommen war. »Aber zuerst wird gegessen.« Samstag und endlich Wochenende für ihn und
seine Familie.

Großes Glück übrigens, dass es Männer wie Kommissar
Wesslén gibt. Fleißige, ehrliche Männer, die den Kommis-
sarslehrgang glänzend absolviert und die Beförderung
schon in der Tasche haben. Männer, die durch ihr emsiges
Tun die Bürokratie zusammenhalten, ihre Existenz garan-
tieren und ganz allgemein die Entwicklung voranbringen.

Ein trockener und langweiliger Patron? Ganz und gar
nicht. Eine ruhige und bedächtige Person mit einem großen
Schatz an Humor und Wärme. Es macht doch nichts, dass

er damit nicht großtut und seine nüchterne Erscheinung erst im Laufe der Zeit erkennen lässt, wer er wirklich ist.

So ganz anders als sein Chef. Der notorische Johansson mit seinen gewerkschaftlichen Meriten und einem nur selten genutzten Parteibuch als den sichtbarsten Gründen für seine Karriere. Natürlich spielt er seine Rolle geschickt und macht das offenbar schon seit längerer Zeit. Erfahren wie er ist in der Kunst, umsichtig und brutal zugleich zu sein.

Alle wesentlichen Unterschiede zwischen den beiden werden deutlich genug, wenn man sie an diesem Samstagnachmittag, dem vierzehnten September im Jahr der Gnade, gleichzeitig beobachten kann.

Vor dem Bärengraben in Skansen beugen sich Wesslén und seine Mitbewohnerin über die dreijährige Tochter. Die Kleine weint, weil ihr Eis zu den Braunbären hinuntergefallen ist, und das hatte sie nun wirklich nicht gewollt. Jetzt wird sie von ihren Eltern getröstet. Wesslén trägt grün karierte Hosen, eine halblange Wildlederjacke und ein am Hals offenes Hemd. Er sieht sportlich und jugendlich aus, und er teilt wirklich die Trauer seiner Tochter, auch wenn es ihm schwer fällt, nicht laut zu lachen. Seine Mitbewohnerin trägt einen Tweedrock und einen dazu passenden Pullover, und niemand, der sie sieht, könnte auf den Gedanken kommen, dass sie eine Altersgenossin von Nils Rune Nilssons Wrack von Tochter ist. Das kleine Kind zwischen den beiden ist so hellhäutig und bezaubernd, wie Nilssons »Schwiegersohn« es bestenfalls gewesen sein kann, als er drei Jahre alt und neu auf der Welt war. Und nicht das psychotische Wrack, dem im Krankenhaus Långbro gerade sicherheitshalber eine doppelte Dosis Heminevrin verpasst wird, während Wesslén zum Kiosk geht, um eine neue Waffel Vanille und Erdbeer zu erstehen.

Vergleichen wir das nun mit Johansson, siebenhundert Kilometer nördlich von Skansen.

Er steht auf dem elterlichen Hof in der Scheune und häutet einen ungewöhnlich kräftigen Elchbullen, den er mit dem Hydrauliklift des Waldtraktors an den Beinen aufgehängt hat. Er hat sich die Ärmel hochgekrempelt und ist bis zu den Ellenbogen mit Blut bespritzt. Sogar Wesslén – ein Stadtkind, dem es noch immer ein schlechtes Gewissen bereitet, dass er in frühester Jugend ein Eichhörnchen mit einem Stein beworfen hat – würde sehen können, dass er das hier nicht zum ersten Mal macht.

Um Johansson hat sich ungefähr die Hälfte des primitiven Stammes versammelt, der seine Familie bildet. Der alternde Vater hat sich auf Saatgutsäcke neben die Tür gesetzt. Tabak hängt in seinen Mundwinkeln, und seine Miene ist nachdenklich, was daher rührt, dass er den oberen Teil vom Gebiss festzusaugen versucht. Er hat einen steifen Rücken und wässrige Augen, aber noch hat er die Lage im Griff. Neben ihm stehen seine beiden ältesten Söhne. In Blaumann, Lederwesten und weit nach hinten geschobenen Schirmmützen. Beide grinsen zufrieden, ohne in irgendeine besondere Richtung zu schauen. Auch Johanssons alte Mutter hat sich herbeilocken lassen. Sie hält die Arme vor ihrer mageren Brust verschränkt, und das könnte als Unmut gedeutet werden, wüsste man nicht, dass sie eben erst dem Hausvater die begehrte Schnapsflasche überreicht hat und einfach nicht weiß, wohin mit den Händen.

»Das war ein fetter Teufel«, sagt Papa Johansson nachdenklich und reicht die Flasche an den Sohn weiter, der bei dieser Gelegenheit die Hauptrolle spielt. Der Sohn grinst zufrieden, wischt sich an seinen Hosenbeinen das Blut ab und trinkt einen gurgelnden Schluck. Dann nickt er und versetzt dem abgehackten und blutigen Elchkopf auf dem Zementboden einen Tritt.

»Verdammt fescher Kleiderständer.«

An Nils Rune Nilsson verschwendet er nicht einen einzigen Gedanken. Er denkt vielmehr an die graue Elchzunge, die zwischen den klaffenden Kiefern hervorbaumelt. *Ge-kochte Elchzunge mit Kartoffelpüree,* denkt er hungrig. Besser, er schneidet sie sofort heraus, ehe seine gierigen Brüder zulangen können.

17

Am folgenden Montag kam es im großen Polizeigebäude auf Kungsholmen zur Wiedervereinigung aller Verbrechensbekämpfer. Johanssons und seiner Sekretärin zum Beispiel. Oder – was in unserem Zusammenhang wichtiger ist – Johanssons und Wessléns.

Null acht null null morgens in Johanssons Zimmer war abgemacht worden, und es wäre so geschehen, wäre es nach Wesslén gegangen. Um fünf vor acht verließ er sein Zimmer ein Geschoss tiefer und ging zum Fahrstuhl. Wessléns Pünktlichkeit war sprichwörtlich – unter unhöflichen Kollegen hieß er nur Fräulein Uhr –, und daran wollte er auch nichts ändern. Schon gar nicht an diesem Tag, da es einem schusseligen Vorgesetzten zwei zerstörte Illusionen zu überreichen galt.

Aber über den Fahrstuhl hatte er keine Macht. Deshalb blieb er fast eine Viertelstunde zwischen zwei Stockwerken hängen und erschien schließlich mit klaren Stresssymptomen bei Johansson. Um null acht null neun und unwiderruflich verspätet.

»Ich bin ein wenig zu spät«, sagte er zu seiner Entschuldigung. »Ich habe eine Viertelstunde im Fahrstuhl festgesteckt. Dreizehn Minuten«, korrigierte er sich nach einem raschen Blick auf seine Armbanduhr.

Hättest auch noch fünf Minuten da hängen bleiben können, dachte Johansson. Er stand im Zimmer der Sekretärin und hatte den kritischen Moment in seinem Bericht erreicht. Den alles entscheidenden Moment, als er den Elch im Dickicht nur ahnen kann und doch beschließt aufzustehen, um besser schießen zu können. Seine Sekretärin scheint übrigens ebenso hingerissen wie er, und einen kurzen Augenblick lang schwebt ihm vor, sie unter Umständen zu fragen, ob sie irgendwann mal mitkommen möchte. Um sich den Ort des Geschehens anzusehen sozusagen. Aber von einer Reise nach Näsåker konnte gar nicht die Rede sein. Frauen waren auf der Jagd verboten. Sie brachten nur Unglück und konnten den Mund nicht halten, wenn es drauf ankam. Das hatte Papa Evert ihm schon als kleinem Jungen erzählt.

Es fehlte nur noch das Ende der Geschichte. Er hatte keine Lust, Wesslén zuliebe noch einmal von vorne anzufangen. *Wenn der nicht pünktlich sein konnte, war das ja wohl sein Problem.*

Jetzt saßen sie jedenfalls wie üblich in Johanssons Zimmer. Johansson hinter seinem großen Schreibtisch und Wesslén im Besuchersessel. Schon voll damit beschäftigt, in seinem blauen Ordner zu botanisieren.

»Shoot«, sagte Johansson, der bei Kollegen in den USA auf Studienreise gewesen war und sich im Fernsehen liebend gern Krimis anschaute.

Wesslén nickte kurz und berichtete dann von seinen Unternehmungen am Wochenende. Ein Fernsehbulle war er nun wirklich nicht, aber er hätte sicher ein guter Dozent werden können. Vor allem jetzt, wo er mit sich zufrieden war. Punkt um Punkt und in richtiger zeitlicher Reihenfolge schilderte er seine Taten. Zwischen zwei Punkten schob er Johansson immer neue Unterlagen hin. Kopien seiner eigenen penibel ausgeführten Notizen; das Gespräch mit dem Versicherungsinspektor a.D., der Besuch beim Arzt, der kurze Blick auf den Patienten und die Vernehmungen, die er am Tag drauf mit dem Verlobten und mit Nilssons Tochter geführt hatte.

Das »Beste« hatte er sich aufgespart. Die wahrscheinliche

Erklärung für Nilssons Äußerung im Krankenbett und seine eigenen Entdeckungen, was den Banküberfall anging. Seine Erfahrungen mit Johanssons altem Busenfreund Jarnebring tat er ebenfalls leichthin ab. *Warum hätte er seine Ansichten über diese dubiose Gestalt äußern sollen?* Der würde hoffentlich in dieser Ermittlung nicht mehr auftauchen, und Polizisten durften nicht schlecht über Polizisten sprechen. Das taten schon so viele andere.

Deshalb begnügte er sich damit, kurz darauf hinzuweisen, dass der Verlobte und die Tochter von den Kriminalinspektoren Jarnebring und Molin von der zentralen Fahndungsstelle Stockholm in der Wohnung des gesuchten Verlobten aufgefunden worden waren, und dass auch die Tochter mit auf die Wache gekommen war, aus mehreren und, soweit er das beurteilen konnte, triftigen Gründen.

»Ein verdammt tüchtiger Polizist«, stellte Johansson mit warmer Stimme fest.

»Entschuldige«, sagte Wesslén, dem es komisch vorkam, dass er in der dritten Person angesprochen wurde.

»Jarnebring«, erklärte Johansson ungeduldig. »Tüchtiger Ermittler. Er und ich sind in den munteren Siebzigern einige Jahre zusammen Streife gefahren. Wir haben uns seit dem Frühlingsfest nicht mehr gesehen. Ich sage dir«, Johansson nickte Wesslén nachdrücklich zu. »Den sollten wir hier im Landeskriminalamt haben. Dann würde Schwung in den Laden kommen.«

Gott behüte, dachte Wesslén. Aber das sagte er nicht. Er beschränkte sich darauf, mit neutraler Miene in seine Unterlagen zu schauen.

»Interessant, was du da sagst«, fügte Johansson hinzu, zufrieden im Sessel zurückgelehnt und die Hände im Nacken verschränkt. »Das ergibt doch ein etwas anderes Bild, als es die Massenmedien vermitteln. Wird die Gewerkschaft freuen.«

Was immer das mit der Sache zu tun haben mag, dachte

Wesslén. Die »Gewerkschaft« war die fachliche Organisation der Stockholmer Polizei und quengelte schon herum. Am Donnerstag der vergangenen Woche hatte sich unten in der Kantine einer ihrer Ombudsleute auf Wesslén gestürzt. Es war eine flüchtige Begegnung gewesen, doch er hatte noch fragen können, ob Wesslén eine Ahnung habe, wie lange die Schikanen gegen die Mitglieder noch weitergehen würden.

»Was immer das mit der Sache zu tun haben mag ... an und für sich.« Der Polizeidirektor auf der anderen Seite des Tisches schien laut nachzudenken.

»... aber das macht mir wirklich keine Sorgen«, fügte er hinzu. Wesslén nickte abwartend. Er hatte einen angenehmen Verdacht, was den Inhalt von Johanssons Überlegungen anging.

»... er war offenbar sinnlos betrunken und ist zusammen mit seinem unglückseligen Eidam durch die Gegend getorkelt, ehe er aufgegriffen wurde ... und da ist es ja nicht ganz unvorstellbar, dass der Eidam ihn abgeknutscht hat ... oder vielleicht auch die Tochter ... aber ...«

Wieder nickte Wesslén.

»Der Arsch sieht aus wie durch die Mangel gedreht. Du hast ihn doch gesehen. Oder was?« Johansson starrte Wesslén an, als sei es dessen Fehler, dass Nilsson so aussah. Wesslén begnügte sich mit einem Nicken. Das wievielte es war, wusste er schon gar nicht mehr.

»Aber die Kollegen, die ihn eingesackt haben, der Wachhabende beim Bezirk und der Wärter im Arrest bezeugen, dass er keine sichtbaren Verletzungen hatte. Nicht bei seiner Festnahme ... nicht als er in die Zelle gebracht wurde ... nicht bei den ersten beiden Inspektionen. Aber um dreiundzwanzig Uhr. Eine Viertelstunde später. Nachdem er die ganze Zeit eingeschlossen und allein in seiner Zelle gelegen hat. Da sieht er plötzlich grauenhaft aus.« Johansson knallte mit der Faust auf die Schreibunterlage.

Abermals richtig, dachte Wesslén und erwartete das Ergebnis seines Verdachts.

Das war der springende Punkt, des Pudels Kern. Der Zeitpunkt, zu dem Nilssons Verletzungen entdeckt worden waren.

Wenn diese Aussagen stimmten, dann waren die Tochter, der Verlobte und alle aus dem Kreis denkbarer Täter, die keinen Zugang zu den Arrestzellen hatten, exkulpiert. Vermutlich auch jene, von denen er festgenommen worden war, und der Wärter, bei dem er eingecheckt hatte. Natürlich nur, wenn keiner von ihnen sich die Mühe gemacht hatte, die Zelle später am Abend aufzusuchen und ihm eins in die Fresse zu hauen.

Das erschien andererseits weder logisch noch praktisch. Man schlägt doch in der Regel dann zu, wenn man wütend wird. Ein Polizist wird in der Regel wütend, wenn er in die Enge getrieben wird. Genau wie alle anderen Menschen. Also bei einer Festnahme, bei einer Durchsuchung, die ja ziemlich anstrengend sein kann, oder bei allen anderen Gelegenheiten, wenn sich jemand handgreiflich zur Wehr setzt.

Johansson fasste das alles auf seine eigene besondere Weise zusammen.

»Wer verdammt kann denn so bescheuert sein, sich über einen alten Suffkopp herzumachen, der weggetreten in seiner Zelle liegt. In einem Haus, wo es von Sozialarbeitern und anderen düsteren Gestalten nur so wimmelt?« Er schaute Wesslén fragend an.

»Ich meine«, fügte er dann hinzu und kratzte sich mit der rechten Hand am Kinn. »Wenn die Typen von der Streife ihn zusammengeschlagen hätten, dann wäre das doch in aller Ruhe unterwegs geschehen ... und wenn sie dermaßen zugelangt haben, müssten sie doch ein paar kleine Gegenanzeigen wegen gewalttätigen Widerstands und Gewalt gegen

Beamte im Dienst erstatten und überhaupt. So haben wir das jedenfalls zu meiner Zeit gehalten.«

Herrgott, dachte Wesslén.

»Aber solche Anzeigen liegen nicht vor.« Abermals schlug Johansson auf seine Schreibunterlage ein. »Und wenn der alte Arsch so ausgesehen hätte, wie er jetzt aussieht, hätte der Wachhabende doch einen Höllenlärm veranstalten müssen, als er dort abgeliefert wurde.« Johansson redete sich in Rage. »Sonst wäre er es doch, der später mit dem schwarzen Peter dasäße. Der Opa lag doch verdammt noch mal im Sterben. Jedenfalls sah er so aus.« Er schüttelte den Kopf.

»Und die von der Streife hätten das auch machen müssen«, fügte Wesslén hinzu. »Wenn der schon so zugerichtet war, als sie ihn erwischt haben.«

»Genau«, sagte Johansson nachdrücklich. »It doesn't make sense, ganz einfach.«

»Was hältst du denn für möglich?«, fragte Wesslén vorsichtig. Englisch verstand er nämlich als Ermittler der Betrugsabteilung notgedrungen, und anders als Johansson hatte er Abitur und ein Jurastudium absolviert. Letzteres abends und in erwachsenem Alter.

»Wenn ich ihn nicht gesehen hätte, würde ich sagen, dass er gestürzt ist und sich dabei verletzt hat. Das wäre das einzig Logische.« Johansson schüttelte den Kopf. »Aber ich habe ihn nun mal gesehen … und da kann ich das einfach nicht glauben.«

»Jaa?« Wesslén wollte noch mehr hören. Das war deutlich.

»Wir müssen feststellen, ob es in den Zellen Falltüren gibt.« Johansson grinste. »Der Täter ist vielleicht durchs Lüftungsventil eingestiegen. Zwischen Viertel vor elf und elf. Spaß beiseite.« Er setzte sich gerade. »Ich mach einen Vorschlag. Nämlich dass du und ich heute Abend zum WD 1 fahren und uns den Schauplatz ansehen.«

Überaus origineller Vorschlag, dachte Wesslén. Er hatte das nach dem Mittagessen erledigen wollen.

»Bist du nach dem Mittagessen schon beschäftigt?«, fragte er vorsichtig. Er dachte an seine Mitbewohnerin, seine Tochter und die gemütlichen Abende in der behaglichen Wohnung im Vanadisväg.

»Na ja«, sagte Johansson. »Ich dachte, wir könnten das heute Abend machen, wenn es ein bisschen Action gibt. Außerdem hab ich mich informiert. Heute Abend hat derselbe Typ Dienst wie an dem Abend, als Nilsson festgenommen wurde, und auch im Arrest ist derselbe Wärter. Was hältst du von zehn Uhr?«

»Punkt zweiundzwanzig null null vor dem WD 1«, sagte Wesslén. *Dann kann ich wenigstens zu Hause die Nachrichten sehen,* dachte er.

»Gut«, sagte Johansson. »Und du ... versuch, pünktlich zu sein.« Er grinste Wesslén an. »Hast du sonst noch was?«

»Zweierlei«, sagte Wesslén gelassen. Er verspürte eine gewisse Befriedigung. Nicht zuletzt nach Johanssons letzter Äußerung.

»Lass hören«, sagte Johansson umgänglich, ließ sich wieder im Sessel zurücksinken und verschränkte die Hände im Nacken.

18

Wesslén vertrat die Auffassung, dass auch Illusionen feste und geordnete Formen annehmen sollten. Das galt ganz allgemein und nicht nur, wie in diesem Fall, wenn es Verirrungen von Leuten betraf, die es besser wissen müssten. Deshalb ging er die Sache Punkt für Punkt und in chronologischer Reihenfolge durch.

Zuerst fand er eine Erklärung, eine plausible Erklärung für Nils Rune Nilssons seltsame Äußerung Johansson gegenüber im Krankenhaus Sabbatsberg am Mittwochnachmittag des elften September. Dieser geheimnisvolle »Björneborger«, der offenbar einen fantasiebegabten Polizeidirektor dazu veranlasst hatte, die arg gebeutelte Kasse des Landeskriminalamts mit an die zweihundertfünfzig Kronen für den Ankauf eines größeren Musiklexikons zu belasten. Aber Letzteres sagte er nicht, denn er wusste nicht recht, wie es sich mit dem Bezahlen verhielt. Wesslén brachte harte Tatsachen vor. Andeutungen waren nicht sein Metier.

Der Fall war der, dass er bei der Lektüre von Nils Rune Nilssons Personalakte mehrere interessante Entdeckungen gemacht hatte, die Nilssons Hintergrund und sein früheres Leben betrafen. Unter anderem war ihm aufgefallen, dass Nilsson kein normaler Wehrpflichtiger gewesen war. Er hatte eine Ausbildung als Regimentsmusiker gemacht und war bei seiner unehrenhaften Entlassung Musikkorporal bei der Königlichen Leibgarde in Stockholm gewesen. Er spielte außerdem verschiedene Instrumente. Vor allem Blasinstrumente, dazu Klavier, Akkordeon und Geige.

Mehrere Eintragungen bezogen sich auf Verstöße gegen die lokale Gesetzgebung. Genauer gesagt hatte er sich auf die Art von Bettelei verlegt, die in gewissen Kreisen unter der Bezeichnung Straßenmusik läuft. Zwei von den vielen Diebstählen, für die er während der fünfziger Jahre verurteilt worden war, hatte er offenbar in Zusammenhang mit einem Engagement als Musiker in einem Hotel in Avesta begangen.

»Diebstahl eines grünen Borsalinos und eines Paares Galoschen aus der Hotelgarderobe«, teilte Wesslén mit, die Nase in den Unterlagen vergraben.

»Der Kerl ist ganz einfach Musiker«, fasste er zusammen. »Einen richtigen Beruf scheint er nie gehabt zu haben. Er ist als Musiker ausgebildet und hat sich hauptsächlich davon ernährt ... jaa, und natürlich von Sozialhilfe«, fügte er pedantisch hinzu.

Johansson nickte nachdenklich, sah aber nicht gerade beschämt aus.

»Was er da über den Björneborger Marsch gesagt hat ...« Wesslén bedachte seinen irregeleiteten Chef mit einem auffordernden Blick, »ist ihm wahrscheinlich in diesem Moment einfach so durch den Kopf gegangen. Du sagst doch selbst, dass er total weggetreten war. – Ich glaube jedenfalls nicht, dass er sich was Besonderes dabei gedacht hat«, fügte er entschieden hinzu. »Etwas, das für unsere Ermittlung von Bedeutung sein könnte.«

Johansson zuckte mit den Schultern.

»Weggetreten hin oder her«, sagte er vage. »Vielleicht hast du ja Recht. Ich dachte, er wollte mir etwas mitteilen. Den Eindruck hatte ich eben. Hast du sonst noch was?«

»Den Banküberfall«, sagte Wesslén. »Ich möchte dringend dazu raten, dass wir uns den ansehen, ehe wir diese Diskussion fortsetzen.« *Manche lernen's nie*, dachte er.

19

An einem ungewöhnlich kalten und windigen Frühlingstag im Mai hatten Nils Rune Nilsson und sein angehender Schwiegersohn die Hauptfiliale der SE-Bank am Sergels Torg überfallen. Es gab unterschiedliche Versionen über den Handlungsverlauf, und Onkel Nisses Version hatte niemand glauben mögen. Die war einfach zu fantastisch. Also hatte das Gericht sich der Darstellung der Polizei und des Schwiegersohns angeschlossen. Während des Verhörs hatte der sich nämlich als überaus hart gesottener und verschlagener Verbrecher entpuppt. Auch Nilsson wurde jedoch an den Ohren genommen. In seiner Urteilsbegründung erklärte das Gericht, es sehe »keinen Grund, Nilssons Bericht über den Tathergang Glauben zu schenken«. Und entsprechend war das Urteil ausgefallen.

Das Gericht hatte keinen Grund gesehen, Wesslén sah das anders. Er war davon überzeugt, dass Nilsson die Wahrheit gesagt hatte, und wer Wessléns unheimlich klarsichtiges Vermögen kennt, die Wirklichkeit hinter nebulösen Vorgängen zu erahnen, wird sich ihm anschließen.

Ungefähr so war die Sache also laut Nilsson verlaufen: An einem »richtig miesen Mittwoch« hatte er am U-Bahn-Eingang bei der Rådmansgata Klarinette gespielt, als plötzlich der Eidam aufgetaucht war. Nilssons Lage ist kritisch. Er hat zwar gedroht, geschnaubt und mit dem Fuß aufgestampft wie ein Besessener, aber er ist fast noch immer so arm wie vorhin, als er hier eingetroffen ist. Er hat Krämpfe in Fingern, Füßen und Knien. Der letzte Schluck Wermut ist zur Neige gegangen, als er sich an »Mood Indigo« gemacht hat, und vom roten Samtboden der Klarinettenhülle grinsen ihn die kleinen Münzen höhnisch an. Kapital, das einfach nicht ausreicht für die Flasche Wermut, die er braucht, um bis zum nächsten Tag zu überleben. Außerdem wird in einer knappen Stunde der Alkoholladen schließen, und danach steigen die Preise um hundert Prozent.

Doch nun erscheint der Schwiegersohn wie ein Retter in der Not. Mitten in »There have to be changes made«. Sie werden eine Bank überfallen, und der Junge hat alle nötigen Hilfsmittel bei sich.

Gesagt, getan, und Not kennt kein Gebot. Der Eidam ist tatendurstig und keinesfalls betrunkener als Nilsson. Und hier gilt es, sich zu beeilen, damit man nachher noch in den Alkoholladen gehen kann. Onkel Nisse packt zusammen und läuft mit seinem Kumpan den Sveaväg hoch. In Richtung Sergels Torg, wo geeignete Banken liegen.

Erst bei der Hamngata finden sie eine, die noch geöffnet hat. Das gewaltige Monument für den Mammon, das die SE-Bank fünfzehn Jahre zuvor errichtet hat und das in seiner Eigenschaft als Hauptfiliale erst um achtzehn Uhr schließt. Jetzt dreht der Schwiegersohn eine kurze Erkundungsrunde, kehrt zurück und erteilt Instruktionen. Er wird hineingehen und die Bank ausrauben – er zeigt zur Erklärung auf die riesige Marmorhalle, die sich hinter den Glastüren ausbreitet –, während Nilsson draußen Schmiere steht. Danach getrennter Rückzug und Treffen am üblichen Ort, dem Pissoir am Odenplan, wo die Beute in aller Ruhe geteilt werden kann.

»Heute Abend weiß ich zwei, die wild zechen werden«, sagt er aufmunternd und verschwindet durch die Glastüren, während Nilsson mit der Klarinettenhülle unterm Arm und dem Scharfblick eines uralten Adlers Stellung bezieht.

Was in der Bank dann wirklich geschehen ist, bleibt unklar. Hier gibt es aus natürlichen Gründen keinen Zugang über Nilssons hervorragende Darstellung. Der Eidam aber ist offenbar vor dem Wechselschalter gelandet. Dem Staatsanwalt zufolge war das auch so geplant. Gleich nach der Tat wollten die Täter sich ins Ausland begeben und sich natürlich unnötige Wechselmanöver ersparen. Die Behauptung der Verteidigung, die Nerven seines Mandanten hätten versagt, weshalb er sich die einzige Kasse ohne Warteschlange ausgesucht habe, wird von ebenjenem Mandanten empört bestritten, vom Staatsanwalt lächerlich gemacht und am Ende vom Gericht zurückgewiesen.

Egal. Jedenfalls ist es so, dass er nicht weniger als dreihundertzwanzigtausend Kronen in diversen Währungen an sich reißt. Vor allem Dollar und D-Mark, geht man nach dem Wert, und einen ansehnlichen Stapel Lire, geht man nach der Quantität.

Der Volontär in der Bank, der sein Opfer wurde, gab während der Hauptverhandlung an, schon als Kind nervös gewesen zu sein und es nun für angebracht zu halten, sich einen anderen Job zu suchen. Am Vortag hatte er einen Vortrag gehört zum Thema, wie Bankpersonal sich bei Überfällen schützen kann. Nachts hatte er wach gelegen und war am Tag des Überfalls von Magenschmerzen gequält worden. Und so hatte er schon eine halbe Stunde vor Feierabend mit der Abrechnung angefangen und das gesamte Kapital vor sich ausgebreitet, als der Bankräuber mit einer Strickmütze über dem Gesicht, mit drohendem Revolver und ausgestreckter Papiertüte vor ihm auftauchte.

Seine einzige Erinnerung an den Überfall besteht übrigens in dem, was der Schutzbeauftragte der Bank am Ende des Vortrags gesagt hatte.

»Versucht nicht, den Helden zu spielen. Tut, was der Bankräuber sagt. Und löst erst Alarm aus, wenn ihr in Sicherheit seid.«

Diese Ratschläge hat er befolgt. Als der Bankräuber mit voll gestopfter Tüte davonläuft, lässt der Kassierer sich zu Boden fallen und geht in Deckung. Leider landet er viel zu weit vom Alarmknopf entfernt und brüllt deshalb aus voller Kehle:

»Überfall, Hilfe, Hiiilfe!«

Seine Rufe werden von etwa zwanzig Kollegen gehört, die gleichzeitig auf sämtliche in der Bank befindlichen Alarmknöpfe drücken.

Das Alarmsystem der Bank ist direkt mit der Einsatzzentrale der Stockholmer Polizei verbunden. Sekunden vorher sitzen alle in schöner Ruhe hinter ihren Kaffeetassen und bewundern das stabile Verkehrschaos, das sich um diese Zeit immer auf den Fernsehschirmen und Planungstischen der Zentrale abspielt.

Und dann reißt Beelzebub persönlich sich los.

Überfall auf die Hauptfiliale der SE-Bank, und alle, die das Piepsen der Alarmknöpfe vernehmen, begreifen, dass sich ein Jahrhundertverbrechen ereignet. Der dritte, wenn auch reichlich verspätete Teil der Trilogie, die mit dem Drama am Norrmalmstorg gestartet und mit dem Terroranschlag auf die Botschaft der BRD fortgesetzt worden war.

Alle Einsatzkräfte, und das sind wirklich nicht wenige, werden hingeschickt, und schon nach einer Minute drängen sich mit heulenden Sirenen und peitschendem Blaulicht die schwarzweißen Fahrzeuge vor der Bank.

Onkel Nisse, denn wir können uns jetzt wieder seinen Beobachtungen zuwenden, begreift, dass »etwas schief gelaufen ist«. Er schaut durch die Glastüren, um den Eidam zu warnen, kann ihn aber in der aufgewühlten Menschenmenge auf der anderen Seite nicht entdecken. Außerdem wird er vom Einsatzleiter der ersten Streife vor Ort, der sich offenbar um seine Sicherheit sorgt, fortkomplimentiert.

»Verpiss dich, du mieser Suffkopp, eh dir der Arsch weggeschossen wird«, rät er fürsorglich, worauf Nilsson es für sinnvoller hält, sich unter die ein Stück weit entfernten Zuschauer zu mischen.

Der Bankräuber wird von der Ordnungsmacht relativ schnell identifiziert, obwohl so viele Leute unterwegs sind. Ein Grund kann sein, dass er die Bank als Einziger mit einer Mütze über dem Gesicht und einem riesigen Revolver in der rechten Hand verlässt. Einem Revolver von der bekannten Marke Buffalo Bill; silberner Kunststoff und ein roter Kolben aus demselben Material.

Trotz dieses Hilfsmittels wird er rasch entwaffnet. Das knappe Dutzend, das ihn festnimmt, schlägt ihn mit Knüppeln platt wie eine Flunder und versieht ihn mit Handschellen. Danach wird er durch die wachsende Zuschauermenge getragen, der sich auch sein Kumpan angeschlossen hat.

Obwohl der Eidam nicht in bester Verfassung ist, kann er noch einen scharfen Tadel loswerden, als er an seinem nachlässigen Gehilfen vorübergeschleppt wird.

»Nennt man das Schmiere stehen?«, schreit er Onkel Nisse empört an. Das wird von drei Streifen gehört, insgesamt sechs Mann, die soeben eingetroffen sind und die Lage durchschaut haben. Wie ein Mann machen sie sich über

Onkel Nisse her. Entreißen ihm das Maschinengewehrfutte-
ral mit der Klarinette, schlagen ihn mit weihnachtsschin-
kengroßen Händen platt wie eine Flunder und versehen ihn
mit Handschellen.

Johansson hatte sich Wessléns Darstellung aufmerksam
angehört. Er verzog keine Miene und sah am Ende fast
schwermütig aus.

»Süßer Jesus«, stöhnte er. Ein tiefer Seufzer bildete den
Abschluss.

<u>20</u>

Zwei zerbrochene Illusionen mochten angehen. Er hatte sie
nicht so ernst genommen. Schlimmer waren die Auskünfte,
die seiner harrten, nachdem Wesslén gegangen war.

Zuerst eine Personalbesprechung. Die Vertreter der verschiedenen Abteilungen und der diversen Dienstkatego-
rien. Dazu die üblichen Gewerkschaftsvertreter und zwei
ranghohe Abgesandte der Arbeitgeberseite, der Landespolizeileitung.

Bei Menschen, die nicht der Polizei angehörten, war Johansson oft auf die Auffassung gestoßen, die Polizei sei eine
ganz besondere Organisation, mit übergeordnetem Ziel
und militärischer Befehlsordnung und durchsäuert von un-
erschütterlichem Korpsgeist. Polizisten hielten zusammen,
taten, wie ihnen geheißen, und zogen ihr Handeln niemals
in Zweifel. Jedenfalls verhielten sie sich mehr oder weniger
so. Kam immer drauf an, worum es gerade ging.

Ab und zu wurde versucht, ihn zu Diskussionen über
diese Ansichten zu verleiten. Bei Konferenzen und Treffen
von Bürokraten, Forschern und Politikern, wo er immer
häufiger landete. Manchmal geschah es sogar in seinem spo-
radischen Sozialleben. Aber nur selten ging es von anderen
Polizisten aus.

Meistens schwieg er dann, und wenn ihm Fragen gestellt wurden, gelang es ihm in der Regel, sie mit einem Scherz abzutun. Einige waren ihm unangenehm, ob man sich nie überlege, was man da *eigentlich* mache zum Beispiel, während ihm andere übertrieben, falsch oder einfach albern vorkamen. Außerdem wusste er nur wenig darüber, wie es in anderen Bereichen des Verwaltungsapparats zuging. *Und illoyal wollte er ja auch nicht sein.*

Seit Johansson jedoch beim Landeskriminalamt gelandet war, hatte er sich bei dem Wunsch ertappt, alle Polizeikritiker mal einzuladen und ihnen zu zeigen, wie es so zugehen konnte. Er selbst war niemals irgendwo gewesen, wo es dermaßen starke Gegensätze gegeben hätte. Nun hatte er niemals anderswo gearbeitet als bei der Polizei. Hier aber herrschten Konflikte, die mit der Struktur zu tun hatten, es gab persönliche und private Fehden und ein gerüttelt Maß an Überheblichkeit und allgemeiner schwedischer Missgunst. Sogar ideologische Gegensätze, was ansonsten bei der Polizei nur selten vorkam. Sie durchsetzten die Abteilung in allen nur denkbaren Längen und Breiten, sie verliefen längs, sie überkreuzten sich, und sie liefen quer. In düsteren Momenten sah er darin das einzige Netzwerk, das die Organisation noch zusammenhielt. Genau wie in seiner Ehe, in den Jahren, ehe sie endgültig auseinander gebrochen war.

Von verborgenen Gegensätzen konnte hier nicht die Rede sein. Obwohl man sich lange Zeit alle Mühe gegeben hatte, sie zu verstecken, da man doch keine Hoffnung mehr hegte, sie jemals bereinigen zu können. Jetzt hatten sie ein solches Ausmaß angenommen, dass man sich regelmäßig in den Massenmedien darüber informieren konnte.

Es waren unter anderem diese Streitigkeiten, die ihm seinen neuen Posten eingebracht hatten. Er war nicht zum Chef des Landeskriminalamts ernannt worden, um »den Ermittler zu spielen«. Es war sein rasch erworbener Ruf, über ungewöhnliche personalpolitische Fähigkeiten zu verfügen, der ihn in die Löwengrube geführt hatte. Jedenfalls so lange, bis jemand gefunden sein würde, der sich Magengeschwüre einzuhandeln bereit war und gleichzeitig die erwünschten juristischen Qualifikationen besaß. Der eigentliche Chef war übrigens unfreiwillig krankgeschrieben und wartete auf seine vorzeitige Pensionierung.

Die Besprechung dieses Tages war typisch. Es wurde nicht einmal der Versuch gemacht, irgendwelche Gegensätze aufzulösen oder zu überbrücken. Es ging nur darum, Dampf abzulassen, und er war hier der oberste Kesselhüter. Auf seiner Liste standen vier Punkte. Allesamt vom selben Kaliber.

Die Abteilungen Betrug und Wirtschaftskriminalität waren aneinander geraten. Das war der erste Punkt. Der Betrug behauptete, die Wirtschaft picke sich die Rosinen aus dem Verbrechenskuchen. Die großen, spektakulären Fälle konnten lange Dienstreisen in allerlei ausländische Steuerparadiese erfordern, begleitet von beifälligen Reportagen in den Massenmedien und netten Lohnerhöhungen. Der Betrug dagegen war Abstellplatz für vagabundierende Hotelbetrüger in abgelegten Fliegeruniformen, alternde Heiratsschwindler und konkursbedrohte Direktoren, die ihr Büro in der Hosentasche hatten.

Bei der Wirtschaft fand man das gut und richtig so. Leider konnte es noch immer vorkommen, dass irgendein wichtiger Fall aus Versehen bei den »Gaunern« landete, was sofort gesellschaftliche Rechte beschnitt. Und das musste man doch zu vermeiden suchen.

Deshalb wollten beide Abteilungen andere und klare Vorschriften dafür, wo ihr Verantwortungsbereich endete, und beide Seiten liefen knallrot an, als sie hörten, wo die anderen die Grenze zu ziehen gedachten.

»Dann sind wir uns also einig, dass wir diesen Punkt der Leitung vortragen?« Lars M. versuchte, beiden Abteilungsvertretern gleichzeitig ins Gesicht zu blicken. Wessléns Stellvertreter – Wesslén selbst hatte offenbar Nils Rune Nilsson als Entschuldigung angeführt – und dem Chef der Wirtschaftskriminalität. Ihm wurde ein zweifaches vergrätztes Nicken zuteil.

»Und dass der Landespolizeichef und mindestens zwei Vertreter der Leitung anwesend sein müssen.« Nun ein Blick auf die beiden Abteilungschefs, die für die Polizeileitung dort saßen. Wieder zweifaches Nicken. Förmlich und natürlich ganz und gar neutral.

»Einer von jedem politischen Block«, erklärte der Gewerkschaftsvertreter.

»Ja«, sagte Johansson mit schwerem, zustimmendem Nicken. »Das ist doch klar. – Dann zum nächsten Punkt«, fügte er hinzu.

In der Nachrichtenabteilung war man stocksauer auf die so genannten freien Ermittlergruppen. Die neueste Errungenschaft eines kriminalistischen Apparats, der in jeder Hinsicht die Sicherheitsorganisationen der Großmächte nachzuahmen versuchte. Das Prinzip hatte man gratis von deren kleinen schwedischen Bruder Säpo übernommen. Woher auch sonst?

Die »freien Ermittler« waren Gruppen von Polizisten, die außerhalb des Polizeigebäudes und in äußerster Geheimhaltung operierten. Zumindest was die Ambitionen anging. Um denen in größtmöglichem Maße entgegenzukommen, waren als Deckmantel für die Versuche dieser Gruppen, das organisierte Verbrechen zu infiltrieren, normale Firmen gegründet worden. Man hatte natürlich auch alle übrigen Requisiten erhalten. Kreditkarten, Dienstwagen und Büros mit Ledermöbeln. Sogar mit Sauna, wurde behauptet, falls man diesem Klatsch glauben mochte. Und im Fall von AS AKILLEUS musste man das wohl. Johansson hatte es mit eigenen Augen gesehen.

Jetzt verlangte die Nachrichtenabteilung, diese Aktivitäten direkt und mit vollem Einblicksrecht unterstellt zu bekommen. Böse Zungen behaupteten nämlich, man verfüge dort nicht nur über Saunen. Infiltration, Ermittlung und Nachrichtenarbeit seien inzwischen ganz und gar reiner Geschäftemacherei untergeordnet. Und es hieß, dass die Geschäfte wirklich florierten, wenn auch leider auf der falschen Seite vom Strafgesetz. »Sichere Tipps« wiesen sogar darauf hin, dass einer oder mehrere freie Ermittler auf »die andere Seite rübergekauft worden« seien.

Glaub ich gern, dachte Lars M.

»Dann sind wir uns also einig, dass wir diesen Punkt der Leitung vortragen.« Er schaute gleichzeitig den Chef der Nachrichtenabteilung und den obersten Ombudsmann an.

»Ja«, sagte der Nachrichtenchef. »Aber es dürfen keine Politikschwätzer dabei sein, sonst geht das in der ganzen Stadt rum.« Wütend musterte er den Bürochef, dem die Kanzlei der Polizeileitung unterstand. »Es ist lebensgefährlich, über solche Dinge zu sprechen«, sagte er mit roten Wangen. »Dann kann das ganze Dässäng doch platzen.«

»Der Aufbau«, übersetzte Lars M. für den Gerichtsassessor, der direkt von der juristischen Abteilung gekommen war, um der neuen Errungenschaft ein angemessen formales Aussehen zu verleihen.

»Das geht aus den geltenden Diskretionsregeln hervor«, sagte der Jurist und jetzige Bürochef zu seinem ungekämmten Kollegen vom Fabrikboden.

»Und die sind so verdammt geheim, dass nicht mal ich sie zu sehen kriege.« Jetzt beugte sich der Chef der Nachrichtenabteilung mit verschränkten Armen über den Tisch, als bereite er sich auf ein sofortiges und handgreifliches Eingreifen vor.

»Wenden wir uns dem nächsten Punkt zu«, sagte Lars M. ungerührt und ließ seine Blicke über die Tafelrunde schweifen.

Der Kommissar, der in seiner Abteilung das Amt des Vertrauensmannes bekleidete, hatte beim Ombudsmann der juristischen Abteilung eine Mordkommission wegen Dienstvereitelung angezeigt. Der Konflikt zwischen ihm und seinem Personal war in derselben Woche entstanden, da er seinen Dienst angetreten hatte, und was das Fass nun zum Überlaufen gebracht hatte, war eine Ermittlung im oberen Norrland gewesen, zu der die betreffende, aus vier Ermittlern bestehende Gruppe abkommandiert worden war. Da sie aus finanziellen Gründen nicht hatten fliegen und aus denselben Gründen auch keinen Mietwagen hatten benutzen dürfen, hatten sie ihre klugen Köpfe zusammengesteckt und waren »gemäß Vorschrift und auf die billigste Weise« gereist. Mit Hilfe des schwedischen Eisenbahnfahrplans, allerlei Verspätungen und diversen Hinweisen auf die »zugelassene Arbeitszeit im Hinblick auf Einsätze, die Übernachtungen außerhalb des Wohnortes erfordern« war ihnen dreierlei geglückt: Sie hatten zwei Tage für die Reise zum Tatort gebraucht, sie hatten achthundert Kronen Reisekosten gespart, und sie hatten dreitausend an Überstunden abgerechnet.

Aber sie waren angekommen. Sie hatten sich im örtlichen Hotel einquartiert und mit ihrem alten Fanclub um die Wette gestrahlt. Mit den vernarbten Veteranen aus den Kriminalredaktionen des Landes, die sich noch einmal unter den Fahnen versammelt hatten – wie üblich in der Hotelbar – um den Lesern die neuesten und unvermeidlichen Nachrichten vom Schauplatz zukommen zu lassen. Die Berichte am folgenden Tag waren ungeheuer ausführlich gewesen, auch wenn die Leiche kaum Erwähnung gefunden hatte.

»Der Kerl muss ganz einfach weg«, sagte der ergrauende Kommissar, der die Abteilung Gewalt leitete, und starrte Polizeidirektor Lars M. Johansson an, damit gar kein Zweifel aufkam, wer hier als Henker fungieren sollte.

»Du warst doch selbst mal Polizist, Martin. Du weißt, worum es hier geht.«

Genau derselbe Blick wie vor fünfzehn Jahren. Als Johansson Kriminalassistent beim Landeskriminalamt gewesen war, hatte dieser Typ ihn in »Martin« umtaufen lassen, da er in seiner Abteilung schon einen Lars Johansson hatte.

»Wir sind uns einig, dass die Gewerkschaft alle Punkte der Leitung vorträgt«, sagte Lars M. mit der Logik eines Tauben. »Gehen wir zum nächsten weiter.«

Der nächste Punkt war der letzte Punkt. Für dieses Mal, heißt das. Der Müll, der »Sonstiges« genannt wurde und der aus allen übrigen Anzeigen bestand, die in letzer Zeit die Abteilung überschattet hatten. Falls das nun auf einen Hagelsturm hinweisen mochte.

Im Moment waren acht Mann beim Justizombudsmann angezeigt. Neben den vieren vom Mord, die ihre Anzeige dem Kollegen Personalbetreuer verdankten, waren noch vier weitere betroffen. Erstens war derselbe Personalbetreuer von drei Zeitungslesern angezeigt worden, die »voller Bestürzung« und so weiter und so weiter von »seinem Versuch, die wichtige Arbeit der Polizei zu sabotieren« erfahren hatten. Zweitens waren zwei Ermittler von der Abteilung Wirtschaftskriminalität angezeigt worden, weil sie einem Bankdirektor, der in einer großen Schwindelaffäre vernommen worden war, »unhöflich« gekommen seien. Die Anzeige war vom Anwalt der Bank erstattet worden. Drittens war der Chef der Drogenfahndung angezeigt worden, wegen Ungesetzlichkeiten im Rahmen seiner Tätigkeit. Angeblich hatte er ohne juristische Handhabe die Telefone einer seiner Abteilungen anzapfen lassen.

Aber auch die Polizei war betroffen. Zwei Ermittler von der allgemeinen Fahndung waren Gegenstand einer Voruntersuchung in einem so genannten Disziplinarverfahren. Hier ging es um die schon grundlegendere Unhöflichkeit, dass man jemandem die Fresse poliert hatte. Der Fall war dem Bezirksstaatsanwalt übertragen worden, und in Erwartung der Ermittlungen waren sie von Chefseite schon mal zusammengestaucht worden. Ein dritter Kollege war in den Schlagzeilen gelandet. Er war nämlich wegen Misshandlung und grober Bedrohung seiner ehemaligen Gattin festgenommen worden. Jetzt befand er sich auf freiem Fuß, würde aber sicher demnächst verurteilt und aus dem Dienst entlassen werden. Bis auf weiteres war er krankgeschrieben.

Und so weiter und so weiter. Johansson dankte seinem Glücksstern, dass die Teilnehmer der Besprechung nichts über die geheimen Ermittlungen wussten, welche die freie Ermittlungsgruppe und Aktiengesellschaft Akilleus gegen einen der Stützpfeiler der Drogenabteilung des Landeskriminalamts durchführte. Es würde sicher früh genug Schlagzeilen und Leitartikel wegen dieser Angelegenheit geben.

»Wir müssen der unseriösen Kritik an der Polizei ein Ende bereiten.« Johansson nickte nachdrücklich und schaute alle Anwesenden gleichzeitig an. »Sind wir uns einig, dass die Gewerkschaft diesen Punkt der Leitung gegenüber energisch vertreten wird?« Er ließ seinen Blick in die Runde schweifen und erhielt als Antwort düsteres und entschiedenes Nicken.

Endlich einig, dachte er. Wie ein Mann.

Er aß in der Kantine des Polizeigebäudes zu Mittag. Es gab Kochwurst mit gedämpftem Gemüse. Die Wurst war nur halb gar, und das Gemüse war von einer Haut überzogen.

21

Eine sinnlose Besprechung. Eine betrübliche Mahlzeit. Jetzt wartete noch das, was ihm am allerwenigsten zusagte. Jeden Montag nach dem Mittagessen musste er dafür sorgen, dass

Spitzel und Spione des Landeskriminalamts für ihre Bemühungen belohnt wurden. »Auszahlung besonderer Gewährsleute und Infiltratoren«, wie es in den ausführlichen
Richtlinien hieß.

Jeden Montag nach dem Mittagessen kamen die Abteilungschefs mit ihren Lohnlisten, um sich seine Unterschrift
zu holen. Wenn es um größere Summen als zweitausend
ging, mussten sie ihm die Sache vortragen. Anfangs hatte er
sich über die große Anzahl von Beträgen zwischen neun-
zehnhundert und zweitausend geärgert. Jetzt war er nur
noch dankbar dafür.

Auch für die Erstattung galten präzise Regeln. Die so genannten Tippgelder waren in drei Erstattungskategorien
eingeteilt. A, B und C. Außerdem wurde das Risiko beur-
teilt. Auch da gab es drei Niveaus. 1, 2 und 3.

Ein A-1-Tipp, »von sehr hohem Wert für die Polizei«, der
»wesentliche Risiken für den Gewährsmann« mit sich
brachte – wurde mit zehntausend Kronen belohnt, während
ein schnöder C 3:a (»von Interesse für die Polizei«, aber
»ohne sonderliches Risiko für den Gewährsmann«) schon
für einen Hunderter zu haben war.

Natürlich gab es auch Möglichkeiten, die üblichen Erstat-
tungsverfahren zu umgehen. Die waren in einem speziellen
Abschnitt aufgeführt, »Besondere Fälle«, und dort musste
der Bürochef, Johanssons Vorgesetzter, seine Unterschrift
leisten. Bisher war ihm so ein Fall noch nicht untergekom-
men, aber er wusste von den anderen, dass »Sonderfälle«
nicht gratis waren. In der Regel wurde dafür ein Tausender
bezahlt, aber insgesamt waren es mehrere zehntausend
Kronen, die jede Woche seinen Schreibtisch passierten, auf
dem Weg zurück ins organisierte Verbrechen und zu seinen
vielen Interessenten.

Die Infiltratoren bildeten eine feinere Kategorie als die
normalen Gewährsleute. Was der Informant am Stück oder
in Scheiben verkaufte, lieferte der Infiltrator serienweise

99

und auf laufende Rechnung. Normalerweise wurde von Mal zu Mal bezahlt, aber einige wollten lieber einen festen Monatslohn, und schon in der ersten Woche hatte Johansson feststellen können, dass mindestens zwei von ihnen um einiges mehr verdienten als er selbst. Brutto.

Alle sonstigen Zahlungen wurden bar und ohne Quittung geleistet. Es war ein Geschäft, das nur den Polizisten und seinen Kontakt was anging. Der »Kontakt« war zumeist ein zerstochener Junkie, der für einige Hunderter seine Kumpels verkaufte. Oder für ein Schulterklopfen und einen geflüsterten Hinweis an den Staatsanwalt, wenn der Junkie selber an die Reihe kam. Wenn er sich einigermaßen gut machte, wurden ihm Dienstgrad und Gehaltsklasse eines »Infiltrators« zugebilligt. Oft kam es vor, dass ausländische Gangster aus dem Mittelbau des organisierten Verbrechens zwei Fliegen mit einer Klappe schlugen. Sie lieferten einen Konkurrenten ans Messer und bekamen von der Polizei ein Trinkgeld für ihre Bemühungen.

Die Abteilungschefs fanden sich nacheinander in der Reihenfolge der Abteilungsnummern ein, lieferten ihre Listen mit Verfahrensnummer und Betrag ab, ließen sich seinen Krähenfuß druntersetzen und verschwanden wieder. Eine Ausnahme war die Drogenabteilung. Johansson hatte ausgerechnet, dass sie so viel Geld ausgab wie alle anderen neun Abteilungen zusammen. Sie stand auch für fast alle größeren Zahlungen und für Dinge, die zuerst bewilligt werden mussten. Deshalb kam die Droge zuletzt an die Reihe. Das war praktisch, und die anderen brauchten nicht zu warten. Der Kollege, der sich um die »externen Kontakte« der Drogenabteilung kümmerte, war Kommissar und Leiter der abteilungseigenen Ermittlungsgruppe. Ganz allgemein – und um ihn nicht mit Mordjansson zu verwechseln – lief er unter der Bezeichnung Drogenjansson.

Am vergangenen Montag hatte Drogenjansson Johansson mehrere Angelegenheiten vorgetragen, und das hatte fast zwei Stunden gedauert. Johansson war ungewöhnlich pedantisch, aber der Kollege behielt seine gute Laune und beschrieb die Lage ganz ausführlich. Während Drogenjansson und Johansson mit Zahlen jonglierten, brachen zwei Angestellte von AS AKILLEUS draußen in Huddinge in Drogenjanssons Haus ein, doch da er davon nichts wusste, konnte es der Stimmung in Johanssons Zimmer keinen Abbruch tun.

Die beiden Vertreter von AS AKILLEUS hatten Glück gehabt. Sie hatten die elektronischen Abhörgeräte rascher anbringen können als erwartet (das Telefon war bereits angeschlossen, darum brauchten sie sich keine Sorgen zu machen), und sie hatten Zeit für eine informelle und überaus diskrete Hausdurchsuchung. Im Keller fanden sie ein »recht raffiniertes Versteck«, das genau fünfzig Prozent der Beträge enthielt, die dem Kollegen Jansson im vergangenen Monat ausgehändigt worden waren. Dazu zwanzig Gramm Heroin.

Woher Letzteres stammte, war unklar. Es gehörte jedenfalls nicht dem Landeskriminalamt. Alle Drogen, die von dort geliefert wurden, waren nämlich mit einem »garantiert ungefährlichen« Aufspürelement markiert, das zur Identifizierung und für die technische Beweisführung benutzt wurde.

An diesem Tag brauchte es nicht so lange zu dauern. Woher die Drogen kamen, würde er wohl noch erfahren, und bis auf weiteres musste er sich mit dem Wissen begnügen, dass Drogenjansson offenbar auf traditioneller fifty-fifty-Basis arbeitete.

Johansson bekam die Liste, musterte sie, seufzte und fing an, seine Unterschrift an den Rand zu setzen.

»Du siehst sauer aus, Johan.« Der Kollege musterte ihn belustigt.

»Dieser Arsch ...« Johansson stöhnte und zeigte auf einen fünfstelligen Betrag, den er schon einmal gesehen hatte,

»der verdient verdammt noch mal mehr als ich und bezahlt keine Steuern.«

»Ja, ja«, Drogenjansson zuckte mit den Schultern und war noch immer guter Laune. »Aber du hast immerhin Kündigungsschutz.«

Johansson schaute von seinen Papieren auf, ohne zu antworten.

»Na gut ...« Jetzt wurde er sehr schnell ernst. »Dieser Typ ist sein Gewicht in Gold wert«, erklärte er. »Wenn alles gut geht, lassen wir am Wochenende einen Transport von zwei Kilo hochgehen.«

»Hm«, murmelte Johansson. Ihm fiel es leichter, seine Maske beizubehalten, wenn er unzufrieden war. »Hier ist die Liste«, sagte er und gab sie zurück.

»Ich verstehe ja, wie dir zu Mute ist.« Der Kollege blieb mit der Hand an der Türklinke stehen. »Anfangs ging es mir genauso. Einfach übel ... dieses ganze Geld, das wir für Drogen ausgeben. Aber es geht nicht anders.« Er schüttelte nachdenklich den Kopf.

Johansson nickte. *Er verstand das alles nur zu gut.*

»Jetzt geh ich nach Hause. Ich muss heute Nacht noch arbeiten.« Johansson zog seinen Mantel an, und der Blick, mit dem er seine Sekretärin bedachte, duldete keinen Widerspruch.

Wie üblich lächelte sie nur. Neutral und freundlich.

22

Johansson stieg am Mariatorg aus der U-Bahn, aber statt nach Hause zu gehen, wie er es seiner Sekretärin erzählt hatte, schaute er in einem kleinen Plattenladen in der Hornsgata vorbei.

Der war an sich nicht viel größer als ein Loch in der Wand,

aber über dem Eingang hing ein beeindruckendes Schild, und das war ihm eingefallen, als er eine Viertelstunde zuvor aus dem Untergrund herausgeschüttelt worden war. Das Schild war schön gemalt, goldene und silberne Buchstaben auf dunkelblauem Hintergrund, der offenbar einen Sternenhimmel darstellen sollte. »Scheibenprofis« stand in Gold ganz oben. »Wir wissen alles über Musik«, hieß es dann silbern, und das Wort »alles« wurde von einem goldenen Kometen getragen, der Körper unter dem s und der Schweif beim a. Ein Schild, das mindestens so Vertrauen erweckend war wie das, was er einige Tage zuvor in einem Eingang auf Östermalm gesehen hatte. Wenn auch auf andere Weise.

Johansson machte die Tür auf und trat ein, zum hellen Klimpern metallener Glöckchen, die an einem Strang hinter der Tür hingen. Jenseits des Tresens, der die wenigen Quadratmeter teilte und mit Kopfhörern versehen war, stand ein junger Mann von alltäglichem Äußeren. Er trug eine Hose mit Leopardenmuster. Seinen Oberkörper zierte ein wütend rotes T-Shirt mit einem schwarzen Kreuz und dem Aufdruck »Aldo Moro – no more«. Er trug einen Ring im linken Ohr und einen karottenrot gefärbten Schopf. Nur der Zauberstab fehlte, aber der steckte vermutlich zusammengeklappt in seiner Hosentasche.

Die Wände waren mit Plattencovern geschmückt, und die Personen darauf standen dem Inhaber offenbar nahe, sie trugen enge Ledersachen, Metallclips und Ketten, ihre Augen waren schwarz und anklagend. Außerdem hing in der Luft ein leichter, aber unverkennbarer Duft, der Johansson veranlasste, sich zu gratulieren, weil die lokalen Drogenangelegenheiten nun von der Stockholmer Polizei betreut wurden und nicht mehr vom Landeskriminalamt.

Daneben, dachte er. Hier gibt es keine Märsche.

»Jaa«, sagte der Karottenrote abwartend und vertrieb diskret eine Rauchschliere, die unter dem Tresen hervorgeschwebt war.

103

»Sind Sie hier der Musikprofi?«, fragte Johansson.

»Ja.« Der andere nickte.

»Ich habe eine Frage«, sagte Johansson. »Über Märsche. Verstehen Sie was von Märschen?«

»Alles«, gab der Profi gelassen zurück.

»Björneborger«, sagte Johansson kryptisch. *Vielleicht endlich mal jemand, der irgendetwas weiß,* dachte er.

»Finnisch. Fredrik Pacius, 1860.« Der Experte pfiff gelassen die ersten Takte und schaute seinen Kunden an. »Sie möchten natürlich die Einspielung des Polizeiorchesters.«

Verdammt, dachte Johansson.

»Das sieht man also?«, fragte er.

»Und wie«, antwortete der Profi nachdrücklich.

»Ich wollte sie gar nicht kaufen«, erklärte Johansson. »Ich habe nur eine Frage.«

Der junge Händler machte ein skeptisches Gesicht. Johansson schaute diskret zu der leichten Rauchschliere hinüber, um den anderen zu einem Entschluss zu ermuntern.

»Okay«, sagte der. »Geschäft. Was möchten Sie wissen?«

»Ob dieser Marsch in Ihnen irgendwelche Assoziationen zur Polizei weckt ... egal welche«, fügte er hinzu.

Der Experte überlegte sehr sorgfältig. Das war ihm anzusehen. Am Ende schüttelte er den Kopf.

»Nein«, sagte er. »Es gibt keine. Das ist ganz einfach ein Militärmarsch.«

»Na gut«, sagte Johansson. *Dann kann ich das endlich abschreiben,* dachte er. »Danke für die Hilfe.«

»Keine Ursache.« Der Ladenbesitzer hob abwehrend die Hand. »Es ist doch das pure Vergnügen, mit dem Herrn Kriminalkommissar Geschäfte zu machen.«

Da irrst du dich aber, dachte Polizeidirektor Lars Martin Johansson, als er die Tür hinter sich zuzog und hinaus auf die Straße ging.

Als er seine Wohnung verließ, war es halb zehn abends. Nach dem Abendessen war er eingeschlafen, und in der Zwischenzeit hatte endgültig der Herbst eingesetzt. Draußen war es schwarz, und der Wind trieb ihm den Regen ins Gesicht. Er schlug den Mantelkragen hoch und steuerte den U-Bahn-Eingang am Mariatorg an.

23

Im ersten Wachdistrikt arbeiten an die fünfhundert Polizisten. Die meisten bei der Ordnung, aber im Haus gibt es auch eine Kriminalabteilung und eine lokale Ermittlungsstelle. Gerüchten zufolge handelt es sich um die größte Polizeistation der Welt, aber das ist bestimmt nicht wahr. Nicht einmal, wenn man unter Welt die USA und Westeuropa versteht.

Egal. Groß ist das Haus jedenfalls und trotz seiner Größe schwer zu finden, wenn man nicht weiß, wo man suchen soll. Der Distrikt nimmt fast die Hälfte eines ansehnlichen Bürokomplexes unten beim Hauptbahnhof ein, aber der Eingang liegt in einer Querstraße, und das Leuchtschild mit dem Staatswappen und der Inschrift POLIZEI über der Tür ist diskret und leicht zu übersehen. Auch sonst gibt das Gebäude keinen Hinweis darauf, was sich in seinem Inneren verbirgt. Nur eine anonym verputzte Fassade in Braun, die über den engen Straßen aufragt.

Ein Gutes hat die Verstaatlichung des Polizeiwesens immerhin gebracht. Es ist viel leichter zu finden als in alten Zeiten. Wenn man es erst einmal gefunden hat, heißt das. Früher sahen manche Polizeigebäude winzig aus, aber beim Übergang zum System der zentralen Leitung hat man für die ganze Blase rechte Winkel und gerade Gänge gekauft. Wer sich heutzutage auf einer Wache verirren will, muss schon nach Malmö oder in die Walachei fahren. Dort haben Prioritätenlisten und die ewige Konjunkturkrise geholfen, strenges Schmiedeeisen und Respekt heischende Steinportale ebenso zu bewahren wie prachtvolle Treppenhäuser und zugige Zellen mit vergitterten Fenstern.

Die Arrestzellen im WD 1 liegen auf der Rückseite des Hauses. Sie blicken auf die enge Sackgasse, die an die Bahnsteige des Hauptbahnhofs grenzt und nur in die Tiefgarage des Wachdistrikts führt. Das ist auch der Weg, den man normalerweise nimmt, wenn man festgenommen wurde oder unter polizeilicher Obhut steht; mit dem Fahrstuhl von der Tiefgarage zum Arrest im ersten Stock.

Es ist absolut nicht leicht, die Lokalitäten zu beschreiben. Vereinfacht könnte man sagen, dass sie ein H darstellen, wobei die Empfangsabteilung, die Durchsuchungskammer und die Verhörzimmer im Querbalken des H untergebracht sind, während die Zellen in den vertikalen Balken liegen. Insgesamt gibt es einundfünfzig Zellen, vierzig für Männer, acht für Frauen und drei für jegliches Geschlecht, solange man so viele Läuse hat, dass es vom Personal gleich bei der Anlieferung entdeckt wird. Ansonsten sehen alle Zellen gleich aus.

Im Fahrstuhl glotzt das übliche Fernsehauge von der Decke, und der Empfangsraum gleich an der Tür hält sich an schwedische Polizeistandards der Siebziger. Ein großer kahler Raum mit einigen soliden, fest in der Wand verankerten Holzbänken. Die Durchsuchungsnischen in bequemer Reichweite. Hier gibt es nicht einen einzigen losen Gegenstand, mit dem man Schädel einschlagen könnte.

Die verglaste Zwischenwand hinten markiert die Grenze zum Personalrevier. Dahinter befinden sich einige kleinere Räume für den Wachhabenden und seine Gehilfen, es gibt Schreibtische, Stühle, Computer und Hausfernsehen. Was unbedingt vorhanden sein muss, ist vorhanden, sonst aber nichts.

Wesslén hatte sich unter das Schild mit der Aufschrift POLI-
ZEI gestellt, und als Johansson ihn sah, wusste er, dass er
sich verspätet hatte. Wie sehr, war ihm egal. Es war kein
Wetter für Formalitäten.

24

Der stellvertretende Wachhabende saß allein in seinem
Zimmer. Er schaute auf, als sie hereinkamen, und ließ seine
Abendzeitung sinken. Ein ganz normaler schwedischer Po-
lizist von Mitte dreißig mit blonden Haaren und blaugrauen
Augen. Die Ärmel seines Uniformhemdes hatte er hochge-
krempelt, in der Brusttasche steckte ein Kugelschreiber der
Behörde. Das konnte Johansson sehen, obwohl nur wenige
Zentimeter vom blauen Kunststoffschaft herausragten.

»Wir kennen uns ja schon«, sagte Johansson und streckte
eine feuchte Faust aus. *Weiß der Teufel woher.* »Das hier ist
Kollege Wesslén.« Er nickte zu seinem Begleiter hinüber.

»Ich war als Aspi bei dir in der Ermittlung.« Der Mann
sah so glücklich aus, als er das sagte, dass Johansson wirklich peinlich berührt war. Und jetzt fiel es ihm wieder ein.
Netter Typ.

»Ja, ja«, sagte er und schaute sich, um abzulenken, in dem
leeren Raum um. »Hier ist ja der Bär los.«

»Liegt am Wetter.« Der Wachhabende nickte höflich zu
Wesslén rüber. »Die Kollegen versammeln sich ums Lager-
feuer, und die Gauner hocken zu Hause vor der Glotze. Bitte, setzt euch doch.« Er zeigte auf zwei freie Stühle, deren
Platzierung andeutete, dass ihr Besuch erwartet worden
war.

*Wenn hier irgendjemand irgendeinen Scheiß veranstaltet
hat, dann jedenfalls nicht du,* dachte Johansson. Dazu bist
du viel zu nett.

Ihr Besuch war gut vorbereitet worden. Das war deutlich. Aus dem Bücherregal hinter sich zog der Wachhabende eine Thermoskanne mit Kaffee, Plastikbecher und eine Karte der Räumlichkeiten.

»Wir haben einundfünfzig Zellen. Drei Läuselöcher.« Er zeigte mit dem Finger auf das H im Plan.

»Je einer«, fragte Wesslén, der seit Jahren schon keine Festnahme mehr miterlebt hatte. In seiner Abteilung schrieb man Briefe, wenn man mit jemandem sprechen wollte.

Ja. Sie versuchten, Einzelzimmer zu vergeben. Wenn die Zellen nicht reichten, musste man die Leute eben rascher wieder rausschmeißen. Schlimmstenfalls wurden sie in einen anderen Distrikt gefahren.

»Aber es kommt vor.« Er nickte zur Skizze rüber. »An Lohntagen und am Monatsende.« Jetzt lächelte er.

»Und bei Länderspielen«, sagte Johansson glücklich. Er hatte seinen feuchten Mantel abgelegt, der Kaffee wärmte, und alte Erinnerungen drängten sich auf.

»Na ja.« Der jüngere Kollege machte ein skeptisches Gesicht. »Dann passiert eher weniger«, sagte er und schien sich dafür entschuldigen zu wollen, dass Sportübertragungen im Fernsehen auf der Straße für Frieden sorgten.

»Du hast keinen genauen Plan von den Zellen«, fiel Wesslén ihm ins Wort. Er hatte schon einen auf dem Tisch liegen sehen, und anders als Johansson wollte er nach Hause. Auf keinen Fall wollte er in irgendeine Diskussion über die wütenden Fanscharen der Fußballclubs verwickelt werden.

Die Zellen waren alle gleich. Rechteckig und knapp neun Quadratmeter groß. Man betrat sie durch zwei robuste Stahlblechtüren. Eine äußere, rein metallene, und eine innere mit verglastem Oberteil. Armiertes Glas, das von außen den Einblick ermöglichte und von innen spiegelte. Man konnte sich darin betrachten, sie einzuschlagen dagegen war unmöglich. An der einen Wand gab es eine Holzprit-

sche; zwei Dezimeter über dem Boden und mit sanft abgerundeten Kanten. Auch die ließ sich nicht bewegen, obwohl
ihr die Beine fehlten. Es war einfach eine Scheibe, die aus
der Wand herausragte.

In die Decke war eine Lampe eingelassen, in die Wand ein
Lüftungsventil und ein Knopf für die Alarmglocke. Im Winkel zwischen Boden und Wand ein Abfluss. Alle Öffnungen
waren verdeckt und der Alarmknopf versenkt. Es gab nur
glatte Oberflächen und keine losen oder hervorstehenden
Gegenstände.

Mit Plastik ausgekleidete Kartons, die hart und weich
genug waren. Sozial und funktional für jene, die bewusstlos
oder von Sinnen waren. Nahezu unmöglich, sich zu verletzen, wenn man so betrunken war, dass man nicht einmal
still liegen konnte. Hoffnungslos, etwas abreißen zu wollen,
wenn man nicht drei Meter groß, stark wie ein Bär und mit
Stahlkrallen ausgestattet war. Und außerdem praktisch. Für
jene, die Blut, Exkremente, Läuse, Kotze, Urin und ganz
normalen Dreck der Bewohner herausspülen mussten.

Gnadenlose kleine Kartons, wenn man keine andere Lösung sah, als sich etwas anzutun: Keine Haken oder Vor-
sprünge, die stark genug waren, um eine Schlinge zum Er-
hängen zu tragen. Kein Blech am Fenster, keine scharfen
Kanten, um sich die Pulsadern aufzuschlitzen. Nicht einmal
genug Platz, um Anlauf zu nehmen, wenn man mit dem
Kopf gegen die Wand rennen wollte.

»Die, in der Nilsson gelegen hat, steht leer«, erklärte der
Wachhabende. »Ich dachte, ihr wolltet euch die vielleicht
mal ansehen.«

Johansson nickte nachdenklich. *Ein jeglich Ding hat
seine Zeit*, dachte er.

»Du kannst vielleicht eure Routinemaßnahmen beschreiben. Was macht ihr mit den ganzen Säufern, die ihr rein-
kriegt?«

In den Papieren, die Wesslén eine Woche zuvor von Johansson erhalten hatte, waren dem mehrere Seiten gewidmet. Ausführlich beschrieben vom Ermittler der Abteilung Gewalt. *Aber er war ja auf Elchjagd gewesen.*

Die Routinemaßnahmen waren ebenso schlicht und klar wie die Räumlichkeiten. Zuerst wurde die Klientel im Empfangsraum sortiert. Mit Hilfe der Arrestwärter versuchte der Wachhabende, die auszusuchen, die zu krank oder zu jung waren, um hier aufgenommen werden zu dürfen.

»Aber in der Regel haben die Kollegen das schon bei der Festnahme erledigt.« Er zuckte mit den Schultern. »Ich muss aber trotzdem noch jede Menge aufnehmen, die in den Krankenhäusern unerwünscht sind ... und die Ausnüchterungszellen sind ja immer überfüllt.«

»Gut«, sagte Johansson zufrieden. *Wie immer das zu verstehen sein soll*, dachte Wesslén.

»... und dann?«

Zuerst wurde ein Arrestformular ausgefüllt. Jedem wurde ein solches in die Hand gedrückt. Wenn es besonders viel zu notieren gab, dann wurde noch eine zusätzliche Aktennotiz verfasst. Wer eingeliefert worden war, ob er das überhaupt verraten wollte oder konnte, Ort, Zeit, Umstände, eventuelle Verletzungen und so weiter.

Danach kam die Durchsuchung – »das heißt, das lief ja im Handumdrehen« – und dann ging es in die Zelle. Für diesen Teil des Ablaufs waren fast immer die Wärter selbst verantwortlich, aber wenn es zu beschwerlich wurde, konnten die »Kollegen«, also die Polizisten, hilfreich einspringen.

»Wir versuchen, den Betrieb reibungslos aufrechtzuerhalten«, erklärte der Wachhabende und fuhr sich mit der Hand durch die blonden Haare. »Wenn es zu viel wird, können sie aber reinkommen und uns behilflich sein.«

»In der Zelle?«, fragte Wesslén.

Die wurde jede Viertelstunde kontrolliert. Einer der Wärter war hauptsächlich mit dieser Aufgabe beschäftigt.

»Und sowie man einigermaßen nüchtern ist, fliegt man wieder raus«, sagte Johansson.

»Ja, dann wird man freigelassen, ja«, korrigierte der Wachhabende. »Falls man nichts angestellt hat und zum Verhör muss.«

»Ja, dann«, sagte Johansson. Er sprang auf und klatschte in die Hände. »Hast du sonst noch Fragen?« Er sah Wesslén an.

»Nein«, sagte Wesslén korrekt. »Ich glaube, ich habe verstanden.«

»Der Arrestwärter – der zivilangestellte. Ist der hier?« Johansson schien nicht zugehört zu haben. Der Wachhabende nickte.

»Ich hol ihn.«

»Tu das«, sagte Johansson. »Dann versuchen wir eine Rekonstruktion.«

25

In seiner Zeit bei der Kriminalpolizei hatte Wesslén eine immense Anzahl von Anekdoten zum immer selben Thema gehört: Lars Martin Johanssons großartige Fähigkeiten als Kriminalpolizist und Ermittler. Dass die Anekdoten, wie alle anderen Schwänke, ziemliche Übertreibungen und auch glatte Lügen enthielten, hatte er vorausgesehen und für selbstverständlich gehalten. Sie konnten gar nicht wahr sein, aus dem einfachen Grund, dass Johansson dann ausgestopft in einer eigenen Vitrine unten im Polizeimuseum stehen müsste, und das tat er nachweislich nicht. Er war bis auf weiteres Chef des Landeskriminalamts.

Trotz seiner gemäßigten Erwartungen und obwohl er durchaus Rücksicht auf Johanssons lange Abwesenheit aus dem praktischen Leben genommen hatte, war er nun bitter enttäuscht. Das Wenige, was er Kriminalpolizist Johansson hatte tun sehen, hatte ihn höchstens überrascht. Vor allem hatte es ihn beunruhigt und sogar beängstigt, wenn er nicht wusste, ob Johansson ernst war oder mehr oder weniger gelungene Scherze machte. Johansson wirkte wie ein geschickter und praktisch veranlagter Personalchef. Dafür hatte Wesslén in diesen Monaten beim Landeskriminalamt etliche Beispiele erlebt. Außerdem war er ein guter Sitzungsleiter. Das hatte Wesslén ebenfalls beobachten können, auch wenn nicht ganz klar war, warum er das fand. Und er war bereit, ihm noch ein Lob zu zollen. Als Regisseur schien Johansson gar nicht schlecht zu sein.

Gemeinsam mit dem stellvertretenden Wachhabenden, dem Arrestwärter und Wesslén selbst spielte er am Abend des achten September auf. Überaus überzeugend, das musste Wesslén zugeben, obwohl Nilsson und die Streife, die ihn festgenommen hatte, fehlten. Und obwohl die Zellen an diesem Abend absolut menschenleer waren, als Folge des Wolkenbruchs, der draußen vor den Fenstern des Dienstzimmers herunterprasselte.

Aber es war trotzdem sinnvoll, alles am Schauplatz und in Anwesenheit von zumindest einem der Beteiligten nachzuvollziehen. Als Wirklichkeitsbeschreibung hatte das Stück nur einen Fehler. Regie führten zwei Personen, die ein direktes und persönliches Interesse daran hatten, ihm eine ganz bestimmte Rolle und keine andere zuzuweisen.

Sonntag, achter September, gegen zehn Uhr abends. Empfangsraum im Arrest des WD 1. Es war ein ruhiger Tag gewesen, gefolgt von einem ruhigen Abend, aber um zehn Uhr ging es plötzlich los, und dann wurde es hektisch. Innerhalb kürzester Zeit wurden drei Festnahmen abgeliefert. Einer, dem Trunkenheit am Steuer vorgeworfen wurde und der immer wieder erklärte, er habe »doch nur ein kleines Lightbier getrunken«. Dann vom Hauptbahnhof ein Krachschläger in Handschellen, der darauf beharrte, er habe den Zug nach Katrineholm nehmen wollen. Und einer, der einfach nur sinnlos betrunken war.

Der Wachhabende versuchte, in seinen Papieren Ordnung zu schaffen, während das halbe Dutzend Kollegen, das die drei Festnahmen gebracht hatte, im Raum Ordnung zu schaffen versuchte. Zwei der vier Arrestwachen hielten den sinnlos Betrunkenen fest, während sie seine Taschen durchsuchten, eine Kollegin verstaute deren Inhalt in einer Plastiktüte. Der vierte Arrestwärter zeichnete sich durch Abwesenheit aus.

Dann erschien als Vierter Nils Rune Nilsson. Genauer gesagt wurde er von zwei Kollegen hereingetragen, während ein dritter die Türen aufhielt.

»Ich schaute auf, um zu sehen, was die nun schon wieder für eine Überraschung hatten«, erklärte der Wachhabende mit mattem Lächeln. »Also habe ich gesehen, wie sie den Fahrstuhl verließen. Berg und Mikkelson trugen ihn, und Orrvik hielt die Türen auf.«

Könnte stimmen, dachte Wesslén, obwohl er für Erinnerungsbilder nicht viel übrig hatte, auch nicht, wenn sie von Kollegen stammten. Borg war Fahrer und hatte vermutlich im Bus gesessen. Und Åström hatte ihm offenbar Gesellschaft geleistet. Während der Chef der Streife und der Jüngste die Tragerei übernommen hatten. Und Orrvik die Türen aufgehalten hatte. Das war plausibel.

Nilsson war auf eine Holzbank gesetzt worden. Er war ungewöhnlich ruhig und still – aber eben sternhagelvoll – und blieb brav sitzen, während Berg anfing, die Formulare auszufüllen. Nilssons wenige Habseligkeiten hatten sie offenbar schon im Bus an sich genommen, deshalb brauchte ihnen nur die Tüte hingehalten zu werden. Das erledigte der Arrestwärter, der auch die Aufsicht über die Zellen gehabt hatte.

Der stellvertretende Wachhabende hatte ihn sich angeschaut. Er sah aus wie ein echter alter Säufer, war total verdreckt und stank so, wie es nicht anders zu erwarten war.

Aber er wies keine nennenswerten Verletzungen auf. Da war der Wärter sich ganz sicher.

»Wie genau hast du hingeschaut?«, fragte Wesslén.

»Ja...« Der andere zuckte mit den Schultern. »Wie immer... wir stellen fest, ob sie eine Zuckerkarte haben... also Diabetes... oder Herzfehler... oder so was. Oder ob sie bluten oder ein Bein gebrochen haben... aber wir nehmen natürlich keine ärztliche Untersuchung vor, das kannst du dir ja vorstellen.«

Wesslén nickte. Das konnte er sich vorstellen. Das würde sogar der JO sich vorstellen können, wenn er sich die Mühe machte, an einem ungewöhnlich hektischen Abend hier vorbeizuschauen.

Kaum hatten sie festgestellt, dass es Nilsson nicht schlechter ging als den meisten anderen, wurde er in die Zelle getragen. Von nun an war der Arrestwärter für ihn zuständig. Er zeigte, wie er und Berg geholfen hatten, Nilsson auf die Beine zu ziehen. Mikkelson und Orrvik hatten sich rechtzeitig verdrückt. Wohin, das wusste niemand.

»Die haben sicher einen Kaffee getrunken«, nahm der Wachhabende an. Egal. Der Arrestwärter und Berg wanderten, Nilsson zwischen sich, zu der ihnen angewiesenen Zelle. Jetzt musste der Wärter Nilsson darstellen. Ein junger Mann von vielleicht fünfundzwanzig mit dunklem Schnurrbart und blassen Augen, der sich gern nützlich machte. *Ungewöhnlich gelenkig ist er außerdem,* dachte Johansson, als er und Wesslén den Jungen die dreißig Schritte durch den Gang zur Zelle führten.

»Na gut«, sagte Johansson und ließ sein Handgelenk los. »Und was passiert jetzt?«

Dann hatte der Wärter die beiden Türen aufgeschlossen, während Berg Nilsson festgehalten hatte. Danach hatten sie ihn gemeinsam in der Zelle abgelegt.

»Zwei Meter zur Seite. Wenn sie so blau sind, legen wir sie auf den Boden, damit sie nicht von der Pritsche fallen. Die ist ja genauso hart. Wir haben ihn auf die Seite gelegt«, fügte er hinzu. »Das ist wichtig ... wenn sie auf dem Rücken liegen, können sie an ihrer eigenen Kotze ersticken.« Er sah zuerst Johansson und dann Wesslén an.

»Uh«, murmelte Johansson zustimmend. Er ging in die Zelle, bückte sich und schlug mit den Fingerknöcheln auf den Boden. Dann richtete er sich wieder auf. Sah sich genau um. Ging zur Querwand und fuhr mit der Handfläche darüber.

»Okay«, sagte er und schaute den Wärter an, der weiterhin zusammen mit Wesslén in der Tür stand. »Wer von euch hat ihm dann eine gescheuert?«

»Nein, nein.« Der Wärter schüttelte erschrocken den Kopf. »Nein, verdammt. So war das nicht.« Jetzt schaute er Wesslén an, flehend. »Der Alte war doch total weg ... weit weg ... der war wie ein Paket.« Er blickte nervös zu Johansson rüber.

»Das hier ist dein Nebenjob, was«, sagte Johansson und betrachtete seine Schuhe. Dann lehnte er sich an die Wand.

»Jaa.« Der Wärter war verwirrt. »Ich studiere Jura. Ich jobbe vor allem an den Wochenenden und im Sommer.«

»Aha«, sagte Johansson unergründlich und vertiefte sich in die Betrachtung der Decke.

Was soll das hier eigentlich, fragte Wesslén sich.

»Zeig mal, wie ihr das gemacht habt.« Johansson starrte dem Wärter in die Augen.

»Was?« Der hatte nicht verstanden.

»Was ihr gemacht habt ... wie ihr Nilsson hier abgelegt habt.«

»Ja ... also«, der andere war noch immer verwirrt. »Wir haben ihn ungefähr hierhin gelegt.« Er blieb mitten im Zimmer stehen und zeigte zu Boden. »Auf die Seite.«

Johansson nickte. *Weiter.*

»Jaaa ... und dann hab ich noch mal nachgesehen, ob er auch wirklich richtig liegt ... und dann sind wir raus und haben abgeschlossen. Ich habe abgeschlossen.«

»Aha«, sagte Johansson. »Dann gehen wir jetzt wieder raus.«

Dreimal hatte der Wärter nach Nilsson gesehen. Jede Viertelstunde durch das Einwegglas in der oberen Türhälfte. Er musste die äußere Tür öffnen und das Ganze vorführen. Und jedes Mal lag Nilsson in derselben Stellung an derselben Stelle. Er schien zu schlafen. Beim dritten Mal aber hatte er diese großen Wunden im Gesicht. Das hatte der Wärter deutlich sehen können.

»Und du hast keine Ahnung, wo er die herhaben könnte?«, fragte Johansson langsam.

»Nein, natürlich nicht. Das ist ein Mysterium.« Jetzt waren die blassen Augen nur noch verängstigt, und er setzte Hände und Schultern ein, um Johansson von seiner Unschuld zu überzeugen.

»Das ist ein Mysterium«, wiederholte er. »Er ist offenbar aufgestanden und dann gefallen, als ich gerade nicht hingeschaut habe.« Er schüttelte den Kopf.

»Das klären wir schon«, sagte Johansson. Plötzlich lächelte er und klopfte dem gelenkigen Wärter auf den Rücken. »Mach dir da keine Sorgen, Alter. Wie läuft denn das Studium? Jura ... das muss doch die pure Hölle sein.« Er lachte zufrieden.

Jarnebring, dachte Wesslén. Zuerst den Leuten eine Heidenangst machen. Und dann plötzlich den Jovialen spielen. Eitel Sonnenschein und frohe Miene. Und wie dankbar sie dann sind. Er schielte zu dem hoch gewachsenen Johansson und dem um einiges kleineren Wärter hinüber. Man könnte meinen, sie hätten zusammen im Lotto gewonnen. Und dass der Benjamin der Firma erstmals hatte mitmachen dürfen. Wer hier wer war, daran konnte kein Zweifel bestehen.

»Er lügt«, sagte Johansson und nickte Wesslén zu. Sie waren auf der Straße vor dem Eingang, wo sie sich zwei Stunden vorher getroffen hatten, stehen geblieben.

»Wer?«, fragte Wesslén überrascht. »Der Wachhabende?«

»Nix«, sagte Johansson und schüttelte den Kopf in seinem hochgeschlagenen Mantelkragen. »Der ist in Ordnung. Nett und sympathisch. Ist vor ewigen Zeiten mit mir und Jarnebring Streife gefahren. Der könnte keiner Fliege was zu Leide tun.«

Stöhn, dachte Wesslén, aber das sagte er nicht.

»Du glaubst also, der Wärter hat Nilsson geschlagen?« Wesslén bemühte sich trotz des Wetters um einen neutralen und freundlichen Tonfall.

»Das hab ich nicht gesagt«, sagte Johansson. »Ich weiß nur, dass er lügt.«

»Woher weißt du das denn?« Wesslén sah die Legende im Trenchcoat abwartend an. *Du solltest mal Diät halten,* dachte er.

»Das spüre ich«, sagte Johansson und zuckte mit den Schultern. »Wir hören voneinander.« Er lächelte und nickte.

Gegen alle Gewohnheiten fuhr Johansson mit einem Taxi nach Hause. Es regnete noch immer, und das musste die Polizei sich leisten können. Er stieg aus in den Regen, um zu bezahlen. Ging schon seit einigen Jahren nicht mehr anders, wenn er etwas aus den Hosentaschen ziehen wollte. Plötzlich kam ihm eine Idee. *So muss es sein*, dachte er. Zerstreut schaute er die gelbe Quittung in seiner Hand an. Wie üblich hatte der Fahrer vergessen, die Fahrstrecke einzutragen, aber jetzt war es zu spät, denn die roten Rücklichter verschwanden schon um die Straßenecke. Außerdem war es egal. Er zahlte ja selber die Spesen aus.

117

Am Dienstag erhielt Johansson mit der ersten Post zwei verschiedene ärztliche Gutachten. Das erste war am Vortag im gerichtsmedizinischen Institut von Solna ausgestellt worden, von einem Dozenten der Gerichtsmedizin, der Nils Rune Nilsson drei Tage zuvor untersucht hatte.

Das Gutachten war wohltuend klar und kurz. Es bestand aus fünfzehn dass-Sätzen, von denen zehn in normalem Schwedisch Nilssons Verletzungen beschrieben und die abschließenden fünf die Schlüsse des Dozenten darauf, wie und wann die Verletzungen entstanden sein mussten. Johansson las es mit großem Interesse und nickte einige Male zustimmend. Unter anderem, weil das Gutachten seine Überlegungen vom vergangenen Abend stützte.

Gutachten Nummer zwei war am Freitag, dem dreizehnten September, im Krankenhaus Sabbatsberg ausgestellt worden, und wenn Wesslén seine Begegnung mit dem unterschreibenden Stationsarzt korrekt wiedergegeben hatte, dann war es offenbar vordatiert worden.

Auch war dieses Gutachten nicht so leicht zu verstehen wie das andere. Der Stationsarzt brauchte mehr als doppelt so viele Seiten wie sein Kollege von der Gerichtsmedizin und eine ansehnliche Menge Latein. Außerdem mischte er Beschreibungen und Schlussfolgerungen auf eine Weise, die Johansson gereizt knurren ließ. Und das Schlimmste: was dort stand, konnte Johanssons eigenen Verdacht absolut nicht erhärten.

Legte man die beiden Gutachten nebeneinander, mochten sie auf den ersten Blick ziemlich ähnlich aussehen, aber die genauere Lektüre ergab mindestens zwei entscheidende Unterschiede und offenbarte möglicherweise die Tatsache, dass die Medizin doch nicht die exakte Wissenschaft war, für die viele ihrer Vertreter sie gerne ausgaben.

Nilsson hatte Verletzungen im Gesicht, wie Johansson

selber gesehen hatte. Ebenso welche im Nacken. Das ging aus den Röntgenbildern hervor und zeigte sich außerdem bei genauerem Hinsehen. Dann hatte er blaue Flecken an den Armen. Die Verletzungen in Gesicht und Nacken waren die wichtigsten. Nicht zuletzt, wenn man sich für eine so nebensächliche Frage wie Nilssons Befinden interessierte.

Über all diese Verletzungen äußerte sich der Gerichtsmediziner für einen Wissenschaftler ausgesprochen kategorisch. Die Wunde auf der Stirn, die Verletzungen im Nacken und die blauen Flecken an den Armen waren älteren Datums als die prachtvollen Schrammen, die Johansson, der Arrestwärter und alle anderen bemerkt hatten. Und die wirklich nur ein Blinder hätte übersehen können.

Dass es sich so verhielt, ging für den Gerichtsmediziner aus mehreren Dingen hervor. Es ließ sich belegen anhand der Röntgenaufnahmen, durch eine mikroskopische Untersuchung des Heilungsverlaufs und vor allem durch die Tatsache, dass die Verfärbungen an Armen und Nacken eine andere und »ältere« Farbe aufwiesen.

Der Stationsarzt überging das schweigend. Las man sein Gutachten flüchtig, konnte man zum Schluss gelangen, dass seiner Ansicht nach alle Verletzungen bei derselben Gelegenheit entstanden waren.

Die Verletzungen im Gesicht, dachte Johansson. Da haben wir den springenden Punkt.

Der Gerichtsmediziner schrieb nur von einer. »Dass Nilsson klare Zeichen von Gewaltanwendung gegen die linke Wange erkennen lässt, unter anderem einen Bruch des linken Jochbeins und einen der linken Augenhöhlenwand, mit der Folge von Blutergüssen und Schrammen im ganzen Gesicht sowie Schwellungen um beide Augen herum.«

Ein Schlag aufs linke Auge, der gleich zwei Veilchen verursachte?

Der Gerichtsmediziner hielt das schlicht für selbstverständlich: »Dass Nilssons Alkoholkonsum zu einem geringeren Blutgerinnungsfaktor geführt hat, im Vergleich zum Blut gesunder Menschen, was dazu führt, dass er bereits bei der Konfrontation mit verhältnismäßig geringer Gewalt deutlich stärkere Blutergüsse davontragen kann als gesunde Personen.«

Und dann der Schluss: »Dass es unmöglich ist, mit einiger Wahrscheinlichkeit zu entscheiden, ob die Verletzungen durch einen Sturz, durch einen Schlag oder auf andere Weise entstanden sind, dass es aber keinen Grund zur Annahme gibt, sie seien nicht durch einen Sturz verursacht worden.«

Eins, unentschieden, zwei, dachte Johansson.

Aber nicht der Stationsarzt. Er hielt Nilssons Gesichtsverletzungen für »vermutlich durch einen oder zwei Schläge verursacht« und erklärte, das Wesen der Verletzungen spreche gegen die Annahme, sie könnten durch einen Sturz gegen eine Fläche wie eine Wand oder einen Boden entstanden sein.

Woher willst du das wissen, du Arsch, dachte Johansson gereizt. Du warst ja wohl nicht dabei, als er auf die Schnauze gefallen ist.

»Genauso hab ich mir das gedacht«, sagte Johansson. »Das ist mir gestern Abend beim Nachhausekommen aufgegangen. Seine Verletzungen sind natürlich nicht alle gleich alt.«

Wesslén nickte nachdenklich, gab aber keine Antwort. Er hatte die Gutachten ebenfalls gelesen. Und ihm war schon vor mehreren Tagen derselbe Gedanke gekommen wie Johansson, doch da er das für selbstverständlich gehalten hatte, war es ihm nicht der Mühe wert erschienen, sich damit großzutun.

»Die Wunde in der Stirn«, sagte er skeptisch. »Die hätten sie notieren müssen, als er eingeliefert wurde.«

»Sicher.« Johansson nickte überzeugt. »Aber das war ihnen sicher egal, so wie er sonst aussah.«

Wesslén zuckte mit den Schultern.

»Und die blauen Flecken an den Armen«, sagte Johansson jetzt mit plötzlicher Wut. »Von denen dieser Arsch im Sabb ...«, er fegte mit dem Arm über die Papiere auf seinem Tisch, »... behauptet, es seien Abwehrverletzungen, die Nilsson sich zugezogen hat, um sich vor Schlägen zu schützen. Kein Scheißwort darüber, dass er sich offenbar schon eine ganze Woche geschützt hat ... ehe er eins in die Fresse bekam.«

Wesslén zuckte mit den Schultern.

»Was schlägst du vor?«, fragte er und zupfte an den Bügelfalten seiner grauen Flanellhose.

»Man kann ja nicht jedem Suffkopp, den man einbuchtet, die Ärmel aufkrempeln, um nach blauen Flecken zu suchen«, erklärte Johansson stur.

»Schlag was vor«, sagte Wesslén.

»Wir schreiben den Scheiß ab«, entschied Johansson. »Ehe wir uns ganz und gar lächerlich machen. Nur weil die Zeitungen den Verstand verloren haben, brauchen wir ja den Sinn für Verhältnismäßigkeiten nicht ganz zu verlieren.«

Wesslén nickte abwesend. Er schien nicht zugehört zu haben.

»Eins versteh ich allerdings nicht«, sagte er langsam.

»Jaa?«

»Gestern warst du überzeugt, dass der Arrestwärter lügt.«

»Sicher«, sagte Johansson. »Das glaub ich noch immer. Aber ich weiß verdammt noch mal nicht, worin seine Lüge besteht.«

»Aber er lügt«, sagte Wesslén und gestattete sich ein kleines Lächeln, das mit etwas bösem Willen durchaus als spöttisch aufgefasst werden konnte.

»Aber süßer Jesus ...«, Johansson stöhnte. »Hier haben wir einen alten Alki, der möglicherweise ... ich sage, möglicherweise ... vielleicht ... merk dir das ... eins auf die Fresse gekriegt hat. Aber ebenso gut kann er gestürzt sein und sich dabei verletzt haben. Und deshalb sollen wir jetzt Himmel und Erde in Bewegung setzen und ...«

»Wenn ich das alles richtig verstanden habe«, sagte Wesslén gelassen und ohne die Stimme zu heben, »dann ist es nicht unsere Aufgabe, solche Schlüsse zu ziehen.« *Jetzt siehst du aus wie Jarnebring,* dachte er.

»Nix«, sagte Johansson, der jetzt rot um die Ohren war. »Und wenn du beweisen kannst, dass ihm eins auf die Mütze gegeben wurde, dann guten Appetit.«

Wesslén zuckte mit den Schultern. Er wusste ebenso gut wie Johansson – und wie alle anderen, die überhaupt etwas wussten – dass er das eben nicht konnte. Außerdem hatte es ja vielleicht niemals einen Schlag gegeben. Nilsson war vielleicht gestürzt und hatte sich dabei verletzt. *Vielleicht, vielleicht.*

»Mach einen Vorschlag.« Er sah Johansson an und nickte auffordernd.

»Wir schreiben die Sache ab«, sagte Johansson. »Hab ich das nicht schon gesagt? Aber zuerst ...« Er hob die Hand, ehe Wesslén etwas sagen konnte, »müssen wir mit den Jungs von der Streife sprechen. Sonst haben wir sofort den JO am Hals.«

Wie gut, dass der dich nicht hören kann, dachte Wesslén. Aber du hast natürlich Recht. Wie immer das möglich ist.

»Ich kann nur Mikkelson erreichen«, sagte er. »Der kommt nach der Mittagspause her. Sie haben gerade dienstfrei, und die anderen scheinen nicht zu Hause zu sein. Jedenfalls geht von denen keiner ans Telefon.«

»Dann nehmen wir uns erst mal Mikkelson vor«, sagte Johansson großzügig. »Und die anderen eben morgen. Das ist jetzt scheißeilig. Um eins?« Er blickte Wesslén fragend an, und der nickte. »Dann kann ich auch dabei sein. Um ein Uhr bei mir. –

Kannst du für mich den Oberstaatsanwalt anrufen?«,

brüllte er dann durch die geschlossene Tür seiner Sekretärin zu.

27

Falls der Oberstaatsanwalt mit dem Gutachten des Gerichtsmediziners zufrieden war, zeigte er das jedenfalls nicht so deutlich wie Johansson. Und der Appetit schien ihn verlassen zu haben, obwohl er und Johansson ihre übliche Beratung in ein ruhiges und stilles Restaurant verlegt hatten, das in angenehmer Entfernung vom Polizeigebäude lag und für seinen Mittagstisch verdientermaßen bekannt war.

»Das ist eine Soße«, murmelte er und stocherte mit der Gabel im Gemüse auf seinem Teller herum. »Da wird man in den Zeitungen wohl gekreuzigt werden.« Er schaute Johansson missmutig an. »Und die Gewerkschaft setzt mir auch schon zu ...«, jammerte er, »aber eigentlich sind es doch die anderen, die verfolgt werden.«

»Mmhmm«, sagte Johansson, den Mund voll köstlicher überbackener Ravioli. Er schluckte energisch. Leute, die mit vollem Mund redeten, konnte er nicht ausstehen. »Mach dir wegen der Gewerkschaft keine Sorgen. Mit denen kann ich reden, wenn du willst«, bot er großzügig an und wischte sich mit der Serviette die Mundwinkel ab.

»Ihr seid so gut wie fertig, sagst du.« Der Staatsanwalt dachte laut. »Meinst du, wir könnten die Sache zum Wochenende abschließen?«

»Nein«, sagte Johansson energisch und füllte erneut seinen Teller. »Das hier ist nur zu deiner Information. Ich finde, wir sollten damit warten. Nilsson wird bald nur noch auf den hinteren Seiten auftauchen, und die Öffentlichkeit hat andere Sorgen. Dann machen wir's.«

»Wann?« Der Staatsanwalt ließ sein Besteck sinken und schaute Johansson an.

»Zum nächsten Wochenende vielleicht. In zehn Tagen.«
Er nickte nachdrücklich.

»Bis dahin sind du und ich von deinen Kollegen schon
beim JO verklagt worden.«

»Nix«, sagte Johansson und schüttelte heftig den Kopf.
»Mit denen werde ich schon fertig. Mach dir keine Sorgen.«

»Hm«, sagte der Ankläger, schien mit Johanssons Angebot aber nicht unzufrieden. Offenbar waren ihm seine gewerkschaftlichen Meriten bekannt.

»Ja, du warst ja Ombudsmann bei der Polizeigewerk-
schaft, glaube ich ...«

»Nur einen Sommer lang. Urlaubsvertretung, vor vielen
Jahren.« Johansson lächelte abwehrend.

»Ja, ja.« Der Staatsanwalt spießte ein Radieschen auf und
musterte es kritisch.

»Ich habe eine Idee«, sagte Johansson und beugte sich
über den Tisch. »Was sagst du dazu ...«

Er brauchte eine Viertelstunde, um den Staatsanwalt zu
überreden, aber als sie sich nach dem Kaffee trennten,
schien der Staatsanwalt fast schon gute Laune zu haben.

28

Mikkelson wartete schon im Zimmer der Sekretärin, als Johansson vom Mittagessen zurückkam. Und er hatte offenbar nicht alleine warten müssen. Schon auf dem Gang hörte
Johansson fröhliche Stimmen, und als er durch die Tür
schaute, wirkte seine kühle und beherrschte Sekretärin
rosig und ertappt, obwohl zwischen ihr und dem Besucher
der ganze Schreibtisch stand.

Ach ja, dachte Johansson. So hast du mit einundzwanzig
nicht ausgesehen.

Mikkelson hatte an diesem Tag dienstfrei. Er hatte seine
kurze Lederjacke über den Sessel gehängt und erfreute sein

Publikum mit kreideweißem T-Shirt und schwellenden Muskeln an sonnengebräunten Armen. Als Johansson ihn sah, wurde ihm schmerzlich bewusst, dass er selbst ein großes Bier getrunken und zwei große Teller Ravioli gegessen hatte, obwohl der Oberstaatsanwalt den Beweis für die Existenz von Gemüsetellern und Mineralwasser angetreten war.

»Du bist also Mikkelson«, sagte Johansson und streckte die Hand aus.

Mikkelson sprang auf, lächelte und packte Johanssons ausgestreckte Hand. *Einer von diesen apfelfrischen Jugendlichen aus der Bioreklame, die sich ihre Cola durch die kreideweißen Zähne gießt.* Johansson schielte diskret zu seinem Gürtel hinunter, konnte ihn aber nicht entdecken.

»Der bin ich«, bestätigte der Athlet.

»Das war sicher nicht so leicht, als du zur Schule gegangen bist«, sagte Johansson und kratzte sich den Nacken. Polizeianwärter wurden von den älteren Kollegen als Füchse bezeichnet, und der Fuchs im schwedischen Märchen heißt nun mal Mikkel.

»Fuchs stimmt doch immer noch«, sagte Mikkelson und lachte. Er schien keine schlimmen Folgen davongetragen zu haben.

»Und aus Ångermanland kommst du auch noch«, sagte Johansson. *Sympathischer Typ.*

»Aus Kramfors ... ja, aus der Nähe, aber da bin ich zur Schule gegangen.« Jetzt machte er ein überraschtes Gesicht.

»Näsåker«, sagte Johansson kurz. »Hier haben wir Kommissar Wesslén.« Er nickte zu seinem größeren und um einiges schlankeren Kollegen hinüber, der jetzt als lebender Beweis in der Tür stand, dass die Uhr just in diesem Moment dreizehn null null zeigte. »Also gehen wir zu mir.«

Mikkelson arbeitete seit seiner Anstellung als Polizeiassistent im WD 1. Die ganze Zeit bei der Streife, wo Berg der Chef war, und fast immer in derselben Besatzung. Er,

Berg, Borg, Orrvik und Åström. Es konnte passieren, dass sie kurzfristig Verstärkung durch irgendeinen Aspi erhielten, aber im Prinzip waren sie zu fünft. Obwohl eigentlich acht vorgeschrieben waren.

»Gute Jungs. Tolle Truppe.« Er blickte Johansson und Wesslén aus seinen kornblumenblauen Augen an. »Ich arbeite seit dem Frühling mit ihnen zusammen.«

»Es gefällt dir also in Stockholm«, sagte Wesslén.

»Na ja, was heißt schon gefallen.« Jetzt klang er ein wenig unsicher. »Ist eine verdammt harte Szene, und man kriegt Sachen zu sehen, da hat man nachher wirklich Angst im Dunkeln. Aber es sind nette Jungs.« Er nickte energisch. »Und dann wohnt meine Freundin hier. Und man kriegt leicht eine Stelle.«

Nette Jungs, Freundin und leicht eine Stelle kriegen, dachte Johansson. Drei überzeugende Gründe, um in Stockholm zur Polizei zu gehen und nicht im Kramfors.

Am Sonntag, dem achten September, hatten sie ihren Dienst abends um neun angetreten. Pünktlich um einundzwanzig null null war ihr achtsitziger Dodge aus der Garage des WD 1 gerollt und nach links in Richtung Hauptbahnhof abgebogen. Dort hatten sie einen Blick in die Halle geworfen, ohne etwas Besonderes zu finden. Danach waren sie weiter in das Viertel auf der anderen Seite der Vasagata gefahren.

»Beim Nachtdienst fangen wir immer da an«, erklärte er. »Wenn über Funk nichts Besonderes gemeldet wird, meine ich. Zuerst einen Blick in den Hauptbahnhof und dann eine Runde um den Sergels Torg.«

»Aha«, Johansson nickte. Er konnte verstehen, warum sie das machten.

»Ja, und an diesem Abend kommen wir also nach Klara Norra, und da sehen wir ein betrunkenes Mannsbild auf dem Bürgersteig herumtorkeln ... Nilsson, meine ich ... und da halten wir und lesen ihn auf.«

»Hier machen wir eine Pause«, sagte Wesslén. »Das ist jetzt wichtig.«

Um ungefähr einundzwanzig Uhr dreißig hatte Borg, der am Steuer saß, oder Berg neben ihm oder beide – das wusste Mikkelson nicht so genau – eine sinnlos betrunkene Mannsperson vor der Adresse Klara Norra Kyrkogata 21 beobachtet. Sie hielten an. Mikkelson, der hinter Berg saß, und Berg stiegen aus und trugen den Mann in den Bus.

»Er war total weggetreten.« Mikkelson nickte ernst. »Als ich ihn sah, wäre er fast vor den Bus gefallen.«

Völlig unzurechnungsfähig, aber nicht krank, sondern betrunken. Und nicht jung oder betrunken genug, um im Krankenhaus oder von der Ausnüchterungsstation aufgenommen zu werden. Berg hatte entschieden, ihn zum WD 1 zu bringen.

»Kein Widerstand? Ihr musstet ihn nicht hart anfassen?« Johansson musterte seinen jungen Kollegen forschend.

»Nein, nein«, versicherte der nachdrücklich. »Der war einfach weit weg. Er hat nichts gesagt und nichts getan. Wir konnten ihn in den Wagen heben, ich und Berg.«

»Und dann«, sagte Johansson.

Dann hatten sie ihn direkt zum Arrest in den WD 1 gefahren. Knapp zweihundert Meter Luftlinie weiter, mit dem Auto nur wenig länger. »Höchstens fünf Minuten.«

»Und dann?«, fragte Wesslén.

Mikkelson und Berg hatten ihn in die Arrestabteilung gebracht. Mit dem Fahrstuhl. Orrvik war mitgegangen und hatte die Türen offen gehalten. Berg hatte die Papiere ausgefüllt, und als Mikkelson und Orrvik kapiert hatten, dass das seine Zeit brauchen würde, waren sie schnell einen Kaffee trinken gegangen.

»War mein erster, seit ich von zu Hause weggefahren bin, und ich brauchte wirklich einen.« Er lächelte wieder und schaute sie aus seinen ehrlichen blauen Augen an.

»Ja«, sagte Johansson. »Das wär's dann ja wohl. Tut mir Leid, dass wir deinen freien Tag gestört haben.«

»Macht nichts.« Der andere schüttelte abwehrend den Kopf und stand auf.

»Sagt mal ...« Er schaute zuerst Johansson und dann Wesslén fragend an.

»Raus damit«, sagte Johansson und lächelte aufmunternd.

»Also ...« Jetzt wirkte das Lächeln gezwungen. »Ich wüsste gern, wie lang das so weitergehen soll. Das ist die Hölle«, sagte er heftig. »Ich mach euch ja keine Vorwürfe, ihr macht sicher nur euren Job, aber ... tja, meine Freundin, wisst ihr ...« Johansson wusste nicht. *Weiter.*

»Sie arbeitet in einer Bank, und da wird eben geredet. Na ja, in den Zeitungen standen zwar keine Namen, aber scheußlich ist es trotzdem. Man wird doch verurteilt.« Er schaute sie wütend an.

»Ich verstehe dich.« Johansson nickte mit allem Mitgefühl, dessen sein schwerer Körper fähig war. »Mach dir keine Sorgen.«

»Ach ja«, sagte Wesslén, als sich die Tür hinter ihrem Vernehmungsopfer schloss. »Was für ein Glück, dass es brave und rücksichtsvolle Manschettenverbrecher gibt.«

»Ja«, sagte Johansson. »Und Banditen im Fischgrätanzug, damit wenigstens die Kollegen von der Wirtschaft in den Zeitungen als Helden dastehen.« Plötzlich fiel ihm etwas ein. »Hast du eigentlich Jansson mal gesehen? Mordjansson, deinen Assistenten?«

»Nein«, sagte Wesslén mit mildem Lächeln. »Eins von den Mädels will ihn am Donnerstag erspäht haben. Seither nie wieder.« Er schüttelte den Kopf.

»Der ist sicher zu Ermittlungen unterwegs«, sagte Johansson leichthin. »Ja ... ja.«

29

Am Dienstagabend musste Johansson etwas für sein Gehalt als Polizeidirektor tun. Zusammen mit vier weiteren Personen fuhr er umher und besuchte die Arrestzellen der Stadt. Der Vorsitzende der Gesellschaft war Professor für Gerichtsmedizin und internationale Kapazität in der Kategorie »durch Gewaltanwendung verursachte Verletzungen«. Zwei waren Assistenten des Professors und trotz ihres jungen Alters schon promoviert. Der vierte war ein Kollege von Johansson, Polizeidirektor und verantwortlich für ordnungspolizeiliche Fragen in den Polizeidistrikten von Stockholm.

Zuerst WD 1, dann WD 2 und endlich WD 3. Als sie die Sache endlich beendet hatten, war es schon späte Nacht. Die Besuche verliefen nach einem bestimmten Muster. Überall suchten sie sich Fälle heraus, in denen die Festgenommenen bei ihrer Einlieferung »keine sichtbaren Verletzungen« aufgewiesen hatten. Danach wurden sie in ihren Zellen besucht, um zu überprüfen, ob ihr Aussehen mit der Behauptung übereinstimmte.

Im WD 1 befanden sich zehn Festgenommene. Acht ohne sichtbare Verletzungen, wie behauptet wurde. Mit gewissen Erwartungen begab sich Johansson zur ersten Zelle. Gefolgt von seinen vier Begleitern sowie dem Wachhabenden und dem stellvertretenden Wachhabenden.

Der Festgenommene war ein Mann von Mitte zwanzig. Er lag in Embryonalstellung auf der Holzpritsche und hörte und sah sie nicht, als sie hereinkamen. Seine Haare waren von Kotze verklebt, aber vor allem hatte er sich auf seinen Pullover erbrochen, der durchaus nicht so weiß war wie das Hemd, das Johansson früher an diesem Tag gesehen hatte. Seine Arme waren mit Tätowierungen, mit alten blauen Flecken, neuen blauen Flecken und Kratzern geschmückt. Aber es gab keine Einstichspuren, weder in der linken noch in der rechten Armbeuge.

Der Professor ging vor ihm in die Hocke. Vorsichtig legte er ihm die Hand unter den Kopf und hob ihn zu sich hoch. Der Patient riss den Mund auf wie ein Fisch mit schlechten Zähnen und einem vergessenen Priem zwischen der Oberlippe und dem roten, entzündeten Zahnfleisch. Aber er bewegte sich nicht. Kniff nur die Augen noch fester zusammen, als sie vom Deckenlicht getroffen wurden.

»Notieren«, sagte der Arzt und hielt den Assistenten die rechte Hand das Mannes hin. Zwei Fingerknöchel waren zerschrammt und blutig.

»Scheint in eine Schlägerei verwickelt gewesen zu sein, der Knabe«, sagte der stellvertretende Wachhabende schuldbewusst. »Das war schlampig von uns.«

»Vor allem hat er wohl Prügel kassiert«, stellte der Professor fest und zeigte mit dem Zeigefinger auf eine leichte Rötung unter dem zugekniffenen linken Auge. »Morgen wird er die Sonne nicht erblicken. Damit jedenfalls nicht.«

Der Wachhabende beugte sich vor, um es besser erkennen zu können.

»Ich sehe nichts«, sagte er unsicher.

»Hier«, sagte der Professor und streckte abermals seinen sorgfältig maniküreten Finger aus. »Jetzt ist es nur eine leichte Rötung, aber morgen wird da ein prachtvolles Veilchen prangen.«

»Ach so ... ja, man hätte wohl Medizin studieren sollen.« Der Wachhabende trat verstimmt von einem Fuß auf den anderen und sah Johansson düster an.

»Wir machen ein Foto«, entschied der Professor. »Dann kommen wir morgen früh, ehe er entlassen wird, zurück und sehen ihn uns noch einmal an. So was macht sich gut im Unterricht.« Er lächelte freundlich und akademisch in die Runde.

Erfolg, dachte Johansson, als sie losfuhren. Drei von acht, denen »sichtbare Verletzungen« fehlten, hatten doch welche gehabt. Bei einigen erkannte man das sofort, und wenn man sich die Person ansah, begriff man auch, warum die Verletzungen nicht notiert worden waren. Man machte sich ja auch keine Sorgen wegen zerbrochener Dachziegel, wenn das ganze Dach eingestürzt war.

Es sei denn, man war Polizeidirektor und Jurist, natürlich.

»Das hier ist einfach unerklärlich«, quengelte der vom Rücksitz. »Ein klarer Verstoß gegen die Vorschriften.«

»So verdammt komisch finde ich das nicht«, sagte Johansson zufrieden. »Ich habe in eurer hervorragenden Statistik gesehen, dass ihr im vorigen Jahr dreißigtausend Betrunkene festgenommen habt. Und fast ebenso viele andere.«

»Ziemlich viele landen ja sofort in Ausnüchterungszelle und Krankenhaus«, sagte der andere stur.

»Zweitausenddreihundertundsiebzehn im vergangenen Jahr«, sagte Johansson zufrieden. »Sieben Komma sieben Prozent also.« Das hatte er nachmittags gelesen. »Fragt doch mal, ob ihr nicht was vom Budget der Gesundheitssysteme abbekommt.« Er lachte so zufrieden, dass er fast in den Wagen vor ihnen gefahren wäre, als er in die Birger Jarlsgata abbiegen wollte.

Gewisse Mängel in der Buchführung. Die Telefone der Stockholmer Polizei funktionierten jedoch einwandfrei. Als sie später in der Nacht beim WD 3 ankamen, fanden sie Formulare vor, die irgendein Kollege des Gerichtsmediziners offenbar in einem Stadium akuter Kontrollneurose ausgefüllt hatte.

»Eingerissene Nagelhaut am linken Ringfinger. Ansonsten o.B.«, las Johansson und musterte das menschliche Wrack, das schlafend auf dem Boden lag.

»Ich glaube, wir können jetzt Schluss machen«, sagte der Professor mit freundlichem Lächeln.

30

Polizei, Polizei, Polizei ... Auf dem Gang vor Johanssons Zimmer warteten vier Prachtexemplare. Zwei von ihnen hatten die Arme vor der Brust verschränkt und fixierten den Eingang zur drei Meter entfernten Garderobe. Einer wippte auf Zehenspitzen hin und her, sein Blick ging ins Leere. Der vierte hatte sich auf einem Stuhl niedergelassen. Er saß vornübergebeugt mit geradem Oberkörper da, die Ellbogen auf die Knie gestützt, die Hände gefaltet. Als er Johansson sah, sprang er sofort auf und schloss sich den anderen an. Alle wirkten reichlich sauer, das war ihren Gesichtern anzusehen, und sie schienen nur auf die passende Gelegenheit zu warten, um ihrem kollektiven Ärger Luft zu machen.

Gedrückte Stimmung, fasste Johansson zusammen. Das sah man auch Wesslén an, der den vieren Gesellschaft leistete. Er hielt sich bewusst in Distanz zur Gruppe auf, schwieg, und sein mageres Gesicht zeigte das Profil eines Kriminalkommissars. Sonst nichts. Eine Stunde zuvor hatte er angerufen und gefragt, ob Johansson dabei sein wollte. Wesslén hatte endlich die gesuchten Kollegen erreicht, die unter Protest versprochen hatten, sich zu einem Gespräch einzufinden. Sie hatten nämlich noch immer dienstfrei und mussten erst wieder um zwölf zur Schicht.

Johansson hatte schon Schlimmeres erlebt. Er nickte allen freundlich zu.

»Konferenzvernehmung?« Er schaute Wesslén fragend an, und der nickte kurz. Ihm war es doch egal.

»Kaffee für sechs. Wir sitzen im kleinen Besprechungszimmer.« Seine Sekretärin wachte hinter ihrem Schreibtisch. Heute sah sie wieder normal aus und bestätigte die Bestellung mit ihrem neutralen Standardlächeln. Mikkelsons Kollegen waren offenbar nicht so charmant wie er.

»Setzt euch erst mal. Ich häng mich nur schnell auf. Die dritte Tür.« Johansson zeigte den Gang entlang.

Konferenzvernehmung. Alle auf einmal. Das hatte er in der U-Bahn beschlossen. Und es sollte nur eine klärende Besprechung werden. Schließlich bestand gegen keinen ein Verdacht.

Johansson war praktisch veranlagt. Wenn Onkel Nisse gefallen war und sich dabei verletzt hatte, bestand kein Grund, die Streifenmänner einen nach dem anderen zu verhören. Das würde dann nur zu noch mehr Irritationen und sauren Gesichtern führen. Wenn andererseits einer von ihnen Onkel Nisse geschlagen hatte, aber dafür gäbe es ja noch andere Kandidaten, dann würde aller Erfahrung nach der Täter nicht gerade zusammenbrechen und alles zugeben, sobald man ihn nur unter vier Augen danach fragte. Und wenn einer von ihnen irgendetwas gehört oder gesehen haben sollte, so schien jedenfalls keiner bereit, darüber zu reden. Die Abteilung Gewalt in Stockholm hatte sie am vergangenen Montag vernommen, mit dem üblichen Ergebnis: Jeder wusste nur, dass keiner von ihnen etwas Verbotenes getan hatte.

Größere Widersprüche in ihren Aussagen konnte er auch nicht erwarten. Nicht jetzt, da sie mehr als eine Woche Zeit gehabt hatten, sich auf eine gemeinsame Version zu einigen. Was Johansson erhoffen konnte, waren nur die natürlichen und erwartbaren Abweichungen. Die keine wertvollen Hinweise ergaben, sondern alles nur noch weiter durcheinander brachten.

Vorausgesetzt natürlich, dass irgendeiner irgendetwas getan hatte. Vermutlich aber lag die Sache einfach so, dass sie allesamt unschuldig waren. Praktisch wäre das noch dazu.

Deshalb also diese Konferenz. Bestenfalls würde sie etwas über die Befragten als Menschen und Personen aussagen, ohne dass die das selbst tun müssten. Das wusste er aus Erfahrung, und er hatte es auch in einem Kurs für höhere Polizeibeamte von einer Psychologin gehört.

Der Konferenztisch war von der neuen personalfreundlichen Art. Ein Viereck aus heller Eiche mit abgerundeten Ecken. Kein runder Tisch, das wäre zu intim, aber auch keiner der alten, dunkel gebeizten rechtwinkligen Kolosse, die man noch immer im Gericht und bei der Staatsanwaltschaft finden konnte. Die Landespolizeileitung ging mit der Zeit, mit insgesamt drei Gruppen für Arbeitsklima- und Inneneinrichtungsfragen. Und in der Gruppe, die für Tische, Stühle, Vorhänge und Topfblumen zuständig war, stand sogar eine Frau an der Spitze.

Wesslén saß am Querende und verschanzte sich hinter Tonbandgerät und Notizblock. Im Hinblick auf die Verhandlungen war das nicht sonderlich diplomatisch, aber es schenkte Johansson immerhin hervorragende Kompromissmöglichkeiten.

»Ich glaube, wir scheißen aufs Tonbandgerät.« Johansson ließ sich am anderen Querende auf den Stuhl sinken, der für ihn freigehalten worden war. »Wesslén, du kannst vielleicht stattdessen ein Protokoll schreiben.« Das hatte er die ganze Zeit vorgehabt, aber wer nicht an solche Situationen gewöhnt war, fasste das vielleicht als Nettigkeit auf.

Eine Thermoskanne mit Kaffee und Plastikbecher standen schon auf dem Tisch. *Wie immer sie das in so kurzer Zeit geschafft haben mochte.*

»Ich konnte leider keine Plätzchen mehr besorgen.« Johansson drehte den Verschluss von der Thermoskanne. »Aber das macht ja vielleicht nichts.« Er grinste die anderen an. *Das hatte gesessen.* Vier große starke Kollegen, die vermutlich ein Jahresabo für die Scheibenhanteln unten im polizeieigenen Trainingsraum hatten.

»Du darfst uns nicht missverstehen, Johansson, aber ...« Das war Borg. Nummer zwei der Gruppe, der sich offenbar dem Rudelwolf Berg gegenüber Freiheiten herausnehmen konnte. Sie ähnelten einander wie ein Ei dem anderen, zwei

134

ungewöhnlich große Eier, mit eng anliegenden Sporthemden, Jeans und abweisend übereinander geschlagenen Armen. Aber jetzt hatte einer von ihnen das Visier heruntergelassen und sprach ihn direkt an.

»Halt«, sagte Johansson. »Ich weiß schon Bescheid. Darauf kommen wir noch. Jetzt gibt es Kaffee. Und dann will ich wissen, was am vorigen Sonntag passiert ist. Du, Berg, bist hier der Chef ... du weißt es vermutlich am besten. Und du hast am meisten gesehen. Also fang du an.«

Darauf musste er natürlich anspringen. Und sei es nur, um seinen Fahrer in die Schranken zu weisen. Ihr habt doch keine Ahnung, Jungs, dachte Johansson zufrieden.

Berg war mit fünfunddreißig der Älteste, und er war auch der Dienstälteste. Polizeiinspektor. Chef der Gruppe auf Grund seiner dienstlichen Meriten. Vermutlich wäre er es auch sonst gewesen. Wenn es sich um eine Gaunerbande gehandelt hätte, zum Beispiel. Ein grober, großer Kerl mit dunklem, kantigem Gesicht und dunklen, wachsamen Augen. Aber kein übermächtiger Widersacher. Körper, Gesicht und Augen waren ein wenig zu deutlich. Gestik und Mimik verrieten ihn. *Strenger, humorloser Gauner,* dachte Johansson. Aber keine Intuition, kein Gefühl, keine wirkliche Begabung.

In der Sache konnte Berg die Aussage, die sein Benjamin am Vortag gemacht hatte, nur bestätigen. Zuerst der Bahnhof. Dann die übliche Runde durch die City. Ein sinnlos betrunkener Nilsson, der fast vor den Bus gefallen wäre. Berg und Mikkelson steigen aus und legen ihn hinein. Rascher Entschluss und los. Direkt zur Wache.

»Ihr hattet Feuer unterm Hintern«, stellte Johansson fest. *Und du hast sicherheitshalber bereits mit Mikkelson telefoniert,* dachte er.

»Ja.« Berg nickte ernst. »Es war doch das Beste, das möglichst schnell hinter sich zu bringen. Ist ja nicht gerade ...«

135

»Ja, und dann stank er wie die Pest«, fiel Borg ihm grinsend ins Wort.

Johansson schaute Borg fragend an. *Wieder,* dachte er. Das ist das zweite Mal innerhalb von zwei Minuten.

»Ja, also ...« Borg rührte in seiner Kaffeetasse, obwohl er gar keinen Zucker genommen hatte. »... er hatte also exkremiert.« Borg nickte verlegen in Richtung des korrekten Wesslén.

»Sich voll geschissen nämlich«, übersetzte Åström. Um einiges jünger und dünner als seine beiden Chefs. Der große, durchtrainierte Typ, der seine Chance sah, sich am Gespräch zu beteiligen.

»Hat er das denn im Bus gemacht?«, wollte Johansson wissen.

»Keine Ahnung.« Berg blockte ab. »Ich wollte den Abend nicht mit Wagenwaschen anfangen.«

»Nein«, sagte Johansson langsam. »Kann ich verstehen.«

Berg und Mikkelson hatten ihn in den Arrest getragen. Bewusstlos, aber nicht sonderlich schwer. Sie hätten ihn ja gern mit langen Zangen angefasst, aber da sie keine hatten, mussten sie es auf die normale Weise machen. Ein Mann auf jeder Seite, ein Arm um seinen Rücken gelegt. Nilssons Arm um seine Schultern und die Hand ums Handgelenk. Orrvik hielt die Türen auf.

»Das war aber auch nötig«, fügte Orrvik hilfsbereit hinzu. Wenn Borg eine Kopie von Berg war, ließ Orrvik sich mit Åström vergleichen. Groß, schmal, durchtrainiert mit blonden, ziemlich schütteren Haaren und blassen Augen.

»... die Leute haben doch keine Ahnung, was für eine Hölle es ist, so einen Alten zu schleppen ... raus und rein und rauf und runter.«

Johansson nickte nachdenklich und zustimmend. Auch hier saß ein Mann, der kaum jemals etwas anderes getan hatte, als Säufer zu wuchten.

»Obwohl es ja keinen Widerstand gibt oder so«, fügte Berg hinzu.

Berg hatte den Zettel selbst geschrieben. Er hatte den Eingriff beschlossen. Die Durchsuchung war eigentlich schon geschehen, und sie brauchten die Sachen nur noch in die Tüte zu stecken. Das Wenige, das bei Nilsson zu finden war, hatten sie ihm schon im Bus abgenommen.

»Vor allem, um sich davon zu überzeugen, dass er keine Flasche oder irgendetwas hatte, womit er sich verletzen konnte«, erklärte Berg. »Messer und so was haben eher Jüngere. Vor Opas hat man doch keine Angst.«

»Es gibt verdammt viele Messer und anderen Scheiß, wenn ich das richtig verstanden habe.« Johansson schüttelte teilnahmsvoll den Kopf. »Das fing schon zu meiner Zeit an.«

Die Wanderung von der Rezeption in den Arrest. Jetzt waren es Berg und ein Wärter, die einen noch immer schweigenden und sinnlos betrunkenen Nilsson schleppten. Ein kurzer Spaziergang. Der Wärter hielt die Tür auf. Danach legten sie Nilsson gemeinsam auf den Boden. Freundlich und vorsichtig und in stabiler Seitenlage.

»Der da«, Berg nickte zu Orrvik hinüber, »und Junior waren Kaffee trinken.« Er zuckte mit den Schultern, sah aber zum ersten Mal nicht gerade unzufrieden aus.

»Jaa.« Berg ließ sich auf dem Stuhl zurücksinken und schaute Johansson aus seinen dunklen Augen fragend an. »Und ich bin dann gegangen und hab mir die Hände gewaschen.«

Johansson nickte abwartend. *Na los*, dachte er.

»... aber nicht, weil ich ihm eine gescheuert hätte.« Berg musterte seine breiten Hände. »Sondern weil er genauso schmutzig war wie alle, die wir zusammenfegen, damit anständige Leute nicht drüberfallen.«

Wieder nickte Johansson.

»Ja.« Berg nickte energisch, aber ohne jemanden anzusehen. »Wenn jemand glaubt, ich hätte einem Opa, der sich
fast schon selbst umgebracht hatte, eine reingehauen ...
dann sagt das mehr über diesen Menschen als über mich.«

»Hattet ihr schon früher mit Nilsson zu tun?« Das war
Wesslén. Ein korrekter und markant geschnittener Kommissar Wesslén, der die Gefragten einen nach dem anderen
ansah.

Wussten sie offenbar nicht. Johansson registrierte zwei-
felndes Kopfschütteln bei Orrvik und Åström und ein schon
energischeres bei Borg. Berg schien nachzudenken.

»Nicht in letzter Zeit. So viel ich weiß, jedenfalls.« Jetzt
schüttelte auch Berg den Kopf. »Kann aber sein, dass es
schon mal passiert ist. Nilsson ist ja wohl schon seit Jahren
dabei. Ich kann dir sagen ...«, jetzt wandte er sich an Wesslén, »an manchen Tagen schnappen wir vielleicht fünf ...
zehn solche wie Nilsson. Im Sommer, wenn wir in der U-
Bahn und in den Parks aufräumen. Wir könnten glatt einen
Anhänger für den Bus brauchen. Dabei ist das doch eigentlich gar nicht unsere Aufgabe.«

»Na«, sagte Johansson und sah Wesslén an. Ihre Besucher
hatten sie soeben verlassen. »Was meinst du?« Wesslén
zuckte mit den Schultern.

»Mikkelson hat ihnen offenbar erzählt, was wir ihn gefragt haben.« Er lächelte auf seine ironische Weise. »Aber
damit mussten wir ja rechnen.«

»Sicher«, sagte Johansson.

»Jaa. Was kann man sonst noch sagen.« Wesslén machte
einen fast belustigten Eindruck. »Ehrlich gesagt, hatte ich
plötzlich den Eindruck, dass sie genauso unschuldig sind,
wie sie behaupten. Korrekt, ein wenig einfältig. Sicher nicht
lustig, an sie zu geraten, wenn man falsch geparkt hat.« Er
lächelte säuerlich. »Ich glaube nicht, dass sie gern auf einen
Strafzettel verzichten.«

»Nein«, sagte Johansson. »Da kann ich dir zustimmen.«
Aber das war doch noch nicht alles. Nur wusste er nicht,
was fehlte.

»Und wenn nicht.« Wesslén zuckte mit den Schultern.
»Was können wir schon machen. Nicht schuldig«, erklärte
er. Packte die Armlehne seines Stuhls und faltete seinen langen Körper auseinander.

Gut, dachte Johansson. Dann müssen wir nur noch dafür
sorgen, dass so viele wie möglich das kapieren.

31

Es hatte eine Woche gedauert, aber jetzt war es so weit. Johansson war mit dieser Entwicklung alles andere als unzufrieden. Natürlich waren ihm zwei fantasieanregende
Schlagzeilen genommen worden, aber was er stattdessen
bekommen hatte, war auf Dauer wohl besser. Ausnahmen
von der Wirklichkeit sind nichts, worauf man ein Leben aufbauen kann. So sah er nämlich Nilssons verwirrte Äußerung
auf dem Krankenbett und den traurigen Banküberfall, an
dem Nilsson sich früher beteiligt hatte. Wie ein stolzer
Zehnender oder ein Lächeln auf einer Brücke. *Irgendwo da-
zwischen.*

Die Wahrheit würde er vermutlich niemals erfahren – sie
ließ sich einfach nicht hieb- und stichfest einfordern –, aber
ganz hoffnungslos war er auch nicht. Es sah aus, als sei eine
grobe und andauernde Misshandlung auf höchstens einen
Schlag reduziert worden. Musste man die Aussage des Gerichtsmediziners nicht so deuten? Zweifellos, und hier
sprach vieles dafür, dass es ein Fall war, ein Unfall, den man
einfach nicht einem einzelnen Polizisten zur Last legen
konnte. Und auch nicht der Organisation.

Und wenn es diesen Schlag nun gegeben hatte? Dann
würde er niemals beweisen können, wer geschlagen hatte.

Nilsson selbst würde in diesem Leben wohl kaum mehr eine Aussage machen. Das glaubte weder der Gerichtsmediziner noch der Stationsarzt, in dieser Hinsicht stimmten sie immerhin überein.

Aber gut, wenn es diesen Schlag gegeben hatte. War der ihm verpasst worden, ehe er von der Polizei aufgegriffen worden war? Nicht anzunehmen. War es passiert, ehe er im Arrest eingetroffen war? Auch nicht anzunehmen. Wenn es passiert war, dann aller Wahrscheinlichkeit nach im Arrest. Aber wer hatte ihn dann geschlagen? Der Wärter oder Berg oder beide? Oder irgendein Unbekannter, der in Nilssons Zelle eingedrungen war?

Hatte es sich so abgespielt, würde es auf ewig verborgen bleiben, und dann wäre es doch besser, wenn alle ungeschoren davonkämen, auch der Schuldige, als wenn mehrere Unschuldige leiden müssten. Was spielte das für Nilsson überhaupt für eine Rolle? Es war eine überaus zufällige und belanglose Klimaveränderung in einer sehr langen Hölle.

Johansson glaubte an die Sturztheorie. Genauer gesagt: Er hatte sich dafür entschieden. Obwohl er die geschlossene Schale gesehen hatte, die Nilssons Zelle gewesen war. Und nun galt es, so viele wie möglich von seiner Ansicht zu überzeugen.

Wie konnte er das bewerkstelligen?

Zuerst war da die Aussage des Gerichtsmediziners, was die Entstehung von Nilssons Verletzungen anging. Ein Sturz? Ein Unfall? Durchaus möglich, meinte der Fachmann. Der es doch wissen musste.

Die kleine Untersuchung, die er und der Professor in der vergangenen Nacht durchgeführt hatten. Die ließ jede Menge Zweifel an der Verbrechenstheorie zu. Ohne die Polizei zu verteidigen. Im Gegenteil. Zugleich verteilte sie die Schuld auf ein ganzes System. Nicht auf einen einzelnen Menschen. Sie erheischte auch keinerlei Maßnahmen, die diesem System das Rückgrat brechen könnten, einem Sys-

140

tem, von dem er doch auch ein kleiner Teil war. Ein kollektives Zusammenfahren, allgemeines Geschrei in den Zeitungen, neue und »verbesserte« Anweisungen für die »Durchsuchung von aufgegriffenen und festgenommenen Personen«. Eine Zeit der Unruhe, das war unvermeidlich, aber schon bald würde die Wirklichkeit außerhalb des Polizeigebäudes wieder in ihren alten Trott, mit dem alle umgehen konnten, zurückfallen. Herrgott. Allein in Stockholm gab es doch zwanzigtausend Nilssons.

Ein kleiner Tritt vors Schienbein der Kollegen in Stockholm, die es ein wenig zu eilig damit hatten, Untersuchungen für beendet zu erklären. Das musste man sich gönnen, es war unvermeidlich und notwendig für die weitere Existenz des Systems. Die Anzeigen häuften sich ja schon auf dem Schreibtisch des JO, und im Gespräch mit dem Oberstaatsanwalt hatte der angedeutet, dass sich der JO selbst darum kümmern solle. In etwa einem halben Jahr wäre dann ein Statement denkbar, in dem der JO erklären könnte, er sei »erstaunt darüber, wie der Fall in der einführenden Phase behandelt worden« sei, in dem er aber zugleich »keinen Grund für weitere Maßnahmen oder Abmahnungen über die bereits erlassenen hinaus« sehen mochte. Nichts, das irgendeinen Kollegen um Brot oder Ehre bringen würde.

In einer Woche, zum nächsten Wochenende zum Beispiel, könnte die Zeit gekommen sein, das Ganze abzuschreiben. Bis dahin musste er im Verborgenen darauf hinwirken, dass der Einstellungsentschluss, »da kein Verbrechen nachweisbar« – er zweifelte noch, ob er es wagen würde, sich in dieser Weise auszudrücken – so allgemeine Akzeptanz finden würde wie überhaupt nur möglich.

So machen wir es. Das ist das Beste für alle Beteiligten, entschied Johansson.

Zuerst sprach er mit dem Oberstaatsanwalt, fasste kurz das Ergebnis seiner kleinen Untersuchung zusammen und schilderte, wie er den Fall ansonsten sah. Wir übertreiben nicht, wenn wir behaupten, dass der Staatsanwalt zufrieden war. Er war sogar so zufrieden, dass er sich viel weniger vorsichtig ausdrückte. An und für sich machte das ja nichts, da er nur mit Johansson telefonierte und niemand hören konnte, was er sagte. Aber dennoch.

»Eine überaus elegante Lösung, Johansson«, sagte der Oberstaatsanwalt.

Dann sprach er mit Wesslén. Sie beschlossen, dass Wesslén das Vernehmungsprotokoll ins Reine schreiben und für den Rest einen Entwurf machen sollte. Und dann würden sie sich einen Tag später treffen und sich über die endgültige Fassung einigen.

»Und dann kannst du zu deinen Schelmen zurückkehren«, sagte Johansson.

Danach versuchte er, Jansson zu erreichen, aber der war noch immer verschwunden, weshalb er seine Sekretärin bat, ihm einen Zettel auf den Tisch zu legen, der ihn für den nächsten Morgen zur abschließenden Besprechung bat.

Jansson war eigentlich seine einzige noch verbleibende Sorge. Was sollte er jetzt mit dem anstellen? Eine Woche könnte er ihn mit seinen Bierdosen und Flaschen wohl noch in Ruhe lassen – bis die Voruntersuchung veröffentlicht sein würde –, aber danach würde er sich ernsthaft an Janssons Versetzung machen müssen.

Der Onkel Nisse der Abteilung, dachte Johansson. An den anderen Jansson, Drogenjansson, wollte er gar nicht erst denken.

Am Ende, ehe er nach Hause ging, machte er noch etwas. Etwas, das er noch vor wenigen Jahren kaum für möglich gehalten hätte. Aber das war, ehe er in den Dienst der höheren

Ziele getreten war. Egal. Er unterhielt sich vertraulich mit einer zuverlässigen Kraft bei der Informationsabteilung der Landespolizeileitung. Einem hervorragenden Mann mit guten Kontakten zu den Massenmedien, der sicher dafür sorgen würde, dass Johanssons vertrauliche Mitteilungen sehr bald die Runde machten.

U-Bahn vom Rathaus zum Mariatorg. Gekochte Elchzunge mit Kartoffelpüree und ein Schnaps auf Dispens. Johansson war guten Mutes, aber müde. Schon um zehn Uhr schlief er tief. Einsam, nicht in den Schlummer gewiegt. Auf dem Rücken, die Hände über der Brust gefaltet.

32

Donnerstag, neunzehnter September, morgens. Ein pünktlicher Wesslén, womit er gerechnet hatte, aber kein Jansson. Wesslén brachte die sorgfältig ins Reine geschriebenen Protokolle sämtlicher Vernehmungen; vom Stationsarzt, von Nilssons Tochter und von dem Mann, welcher der Einfachheit halber der »Schwiegersohn« genannt wurde. Dann Wessléns und Johanssons Gespräche mit dem stellvertretenden Wachhabenden, dem Arrestwärter, Mikkelson und der restlichen Streife. Und nicht zuletzt wartete er auch noch mit wohl durchdachten Ansichten auf, die sich im Wesentlichen mit Johanssons eigenen deckten.

Jansson glänzte durch Abwesenheit.

Du, Wesslén, dachte Johansson, du bist ein pünktlicher, genauer, begabter und hart arbeitender Kriminalpolizist. Du siehst sogar gut aus. Deine Kollegen nennen dich Fräulein Uhr. Jansson ist ein altes Wrack, das heimlich säuft und nie hinter seinem Schreibtisch anzutreffen ist. Wie nennen wir ihn?

Jetzt stand er immerhin in der Tür. Ein energisches Klopfen gegen die Tür, und da stand er. Grau und übergewichtig und so durch und durch nüchtern in Mienenspiel und Bewegungen, dass er mehr als sonst intus haben musste. Um fünf vor neun am Donnerstagmorgen.

»Setz dich«, sagte Johansson und zeigte auf den freien Stuhl neben Wesslén. Scheißegal, dachte er. Bald sind wir dich los.

»Ich komme ein wenig zu spät«, sagte Jansson und spielte an einem braunen Ordner herum, den er unter den Arm geklemmt hatte. »Die üblichen Busprobleme.«

Du kannst mir viel erzählen, dachte Johansson. Der hausinternen Adressenliste zufolge hauste Jansson in der Inedalsgata, vierhundert Meter von seinem Zimmer im Landeskriminalamt entfernt.

»Und was hast du herausgefunden?«, fragte er freundlich. »Wesslén und ich haben uns schon ein wenig unterhalten. Wir sind zu der Auffassung gelangt, dass der Fall abgeschrieben werden sollte. Kurz gesagt ...«

»Geht es darum, was heute Morgen in der Zeitung stand?«, fiel Jansson ihm ins Wort.

»So ungefähr«, sagte Johansson leichthin.

»Ja«, sagte Jansson. »Dann sollte ich vielleicht erzählen, was ich herausgefunden habe.«

»Bitte sehr.« Johansson nickte. *Fünf Minuten,* dachte er. Das macht ja wirklich keinen Unterschied mehr.

Jansson hatte eine ganze Menge herausgefunden. Unter anderem alles, was Wesslén Johansson eine Woche zuvor erzählt hatte. Dass gegen die betroffenen Kollegen in den Polizeiregistern rein gar nichts vorlag.

»Das hatten wir uns schon gedacht«, sagte Johansson nachdenklich. *Was hätte er auch sonst sagen sollen?*

»Dann habe ich mich bei den Kollegen unten in Stockholm umgehört«, sagte Jansson.

Wieder nickte Johansson. *Das war aber wirklich nicht deine Aufgabe,* dachte er. Aber Scheiß drauf.

»Und was sagen die so?«

Nur Gutes. Berg und sein Kommando waren nicht nur dem Ruf nach außergewöhnlich ehrgeizig. Es gab auch Zahlen, die das belegten. Im laufenden Jahr, wie schon in früheren Jahren, hatten sie aus den unterschiedlichsten Gründen zahllose Festnahmen vorgenommen: Leute, die betrunken am Steuer gesessen hatten, die einfach so betrunken gewesen waren, Taschendiebe, Leute, die auf der Straße Schlägereien angefangen hatten, und solche, die eigentlich immer lieb und nett waren, nur nicht im aktuellen Augenblick. Einbrecher, Junkies und Betrüger. Die ganze Palette eben.

Sie galten als richtig altmodische »Jäger und Sammler«, fleißig wie eine Biberkolonie. Streng, unbestechlich und nicht so verhandlungsbereit wie ein Großteil ihrer Kollegen. Die Ersten, die sich zu Sondereinsätzen freiwillig meldeten. Die Letzten, die sich verzogen, wenn etwas Unangenehmes passiert war. Eifrig, pedantisch, pingelig. Eine richtige Streife der klassischen Art in einer Zeit, in der viel zu viele innerhalb der Truppe sich so ihre Gedanken über den Job machten, sich um die Zeiten nicht scherten, nicht auf die Uniform achteten und ungekämmt herumliefen.

»Wenn ich das richtig gesehen habe, liegen die bei fünf bis zehn Festnahmen pro Schicht«, erzählte Jansson und blickte von seinem Ordner hoch. »Das muss doch ziemlich einzigartig sein.«

»Jung und ehrgeizig«, sagte Johansson beifällig.

»Offenbar«, sagte Jansson. »Ein Kollege von der Droge in Stockholm behauptet, sie hätten in diesem und im vergangenen Jahr schon mehr Drogenfestnahmen gehabt als er und seine Abteilung, und dabei sind die vierzig Mann.«

»Sieh an«, sagte Johansson. *Worauf willst du eigentlich hinaus?,* dachte er.

»Also«, sagte Jansson und nickte vor sich hin. »Sie beschlagnahmen natürlich nicht groß ... meistens erwischen sie eher Straßendealer und so was. Aber trotzdem.«

»Hmhm«, sagte Johansson und nickte.

»Scheinen in der ganzen Region Festnahmen zu haben. Von Väsby in Uppland bis nach unten nach Huddinge und Södertälje.« Janssons funkelnde Augen waren unveränderlich traurig, wässrig und grau.

»Sie riskieren offenbar auch einiges«, sagte er dann. »Seit Januar haben sie zwanzig Anzeigen gegen diverse Personen wegen Gewalt gegen Beamte im Dienst, Bedrohung und gewaltsamen Widerstands eingereicht. Im vergangenen Sommer wurde Berg auf Grund seiner hervorragenden Einsatzbereitschaft in der Personalzeitung lobend erwähnt. Offenbar hatte er den Kollegen Borg davor gerettet, bei einem Einsatz in einer Wohnung erschossen zu werden.«

Worauf willst du eigentlich hinaus, dachte Johansson.

»Ich habe mich auch in der Disziplinarabteilung von Stockholm erkundigt.« Er nickte zuerst Johansson und dann Wesslén zu.

»Und was sagen die?« Johansson faltete die Hände vor seinem Bauch.

»So allerlei.« Jansson nickte. Eher an sich selbst gerichtet, wie es aussah. »Wie die Herren wissen, gibt es in Stockholm ungefähr dreitausendfünfhundert Kollegen ... und an die zweitausend bei der Ordnung.«

Komm zur Sache. Wesslén war offenbar ebenfalls über die Personalsituation informiert, wenn man von seinem verschlossenen Gesicht und seinem kurzen Nicken ausgehen durfte.

»Bisher sind im Jahr ... bis zum ersten September sind fünfundachtzig Anzeigen gegen Kollegen eingegangen, die sich angeblich im Dienst diverse Übergriffe haben zu Schulden kommen lassen. Scheint normal zu sein.« Jansson nickte dem Ordner auf seinen Knien zu.

146

»Jaaa«, sagte Johansson.

»Ja eben.« Jansson fuhr sich mit dem Handrücken über sein nässendes rechtes Auge. »Sechs Anzeigen gegen Berg und die ganze Streife in diesem Jahr. Und dieser Jüngling Mikkelson hat sich noch eine eigene eingefangen. Und dann gab es eine Routineuntersuchung gegen Orrvik, weil er im Sommer in einem Treppenhaus einen Schuss abgefeuert hat. Das war, als Berg Borg das Leben gerettet hat«, erklärte Jansson. »Das macht also acht Anzeigen von fünfundachtzig. Gegen fünf Kollegen von etwa dreitausendfünfhundert.«

Ach so, dachte Johansson. Darauf wolltest du also hinaus. »In ihren Unterlagen steht aber nichts davon«, sagte er.

»Nein«, sagte Jansson. »Das ist nie der Fall, wenn die Ermittlungen lieber eingestellt werden sollen.«

Lieber eingestellt werden sollen, dachte Johansson. Was für eine Scheißwortwahl.

»Ja, ja«, sagte er. »Dass du und ich und Wesslén hinter unseren Schreibtischen nicht so viele Anzeigen sammeln können, ist ja vielleicht kein Wunder.«

»Nein«, sagte Jansson. »Das ist klar. Aber es sind trotzdem zu viele.«

»Worum geht es denn dabei?« Johansson bemühte sich, Ruhe und Interesse auszustrahlen, obwohl Jansson sich einen besseren Zeitpunkt hätte aussuchen können, um seine wissenschaftlichen Erkenntnisse vorzutragen.

»Wenn wir mit diesem Jahr anfangen«, sagte Jansson ungerührt und suchte zwischen seinen Papieren herum, »im vorigen Jahr waren es ungefähr gleich viele. Hier.« Er reichte Johansson einige Unterlagen. »Ich habe eine Aufstellung gemacht«, erklärte er. »Aber ich habe keine Kopien.« Er zog ein Papiertaschentuch aus seinem zerknitterten grauen Anzug und schnäuzte sich laut und deutlich. »Ich komm mit diesem neuen Kopierapparat einfach nicht zurecht.« Er nickte Wesslén traurig zu.

33

Anzeigen bei der Disziplinarabteilung der Stockholmer Polizeidistrikte im Zeitraum 01-01-09-01, betr. Berg, *JN* Erik, Polizeiinspektor, Borg, *Ulf* Robert, Polizeiassistent, Mikkelson, *Tommy,* Polizeiassistent, Orrvik, *Björn,* Polizeiassistent, und Åström, *Rolf* Erik, Polizeiassistent.

1. *Boris Djurdjevic* hat am 14. Januar durch seinen Anwalt Klage gegen Berg, Borg, Orrvik und Åström erhoben, wegen diverser Drohungen, Hetzreden gegen bestimmte Bevölkerungsgruppen usw. Djurdjevic ist einundvierzig, schwedischer Staatsbürger und vorbestraft. Zusammen mit seiner Frau ist er Besitzer u. a. des Restaurants Pizzeria Rosa in der Brännkyrkagata.

   D. gibt u. a. Folgendes zu Protokoll: In der Zeit zwischen dem November vorigen Jahres bis zum Tag der Anzeige ist das Restaurantpersonal wiederholte Male von Berg usw. schikaniert worden. Die Angestellten wurden z.B. auf dem Weg von oder zur Arbeit vor dem Lokal angehalten und mussten Ausweis, Arbeitsgenehmigung, Aufenthaltsgenehmigung usw. vorlegen. Mehrere Personen sind außerdem über ihre privaten Verhältnisse und ihre Arbeit im Restaurant ausgefragt worden. In der Regel fanden diese »Verhöre« im Einsatzbus statt, der in unmittelbarer Nähe des Restaurants stand.

   Am Samstag, dem 5. Januar, gegen zweiundzwanzig Uhr haben Berg und die anderen in Uniform Zugang zum Restaurant erzwungen. Als der Türsteher sie daran hindern wollte, haben sie ihm »gedroht«, ihn festzunehmen und zum Verhör auf die Wache zu schaffen. Berg und seine Kollegen sind danach durch das Restaurant gegangen, wo zwei ausländische Gäste sich ausweisen mussten, sie waren außerdem in Küche und Personalraum. Der Restaurantbesitzer wollte ihre Namen wissen, die sie jedoch zu nennen verweigerten. Auf die Frage nach dem Grund ihres Besuches hat einer, »vermutlich« Berg, geantwortet, sie suchten nach einer zur Fahndung ausgeschriebenen Person, aber die habe »offenbar entkommen« können. Nach etwa zehn Minuten verließen sie das Lokal, setzten sich in ihren vor dem Eingang geparkten Bus und fuhren los.

Am Sonntag, dem 13. Januar, gegen vierzehn Uhr, haben sie sich abermals Zutritt zum Restaurant verschafft. Sie sind etwa fünf Minuten lang zwischen den Gästen umhergegangen, ehe sie das Lokal verlassen haben und weggefahren sind.

Eine Untersuchung der angezeigten Vorfälle wurde am 15. Januar eingeleitet, D. und mehrere in der Anzeige namentlich genannte Personen wurden in der folgenden Woche zur Vernehmung einbestellt. Keiner von ihnen fand sich jedoch ein. Am 1. Februar zog D. durch seinen Anwalt seine Anzeige zurück, weshalb die Ermittlungen am 4. Februar eingestellt wurden.

2. *Peter Sakari Välitalo* zeigte am 11. März Berg, Borg, Orrvik und Åström wegen Körperverletzung und groben Unfugs sowie Bedrohung an. Välitalo ist vierundzwanzig, schwedischer Staatsbürger und vorbestraft.

V. gibt u. a. Folgendes zu Protokoll: Am Tag vor der Anzeige wurde er von Berg und den anderen vor der U-Bahn-Station Liljeholmen festgenommen. Er behauptet, danach in den Bus geführt worden zu sein, wo Berg ihm mehrere Faustschläge in Nieren und Schritt verpasst habe, während er von Orrvik und Åström festgehalten worden sei. Bei der Fahrt zur Wache sei er von Berg und den anderen bedroht worden.

Berg und die anderen haben am selben Tag, dem 10. März, V. wegen Gewalt gegen Beamte im Dienst und gewaltsamen Widerstands angezeigt.

Eine Untersuchung dieser Vorfälle wurde am 14. März eingeleitet. V. konnte dazu nicht vernommen werden, da er nicht auffindbar war. Bei ihrer Vernehmung haben Berg, Borg, Orrvik und Åström alle Behauptungen abgestritten, die V. in seiner Anzeige erhoben hat, und den Handlungsverlauf so beschrieben, wie es aus ihrer gemeinsamen Anzeige gegen V. hervorgeht.

Die Untersuchungen wurden am 22. März mit dem Vermerk »strafbare Handlungen liegen nicht vor« eingestellt.

3. *Glenn Robert Carlsson* hat am 16. März Berg, Borg, Orrvik und Åström wegen Misshandlung angezeigt. Carlsson ist zwanzig, schwedischer Staatsbürger und vorbestraft.

C. gibt u. a. Folgendes zu Protokoll: Am Tag der Anzeige wurde C. von Berg und den anderen im Vitabergspark festgenommen. C. sagt aus, dann in den Bus geführt worden zu sein, wo Berg ihm mehrere Faustschläge in Nieren und Schritt verpasst habe, während Orrvik und Åström ihn festhielten.

Berg, Borg, Orrvik und Åström haben am selben Tag, dem 15. März, C. wegen Gewalt gegen Beamte im Dienst und Widerstands gegen die Staatsgewalt angezeigt.

Am 18. März wurde eine Ermittlung eingeleitet. C. konnte nicht vernommen werden. Berg, Borg, Orrvik und Åström bestreiten die von C. in seiner Anzeige erhobenen Vorwürfe und beschreiben den Handlungsverlauf so, wie es aus ihrer gemeinsamen Anzeige gegen C. hervorgeht.

Die Ermittlungen wurden am 29. März von der Staatsanwaltschaft mit dem Vermerk »strafbare Handlungen liegen nicht vor« eingestellt.

4. *Erik Valdemar Karlberg* hat am 14. April Berg, Borg, Orrvik und Åström wegen Mordversuchs, oder alternativ, wegen versuchten Totschlags, schwerer Körperverletzung, schwerer Bedrohungen sowie Hausfriedensbruchs angezeigt. Karlberg ist fünfundfünfzig, schwedischer Staatsbürger und vorbestraft.

K. gibt u. a. Folgendes zu Protokoll: Während des vergangenen Jahres war er immer wieder Drohungen und Schikanen von Seiten Bergs und der anderen ausgesetzt. Das trug sich auf verschiedene Weise zu. Er wurde z.B. auf dem Weg von und zur Arbeit »beschattet«, nachts wurde bei ihm angerufen, und er wurde mit dem Tod bedroht. Ungefähr einen Monat vor der Anzeige und bis zum Tag der Anzeige wurde außerdem versucht, ihn zu ermorden, indem eine »streng geheime Apparatur«, die im Streifenbus angebracht war, ihn einer heftigen radioaktiven Strahlung ausgesetzt hat. Teilweise im Bus, in den er mit Gewalt verbracht wurde. Teilweise stand der Bus auch nachts vor seiner Wohnung, und die Strahlen der Apparatur wurden auf sein Schlafzimmerfenster gerichtet. Um sich davor zu schützen, war K. gezwungen, eine getönte Brille zu tragen und eingewickelt in eine Asbestmatte zu schlafen. Sicherheitshalber hat er diese Schutzkleidung auch den März hindurch bis Anfang April auf der Fahrt zu Arbeit getragen.

Ermittlungen wurden nicht eingeleitet, alle Untersuchungen wurden am Tag des Anzeigeneingangs vom Chef der Disziplinarabteilung mit dem Vermerk »strafbare Handlungen liegen nicht vor« abgewiesen.

5. *Daniel Czajkowski* hat am 3. Mai gegen Berg, Borg, Mikkelson, Orrvik und Åström Anzeige wegen Misshandlung erstattet. Czajkowski ist fünfundzwanzig Jahre alt, polnischer Staatsbürger und nicht vorbestraft.

C. gibt u. a. Folgendes zu Protokoll: Am Abend vor der

Anzeige stand C. Schlange vor einem Klublokal in der Klarabergsgata, als zwei uniformierte Polizisten ihn ansprachen und ihn aufforderten, sie zu ihrem ein Stück weiter geparkten Einsatzbus zu folgen. C. ging freiwillig mit.

Im Bus wurde er von einem der Polizisten (Berg) aufgefordert, sich auszuweisen, doch ehe er seinen Ausweis hervorziehen konnte, wurde ihm von diesem Polizisten ein kräftiger Faustschlag in den Schritt versetzt. Zwei der anderen Polizisten (Orrvik, Åström) hielten ihn danach fest, während Ersterer (Berg) ihn mit der Faust in Nieren und Schritt schlug.

Berg, Borg, Mikkelson, Orrvik und Åström haben am selben Abend, am 3. Mai, C. wegen gewaltsamen Widerstands angezeigt.

Am 6. Mai wurde eine Untersuchung eingeleitet. C. wurde am 7. Mai vernommen, Berg, Borg, Mikkelson und Åström am 8. und 9. Sie haben allesamt die von C. in seiner Anzeige aufgeführten Beschuldigungen abgestritten und den Handlungsverlauf so beschrieben, wie es aus ihrer gemeinsamen Anzeige gegen C. hervorgeht. Die Ermittlungen wurden am 27. Mai von der Staatsanwalt mit der Begründung »strafbare Handlungen liegen nicht vor« eingestellt.

6. *Ghassan Al Katib* und *Muhammed Kabil* haben am 8. Juni Mikkelson wegen u. a. Misshandlung angezeigt. Katib ist zwanzig, Kabil zweiundzwanzig Jahre alt. Sie sind politische Flüchtlinge aus Palästina und vorbestraft.

K. und K. geben u. a. Folgendes zu Protokoll: Am Abend vor der Anzeige fuhren sie mit der U-Bahn vom Hauptbahnhof nach Ropsten. Im Wagen wurden sie von einem Unbekannten belästigt (Mikkelson). Als der Zug beim Karlaplan anhielt, stieß er sie aus dem Wagen. Auf dem

Bahnsteig verpasste er Kabil mehrere heftige Faustschläge und trat Katib in den Schritt. Erst danach zog er
seinen Dienstausweis hervor und erklärte, sie seien verhaftet. Dann traf uniformierte Polizei am Schauplatz
ein, und Mikkelson und seine Verlobte sowie K. und K.
wurden zur Vernehmung auf die Wache gebracht.

Eine Untersuchung wurde am 10. Juni eingeleitet. Eine
Vernehmung von K. und K. konnte nicht stattfinden, da
die beiden nicht ausfindig zu machen waren.

Mikkelson und seine Verlobte wurden am 17. Juni vernommen. Bei diesem Verhör gibt Mikkelson u. a. an,
dass er und seine Freundin am Abend des 8. Juni unterwegs zu einem Essen bei Freunden draußen in Lidingö
waren. Sie fuhren mit der U-Bahn von ihrer Wohnung in
Bergshamra und stiegen beim Östermalmstorg um, von
wo sie weiter nach Ropsten fahren wollten. Als sie in
den Wagen stiegen, sahen sie K. und K. Diese belästigten mehrere andere Fahrgäste. Sie belästigten auch Mikkelsons Verlobte und versuchten, sie »anzugrabbeln«.
Mikkelson zeigte daraufhin seinen Dienstausweis und
forderte sie auf, »sich ruhig zu verhalten«. Daraufhin
versuchte Kabil, Mikkelson einen Tritt zu versetzen. Als
die Bahn am Karlaplan hielt, konnte Mikkelson die beiden auf den Bahnsteig hinausschaffen. Danach hielt er
sie fest, bis uniformierte Polizei eintraf. Mikkelsons
Darstellung stimmt mit der seiner Verlobten überein. Er
und seine Verlobte haben K. und K. wegen Gewalt
gegen Beamte im Dienst, Widerstands gegen die Staatsgewalt und Belästigung verklagt.

Die Anzeige gegen Mikkelson wurde von der Staatsanwaltschaft am 26. Juni als »nicht stichhaltig« zurückgewiesen.

7. Im Zusammenhang mit einer Adressenkontrolle bei
   Klas Georg Kallin am 28. Juni hat Orrvik im Treppen-

haus vor der Tür zu Kallins Wohnung im Gamla Huddingeväg 350 einen Warnschuss aus seiner Dienstpistole abgegeben. Und zwar, weil er aus der Wohnung, in der Berg und Borg sich zusammen mit Kallin aufhielten, einen Schuss gehört hatte.

Orrviks Gebrauch seiner Dienstwaffe war Anlass einer Routineuntersuchung, die von der Disziplinarabteilung am 1. Juli eingeleitet wurde. Diese Untersuchung wurde am 1. August abgeschlossen und führte zu keinerlei dienstlichen Maßnahmen gegen Orrvik oder andere.

Was den Schuss angeht, den Kallin in seiner Wohnung abgegeben hatte (und von dem er selbst mit tödlicher Folge im Kopf getroffen wurde), so wird auf die Todesfalluntersuchung der Abteilung Gewalt verwiesen. Kallin war fünfunddreißig Jahre alt, schwedischer Staatsbürger und vorbestraft.

8. *Ritva Sirén* hat am 19. August Berg, Borg, Mikkelson, Orrvik und Åström wegen unerlaubten Eindringens und Hausfriedensbruchs angezeigt. Sirén ist achtundzwanzig, schwedische Staatsbürgerin und vorbestraft.

S. gibt u. a. Folgendes zu Protokoll: Berg und andere sind während des Frühlings und des Sommers bis zum Tag vor der Anzeige mehrfach in ihre Wohnung in der Kocksgata 17 eingedrungen. Entsprechende Ermittlungen wurden am 20. August eingeleitet, S. wurde am selben Tag vernommen.

Bergs Vernehmung fand einen Tag später statt. Er gab an, dass sie während des Frühlings und des Sommers mehrere Male in S. Wohnung Adressenkontrollen vorgenommen hatten, da die Wohnung bekannten Kriminellen und gesuchten Personen als Zufluchtsort diente, und dass bei zwei dieser Kontrollen auch Diebesgut gefunden wurde.

S. Wohnung taucht während des Zeitraums, von dem in

der Anzeige die Rede ist, im s. g. Schlupfwinkelregister des allgemeinen Ermittlungsregisters auf.

Die Ermittlungen wurden von der Staatsanwaltschaft am 26. August mit dem Vermerk »strafbare Handlungen liegen nicht vor« eingestellt.

34

Johansson legte die Papiere hin und schaute Jansson mit vergrätzter Miene an.

»Soll ich jetzt in Tränen ausbrechen?«, fragte er. »Über diese vielen unschuldigen Mitbürger, die behaupten, von der gemeinen Polizei Senge bezogen zu haben? Aus irgendeinem Grund muss es sich bei der ganzen Bande doch um alte Stammkunden handeln.«

Jansson nickte traurig.

»Ja, sieht so aus«, sagte er. »Nur Karlberg und dieser Pole nicht.«

»Der arme Karlberg ist der, den sie mit Röntgenstrahlen umbringen wollten«, sagte Johansson an Wesslén gewandt. »Der muss in einem Asbestschlafanzug ins Bett gehen, weil Berg und die anderen ihn vom Bus aus mit Strahlen bombardieren.«

Wesslén nickte neutral. Er sah nicht aus, als habe er das verstanden.

»Ja«, sagte Jansson. »Ist schon klar. Aber Czajkowski scheint ein ganz normaler Mensch zu sein. Hat offenbar am Konservatorium studiert. Und beim Radiosymphonieorchester gespielt. Ein polnischer Flüchtling.«

»Schön«, sagte Johansson. »Sicher ein wunderbarer Mensch. Wie Nilsson. Ein polnischer Onkel Nisse.«

Wesslén schien noch immer nicht verstanden zu haben, und Jansson sah trauriger aus denn je.

»Na? Was meinst du selbst, Jansson?« Johansson starrte

die graue Masse auf der anderen Schreibtischseite drohend an.

»Ich teile wohl die Einschätzung des Kollegen.« Jansson nickte nachdenklich. »Des Kollegen von der Disziplinarabteilung, mit dem ich gesprochen habe.«

»Und was sagt der?«

»Na ja. Der sagt, dass er an dem Tag, da er Berg und seine Bande endlich auffliegen lassen kann, mit gutem Gewissen in Pension geht.« Jansson fischte sein zusammengeknülltes Papiertaschentuch hervor und putzte sich energisch die Nase.

»Verdammt«, sagte Johansson und fuhr in seinem Sessel hoch. »Verdammt, wieso hat kein Arsch das ein bisschen früher ausgespuckt? Was sagst du, Wesslén? Was glaubst du?«

»Ich weiß eigentlich nicht«, sagte Wesslén. »Aus natürlichen Ursachen.« Er nickte kurz zu den Unterlagen rüber, die er ja nicht hatte lesen können.

»Aber wenn es so ist, wie ich glaube ...«, fügte er hinzu, »dann weiß ich nicht, ob das in unser Ressort fällt.«

»Ja, Scheiße.« Johansson ließ sich im Sessel zurücksinken. »Dieser verdammte Nilsson. Es ist kein einziger Zeuge aufgetaucht, der gesehen hat, was da passiert ist. Als sie Nilsson festgenommen haben, meine ich.« Er sah Wesslén an.

»Dann hätte ich das doch gesagt«, erklärte Wesslén und musterte seine Bügelfalten. *Alles hat seine Grenzen,* dachte er.

»Wir müssen noch einen Versuch bei Nilsson machen.« Johansson nickte energisch. »Der Arsch muss doch irgendwann mal wieder zum Leben erwachen. Ansonsten fahren wir mit einer Flasche Schnaps hoch und knöpfen ihn uns unter vier Augen vor.« Er grinste düster. »Du, Wesslén ...« Johansson war jetzt wieder ernst, und der Blick, mit dem er seinen gelassenen und markant geschnittenen Mitarbeiter

156

bedachte, war fast bittend. »Ruf sofort im Sabb an und frag nach. Frag, ob es Sinn hat, dass wir vorbeikommen. Und in das hier will ich mich gar nicht erst vergraben, verdammt noch mal.« Er sah düster zu Jansson rüber, der in seinem Ordner wühlte und sich keine besonderen Sorgen machte, was er hier angerichtet hatte. *Und du tust das auch nicht*, dachte Johansson. *Bei allen Teufelchen in meinem Hintern, du fliegst hier bald raus.*

Aus irgendeinem Grund beschloss Wesslén, vom Zimmer der Sekretärin aus anzurufen. Johansson konnte auf der anderen Seite der Tür sein leises Murmeln hören, während er selbst abwechselnd die Papiere auf seinem Tisch anstarrte und versuchte, Jansson in Grund und Boden zu glotzen. Der aber wirkte total ungerührt. Er saß zusammengesunken und mit dem Kinn auf der Brust da und sah fast aus, als sei er eingeschlafen. Als Wesslén wieder hereinkam, empfing ihn ein sehr müder und sehr trauriger Blick.

»Na«, sagte Johansson. »Hast du den Arzt erwischt?«

»Ja«, sagte Wesslén. Er nickte langsam, und sein mageres Gesicht wirkte noch verschlossener als sonst.

»Und? Ist der Arsch aufgewacht?«

»Nein«, erklärte Wesslén und schüttelte den Kopf. »Eher im Gegenteil. Der Arzt sagt, er sei heute Morgen um sechs gestorben.«

Die verlorene Generation

35

»Kann ich dich mal schnell was fragen?« Johansson starrte Jansson an. Der war im Besuchersessel in sich zusammengesunken – übergewichtig, schlaff und grau –, aber das offenbar eher aus Bequemlichkeit, denn aus Resignation. *Vielleicht versuchte er ja, wieder auf die Beine zu kommen.*

»Je nachdem.« Jansson schaute ihn traurig an.

»Wenn du den Schnaps für einen Moment loslassen und dir diese Anzeigen vorknöpfen könntest«, sagte Johansson ungerührt. »Wir müssen mehr über die Betroffenen wissen, über das, was vorgefallen ist ... über alles eben.«

»Ja, ja.« Jansson nickte und schien einen Vorschlag abzuwägen.

»Nimm sie dir chronologisch vor. Und es muss schnell gehen. Nicht in vierzehn Tagen, sondern vorgestern. Und versuch, diskret zu sein, damit es nicht in der ganzen Stadt rumgeht.« Er schaute Jansson auffordernd an.

»Ich werde sehen, was ich tun kann«, seufzte Jansson und erhob sich mühselig. »Ich lass von mir hören.« *Romantiker,* dachte er.

Jetzt war scharfes Nachdenken gefordert. Wesslén sollte mit der Staatsanwaltschaft sprechen und dafür sorgen, dass Nilsson obduziert wurde. Jansson wollte sich an die Anzeigen setzen. Sagte er wenigstens. Er selbst würde auch irgendwas tun müssen. Er schaute nachdenklich auf seine Armbanduhr. Fast elf. Da müsste die Kantine schon geöffnet sein.

»Ich geh eben nach unten einen Bissen essen«, teilte er seiner Sekretärin mit, ehe er das Zimmer verließ.

Sie nickte hinter ihm her. Neutral, aber ohne ihr freundliches Lachen. Das sah er allerdings nicht.

Idioten, dachte Wesslén. Er hatte eben den Hörer aufgelegt, nachdem er mit dem Oberstaatsanwalt gesprochen hatte. Den betraf das Ganze ja auch. Als der von Nilssons Tod gehört hatte, wollte er von Wesslén wissen, ob das seiner Meinung nach den Beschluss, die Ermittlungen einzustellen, noch beeinflussen könne.

»Denkst du daran, was wir nächste Woche vorliegen haben?«, fragte Wesslén höflich.

Worauf der andere sich beruhigt und versprochen hatte, selbst dafür zu sorgen, dass Nilsson bei den Gerichtsmedizinern draußen in Solna landete.

»Dideldum«, sagte der Staatsanwalt neckisch. »Wir bleiben in Kontakt.«

Ein anderer, den die Sache betraf, war vermutlich Lars Martin Johansson, der aus unerklärlichen Gründen zum Chef des Landeskriminalamts befördert worden war. Das wurde jedenfalls in dem Gespräch angedeutet, das Wesslén mit seiner Abteilungssekretärin führte, nachdem er das mit dem Staatsanwalt hinter sich gebracht hatte.

»Aber hallo«, sagte sie und schaute ihn fröhlich an, als er durch die Zimmertür trat. »Du scheinst ja wahnsinnig guter Laune zu sein.«

»Ja«, sagte Wesslén und schilderte die neue Situation, sowie die neuesten Absichten des Polizeidirektors. »Was immer das mit dem Fall zu tun haben mag«, schloss er.

»Und dabei ist Johansson doch so ein Netter«, sagte sie verdutzt. »Alles ist viel besser geworden, seit er hier ist.«

Wesslén seufzte in Gedanken. *Noch eine*, dachte er. Nur ein überaus scharfes Auge hätte sehen können, dass er für einen Moment gequält sein Gesicht verzogen hatte. Seine Sekretärin besaß offenbar eines. Das ging ihm jetzt auf.

Boris Djurdjevic, dachte Jansson, während er sich mühsam im Sessel vorbeugte und die unterste Schreibtischschublade aufzog. Dort bewahrte er jetzt sein Starkbier auf, und normalerweise überzeugte er sich auch davon, dass die Schublade abgeschlossen war. Aber an diesem Morgen war alles so stressig gewesen, dass er es kaum geschafft hatte, die Tüte aus seiner Aktentasche hineinzulegen.

Lauwarmes Bier war eigentlich gar nicht so schlecht. Kaltes war natürlich ideal, aber lauwarmes war besser als nichts. Eine Zeit lang hatte er sein Bier in den Kühlschrank der kleinen Personalküche gestellt, in diskreten Tüten natürlich, aber dann war ihm aufgegangen, dass irgendwelche Kollegen offenbar schnüffelten. Davon hatte er sich auf ziemlich pfiffige Weise überzeugt. Er hatte nämlich einen zusammengefalteten Papierschnipsel so angebracht, dass er in die Tüte fiel, wenn sie nicht auf eine ganz besondere Weise geöffnet wurde. Der Schnipsel hatte dieselbe Farbe wie die Tüte. Danach hatte er das Bier wieder mit auf sein Zimmer genommen. Er wollte ja schließlich kein Gerede.

Bariss Djurdjevic. Er ließ sich den Namen auf der Zunge zergehen. Fast liebevoll.

Sollte er sich wohl einen vollständigen Registerauszug kommen lassen, so für den Anfang? Das könnte den ganzen Tag dauern, wenn er Glück hatte, und er könnte sich zwischendurch für ein paar Stunden nach Hause schleichen. Jansson trank noch einen Schluck. Rülpste diskret und strich sich ein wenig Schaum aus den Mundwinkeln. Diskretion war angesagt. Darauf hatte Johansson besonderen Wert gelegt. Er betrachtete mit zufriedenem Lächeln die blaue Dose in seiner Hand.

Die Kantine war fast voll, obwohl es erst elf war. Zuerst musste er sich in die Schlange vor dem rotierenden, rostfreien Stahltresen drängen, der aus den Küchenregionen hinten für alle leeren Polizeimägen vorn volle Teller herantransportierte. Dann folgte eine weitere Schlange vor der Kasse, und erst danach konnte er sein Tablett auf der Suche nach einem freien Platz, wo er in aller Ruhe nachzudenken gedachte, zwischen den Tischen herbalancieren.

Zusammen mit Erbsen und Speck, drei Pfannkuchen mit Marmelade und einem Lightbier. Milch trank er nicht gern. Davon hatte er als Kind genug bekommen.

Allein an einem Vierertisch in der Nichtraucherabteilung saß ein kleiner, magerer Kollege in Schlips und Kragen und adrettem Pullover mit klassischem V-Ausschnitt. Er beugte sich über seine Erbsensuppe und spachtelte konzentriert mit der rechten Hand, während er in einem dicken Buch las, das aufgeschlagen neben ihm auf dem Tisch lag. Schüttere Haare bekam er auch schon. Aus seiner erhöhten Position konnte Johansson durch die dünnen braunen Haare den hellen Skalp erkennen. Ein Buchhaltertyp mittleren Alters. Nicht gerade das, was man sich unter einem Mordermittler vorstellt, der im ganzen Haus bekannt ist, obwohl er die vierzig noch nicht erreicht hat.

»Hallo, Lewin«, sagte Johansson. »Darf ich mich setzen?«

Derzeit setzte er nie einen Fuß in die Kantine, er ging zum Mittagessen nach Hause. Er wohnte ja in der Nähe des Polizeigebäudes, aber nach der Kündigung würde er nach etwas anderem Ausschau halten müssen. Irgendwie schade, denn ein Zimmer und Küche waren gerade richtig für seine Bedürfnisse. Bad hatte er auch, und die Miete war erschwinglich. Aber wenn er gefeuert würde, wollte er nicht mehr in einer Gegend wohnen, wo ihm jederzeit die alten Kollegen über den Weg laufen könnten.

Jansson zögerte vor dem Lebensmittelladen an der Ecke

oben bei der Fleminggata und versuchte, sich an den Inhalt seines Kühlschranks zu erinnern. Seltsam übrigens, dass er nicht abnahm, so achtlos, wie er in Sachen Ernährung war. Aber das kam natürlich vom Bier. Ein Bier und ein Brot, das hatte er bestimmt. Und danach könnte er sich ein wenig auf dem Sofa zusammenrollen. Er fasste einen Entschluss und ging weiter die Straße hinunter.

Leer, stellte Wesslén nach einem raschen Blick in Janssons Zimmer fest. Was hatte er denn erwartet? Da konnte er auch gleich anfangen. Sollte er sich zuerst Herrn Djurdjevic vornehmen? Restaurantmogul und großer Name in der Drogenbranche. Wenn seine Erinnerung ihn nicht täuschte, dann war es derselbe Djurdjevic, von dem letzten Frühling die Zeitungen berichtet hatten. Was die anderen auf Janssons Liste für Menschen waren, hatte er dem Zusammenhang entnehmen können, und bis auf weiteres musste das Wenige, was er von Nilsson und seinem betrüblichen Schwiegersohn gesehen hatte, reichen. Mehr würde wohl auch nicht nötig sein. Djurdjevic war immerhin Lokalbesitzer. Oder war er das gewesen? Er selbst war Ermittler in Sachen Betrug. Das war die beste Kombination, die ihm in der Eile einfiel. Er lächelte und schloss die Tür zu Janssons leerem Zimmer. *Der sollte wirklich anfangen, seine Bierdosen in den Papierkorb zu werfen.*

»Du hast Sorgen, wie ich sehe«, sagte Lewin. Er hatte das Buch geschlossen und die Titelseite nach unten gedreht, aber Johansson hatte immerhin noch gesehen, dass es auf Englisch geschrieben und reich illustriert war. Und es handelte offenbar von eher gewaltsamen Methoden, Leute ums Leben zu bringen.

»Wieso meinst du?«, fragte Johansson leichthin und bohrte die Spitze des blanken Löffels in den Senf auf dem Tellerrand, ehe er ihn in der Erbsensuppe verschwinden ließ.

»Ich habe gehört, dass Nils Rune Nilsson heute Morgen um null sechs siebzehn im Krankenhaus Sabbatsberg verschieden ist.« Lewin trommelte mit den Fingern auf dem Buch herum und sah ziemlich zufrieden aus.

Er konnte nicht begreifen, warum er derzeit so müde war. Er war beim Betriebsarzt gewesen, dazu hatten ihn die anderen mehr oder weniger gezwungen, aber der Arzt hatte nichts feststellen können. Jedenfalls keine gesundheitlichen Probleme. Sein Gedächtnis wurde auch immer schlechter. Er hatte offenbar doch kein Brot mehr, und der Kühlschrank war fast leer. Ein Rest eingetrockneter Räucherwurst, die schon harte Kanten bekam. Und ein einsames Lightbier. Wie mochte das nur dort gelandet sein?

Dann wird das eben eine gesunde Stunde, dachte Jansson. Er ließ sich mühsam auf das viel zu niedrige Schlafsofa sinken und öffnete seine Schnürsenkel.

Lewin hatte Stielaugen, und er verdankte ihnen offenbar die Beobachtung, dass Johanssons Löffel auf halbem Weg vom Teller zum Mund innegehalten hatte. Für eine überaus kurze Sekunde, aber dennoch hatte er es gesehen.

»Einer von den Jungs aus meiner Kommission hat das gehört, als er heute aus einem anderen Grund oben im Sabb war«, erklärte Lewin.

»Ach so«, sagte Johansson und sah ihn an. »Was denkst du denn über die Sache mit Onkel Nisse?«

»Wenn sie als Einziger den genauen Zeitpunkt wissen, muss man immer gut zuhören«, sagte Lewin auf profihaft philosophische Weise.

»Nilsson«, mahnte Johansson. »Du hattest ihn doch zuerst.«

»Ja«, sagte Lewin. »Obwohl das nicht mein Ressort war. Ich habe jetzt Anderssons alten Posten. Der ist übrigens im Sommer gestorben, wie du vielleicht weißt. Krebs.«

Andersson war Lewins direkter Vorgesetzter gewesen, als der bei der Abteilung Gewalt angefangen hatte. Außerdem sein treuer Bewunderer und möglicherweise sein einziger Freund. Obwohl er über dreißig Jahre älter und schon vor etlichen Jahren in Pension gegangen war.

Johansson nickte wortlos.

»Ich hab es abgeschrieben.« Lewin nickte energisch. »Erstens glaube ich nicht, dass einer von den Kollegen ihn so zugerichtet hat. Dazu war er doch zu alt und zu heruntergekommen. Und zweitens ... selbst wenn ... dann hätte man das jedenfalls nicht beweisen können. Kaffee?« Er schob den Stuhl zurück und setzte sich.

Begabter Knabe. Johansson nickte nachdenklich. Obwohl dein Äußeres gegen dich spricht und du doof und wie Doof aussiehst.

»Schwarz«, sagte er. »Kein Zucker.«

»Bo-ris Djur-dje-vic«, buchstabierte Wesslén mit Nachdruck und Pausen zwischen den Silben. »Über den will ich alles wissen. Alles, was in unseren Registern steht. Ich will seine Personalakte haben. Und eine Kopie von allen Vorgängen, die bei der Disziplinarabteilung in Stockholm liegen.«

»Notierst du?« Er schaute die Sekretärin fragend an, und die nickte. »... er hat am vierzehnten Januar dieses Jahres einige Kollegen angezeigt. Schaffst du das in einer Stunde?« Jetzt lächelte er wieder.

»Wenn du versprichst, nicht sauer auf Johansson zu sein«, sagte sie.

»Klas Georg Kallin. Sagt dir das was?« Johansson rührte konzentriert in seiner Tasse, obwohl er weder Zucker noch Sahne oder Milch nahm.

»Ja«, sagte Lewin und sein Gesicht hellte sich auf. »Ich weiß, warum du fragst. War ein interessanter Fall. Den hatte ich im Sommer, gleich vor dem Urlaub. Klas Georg Kallin. Schnabel genannt.«

Johansson nickte aufmerksam. *Das geht ja in einem Affenzahn,* dachte er.

»Wir gehen zu mir nach oben und reden in aller Ruhe weiter«, entschied Lewin. »Wenn wir den Kaffee getrunken haben.«

36

Die Zeit ist ein gewaltiges Sieb, das unaufhörlich geschüttelt wird. Menschen, Dinge, Ideen werden durcheinander gewürfelt, treffen sich, trennen sich und entfernen sich voneinander. Ereignisse, Geschehnisse verschwinden wie Staub im Vergessen oder jagen vorbei, ohne dass wir sie überhaupt bemerken. Das passiert meistens. Wir sehen nur einen Bruchteil von allem, was geschieht. Selbst wenn wir uns auf das beschränken, was sich zwischen uns und anderen abspielt, und wenn wir von den geliebten Grashalmen der Relativitätstheoretiker einmal absehen, die an einem öden Ort wie bescheuert wachsen.

Bis auf weiteres bildet Klas Georg Kallins Tod also eine klare Ausnahme. Er wird von zwei Personen gesehen, und keiner von beiden wird jemals vergessen, was er da gesehen hat, obwohl sie sich bestimmt alle Mühe geben. Dieser Tod hinterlässt auch eine Menge Spuren. Geheime und schwer zu deutende Spuren, wie schlaflose Nächte und schweißnasse Laken, die von angstvoll arbeitenden Armen und Beinen mitten im Bett zu einem Strick gedreht werden. Noch im Schlaf und viel später. Einzelne naturwissenschaftlich relevante Spuren. Solche, die sich wiegen, messen und beobachten lassen, mit einem oder auch mit mehreren unserer fünf Sinne. Zum Beispiel Gehirnmasse, Blut, Knochensplitter, Fragmente von Hirnrinde und Hirnhaut und so weiter,

die auf dem Korkteppich in Kallins Wohnzimmer im So-
ckenväg in Bagarmossen herumspritzten.

Klas Georg Kallins Tod ist ein dramatisches Ereignis, er
stirbt nicht den Strohtod in seinem verschmutzten und un-
gemachten Bett, und es ist eine unwiderlegbare Tatsache,
dass es in unserer Zeit nur wenige Ereignisse gibt, die mit
solcher Mühe rekonstruiert worden sind. Um herauszufinden, was wirklich passiert ist, obwohl die Zeit mit ihrem Si-
chelschnitt schon am Werk war. Jan Lewin von der Abteilung Gewalt der Stockholmer Polizei, seine Kollegen von
der Technik, der Gerichtsmediziner. Alle versuchen, die
Zeit zurückzudrehen. Am liebsten auf eine Stunde vor diesem Tod, damit sie rechtzeitig ihre Plätze einnehmen können. Sitzt du gut? Siehst du gut?

Klas Georg Kallin alias Klas Schnabel Kallin, wie er im
Aliasregister der landesweiten Polizei heißt, gibt am Frei-
tag, dem achtundzwanzigsten Juni, um achtzehn Uhr fünf-
zehn plus einige Sekunden sehr schnell den Geist auf. Das
weiß man unter anderem, weil er in einem dreistöckigen
Mietshaus gewohnt hat, das einige Jahre vor dem letzten
Krieg von Spekulanten hochgezogen wurde. Mit dünnen
Wänden und so gut isoliert wie ein Gitarrenkasten.

In der Wohnung über der seinen sitzt der Nachbar vor dem
Fernseher und sieht sich die Ankündigung der ersten Nachrichtensendung an, als er »einen überaus heftigen Knall«
hört. In der Wohnung unter der seinen sitzt der Nachbar vor
dem Fernseher und sieht sich die Ankündigung der ersten
Nachrichtensendung an, als er einen »Schuss« vernimmt.

Im Fernsehen nimmt man es sehr genau mit den Zeitan-
gaben. Als Lewin am nächsten Tag anruft, hört er die einfache Antwort: »Achtzehn fünfzehn null. Take or give five
seconds.«

Es gibt nur eine überaus direkte Todesursache. Eine Blei-
kugel von 10,2 Gramm. Die wird etwa fünf Zentimeter vor
seiner linken Wange abgeschossen. Trifft sein Gesicht

167

unterhalb der linken Augenhöhle und bewegt sich dann zirka achtzehn Zentimeter durch den Kopf schräg nach oben. Eine abgeschrägte Kugel aus kupferrotem Blei mit einem Durchmesser von neun Millimetern.

Mit einer Geschwindigkeit von vierhundertelf Metern pro Sekunde verlässt sie den Lauf der Waffe und braucht nur Bruchteile derselben Sekunde, um die achtzehn Zentimeter durch die Schädelknochen, die Hirnrinde, die Hirnhaut, die Stirnlappen, die Hirnhaut, die Hirnrinde und die Schädelknochen zu passieren. Dann durch Kallins zerzauste aschblonde Haare hinaus an die frische Luft und in die Gipsverkleidung der Decke. Dort bleibt sie vor der Betonplatte ungefähr fünf Zentimeter tief und zwei Meter schräg nach oben stecken.

Wie konnte das passieren?

Am Freitagnachmittag um drei Uhr verlässt Klas Schnabel Kallin die Justizvollzugsanstalt Hall bei Södertälje, wo er eine Haftstrafe von einem Jahr und sechs Monaten wegen Hehlerei und einigen anderen Vergehen absitzt. Aber egal, denn jetzt hat er übers Wochenende Urlaub und wird bald Freigänger. Bis die nächste Runde gekommen ist. Bis es so weit ist, kann er sich übers Wetter freuen. Nach einigen regnerischen Tagen kommt der Hochsommer mit dem Wochenende, an dem die Ferien beginnen: Sonne, Windstille und weiße Schäfchenwolken am blauen Himmel. Außerdem nimmt ihn jemand mit dem Auto zum Bahnhof von Södertälje mit. Auf dem Parkplatz trifft er eine Angestellte der JVA. Eine fünfundzwanzigjährige Sommervertretung, die dem weltmännischen Kallin und seinen Wünschen gegenüber einfach keine Chance hat.

»Ja, verdammt, Frau, ich will dich doch nicht vergewaltigen.«

Um halb vier setzt sie ihn in Södertälje ab, und um Viertel nach steigt er im Stockholmer Hauptbahnhof aus dem Zug.

Was er zwischen Viertel nach vier und zwanzig vor sechs gemacht hat, hüllt sich in Dunkel. Vermutlich einen Abstecher in die Gegend um den Sergels Torg, ohne jedoch Bekannte aufzusuchen. Klas Schnabel ist ein stadtbekannter Gauner von fünfunddreißig, hinter ihm liegen zwanzig Jahre Erfahrung als Knacki, Junkie und Dieb, deshalb stellt er Ansprüche an seinen Umgang. An diesem schönen Sommertag sind vor allem jüngere Talente unterwegs, und mit denen mag er sich nicht gemein machen. Es muss reichen, dass er sich eine Prise Hasch kauft, vermutlich bei einem dieser jungen Talente. Ja, was denn, zum Teufel? Normale Schweden gehen um diese Zeit in den Alkoholladen, um fürs Wochenende zu bunkern. Rauschmäßig kommt es auf dasselbe heraus, und Schnabel hatte noch nie Lust, mit Flaschen und Gläsern zu klirren.

Zwanzig vor sechs und festerer Boden. Er winkt vor dem Kaufhaus Gallerian einem Taxi und verlangt, in den Gamla Huddingeväg 350 chauffiert zu werden. Aus irgendeinem Grund lässt er sich beim Bezahlen eine Quittung geben. Möglicherweise um dem Taxifahrer eins auszuwischen, der keine Lust hat, »Abschaum« zu fahren, und eilig nach Hause will. Die Quittung wird dann später in seiner Hose gefunden, in derselben Tasche wie der kleine in Metallfolie gewickelte Haschbobbel, und dort stehen Fahrstrecke, Preis, Name des Fahrers und Wagennummer. Und das Datum vom selben Tag.

Lewins Glück dauert weiter an, denn der Fahrer weiß genau, dass es sechs Uhr war, als er den »Abschaum mit der Hakennase« vor »diesem Scheißdrogenhaus« abgesetzt hat. Er weiß das, weil sich verspätet hatte, und da schaut man halt auf die Uhr. Um sechs hätte er den Wagen in der Garage abliefern müssen, aber die liegt weit draußen in Farsta, und als er endlich dort eintrifft, ist es schon Viertel nach.

»Sechs. Das weiß ich, weil ich mich verspätet hatte. Ich hab die ganze Zeit auf die Uhr geschaut.«

Lewins Glück ist also von Dauer, während Kallin von seinem gleich im Stich gelassen wird.

Um fünf nach sechs hält ein schwarzweißer, achtsitziger Dodgebus vor Kallins Haus, und ehe Polizeiinspektor Berg aussteigt, greift er zum Telefonhörer und teilt der Einsatzzentrale mit, dass er und die Kollegen eine Adresse im Gamla Huddingeväg 350 überprüfen, weil sie einen entsprechenden Tipp bekommen haben. Diese Mitteilung landet im Computer und bleibt bei einem unangenehmen Wort hängen. Bei der so genannten »Festnahmemitteilungsroutine«, die kontinuierlich in der Einsatzzentrale überprüft wird und bestenfalls als Logbuch dafür dienen kann, was die diversen Einheiten gerade so treiben.

Drei Nachbarn sehen, wie sie aussteigen – Berg, Borg, Mikkelson, Orrvik und Åström –, und alle stellen dieselbe Überlegung an. »Zeit, Kallin mal wieder abzuholen.« An und für sich kann man sich ja fragen, warum. Die Nachbarschaft ist alles andere als originell. Sie besteht aus abbruchreifen Mietskasernen der dreißiger Jahre, und der Maschendraht hat schon längst den schmutzig grauen Putz aus dem Griff verloren. Ein Viertel mit heruntergekommenen Wohnungen, das zwischen Sanierungsprogramm und Wirtschaftskrise in ein Loch gefallen ist und mehr als seinen gerechten Anteil an zänkischen alten Leuten, arbeitslosen Säufern und alternden Halbstarken abbekommen hat. Aber Kallin ist eben notorisch und hält den Lokalrekord, was Festnahmen in der eigenen Wohnung angeht. Obwohl er in Hall sitzt.

Kallin wohnt in Nummer 350, in einer Zweizimmerwohnung von vierzig Quadratmetern. Åström bleibt im Hauseingang stehen. Mikkelson geht ums Haus herum und stellt sich hinten auf, für den Fall, dass irgendwer auf die Idee kommen könnte, vom Balkon zu springen. Es wäre nicht das erste Mal. Berg, Borg und Orrvik gehen hinein. Letzterer wartet im Treppenhaus im ersten Stock, während die Kollegen eine Etage höher gehen. Und an der Tür schellen.

Kallin öffnet selbst. Er ist barfuß und trägt Bluejeans und ein weites indisches Baumwollhemd, das er in die Hose gestopft hat.

»Was wollen die Herren nun schon wieder?«

»Hereinkommen und mit dir reden.«

Kallin gibt keine Antwort. Er dreht sich auf dem Absatz um, geht durch die enge Diele mit Türen zu Kochnische, Badezimmer und Schlafzimmer. Geradeaus weiter und ins Wohnzimmer. Dort bleibt er stehen und dreht sich zu seinen Besuchern um, welche die Tür geschlossen haben und ihm in die Wohnung gefolgt sind. Mitten im Raum steht er, die Arme hängen locker herab, der Blick ist auf Berg und Borg gerichtet. Die sind zwei Meter vor ihm auf der Schwelle stehen geblieben, und jetzt wird es nur noch Sekunden dauern, bis er die Grenze zur Ewigkeit überschreitet.

»Nett, dass ihr kommen konntet«, sagt er »Ich habe eine Überraschung für euch.«

Rasch schiebt er die linke Hand in seinen tiefen Hemdausschnitt. Rascher als Berg und Borg, die beide nur einen Schritt auf ihn zu tun können, denn schon zeigt aus knapp einem Meter Entfernung der schwarze Revolverlauf auf ihre Brust. Fast nachdenklich hebt Kallin seine Waffe. Zieht den Hahn mit dem Daumen an und zielt auf Borg.

»Ladies first«, sagt er, und zugleich krümmt sich sein linker Zeigefinger um den Abzugshahn.

Nun springt Berg auf den erhobenen Arm zu, und zweifelsfrei hat er damit Borg das Leben gerettet. Das meinen wenigstens Borg, Lewin, die Techniker und der Polizeichef, der ihm einen Monat drauf in der Personalzeitung für sein geistesgegenwärtiges Eingreifen dankt.

Rasch wie ein Tiger und als lebendes Beispiel für effiziente Polizistenausbildung packt Berg Kallins Arm mit einem Standardgriff, den er auf der Polizeischule im Kurs für Fest-

nahmetechniken gelernt hat: »Verteidigung gegen hohen
Schlag mit Knüppel usw.«.

Bergs linker Unterarm schließt sich um Kallins rechte
Armbeuge. Mit der rechten Hand packt er nach der Hand,
die den Revolver hält, und drückt sie aufwärts, rückwärts.
Aber statt die Waffe loszulassen – wie der Bandit auf dem
Bild im Lehrbuch – drückt Kallin auf den Abzugshahn. In
dem Moment, da der Lauf auf sein eigenes Gesicht zeigt und
mit dem bekannten Resultat.

37

»Unangenehme Geschichte«, fasste Johansson die Sache zusammen.

»Sicher«, stimmte Lewin zu und zuckte mit seinen
schmalen Schultern. »Glück für Berg, dass er nicht mit mir
gefahren ist. Dann wäre er jetzt tot. Und ich vermutlich
auch.«

»Hmmm«, sagte Johansson. Er fummelte mit dem Zeigefinger an der Ermittlungsakte herum, die Lewin herausge-
holt und zwischen ihnen auf den Tisch gelegt hatte. »Aber
woher wollen wir wissen, dass die Kollegen die Wahrheit sagen? Vielleicht haben sie Kallin umgebracht und einen hüb-
schen sauberen Selbstmord vorgetäuscht.«

»Hübsch und sauber war der aber nicht«, sagte Lewin
und schob Johansson ein Foto hin. Eine Nahaufnahme von
Kallins zerschossenem Gesicht auf dem braunen Korkteppich, umflossen von einer spitz zulaufenden Aura aus Blut,
Haaren und Gehirnmasse.

Johansson verzog angeekelt das Gesicht. Er wirkte nicht
gerade wie ein Mordermittler, denn er nahm das Bild nicht
in die Hand, sondern ließ es auf dem Tisch liegen.

»Komisch«, sagte Lewin mit nachdenklichem Lächeln,
»was so was mit einem macht. Weißt du, was ich gedacht

habe, als ich hergekommen bin?« Er schaute Johansson mit ernster Miene an und schüttelte den Kopf.

»Wenn du versprichst, dass es unter uns bleibt ... dann war genau das meine Arbeitshypothese. Nimm lieber zur Kenntnis, dass es kein als Selbstmord getarnter Mord war.« Er nickte Johansson auffordernd zu. »Das war es nämlich nicht. Davon bin ich überzeugt.«

»Erzähl«, sagte Johansson und ließ sich im Sessel zurücksinken. »Und vergiss nicht, dass du mit einem langjährigen Personalchef redest.« *Sympathischer Mann, dieser Lewin,* dachte er.

Alles, fanden Lewin und die anderen, die mit der Ermittlung betraut waren. Einfach alles sprach dafür, dass Bergs und Borgs Version der Wahrheit entsprach.

Kaum ist der Schuss gefallen, lässt Berg Kallin los, der geht zu Boden und ist vermutlich auf der Stelle tot. Berg und Borg stehen einfach nur da und hören nicht, dass Kollege Orrvik auf der anderen Seite der Tür losschreit. Erst als er einen Warnschuss an die Decke feuert, nimmt Berg, immer noch erregt, sich zusammen.

»Kallin wollte Borg erschießen und hat sich selbst erwischt. Geht nach unten, ruft die Zentrale an und sorgt dafür, dass das Treppenhaus abgesperrt wird.«

Dann geht Berg wieder in die Wohnung und sieht jetzt, immer noch laut Orrvik, »verdammt zittrig aus«. Er hört es nicht mal, als Orrvik fragt, ob er »okay« sei.

Um achtzehn Uhr siebenundzwanzig, zwölf Minuten nach dem Schuss, treffen die ersten Kollegen am Tatort ein. Eine Streife von der lokalen Ermittlungsabteilung des Wachdistrikts Farsta. Berg und Borg stehen vor Kallins Wohnungstür, und alle beschließen, dass niemand hineindarf, solange die Technik noch nicht eingetroffen ist.

»Und ihr seid ganz sicher, dass er tot ist?«, fragt der eine Ermittler.

»Scheiße, Scheiße«, sagt Berg. Er steht mit hängenden Armen und kalkweißem Gesicht da. Sein Kollege Borg hat sich auf die oberste Treppenstufe gesetzt, den Kopf auf die Knie gelegt und die Arme um den Kopf geschlungen. Er schüttelt sich nur, wenn der andere Ermittler ihm die Hand auf die Schulter legt.

Um achtzehn Uhr siebenundvierzig kommt der Dienst habende Techniker und geht als Erster in die Wohnung. Nach einer weiteren halben Stunde gesellen sich ein weiterer Techniker, ein Ermittler von der Kriminalpolizei und Lewin dazu.

»Ich habe den Kommissar vertreten«, erklärte Lewin. »Als ich gehört habe, worum es geht, habe ich beschlossen, selbst hinzufahren.«

»Und das hat dich überzeugt?«

»Ja. Und auch Bergholm. Den Techniker, meine ich. Es war doch irgendwie ein Wahnsinnsstart für die Ermittlung.« Lewin nickte beifällig. »Bergholm konnte die Hände von Kallin und Berg untersuchen. Beide stanken nach Pulver. Der Tatort war total unberührt. Frische Erinnerungsbilder ...«, er grinste. »Man konnte einfach hineingehen und zulangen.«

»Du glaubst also nicht, dass sie euch was vom Pferd erzählt haben? Die hatten doch einige Minuten Zeit«, Johansson ließ nicht locker.

»Njet«, sagte Lewin nachdrücklich. »Vier Dinge haben mich überzeugt.«

»Was denn?«, fragte Johansson.

»Erstens. Woher hätten sie den Revolver nehmen sollen? Wie du sicher weißt«, Lewin lächelte kurz, »wurden unsere Kollegen von der Ordnung mit Waltherpistolen ausgerüstet. Und andere Waffen werden nicht geduldet.« Er nickte langsam und nachdenklich.

»Und zweitens?«, fragte Johansson.

»Zweitens«, sagte Lewin, »gibt es nichts, was gegen ihre

Darstellung spricht. Die gesamte technische Untersuchung ist auf ihrer Seite. Die Platzierung des Körpers vor und nach dem Schuss, der Pulvergestank, die Blutspritzer, die Kugelbahn, das Trefferbild ... You name it. Alles weist darauf hin, dass die Kollegen die Wahrheit sagen.«

»Drittens.« Johansson nickte.

»Ein technisches Detail. Ein wichtiges.« Lewin nickte. »Die Patronen. Es wurde ein Revolver verwendet. Mit Trommelmagazin und sechs Kammern. Eine Patrone in jeder und ...«, Lewin legte eine Kunstpause ein, »Kallins Fingerabdruck war auf jeder von ihnen. Sonst gab es keine, ja ... und dann natürlich auch auf der Waffe. Auf dem Lauf und auf dem Griff, ganz normal. Es ist übrigens sehr leicht, Abdrücke auf Patronenhülsen zu hinterlassen. Glatte Oberfläche ... man schwitzt oft beim Laden. Aus irgendeinem Grund.« Lewin grinste.

»Und viertens?«

»Noch ein Detail. Aber interessant. Den Kollegen zufolge steckte die Waffe unter seinem Hemd im Hosenbund. Das war so ein weißes Hemd. Und an Hosenbund und Hemd haben wir Öl von der Waffe gefunden.«

»Aha«, sagte Johansson.

»Ja«, bestätigte Lewin. »Und so gut sortiert sind sie nur selten, unsere Mörder. Schon gar nicht, wenn sie das Haus voller Polizei haben, die sie bei ihrer Beschäftigung stören könnte.« Jetzt grinste er schon wieder.

»Selbstmord?«

»Na ja.« Lewin schüttelte den Kopf. »Du meinst, er hat sich ganz schnell entschlossen, als ihm aufging, dass er den Ringkampf mit Berg verloren hatte. Nein. So war das sicher nicht.« Lewin hörte sich überzeugt an. »Der gute Kallin hatte offenbar den Abzug abgefeilt. Oder sonst irgendwer. Deshalb hat sich beim Handgemenge der Schuss gelöst. Und ihn unglücklicherweise mitten in die Stirn getroffen.«

»Wir müssen versuchen, mit unserer Trauer zu leben«,

sagte Johansson und klang so, als werde es ihm gelingen. »Die Waffe«, fügte er dann hinzu. »Hast du rausfinden können, woher er die hatte?«

»Nein«, sagte Lewin. »Leider nicht. Das ist die einzige ungelöste Frage. Obwohl ich einen Monat daran gesessen habe. Sie ist nicht im offiziellen Waffenregister verzeichnet. Und sie ist weder bei uns noch bei Interpol gestohlen gemeldet. Vermutlich ist sie legal erstanden und dann eingeschmuggelt worden. Es war eine Ruger. Eine der größten Marken in den USA. Die stellen jedes Jahr Hunderttausende davon her, schätze ich. Huh.« Lewin schüttelte sich.

Johansson nickte. Er kannte die Marke. Unter anderem hatte er sie bei seinem Studienbesuch in den USA in zahllosen Holstern gesehen.

»Einige amerikanische Kollegen scheinen sie als Dienstwaffe zu benutzen«, sagte Lewin. »Eine richtige Elefantenbüchse, wie du siehst.« Er nickte zu Kallins Foto auf dem Schreibtisch hinüber.

»Ja, verdammt«, sagte Johansson voller Überzeugung, und aus irgendeinem Grund dachte er durchaus nicht an all die unschuldigen Tiere, denen er mit größeren und gefährlicheren Waffen das Leben genommen hatte. Er dachte an Jansson. Mordjansson. *Du bist ein ziemlicher Blindfisch, Jansson,* dachte er. Vergeudest deine und anderer Leute Zeit damit, den Schlamm von Kollegen aufzuwühlen.

»Noch was.« Johansson war von Natur aus neugierig, und Lewin kam ihm vor wie ein wandelndes Lexikon. Aber nicht wie die *Große Welt der Musik.* Sondern besser.

»Warum wurde er Schnabel genannt? Weißt du das?«

Natürlich wusste Lewin das. Aus zwei Gründen. Zum Ersten wegen seines Aussehens. Kallin war von aristokratischem Äußeren gewesen. Das ging sogar aus dem Foto auf Lewins Tisch hervor. Trotz der zwanzig Jahre hektischen Gaunerlebens mit allem, was an Drogen, Suff, Unruhe und gestörten Nächten dazugehörte. Trotz aller Schlägereien, Unfälle und dem finalen Ereignis vom achtundzwanzigsten Juni. Kraftvoll markante Züge, eigensinniges Kinn, hohe Stirn und eine Nase wie ein Conquistador. Vorspringend und kühn gebogen. Wie ein Schnabel. Ein Raubvogelschnabel.

Außerdem war er schlagfertig. Das war der zweite Grund, der mit dem ersten zusammenhing. Kallin war ungeheuer »scharf im Schnabel«, wie es in der Gaunersprache hieß. Und was für ein Schnabel. Dass er nicht durch die Nase sprach, spielte da keine Rolle. In der Gaunersprache kann Schnabel Mund und Nase gleichermaßen bedeuten. Bei Kallin stimmte beides.

»Und sein Vorstrafenregister war das Übliche. Reichte von hier bis zur Kanzlei des Polizeichefs und zurück. Die Regale haben sich richtig geleert, als seine Akten aus dem Archiv geholt wurden«, sagte Lewin mit leichtem Lächeln.

»Kann ich mir vorstellen. Sicher schwere Kindheit.« Johansson sah düster aus.

»Seine Kindheit«, sagte Lewin und schaute ihn glücklich an. »Du wirst nicht drauf kommen.«

»Mama Psychologin und Papa Psychiater«, sagte Johansson. »Schwerpunkt Familienkonflikte.«

»Ach komm«, sagte Lewin. »Du hast die Akte gelesen.«

»Nix«, sagte Johansson. »Hab ich nicht. Aber man ist ja nicht umsonst bei der Polizei.«

Obwohl Johansson ihm die Pointe verdorben hatte, wirkte Lewin wie neu belebt, als sie sich trennten. Auch Johansson war zufrieden, was allerdings nicht an Kallins Eltern lag, sondern einen anderen Grund hatte.

»Das war lehrreich.« Er nickte lächelnd. »Du hast nicht Lust, irgendwann zu uns überzuwechseln?«

»Na ja.« Lewin schnalzte mit der Zunge und schüttelte den Kopf. »Das kommt mir ein bisschen heftig vor. Wenn man den Zeitungen glauben darf.«

»Darf man nicht«, sagte Johansson. »Außer in diesem Fall.«

»Er liegt in der Technik, falls du ihn dir ansehen willst.« Johansson blickte ihn fragend an.

»Der Revolver«, erklärte Lewin. »Bergholm hat ihn in die Sammlung aufgenommen.«

»Ich schau mal vorbei«, sagte Johansson und fuchtelte mit der rechten Hand. *Verdammt, ich habe zuletzt vor zehn Jahren eine richtige Mordwaffe gesehen,* dachte er, als er zum Fahrstuhl ging. Damals hatte ein armer Teufel seine Frau mit der Kaffeemaschine erschlagen, die er ihr zur Hochzeit geschenkt hatte.

38

Als Jansson aufwachte, war es bereits drei Uhr. Er hatte Durst und musste zur Toilette. Spätestens eins, hatte er gedacht, als er sich hingelegt hatte, aber jetzt war es also drei, und es war zu spät, um daran noch etwas zu ändern.

Auf dem Weg zur Toilette nahm er das Lightbier aus dem Kühlschrank. Riss den Kronkorken herunter und warf ihn ins Klo, während er seine zum Bersten gefüllte Blase erleichterte. *Das nennt man zwei Fliegen mit einer Klappe schlagen,* dachte er. Wenn Johansson mich sehen könnte, würde ich sicher zum Kommissar ernannt.

Auf der Straße draußen herrschte ein Septembernachmittag. Der Wind wusste, was er wollte, war aber noch nicht so scharf und herausfordernd. Ein ausgezeichneter Wind, um einen klaren Kopf zu bekommen, wenn man sich müde fühlte und langsam alt wurde. Deshalb ließ er sich Zeit, und statt durch den Haupteingang in der Polhemsgata zu gehen, bog er um die Ecke und betrat den Durchgang zum Hinterhof. Das verschaffte ihm eine Frist von zweihundert Metern, und da er ins Zentralregister wollte, konnte er ebenso gut hier entlanggehen wie durch die Tunnels unter der Straße.

Das Zentralregister lag ganz unten im letzten der drei braun glänzenden Bauklötze, die den modernen Teil des Polizeihauptquartiers bildeten. Das Hauptquartier umfasste übrigens einen ganzen Block, und hundert Jahre trennten die verschiedenen Gebäude in dem Viereck, das den großen Innenhof umgab. Im Hof lag in einem besonderen Pavillon das Restaurant. Ein kleinerer Parkplatz, der vor allem von Bereitschaft und Ermittlung genutzt wurde, und eine kleine Garage für die Autowracks der Technik, die sie immer in der Nähe haben wollte, lagen ebenfalls im Hof.

Mittendrin gab es dann noch einen vakuumgetrockneten Park mit Beeten, Rasenflächen, Kieswegen und einigen jämmerlichen Bäumen, die einfach nicht wachsen wollten. Im Sommer bei schönem Wetter tranken die Kollegen dort ihren Kaffee. Einige spielten sogar nach königlichem und kontinentalem Vorbild auf den Kieswegen Boccia. Aber jetzt hatte der Herbst sie verjagt; Sonnenschirme und Bocciaspieler, Gartentische und Kaffeetrinker. Er selbst ging nie mehr dorthin.

Es war nicht leicht, ins Zentralregister zu gelangen. Die erste Tür wurde mit einem Schlüssel geöffnet – den hatten sie ihm noch nicht weggenommen –, das war also noch möglich. Aber dann gab es Ziffernschlösser an den Türen, und das machte die Sache schon schwieriger.

In den verschiedenen Teilen des Hauses variierten die Codes und wurden noch dazu in unregelmäßigen Abständen geändert. Den für sein eigenes Stockwerk hatte er gelernt und sicherheitshalber in seinem Taschenkalender notiert. Obwohl das gegen die Bestimmungen für die interne Sicherheit verstieß. Ein Code durfte unter keinen Umständen irgendwo aufgeschrieben werden, man musste ihn auswendig lernen, und man durfte ihn niemandem verraten. Kollegen mit ebenso schlechtem Gedächtnis wie ihm zum Beispiel. Zuerst musste man sich davon überzeugen, dass man eine »codeberechtigte Person« vor sich hatte, »die sich durch Vorlage eines gültigen Dienstausweises und Zugehörigkeit zur fraglichen Abteilung«, der Abteilung also, die hinter den verschlossenen Türen lag, legitimiert hatte.

Der derzeitige Code für seine Abteilung war leicht: 840401, 1. April 1984. Jansson ging davon aus, dass es sich um den Geburtstag des amtierenden Justizministers handelte, und er sah keinen Grund, es im Staatskalender zu überprüfen. Dort stand man nicht, wenn man von einem Posten als Jurist in der Landwirtschaftskasse von Alingsås und als Kreisverordneter des lokalen Bildungsverbandes direkt in den Ministersessel geholt worden war. Von einem wichtigen Vetter in der Regierungskanzlei, der bei dieser Kasse eine Hypothek aufgenommen hatte.

Egal. Er gelangte in die Abteilung mit Hilfe eines jüngeren Kollegen, der entweder im Widerstand war oder ihn erkannt hatte. Auf jeden Fall hatte er ein besseres Zahlengedächtnis als Jansson.

Das Zentralregister befand sich in einem riesigen Raum mit Regalen aus hellem Holz. An die zehn Meter lang und etwa zwei Meter hoch. Dort hingen endlose Reihen von Mappen, nach Personenkennziffern sortiert. An die hunderttausend Personen in braunen und grünen Ordnern. Sittlichkeitsverbrecher drängten sich zusammen mit Hundesteuerhinterziehern. Leute, die ihre Frauen misshandelt hatten, hingen Arm in Arm mit Betrügern. Nadelstreifenverbrecher mit Villa in Djursholm teilten ihren Regalplatz mit erschöpften Alkoholikern aus der Junggesellenherberge des Sozialamts. Es gab hier nur die eine Einteilung, die sich an Jahre, Monate, Tage und Nummern hielt.

Die Regale liefen auf Schienen über den Boden und wurden von diskret summenden Elektromotoren bewegt. Die Schalttafeln saßen an den Querseiten, und man musste aufpassen, wenn man im schmalen Gang zwischen zwei Reihen stand. Sonst konnte man hier von einem gestressten Kollegen, der einem anderen Ordner hinterherjagte, für alle Zeiten archiviert werden.

Scheußliche Dinge waren schon passiert. Vor vielen Jahren hatte es im Haus einen Verbrechensforscher gegeben, der so verrückt gewesen war, dass er die gesamte Bürokratie in ihrem innersten und äußersten Wesen bedroht hatte. Eines Tages war er einfach verschwunden, und hinterlassen hatte er nur das Gerücht, der Chef der Sicherheitspolizei habe ihn ermordet.

Er habe sich eines Nachts unten im Zentralregister an ihn herangeschlichen und ihn für alle Zeiten zwischen die beiden hintersten Regale in der abgelegensten Ecke des Saales geklemmt. Dort, wo kein Kollege jemals hingelangte, da alle, die dort archiviert lagen, im neunzehnten Jahrhundert geboren waren. Dort, wo nur der Forscher immer gesessen hatte. Vertieft in Gedanken über die Verbrechen einer verschwundenen Zeit.

Jansson war davon überzeugt, dass die Gerüchte der Wahrheit entsprachen. Er kannte schließlich den Chef der Sicherheitspolizei.

Er selbst jedoch hatte Glück. Der Übersicht am Kopf des Regals konnte er entnehmen, dass Boris Djurdjevics Personalakte ganz am Anfang der Reihe hing und dass er von der Seite her an sie herankommen konnte.

Dass er an sie hätte rankommen können. Sie war leider ausgeliehen. Der Ordner, in dem die Ausleihen verzeichnet waren, teilte mit, »Krkom G. Wesslén/LK« sei bereits um elf Uhr dort gewesen und habe sich die Akte unter den Nagel gerissen.

Scheißstress, dachte Jansson und seufzte tief.

Die Registratur, die nicht mit dem Zentralregister verwechselt werden darf, lag im ersten Gebäudekomplex, und hier reichte nicht einmal ein Türcode. Hier musste man eine Fernsehkamera überzeugen. In Janssons Fall dauerte es eine Weile, am Ende glückte es aber doch. Inzwischen tat sein Arm weh, weil er so lange seinen Dienstausweis vor das glotzende Insektenauge oben an der Decke gehalten hatte.

»Bitte einzutreten«, sagte die Stimme in der Wand höflich.

Die Auslieferungsstelle für Registereintragungen lag nur drei Türen weiter, und dort saß ein jüngerer Mann von Mitte zwanzig in einem adretten weißen Hemd mit kurzen Ärmeln und einer Ausweiskarte auf der Brust.

»Jansson, Landeskrim«, sagte Jansson und hielt seine eigene Karte hin. »Ich hatte einen Auszug über Djurdjevic bestellt, Boris Djurdjevic. Heute Vormittag.« Er schaute den Kurzärmligen aus blanken Augen an.

»Djurdjevic, Djurdjevic«, murmelte Ärmel und blättert in den Bestellzetteln auf seinem Tresen. »Mit oder ohne Dringlichkeit?«

»Ohne«, sagte Jansson kleinlaut.

»Ist morgen fertig«, entschied der Zuständige.

»Aha«, sagte Jansson. »Na immerhin, vielen Dank.«

»Wenn es sehr eilt, dann schau doch einfach bei Kommissar Wesslén vorbei.« Der Kurzärmlige musterte ihn herablassend. »Der hat heute Morgen denselben Auszug bestellt. Mit Dringlichkeit.«

»Arschloch«, sagte Jansson laut und deutlich. Machte kehrt und ging. Raus kam man problemlos.

Scheißstress, dachte Jansson. Die sind doch vergiftet. Jetzt saß er immerhin in seinem guten Sessel hinter seinem Schreibtisch. Die Tür hatte er hinter sich und der blauen Dose in seiner Hand geschlossen, und die hatte soeben zufrieden gezischt.

Außerdem war es schon vier und also bald Zeit, nach

Hause zu gehen. Er trank einen Schluck, rülpste und betrachtete seine unglückselige Liste über die angeblichen Sünden von Berg und den anderen. *Sollte er vielleicht von hinten anfangen?* Da konnten sie doch einfach noch nicht angekommen sein. Morgen würde er sich die Unterlagen über den Todesfall Klas Georg Kallin besorgen. Und zwar rechtzeitig.

39

Lars Martin Johansson hatte niemals Realschule, Gymnasium oder Universität besucht. Sieben Jahre Grundschule zu Hause in Näsåker, drei Jahre Laufbursche auf der Baustelle fürs Kraftwerk, zwei Jahre Heimvolkshochschule, Polizeischule und später im Leben insgesamt ein Jahr Weiterbildung. Das war die Universität von Lars M., und für Polizisten seiner Generation war das mehr als genug.

Nur einmal in seinem Leben hatte er eine höhere Lehranstalt betreten. Ein altes, edles Gymnasium am Jarlaplan in Stockholm. Es war viele Jahre her, und er war als frisch ernannter Kriminalassistent der Abteilung Einbruch dienstlich dort gewesen. Jemand war in den Chemiesaal der Schule eingestiegen und hatte aus den aufgebrochenen Schränken genug Gift entwendet, um etliche Lehrkörper ums Leben zu bringen.

Eine schwierige Ermittlung. Vor allem weil die Schule ihn an etwas erinnerte, was er nie gehabt hatte und nie bekommen würde, wonach er sich in seiner Jugend aber sehr gesehnt hatte.

Abgenutzte alte Säle, in denen die Bänke zur Decke hochkletterten, schwarze Tafel und riesiges Katheder ganz unten. Ein alter Chemielehrer, der von seinen Kollegen »Herr Studienrat« und von den Schülern »Molekül« genannt wurde. Und der vermutlich bei der Doktorprüfung gepatzt hatte und deshalb am Gymnasium gelandet war und nicht an der Universität.

Genauso hatte er sich das erträumt, als er zu Hause in Näsåker in der Dorfschule gesessen und sich in Erdkunde- und Naturkundestunden gleichermaßen das Schaubild mit den wilden Tieren der Gegend angesehen hatte.

Später im Leben übrigens auch. Nicht das mit den wilden Tieren, sondern das mit den Träumen.

Wenn man schon bei der Polizei gelandet war, kam die Technik am nächsten an irgendetwas Vergleichbares heran. Obwohl sie im modernen Teil des Komplexes lag, machte sie doch einen viel altertümlicheren und gelehrteren Eindruck als sogar das Polizeimuseum unten im Keller. Hier gab es Polizisten, die so viele Bücher in ihren Zimmern stehen hatten, dass sie es an sichtbarer Bildung mit jedem Professor aufnehmen konnten. Polizisten in weißen und grauen Kitteln, genau wie Lehrer oder Chemiker. Laboratorien mit großen schwarzen Arbeitstischen, mit Regalen voller Chemikalien, mit Schubladen voller Gläser, mit Mikroskopen und Bunsenbrennern. Alles, wirklich alles, was es in der chemischen Fakultät einer Universität oder im Chemiesaal eines vornehmen alten Gymnasiums geben musste.

Nur Details verrieten, dass man sich hier mit tendenziell ungewöhnlichen Forschungsarbeiten befasste. Ein blutdurchtränktes Hemd, das in einer Plastiktüte auf einem Tisch lag. Ein auseinander montiertes Schrotgewehr mit abgesägten Läufen auf einem anderen.

Bergholm empfing ihn in der Tür. Lewin hatte ihn schon vorgewarnt, und er hätte sehr gut als alter Chemielehrer durchgehen können. Rötlicher Teint, ein Kranz aus weißen Haaren, ein Kittel in der gleichen Farbe und die passende hohe, gerunzelte Stirn. Ein alter Naturwissenschaftler mit breit gefächerten Interessen.

»Weißt du irgendwas über Waffen, Johansson?

Nach kurzer Suche hatte er den gewünschten Revolver in

einem seiner Schränke gefunden. Der lag jetzt in einem Futteral aus gegossenem Kunststoff auf seinem Arbeitstisch. Eine aufgerollte Echse mit Schuppen aus glänzend blauschwarzem Stahl.

»Es geht so«, sagte Johansson. »Ich bin Jäger.«

Eine Ruger Speed-Six, erklärte Bergholm. Ein Neunmillimeterrevolver mit rotierendem Magazin und Platz für sechs Patronen. Ein bei Kriminalpolizisten in den USA überaus beliebtes Modell. Vor allem dieses hier mit dem kurzen Lauf von sechseinhalb Zentimetern, das sich leicht in der Kleidung verstecken ließ.

»So was hättest du haben müssen, als du noch ermittelt hast.« Bergholm machte einen professionell begeisterten Eindruck. »Anstelle dieser Waltherknarre. Wenn du wüsstest, was die hier für Löcher macht.«

»Kann schon sein«, sagte Johansson neutral. »Lewin hat behauptet, sie sei frisiert worden.«

»Ja.« Bergholm nickte eifrig. »Typische Verbrechertrimmung, wenn ich das so sagen darf. Schau her.«

Mit Hilfe eines Schraubenziehers entfernte er den glatten Holzgriff. Die Sperre, die den Hahn in gespannter Position festhielt, war abgefeilt worden. Bergholm zeigte mit der Spitze des Schraubenziehers auf die deutlichen Feilspuren.

»Normalerweise kannst du irgendwem auf den Kopf hauen, wenn der Hahn gespannt ist, und nichts geht los. Falls du nicht abdrückst, natürlich. Aber hier ist das anders.« Bergholm spannte den Hahn mit dem Daumen und klopfte mit dem Kolben vorsichtig auf die Tischkante. Sofort bewegte sich der Hahn mit einem Klicken.

»Das ist bei unseren kriminellen Freunden eine ziemlich übliche Verbesserung«, erklärte er. »Ehrlich gesagt, weiß ich nicht, warum. Vielleicht haben die so schwache Finger.« Er fuhr sich nachdenklich durch den weißen Haarkranz.

»Ihr habt nie feststellen können, woher der kam?«

»Nein.« Bergholm schüttelte den Kopf. »Lewin war eifrig wie ein Iltis. Wirklich ein tüchtiger Junge.« Er nickte zufrieden. »Das Teil ist jedenfalls bei Interpol nicht gestohlen gemeldet, und das bedeutet immerhin hundertzwanzig Länder, wie du weißt.«

»Die Fabrik?«, fragte Johansson.

»In den USA«, sagte Bergholm. »Die haben im vergangenen halben Jahrhundert davon so an die zehntausend pro Jahr hergestellt, wir haben uns also nicht weiter darum gekümmert.«

»Nein«, sagte Johansson. »Kann ich verstehen.«

»Kallin. War das ein gewalttätiger Typ?«, fragte Johansson. *Das hätte ich auch Lewin fragen können,* dachte er.

»Ein stinknormaler Typ«, antwortete Bergholm. »Dieb, Junkie, Hehler. Das ganze Register. Ist schon an die zwanzig Jahre dabei. Hat ein Gutteil davon gesessen. Du wirst nicht drauf kommen, was seine Eltern machen.« Bergholm blickte ihn glücklich an.

»Doch«, sagte Johansson und lächelte zufrieden. »Er hatte wohl eine ziemlich große Klappe?«

»Wird behauptet.« Bergholm zuckte mit den Schultern. »Offenbar ist er deshalb Schnabel genannt worden. Ich bin ihm nie begegnet, aber ich habe gehört, dass er überaus beredt war. Muss schrecklich gewesen sein, ihn zu verhören.«

»Klingt nicht nach einem typischen Gewaltverbrecher«, sagte Johansson. »Was war denn bloß in ihn gefahren? War er zugedröhnt?«

»Junkies.« Bergholm schüttelte traurig seinen fast kahlen Schädel. »Nach ein paar Jahren werden die einfach unberechenbar.«

Ja. Das wusste Jansson ja auch.

»Die brauchen nicht mal was eingeworfen zu haben. Weißt du, was ich vor einem Monat hatte?«, fragte Bergholm und musterte Johansson forschend.

»Nein«, sagte Johansson höflich. *Woher soll ich das wissen, zum Teufel.*

»Ein liebes kleines Mädchen von zweiundzwanzig Jahren. Sie wohnte mit ihrem kleinen Pudel in Norsborg in so einer Wohnung, wie sie das Sozialamt eben bezahlt. Konnte keiner Fliege was zu Leide tun. Seit einem halben Jahr hatte sie die Finger von den Drogen gelassen, hieß es, und eine Therapie gemacht. Geht nicht mal mehr auf den Strich ...«

»Jaa«, sagte Johansson.

»Eines Tages ... vor ungefähr einem Monat bindet sie den Hund an den Heizkörper im Schlafzimmer und kauft eine Flasche Lack und gießt sie über ihm aus ... ja ... und dann zündet sie ihn an. Verdammt, so was Ekelhaftes habe ich noch nie gesehen.« Bergholms Gesicht war jetzt ebenso rot wie sein Skalp, und es fiel ihm schwer, den Revolvergriff wieder festzukriegen.

»Du hast doch sicher auch schon die eine oder andere Menschenleiche gesehen«, sagte Johansson leise.

»Ja, darauf kannst du dich verlassen«, sagte Bergholm energisch. »Einmal stand ich bis zur Taille in Leichen. Aber das war trotzdem das Übelste.«

»Hatte sie eine Erklärung?«

»Sie hatte es satt, mit ihm Gassi zu gehen ...« Bergholm legte den Schraubenzieher weg und schaute Johansson an. Zornrot. »Das ist einfach nur übel«, knurrte er. »Ich habe auch einen Hund ... einen Dackel.«

»Und du bist sicher, was diese Geschichte mit Kallin angeht. Dass er sich aus Versehen erschossen hat«, sagte Johansson, um ihn abzulenken.

»Hundert Prozent«, sagte Bergholm enthusiastisch. »Und es war ein großes Glück, dass es so gelaufen ist. Es hätte viel, viel böser enden können ... für die Kollegen.«

»Dann danke ich dir für deine Hilfe«, sagte Johansson lächelnd. »War sehr lehrreich.« *Komischen Beruf hast du*, dachte er.

187

»Es hat die ganze Zeit geklingelt.« Seine Sekretärin schaute ihn an, freundlich und neutral, während sie ihm einige aneinander geheftete Zettel reichte.

»Irgendwas Wichtiges?«, fragte Johansson mit abwehrender Geste in Richtung dieser Mitteilungen.

»Drei Zeitungen, ein Radiosender, Fernsehen ... Rapport und Aktuell ...«, sie blätterte rasch, während sie vorlas, »die möchten wissen, ob du heute Abend in den Nachrichten bei einer Diskussion mitmachen kannst. Sie bringen einen Beitrag über Misshandlung bei der Polizei.«

»Ha«, sagte Johansson. »Mitten in einer laufenden Ermittlung. Was zum Teufel soll ich denn dazu sagen? Verdammte Idioten«, erklärte er nachdrücklich. »Sag ihnen, dass die Ermittlungen noch nicht abgeschlossen sind und dass wir so schnell arbeiten, wie wir nur können, und überhaupt ...« *Aber sag ja kein Wort über Jansson,* dachte er.

»Dann hat auch noch ein Direktor Waltin angerufen.« Sie schaute auf den Zettel. »Dem schien es sehr wichtig zu sein.«

»Ich überlege, ein bisschen Geld anzulegen«, sagte Johansson und nahm ihr den Zettel aus der Hand.

»Ach was«, sagte sie mit ihrer freundlichen und neutralen Miene. »Es schien ihm jedenfalls sehr wichtig zu sein.«

»Kann ich verstehen«, sagte Johansson grinsend. »Der hat sicher gehört, was wir hier verdienen.«

40

Johansson und Waltin trafen sich in einem kleinen italienischen Restaurant in der City. Es war fast leer im Lokal, und so war es kein Problem, einen Tisch in einer ungestörten Ecke zu finden. Johansson bat zuerst um einen doppelten Espresso, bereute es dann plötzlich und nahm lieber eine kleine Lasagne. Und ein Bier. Waltin gab sich mit Kaffee zufrieden. Er wehrte die Speisekarte mit einem Lächeln ab.

»Ich muss heute Abend repräsentieren«, erklärte er.

Ja, kann ich mir vorstellen, dachte Johansson. Er sah sich den gut angezogenen Kollegen auf der anderen Seite des Tisches an. Hellbrauner Anzug mit Weste und diskreter Seidenschlips in einem dunkleren Farbton mit einem schmalen weinroten Streifen. Er mochte zwar Polizist sein, aber man konnte ihm nicht vorwerfen, wie einer auszusehen. In Johanssons Alter, allerdings mit mehr Furchen im Gesicht. Er sah aus wie einer, der hart lebt und das genießt. Seine Augen waren freundlich und interessiert, ohne so wach zu wirken, dass sie Misstrauen erregen oder sein Gegenüber auch nur beunruhigen könnten.

»Unser großes Projekt läuft ganz nach Plan. Bald können wir es den Juristen überlassen, und dann haben wir einen Posten frei.« Waltin lachte leise und zufrieden.

Und auf den kann ich den anderen Jansson setzen, dachte Johansson. Über Mordjansson konnte man sagen, was man wollte, aber einen korrupten Eindruck machte er nicht. Und wer würde auch sein Geld beim Versuch aus dem Fenster werfen, ihn zu bestechen?

»Erzähl«, sagte er. »Wenn du kannst.«

Waltin nickte freundlich.

»Er hat sich gestern mit seinem Kontakt getroffen«, erklärte er. »Sie sind mit dem Wagen nach Södertälje und zurück gefahren. Blöderweise mit seinem eigenen Auto.« Er lächelte ironisch und zuckte bedauernd mit seinen maßgeschneiderten Schultern. »Unsere Leute haben ihn die ganze Zeit im Auge behalten und mitgeschnitten.«

»Ja, aha«, sagte Johansson. »Und man hat sich vertraulich unterhalten.«

»Es war sehr interessant.« Waltin nickte dem Kellner, der Essen, Bier und Kaffee brachte, freundlich zu und entfernte seinen schwarzen Diplomatenkoffer vom Tisch. »Ich glaube, er kann mit einem längeren Vertrag rechnen. Mindestens fünf Jahre. Vielleicht sogar zehn, wenn Gott gütig ist.«

»Danke«, sagte Johansson und nickte dem Kellner zu. Der verbeugte sich und verschwand.

»Glaubst du«, fügte er nachdenklich hinzu. *Komisch, dass wir uns nie über den Weg gelaufen sind, du und ich*, dachte er. Wir sind beide Polizisten in Stockholm, ungefähr gleich alt, und ich sitze seit unendlich vielen Jahren in der Personalabteilung, ich müsste es also wissen.

»Jaa?« Waltin musterte ihn fragend.

»Ich habe eben überlegt, warum wir uns noch nie begegnet sind«, sagte Johansson. »Aber das hat vielleicht keinen Zweck.«

»Sag das nicht«, sagte Waltin mit freundlichem Lächeln. »Ich hab viel von dir gehört.«

»Was denn?«, fragte Johansson und ließ seine Gabel sinken.

»Nur Gutes. Ganz bestimmt.« Waltin lächelte abwehrend und legte leicht die Hand auf Johanssons Arm. »Ein absolut ehrenhafter Norrländer.« Er lachte leise, aber nicht ironisch oder hämisch.

»Ja.« Johansson nickte. »Das bin ich. Nüchtern, genügsam und pflichtbewusst. Wie läuft es eigentlich mit den anderen? Mit Berg und Co.?«

Berg, Borg, Mikkelson, Orrvik und Åström. Seit Johansson eine Woche zuvor bei Waltin aufgekreuzt war, hatten zwei Mann von der Firma »sich ein paar Kreditauskünfte über sie besorgt«, obwohl es eigentlich zweifelhaft war, ob das in ihr Ressort fiel. Wie Waltin schon bei der ersten Begegnung gesagt hatte, arbeiteten Berg und seine Kameraden gewissermaßen »auf der falschen Ebene«, »beim Bodensatz der Gesellschaft«, was an und für sich im Hinblick auf ihre Funktion nur natürlich war. Waltin hatte in dieser Hinsicht keine Vorurteile. Das betonte er ganz bewusst. Rein gar keine.

Beim Bodensatz der Gesellschaft wurde ziemlich viel geklagt. Das behaupteten die Kontakte, die AS AKILLEUS trotz allem am falschen Ende der gesellschaftlichen Pyramide besaß. Insgesamt liefen die Klagen darauf hinaus, dass Berg und die anderen pedantisch seien und mit der Klientel nicht verhandeln mochten. Sie hielten sich bis ins Detail an die Vorschriften und weigerten sich schlankweg, den Standpunkt der Gegenseite einzubeziehen.

Johansson hörte aufmerksam zu. *Das kann man dir ja wirklich nicht vorwerfen,* dachte er.

»Sorgfältige Burschen.« Waltin lächelte. »Eine richtig altmodische Streife, heißt es. Die natürlich jede Menge Möglichkeiten hat, was Extraeinkünfte und Kontakte angeht.« Wieder lachte er und schüttelte bedauernd den Kopf.

»Angeblich sind sie auch ziemlich gemein. Frustriert natürlich.« Waltin schien das zu verstehen.

»Nichts von Interesse also«, folgerte Johansson.

»Nein«, sagte Waltin und zuckte mit den Schultern. »Das übliche Gerede der kleinen Gauner ... aber das ist ja nicht mal mehr für die Presse interessant. Onkel Nisse ist da wohl die Ausnahme.« Er lächelte und schüttelte mitfühlend den Kopf. »Kein Geld, keine Kontakte. Harte Zeiten für die Reinemachbranche.« Dann wurde er ernst. »Aber unser Hauptprojekt. Da können wir bald etwas unternehmen.«

Johansson nickte stumm. *Und was soll ich mit dir anfangen,* überlegte er. An dem Tag, da du der Versuchung nicht widerstehen kannst?

41

Hier bekommst du keine Antwort. Johansson war an der Ecke Klara Norra Kyrkogata und Gamla Brogata stehen geblieben. Ziemlich genau an der Stelle, an der Nils Rune Nilsson elf Tage zuvor aufgegriffen worden war.

In dem engen Straßenstück zwischen Kungsgata und Bryggargata lagen zwei Pornokinos und fünf normale Pornoläden. Außerdem gab es einen Sportladen und zwei Geschäfte, die Jeans und gebrauchte Militärkleidung für Jugendliche verkauften. Sonst nichts.

Eins der Kinos war bis zum Verbot ein Sexclub gewesen. Jetzt wurden hier Pornofilme und Stripteasenummern gezeigt, die nicht unter das Verbot fielen. Die engen Zellen im Keller, in denen früher »privat posiert« worden war, waren in »private Filmvorführungsräume« umgetauft worden. Geneigte Besucher konnten sich hier in aller Ruhe den Film ihrer Wahl ansehen und sich ansonsten um ihr eigenes Wohl kümmern. Wer eine altmodische Livevorführung wünschte, konnte sich von einer der weiblichen Angestellten des Etablissements in ein um die Ecke gelegenes Flohhotel begleiten lassen, wo die Zimmer stundenweise vermietet wurden.

Johansson zum Beispiel. Er stand erst fünf Minuten zwischen den Regalen mit Filmkassetten, Pornozeitschriften und allerlei exotischen Hilfsmitteln (er wusste nicht mal so recht, wozu die benutzt wurden), als eine »Verkäuferin« sich seiner annahm.

»... falls dich das interessiert«, sagte sie lächelnd.

Um sie nicht zu enttäuschen, schielte er lüstern zu ihrem tiefen Ausschnitt hinüber und versuchte auszusehen wie ein Landei mit unsittlichen Absichten. *Dass zwanzig Kilo so einen Unterschied ausmachen können.* Hätte sie ihm dieses Angebot vor zehn Jahren gemacht, wäre das die pure Provokation gewesen. Damals hätte nicht mal eine Nutte mit zwei Emailleaugen seinen Beruf verkennen können.

»Hast du denn gar keine Angst vor einer Lungenentzündung?«, fragte Johansson. Dann hielt er ihr seinen Ausweis mit dem Wappen unter die Nase und zerstörte eine Illusion.

Die Gleichgültigkeit unter normalen, netten Leuten konnte er morgens und abends studieren, wenn er zwischen seiner Wohnung und seinem Arbeitsplatz mit der U-Bahn hin- und herfuhr. Leere Gesichter mit den Löchern leerer Augen. Die aufgeschlagenen Zeitungen, die als Schutzschild gegen die Umgebung fungierten. Die ostentative Taubheit, wenn jemand die Stimme hob. Die leichte Kursänderung, wenn der Menschenstrom den Betrunkenen umrundete, der im gefliesten Gang zu den kameraüberwachten Sperren umgekippt war.

Hier im Pornokino war man nicht unsehend, sondern selektiv blind. Elf Tage minus einige Stunden zuvor hatte eine Streife Onkel Nisse unmittelbar vor dem Eingang einkassiert. Das war sicher kein ungewöhnliches Ereignis, aber Johansson wusste immerhin, dass es dem Personal aufgefallen war.

Einsamkeit und Not hatten Dienst rund um die Uhr. Die freien Gewerbe passten sich an, soweit es finanziell tragbar war und die Behörden es zuließen. Hier hielt man bis Mitternacht offen, und es mussten Leute im Lokal gewesen sein. Aber niemand hatte etwas gesehen. Niemand kannte andere, die etwas gesehen haben könnten. Sie wussten nicht einmal die Namen ihrer Kolleginnen oder den des Besitzers.

Johansson war aus einem Impuls heraus hier erschienen. Als er und Waltin sich getrennt hatten, war er plötzlich auf die Idee gekommen, sich einige der frisch eingenommenen Kalorien wegzuspazieren. Die Klara Norra Kyrkogata lag auf dem Weg vom Restaurant, wo sie sich getroffen hatten, zur U-Bahn beim Hauptbahnhof, von wo der Zug nach Hause fuhr. Der Rest folgte alten Reflexen aus der Zeit vor den langen Jahren hinterm Schreibtisch in der Personalabteilung des Landeskriminalamts.

Die Reflexe waren noch immer vorhanden. Seine alte Überzeugung auch.

Verdammt, dachte er, als er wieder auf der Straße stand. Verdammt, was für ein Scheißjob.

42

Vor etwa vier Jahren, ehe die Tochter geboren worden war, hatten Wesslén und seine Freundin eine Woche Ferien in London verbracht. Eines Abends waren sie in einem Spielclub in Mayfair gelandet. Eine Geschäftsverbindung der Frau, die er liebte, hatte sie nach drei Stunden in einem japanischen Restaurant hingeschleppt. Wesslén schwärmte nicht gerade für Spielclubs, nicht mal für legale wie diesen hier, aber er hatte bereitwillig nachgegeben, als er das begeisterte Funkeln in ihren Augen gesehen hatte. Außerdem hatte er sich die langen Beine vertreten müssen.

Während Freundin und Geschäftskontakt sich beim Roulette königlich amüsierten, sich mit den Computern abmühten und natürlich hundertprozentig Gewinn bringende Systeme hatten, wanderte er selbst durch die Räumlichkeiten. Er wusste so gut wie nichts übers Glücksspiel, aber der Einrichtung konnte er entnehmen, dass das Unternehmen nicht auf altruistischer Basis existierte.

Hinter einer diskreten Trennwand in der prachtvollen Lobby fand er eine lange Reihe von Spielautomaten. Chromglänzende einarmige Banditen, in denen, zog man an einem Hebel, Herzasse, Kirschen und Joker vorüberflimmerten. Hier und dort klirrte es, und einige Münzen kullerten hervor und landeten in einem Fach unter dem dicken Bauch des Apparats. Die Spielenden rafften sie mit geübtem Griff zusammen und stopften sie wieder hinein. In regelmäßigen Abständen zuckte jemand mit den Schultern und ging.

Wesslén fand Glücksspiel langweilig, interessierte sich aber durchaus für die technischen Finessen, und schon bald juckte es ihm in den langen Fingern. Er suchte sich in seinen Taschen eine Hand voll kleiner Münzen zusammen, fand einen freien Apparat und fütterte den Einwurfschlitz. Dann zog er an dem langen Hebel, ließ ihn los und schaute interessiert zu, als das rotierende Rad anhielt. Eins und eins und eins und eins …

Fünf Gnomengesichter nebeneinander grinsten ihn an.

Aus dem Apparat quoll eine glitzernde Flut an Bildern, und erst nach einer Ewigkeit schlug die Flutwelle in einen scheppernden Hagelsturm um. Als es endlich still wurde, war das Fach unten übervoll, und Wessléns Mund war wie ausgedörrt, obwohl er aus der Quelle der ewigen Jugend hatte trinken dürfen.

»Meinen Glückwunsch, Sir«, sagte einer der Aufseher höflich. »Ich werde den Gewinn ausrechnen und einwechseln lassen.«

An diesem Donnerstagvormittag passierte es wieder. Da er nichts Besonderes zu tun hatte, beschloss er, seiner Sekretärin zu helfen. Während sie allgemeine Daten aus den Bevölkerungsregistern holte, setzte er sich neben sie vor einen Bildschirm und gab Namen und Nummer von *Djurdjevic, Boris* ins allgemeine Fahndungsregister ein.

Ei der Daus, dachte Wesslén, als er die Verweise sah, die sich nun quer über den Bildschirm zogen. Du warst ja offenbar das Objekt von allerlei polizeilichem Interesse.

Boris Djurdjevic war im Sommer 1964 nach Schweden gekommen. Aus einem Bergdorf in Dalmatien in die Torslandafabrik in Hisingen. Die Fahrt von Split im firmeneigenen Bus hatte drei Tage gedauert, und alles war in einem Sommer passiert.

Die weißen Steinhäuser, die sich an die Felswand klammerten. Die Straße, die sich vom Meer hochschlängelte und in den Kurven mit Steinscherben ausgebessert worden war. Nicht wegen der Esel, sondern um jeden Freitag und Montag den Bus aus Makarska passieren zu lassen. Um die neue Zeit durchzulassen, den Fiat des Milizenführers, den Java des Bürgermeisters und die Fremden aus dem fernen

Schweden. Sie kamen mit zwei Autos und einem speziell konstruierten Bus mit Röntgenapparat. Drei Mann von Volvo, ein Dolmetscher und ein Arzt. Und ein Bürgermeister, der ebenso eifrig war, wie man ihn bestochen hatte. Sie wurden schon lange erwartet. Von den alten Leuten in schwarzen Kopftüchern, dicken Strickjacken, Schirmmützen und Wintermänteln. Vor allem aber von Milan, Dusan, Branko, Marko, Janko und Boris.

Ärztliche Untersuchung, Papiere. Brust abhören, den Rücken abklopfen, in den Mund schauen und angesichts der weißen Reihen zufrieden lächeln. Genau wie beim Kauf eines Esels oder eines Gauls.

Die Vorhaut hochziehen. Geschlechtskrankheiten? Hier? Wie sollte das möglich sein? Hier machte man es nicht einmal mit Eseln.

Dann ging es los, und Boris sang im Bus am lautesten. Ganz hinten, die Arme umeinander gelegt, Milan, Branko, Marko, Janko und Boris. Zurück ließen sie die alten Leute und Dusan mit dem nicht richtig verheilten Beinbruch aus seiner Kindheit. Und natürlich noch etliche Frauen ihres eigenen Alters. Wo immer die sich versteckt halten mochten.

Dichterische Freiheit?

Schon möglich. So schildert es jedenfalls Djurdjevic selbst. In einer Serie von Interviews mit Zuwanderern in einer Illustrierten, die Djurdjevic als Erfolgsbeispiel vorführte. Die Interviews stammten aus dem Jahr 1975. Drei Jahre zuvor war er schwedischer Staatsbürger geworden, hatte eine Schwedin geheiratet, hatte bei Volvo gekündigt und war nach Stockholm gezogen. Alles innerhalb eines Jahres. In den folgenden drei Jahren hatte er sich pro Jahr ein Kind zugelegt und – nach eigenen Aussagen – pro Kind eine Million verdient. Und es ist der Millionär Djurdjevic, der jetzt die Aufmerksamkeit der Behörden auf sich lenkt. Wesslén fand die vergilbten Zeitungsausschnitte im Ermittlungsdossier. Auf das Dossier war auf dem Bildschirm hingewiesen worden, und die Akte über Djurdjevic hatte die zentrale Ermittlungsabteilung der Stockholmer Polizei bereits wenige Monate nach dem Interview angelegt.

Djurdjevic erhält Anfang Juni 1972 die schwedische Staatsbürgerschaft. In derselben Woche verlässt er das Fließband bei Volvo, und ehe der Sommer viel weiter vorrücken kann, ist er legaler Besitzer von drei älteren Mietshäusern in Mölndal, einer Nachbargemeinde von Göteborg. Ein Jahr drauf hat er seine Häuser mit gutem Gewinn verkauft und ist Ziel der ersten Serie von ergebnislosen Steuerprüfungen.

In den folgenden zehn Jahren taucht er in allen »klassischen« Branchen auf, Mietshäuser, Restaurants, Squashhallen, Ferienwohnungen, Handel mit Edelmetall. Schnelles Zupacken in den Wellentälern der Konjunktur, weg mit der Chose, wenn die Preise den Höhepunkt erreichen. Er reitet auf den Wellen, solange die tragen, und springt dann im richtigen Moment ab.

Wesslén las den ganzen Tag Berichte über den Akrobaten Djurdjevic. Die Jahre als Betrugsermittler hatten ihn genug über Geschäfte gelehrt, um in ihm Bewunderung für diesen Mann zu wecken und ihn begreifen zu lassen, dass es sich hier vor allem um Balancierkünste handelte. Aber auch um genau kalkulierte Risiken – wie man es schließlich von einem echten Artisten verlangen kann –, die das fremde Kapital und die elastischen Verantwortlichkeitsregeln des Aktiengesetzes als Sicherheitsnetz benutzten.

Wesslén konnte den Einsatz von Steuerfahndern, Konkursrichtern und immer neuen Steuerkontrollen sehr gut verstehen. Und noch besser verstand er, warum bei all dem nichts herausgekommen war.

Etwas anderes dagegen verstand er nicht. Djurdjevic hatte mit Sicherheit etliche Millionen auf ganz legalem Weg verdient. Wie viel er auf anderen Wegen eingesackt hatte, ließ sich aus dem einfachen Grund nicht sagen, dass mit wenigen Ausnahmen der gegen ihn gerichtete Verdacht nicht fundiert genug war, um Ungesetzlichkeiten zweifelsfrei feststellen zu können. Doch wenn er es getan hatte, sprach nichts für die Annahme, dass er dabei weniger glücklich gewesen war.

Auf jeden Fall hätte er viele seiner Zaubernummern vermeiden und sich damit auch allerlei Ärger ersparen können. Die Unmengen von Firmen, seltsamen Finanzierungsmethoden, Konkursen und unsauberen Überschreibungen konnten nicht auf finanzielle Absichten zurückgeführt werden, sondern mussten andere Gründe haben.

Allem Anschein nach waren Djurdjevics Frau Multimillionärin und seine drei minderjährigen Kinder Millionäre. Dazu waren sie nicht aus eigener Kraft gelangt, sondern durch seine Fürsorge. Er selbst war arm wie eine Kirchenmaus, ihm gehörte nicht mal ein Kleiderfetzen, bei ihm gab es ganz einfach nichts zu pfänden.

Der Kerl ist der geborene Hamster, dachte Wesslén, und das passte nur schwer zu den souveränen Balanceakten, die sein Markenzeichen waren. Kaum hatte Djurdjevic einen Coup gelandet – und seine ganze Geschäftslaufbahn war eine ununterbrochene Serie von kleinen und großen Coups –, schon holte er den Gewinn ein, investierte ihn auf absolut sichere, wenn auch nicht sonderlich rentable Weise und überschrieb alles Weib und Kindern. Immobilien, Industrieaktien, Staatsobligationen. Sogar große Bankkonten. Über all diese Transaktionen ließ sich dasselbe sagen: Sie waren absolut einwandfrei. Juristisch unangreifbar, hundert Prozent hieb- und stichfest. Das Einzige, was die ökonomische Existenz der Familie Djurdjevic gefährden könnte, wäre der totale Weltuntergang. Frau und Kinder besaßen Immobilien in Schweden, Spanien, Frankreich, Florida und Westindien. Nichts Umwerfendes, aber doch genug, um ein mögliches Exil einigermaßen erträglich zu gestalten.

Sie hatten Aktien bei IBM, japanischen Elektronikunternehmen, einem Druckereikonzern in der BRD, bei Volvo und SKF. Als Reisekasse dienten etliche Kilo Feingold mit Stempel des Crédit Suisse und eine nicht geringe Menge Silberbarren der Boliden AB.

Bestimmt hatte er eine schwere Kindheit, dachte Wesslén, und obwohl er nicht mehr darüber wusste, als was Djurdjevic in dem Interview erzählt hatte, lag er sicher absolut richtig.

Die Akrobatik war Folge der Hamsterphilosophie. Djurdjevic hatte ganz einfach kein eigenes Geld, das er hätte investieren können.

Das Interesse der Polizei an ihm war leicht zu verstehen. In den Abteilungen für Wirtschaftsvergehen war er seit über zehn Jahren ein Dauerbrenner. Gerüchte rankten sich um ihn, die einen amerikanischen Paten wie einen Konfirmanden dastehen ließen, und in seiner Umgebung gab es Personen genug, die nachhaltigst auf den Hintern gefallen waren. Seine Kameraden aus dem Bus zum Beispiel. Die Jugomafia, wie sie im Stockholmer Polizeirevier genannt wurden. Janko war als Bankräuber aus dem Verkehr gezogen worden, Milan saß eine längere Strafe wegen grober Hehlerei, illegaler Clubtätigkeit und schlichter Brandstiftung mit Todesfolge ab. Beide waren mit Foto, Fingerabdrücken und eigenen Akten in den Archiven der Polizei vertreten. Milan, Branko, Marko und Janko waren schon lange dort, bei Boris jedoch hatte es gedauert, bis Gerüchte und Verdächtigungen sich hinreichend verdichtet hatten, um auf dem Tisch des Gerichts zu landen.

Es war schon später Nachmittag am Donnerstag, dem neunzehnten September, als Wesslén auf das finale und katastrophale Ereignis stieß, das genau acht Monate zuvor für Boris Djurdjevic den Schlussstrich bedeutet hatte.

Am Abend des achtzehnten Januar hatte er dem Mann,

der neben ihm auf dem Vordersitz seines geleasten BMW saß, zweihundert Gramm Heroin überreicht und dafür hunderttausend Kronen erhalten. Als er das Geld zählt, zieht der Käufer eine Walther und einen Polizeiausweis hervor, und zugleich tauchen aus dem Nichts die Kollegen von der Drogenfahndung auf, zerren Boris Djurdjevic aus seinem Auto und legen ihm Handschellen an. Schluss für Boris Djurdjevic und eine lange und ungewöhnlich erfolgreiche polizeiliche Infiltration.

Zwei Monate drauf wurde er zu zehn Jahren Haft wegen grober Drogenverstöße verurteilt, und das Urteil wurde später im Sommer von einer höheren Instanz bekräftigt. Wer der Infiltrator war, ging aus den Ermittlungsunterlagen und den Gerichtsprotokollen nicht hervor, solche Auskünfte wurden immer und aus nahe liegenden Gründen geheim gehalten, aber angesichts der gewaltigen und ergebnislosen Anstrengungen, die von der Polizei mehr als ein Jahrzehnt hindurch unternommen worden waren, bestand für diesen sicher kein sonderlicher Grund zur Zufriedenheit.

Eigentlich gab es nur ein Problem. Für Wesslén war die ganze Geschichte vollständig unbegreiflich.

Gier ist stärker als Weisheit, dachte Wesslén, und sein Gesicht sah aus wie ein großes Fragezeichen. Dr. Jekyll und Mr. Hyde, dachte er. Dann schüttelte er den Kopf, erhob sich von seinen Papieren und ging rüber zu seiner Sekretärin.

»Ich fahre morgen nach Kumla«, sagte er. »Ich möchte mit Boris Djurdjevic reden. Kannst du da anrufen und fragen, ob das recht ist?«

43

Freitagvormittag: Wesslén war zum Gefängnis Kumla gefahren, um mit Boris Djurdjevic zu sprechen. Oder um zumindest den Versuch zu machen. Nils Rune Nilsson lag in einem länglichen Kühlfach in der Gerichtsmedizin in Solna. In einigen Stunden würde der Gerichtsmediziner ihn vom Hausmeister in den Obduktionssaal fahren und auf einen der Arbeitstische aus rostfreiem Stahl legen lassen. Danach würden Johansson und alle anderen informiert werden. Den Morgenzeitungen hatte Johansson entnommen, dass unter anderem zwei Leitartikler »großen Wert darauf legten«, endlich zu erfahren, was elf Tage zuvor im Arrest des WD 1 geschehen war.

Was Jansson trieb, wusste Gott allein.

Johansson hatte bereits mit dem Obersten Direktor, zwei Abteilungschefs, zwei Bürochefs und einem halben Dutzend Polizeidirektoren, von denen einer er selbst war, eine Budgetsitzung abgehalten. Den restlichen Tag hatte er freigeräumt. Sein Terminkalender hatte von Terminen nur so gewimmelt, jetzt hatte er sie samt und sonders gestrichen und abgesagt. Er musste etwas erledigen. Und zwar am liebsten ein wenig altmodisch ehrsame Kripoarbeit, obwohl er es zuletzt vor mehr als zehn Jahren mit einer waschechten Ermittlung zu tun gehabt hatte. Wenn man von der vergangenen Woche und seinen erbärmlichen Bemühungen im Fall Nilsson absah. Konnte es doch ein Verbrechen gewesen sein? Vor nur vierundzwanzig Stunden hatten er und Wesslén sich noch für einen Unfall entschieden.

Eine Änderung war vonnöten. Ordnung und System, gerade Linien und kariertes Papier. Keine detektivischen Grillen auf Basis des verirrten Gebrabbels eines alten Säufers, der keine Ahnung hatte, was er so sagte. Das grüne Musiklexikon hatte er mit nach Hause in die Wollmar Yxkullsgata genommen. Die Rechnung über zweihundertfünfzig Kronen hatte er aus eigener Tasche bezahlt, und er gedachte nicht einmal, sie von der Steuer abzusetzen. *Er hatte auch nicht vor, das Buch jemals wieder aufzuschlagen.*

Johansson schrieb. Zwei Reihen von Namen. In der linken Reihe standen die Namen von fünf ganz normalen

schwedischen Polizisten mit normalen schwedischen Vornamen, die hinzuschreiben er sich nicht die Mühe gemacht
hatte. In der rechten Reihe standen zehn Namen. Nachnamen und sämtliche Vornamen, wie es bei der Polizei Brauch
war, wenn es um solche Personen ging. Obwohl mindestens
acht davon den dringenden Wunsch geäußert hatten, als
Opfer betrachtet zu werden. *Opfer links aufstellen.* Johansson verzog den linken Mundwinkel zu einem Grinsen, das
nicht durch und durch sympathisch wirkte, aber da niemand ihn sehen konnte, war das ja egal.

	Djurdjevic, Boris
	Välitalo, Peter Sakari
Berg	Carlsson, Glenn Robert
Borg	Karlberg, Erik Valdemar
Mikkelson	Czajkowksi, Daniel
Orrvik	al Katib, Ghassan
Åström	Kabil, Muhammed
	Kallin, Klas Georg
	Sirén, Ritva
	Nilsson, Nils Rune

Insgesamt fünfzehn Personen, zwei davon tot. Das war der
menschliche Teil seines Ermittlungsmaterials, falls nicht
noch weitere dazukommen würden. *Und dann der Arrestwärter natürlich,* aber der war ja bloß zivilangestellt.

»Herein«, sagte Johansson. Dem leisen Klopfen hatte er
schon entnommen, dass es sich um seine Sekretärin handelte.

»Mit Gruß von Wesslén«, sagte sie und reichte ihm einen
ordentlich in einem roten Plastikordner verstauten Stapel
Unterlagen.

Immer dieser Wesslén, dachte Johansson, sah aber nicht
ganz unzufrieden aus.

Als Johansson mit Lesen fertig war, es waren nur einige Seiten, und er hatte nicht lange gebraucht, nickte er langsam. Ab und zu spielte er Schach mit seinem fünfzehnjährigen Sohn und versuchte immer, so früh wie möglich so viele Figuren wie möglich loszuwerden. Er konnte dann leichter denken, und das Spiel kam ihm sauberer vor. Er sah auch keinen weiteren Zusammenhang zwischen dieser Taktik und der Tatsache, dass er bei diesen Partien immer verlor. *Im Gegenteil. Es war doch nett, dass der Kleine gewinnen durfte.*

Jetzt nickte er langsam, und obwohl er nicht Schach spielte, dachte er genauso, als er zu seinem Kugelschreiber griff und anfing, Namen in der rechten Spalte durchzustreichen.

Zuerst Carlsson und Karlberg. Dann al Katib und Kabil. Endlich Kallin und Nilsson. Hinter die beiden letzten Namen zeichnete er ein kleines Kreuz. Sicherheitshalber, obwohl es keinen Unterschied gemacht hätte.

Die verlorene Generation, dachte Johansson. Was unlogisch sein mochte, denn Carlsson und Nilsson trennten doch immerhin fünfundvierzig Jahre.

Übrig blieben vier Namen: Djurdjevic, Välitalo, Czajkowski und Sirén. *Praktisch und machbar,* dachte Johansson. Und hohe Zeit, ein paar arbeitsteilige Funktionen einzuführen. Zum Beispiel festzustellen, was Jansson eigentlich trieb. Ehe der noch mehr Scheiß baute.

44

Verlorene Generation. Nicht Hemingway hat das gesagt, sondern Gertrude Stein, und die hat das angeblich von einem Tankstellenbesitzer in Texas.

In diesem Jahr waren in Stockholm an die zehntausend Menschen gestorben. Um einiges mehr als die knapp siebentausend, die geboren worden waren. Klas Georg Kallin und Nils Rune Nilsson waren zwei davon. Verloren – wenn auch nicht für immer, so doch fürs Irdische. Im Tod registriert, im Leben vor allem beschwerlich. Geboren in unterschiedlichen Generationen, aber doch absolut den Verlorenen zuzurechnen.

Andere gingen verloren, ohne zu sterben, und vermutlich waren diese gemeint, als sich der Tankstellenbesitzer mit Frau Stein unterhalten hatte. Falls er das getan hatte. In der Literatur wird ja so verdammt viel gelogen.

Ghassan al Katib und Muhammed Kabil zum Beispiel. Ob die noch leben, ist unbekannt. Unter welchen Umständen ebenfalls. Wir können jedoch mit Sicherheit feststellen, dass sie der schwedischen Justiz in Zusammenhang mit ihren Anklagen gegen Polizeiassistent Mikkelson verloren gegangen sind. Ob Mikkelson sie wirklich getreten und geschlagen hat, ob er sie als »Kanacken« und »Affenficker« bezeichnet hat, wird also eine der vielen juristischen Fragen sein, die in diesem Jahr unbeantwortet bleiben müssen. Verlorenes Wissen, wenn man so will. Peanuts, sagen andere.

Katib und Kabil waren im Herbst des Vorjahres nach Schweden gekommen. Palästinensische Flüchtlinge, deren genaue Heimat nicht bekannt ist. Ihren eigenen Auskünften den schwedischen Behörden gegenüber zufolge, haben sie in el-Bekaa gelebt, dem Bekatal. Einem verhältnismäßig fruchtbaren Gebiet im Flusstal des Litani im nordöstlichen Libanon. Krieg und Katastrophen waren über sie hereingebrochen und hatten sie und ihre Familien schließlich in einem Auffanglager für politische Flüchtlinge bei Hallstavik im nördlichen Uppland, fünftausend Kilometer weiter im Norden, enden lassen.

Zu Beginn des Jahres wurden sie nach Stockholm verlegt. Während sie auf die Entscheidung der Ausländerbehörden über eine Aufenthaltsgenehmigung warteten, bekamen sie Sprachunterricht und wurden in einem Gästehaus draußen in Lidingö untergebracht. Im Frühjahr scheinen sie in politische Aktivitäten verwickelt gewesen zu sein, aber worin die bestanden, hat sich nicht feststellen lassen. Egal, die Sicherheitspolizei verlangte jedenfalls ihre Ausweisung. Der entsprechende Beschluss wurde von der Ausländerbehörde gefasst und am vierten Juli von der Regierung gebilligt, also einen knappen Monat nach ihrem Zusammenstoß mit Mikkelson in der Stockholmer U-Bahn.

Mitten in der Nacht des Tages, an dem der Beschluss gefallen war, wurden al Katib und Kabil draußen in Lidingö von der Polizei abgeholt. Bis zum zweiten August – vorher war keine Abschiebung möglich – wurden sie in der Haftanstalt Kronoberg untergebracht. Am Morgen des zweiten August wurden sie in die Maschine nach Kopenhagen gesetzt und von dort nach Beirut weiterbefördert.

Wer sie eigentlich waren, wissen wir kaum. Nicht einmal, welche Religion sie hatten. Eine andere klassische Frage in solchen Zusammenhängen. Bei seiner ersten Vernehmung durch die Polizei in Marsta hatte al Katib auf die Frage folgende Antwort gegeben:

»Ein Mensch, der kein Land hat, kann keinen Gott haben.«

Über Erik Waldemar Karlberg und Glenn Robert Carlsson wissen wir da schon um einiges mehr. Im Grunde glauben wir, alles zu wissen, bis auf den genauen Zeitpunkt, an dem sie verloren gegangen sind. Aus den umfangreichen Dossiers, die über sie angelegt wurden, scheint jedoch hervorzugehen, dass auch sie bei den verschiedenen Behörden und Sachverständigen Anlass zu gewissen geringfügigen Meinungsverschiedenheiten waren, was den Grund ihres Verlustes betrifft. Erik Valdemar Karlberg ist fünfzig, schwedischer Staatsbürger und nicht eingetragen im Personen- und Belastungsregister der Polizei, ist also nicht vorbestraft.

Fünfzehn Jahre lang ist Karlberg über mal längere, mal kürzere Zeiträume hinweg wegen psychischer Krankheiten

behandelt worden. In den letzten fünf Jahren im Krankenhaus Beckomberga. Sein Zustand hat sich zeitweise gebessert. Dann konnte er tagsüber die Klinik verlassen und in
Hjorthagen in einem Copyshop arbeiten, der mit staatlichen
Zuschüssen von einem gemeinnützigen Unternehmen eingerichtet wurde. März und April wurde er zur Probe entlassen und wohnte in einer Wohnung in Abrahamsberg, während er zugleich jeden Tag zur Kontrolle in die Klinik musste.

Dann verschlechterte sich sein Zustand drastisch. Unter
anderem, weil er sich weigerte, seine Medikamente zu nehmen. Karlberg selbst erklärte, dass »man ihn zu vergiften«
versuche. Mitte April wurde er in die geschlossene Abteilung eingewiesen. Diagnose: Schizophrenie.

Auf konkrete Fragen antwortet sein Arzt Folgendes: Karlberg kann sich in der Wirklichkeit einfach nicht orientieren.
Er leidet unter heftigem Verfolgungswahn und hegt einen so
tiefen Groll gegen seine Umgebung, vor allem gegen Behörden und Autoritätspersonen, dass er als Gefahr für andere
Menschen und deren Eigentum betrachtet werden muss.

Er besitzt keinerlei Einsicht in seine Krankheit und fühlt
sich verfolgt und ungerecht behandelt. Immer wieder
kommt er auf etwas zu sprechen, wodurch ihm »der Sinn
des Lebens unklar« geworden sei, aber er kann nicht näher
erläutern, was er damit meint. Es gibt auch keine Anzeichen
dafür, dass sein Zustand sich in absehbarer Zeit bessern
könnte.

Karlberg wurde in Ramnäs in Västmanland geboren, wo
sein Vater als Gießer in der Fabrik gearbeitet hat. Die Mutter war Hausfrau. Er ist der Jüngste von drei Geschwistern.
Soweit bekannt, sind ähnliche Probleme in seiner Familie
sonst nicht aufgetreten, doch da seine Eltern schon seit über
zwanzig Jahren tot sind, fällt es schwer, sich über mögliche
genetische Einflüsse in seinem Krankheitsbild zu äußern.

Nach sechs Jahren Volksschule und einem Jahr Handelsschule in Västerås wurde Karlberg mit siebzehn Jahren ebendort in der Rechnungsstelle vom Zentrallager von Asea eingestellt. Da arbeitete er dreizehn Jahre, dann zog er nach Stockholm und begann als Lagerleiter einer Großhandelsfirma in der Sanitärbranche. Um diese Zeit herum heiratete er und bekam mit seiner Frau innerhalb von drei Jahren zwei Kinder, einen Jungen und ein Mädchen.

Auslösende Ursache seiner psychischen Krankheit kann ein heftiger Konflikt mit seinen Arbeitskollegen gewesen sein, in den er einige Jahre später verwickelt wurde. Unter anderem hat er einige von ihnen wegen Diebstahls von Rohren und Sanitärwaren aus dem Lager der Firma angezeigt. Sein Chef hat die Anzeige jedoch nicht unterstützt, weshalb die Ermittlungen eingestellt wurden.

Die Lage am Arbeitsplatz wurde dann nach und nach unerträglich. Karlberg weigerte sich, einer freiwilligen Krankschreibung zuzustimmen, weshalb sein Chef keine andere Möglichkeit als die Kündigung sah. Die Begründung für die Kündigung wurde von Karlbergs Gewerkschaft akzeptiert.

Gleichzeitig mit der Kündigung reichte seine Frau die Scheidung ein. Ihr wurde auch das Sorgerecht für die beiden Kinder zugesprochen. Zwei Jahre drauf heiratete sie wieder und zog mit ihrem neuen Mann und den Kindern nach Südschweden. Auf gerichtlichen Entscheid hin wurde Karlberg das Umgangsrecht mit seinen Kinder entzogen. Begründet wurde das vor allem mit seinen psychischen Problemen, die immer schwerer wurden und nach Erkenntnis des Gerichts die »zukünftige psychische Gesundheit und soziale Anpassungsfähigkeit der Kinder« gefährden könnten. Im Alter von dreiundvierzig Jahren wurde Karlberg auf Grund seiner psychischen Erkrankung vorzeitig pensioniert. Auch diese Entscheidung wurde gegen seinen Willen getroffen.

Seine Anzeige gegen Polizeiinspektor Berg und dessen Kollegen scheint folgenden konkreten Grund gehabt zu haben: Am fünften April verständigen die Wohnungsnachbarn in Abrahamsberg die Polizei. Sie wissen, dass Karlberg »geisteskrank« ist, und geben an, sich von ihm »bedroht« zu fühlen. Karlberg hat sich zu mehreren Gelegenheiten seltsam verhalten. Unter anderem hat er Briefschlitz und Schlüsselloch seiner Wohnungstür verklebt. Er hat sogar zwei Kindern aus der Nachbarwohnung Prügel angedroht.

Die Polizei rückt in Gestalt von Berg & Co. an. Karlberg wird zur Vernehmung auf die Wache gebracht, von dort aber wenige Stunden später ins Krankenhaus Beckomberga überführt. Im Zusammenhang mit der Anzeige wird er darüber informiert, welche Polizisten die Festnahme vorgenommen hatten.

Glenn Robert Carlsson ist zwanzig, schwedischer Staatsbürger und vorbestraft.

Carlsson befindet sich seit Mai in der geschlossenen Abteilung der psychiatrischen Klinik Karsudden. Er ist als schizophren diagnostiziert worden und außerdem blind. Seine Ärzte halten ihn für absolut vernehmungsunfähig.

Carlsson wurde nach seiner Geburt in ein Pflegeheim gegeben und mit drei Jahren zum staatlichen Mündel erklärt. Seine Mutter ist sechsunddreißig, Junkie und Alkoholikerin. Sie sitzt derzeit in Hinseberg eine Haftstrafe wegen schwer wiegender Drogendelikte ab. Neben Glenn Robert hat sie drei weitere Kinder, die allesamt dem Jugendamt unterstehen. Glenn Roberts Vater ist unbekannt, da die Mutter sich geweigert hat, seinen Namen zu nennen.

Carlsson hat schon mit zehn Jahren angefangen, Alkohol und Drogen zu konsumieren. Er ist mehrfach vorbestraft und unter anderem wegen schwerer Körperverletzung und fahrlässiger Tötung zu einer Haftstrafe von zwei Jahren und sechs Monaten verurteilt worden.

Das fragliche Ereignis liegt zwei Jahre zurück und hat zu tun mit einer »Abrechnung in Drogenkreisen«, bei der

Carlsson in seiner Wohnung draußen in Akalla einen Fünf-undzwanzigjährigen erstochen hat.

Nach einem Ausbruch vor anderthalb Jahren wurde Carlsson in Stockholm von der Polizei gefasst und in eine Arrestzelle gebracht. Mit Hilfe einer eingeschmuggelten Gabel hat er sich im Laufe der Nacht der Sehfähigkeit des rechten Auges beraubt, indem er den Augapfel durchbohrt hat. Er konnte keine Erklärung für diese Tat geben. Da sein Zustand sich nicht änderte, wurde er ins Krankenhaus Långbro bei Stockholm überführt und von dort zwei Monate später nach Karsudden verlegt.

Am vierzehnten März kehrte er von einem genehmigten Ausgang nicht nach Karsudden zurück. Er wurde am sechzehnten März gefasst (von Polizeiinspektor Berg und anderen) und in die Haftanstalt Kronoberg verbracht. Irgendwann in der Nacht vom siebzehnten auf den achtzehnten hat er sich mit dem Zeigefinger den linken Augapfel durchbohrt und damit seine Sehfähigkeit zerstört. Er wurde morgens vom Gefängnispersonal gefunden und sofort ins Krankenhaus gebracht.

Auf die Frage, warum er das getan habe, sagte er: »Stimmen haben mir das aufgetragen, und ich finde nicht, dass es einen Unterschied macht.«

45

Die Tür zu Janssons Zimmer war geschlossen. Wenn er dort war, dann soff er sicher heimlich, und das wollte Johansson nicht mit eigenen Augen sehen müssen. Deshalb klopfte er energisch an die Tür und wartete einige Sekunden, bis er hineinging.

Jansson saß in sich zusammengesunken hinter seinem Schreibtisch und las interessiert in einem aufgeschlagenen Ordner. Er schien den Besucher nicht einmal bemerkt zu haben, aber soweit Johansson sehen konnte, befanden sich keine feuchten Waren in Reichweite.

»Setz dich, Johansson.« Jansson winkte mit einer fetten linken Hand, ohne von seinen Papieren aufzublicken.

Nüchtern? Brav ließ Johansson sich in den Sessel bei der Tür sinken.

»Wie geht's?«, fragte er.

»Danke, gut.« Jansson drehte sich mit einer gewissen Mühe um und sah ihn an. Er nickte nachdenklich, und seine Augen waren wie immer. Grau, traurig und blank. Er trug eine altmodische Hornbrille, die er in die Stirn geschoben hatte.

»Ich lese gerade die Unterlagen über die Ermittlungen im Todesfall Kallin.«

Stöhn, dachte Johansson.

»Hast du schon was Interessantes gefunden?«

»Ich weiß nicht.« Jansson schüttelte den Kopf. »Ich habe hier einen Auszug.« Er beugte sich vor, klappte den Ordner zu und reichte Johansson einen Computerausdruck.

»Von der Einsatzzentrale. Protokoll über die Festnahmemitteilungsroutine. Sämtliche Eintragungen für Bergs Gruppe vom Freitag, dem achtundzwanzigsten Juni. Dem Tag, an dem Kallin gestorben ist ...«

Johansson nickte wortlos.

»Ehe Berg und die anderen um achtzehn null fünf bei Kallin aufgekreuzt sind, haben sie eine Adressenkontrolle in der Kocksgata 17 auf Söder gemeldet. Die steht in der zweiten Reihe ... da auf der Liste. In der ersten Reihe steht, dass sie um sechzehn null null den Dienst antreten ... dann die Adressenkontrolle in der Kocksgata 17 um sechzehn fünfundvierzig ... zweite Reihe. Dann folgt die letzte Meldung. Adressenkontrolle Gamla Huddingeväg 350 um achtzehn null fünf. In der dritten Reihe. Das ist zu Hause bei Kallin.«

Johansson schaute den Ausdruck in seiner Hand an. *Er hatte immerhin eine nette Erinnerungsgabe.*

»Jaa«, sagte er. »Und?«

»Das ist Ritva Siréns Adresse.« Jansson sah aus wie ein erschöpfter Bluthund, was nicht nur an seinen Augen lag. »Diese Adresse hat sie bei ihrer Anzeige angegeben. Dort ist sie gemeldet.«

»Jaa«, sagte Johansson. »Das war vielleicht einer der Besuche, über die sie sich beschwert hat. Steht da was in den Vernehmungsprotokollen, die Lewin angefertigt hat?« Er versuchte nicht, seine Irritation zu verbergen.

»Nein.« Jansson schüttelte den Kopf »Lewin scheint überhaupt nicht darauf eingegangen zu sein.«

»Jansson«, sagte Johansson und seufzte. »Ich habe schon mit Lewin und Bergholm gesprochen, und beide sind absolut überzeugt davon, dass Kallin sich selbst erschossen hat. Vermutlich aus Versehen. Wir beschäftigen uns mit Nils Rune Nilsson. Wir können verdammt noch mal nicht auch noch ...«

»Nein, nein. Ich fand das nur interessant. Ein interessantes Zusammentreffen«, fiel Jansson ihm beschwichtigend ins Wort.

»... in diesem Scheiß herumrühren, nur weil Kollege Orrvik in Kallins Treppenhaus Schießübungen abgehalten hat«, endete Johansson unerbittlich.

»Jetzt machen wir das so«, fügte er hinzu. »Wesslén glaubt, dass wir Carlsson und Karlberg vergessen können. Die sitzen in der Klapse und sind nicht ansprechbar. Unsere arabischen Freunde ... Ghadaffi und Kabul oder wie die heißen ... hat die Regierung in den sonnigen Süden heimgeschickt, deshalb können wir auf die auch nicht zählen.«

»Ghassan al Katib und Muhammed Kabil«, korrigierte Jansson düster. »Es sind Palästinenser.«

»Genau«, erklärte Johansson nachdrücklich. »Kameltreiber. Wesslén ist nach Kumla gefahren, um mit Djurdjevic zu reden, und ich selbst wollte auf dem Heimweg mein Glück bei Frau Sirén versuchen. Aber es wäre ganz hervorragend, wenn du dir diesen Polacken Tjakowski vornehmen könntest.«

»Czajkowski«, korrigierte Jansson und nickte traurig. *Scheißhektik,* dachte er.

46

Jetzt meinte der Herbst es ernst. Er riss und zerrte an den mageren Ahornbäumen vor dem Haupteingang und verteilte seine Beute auf dem feuchtblanken Bürgersteig. Johansson klappte den Kragen seines Trenchcoats hoch und bog beim Rathaus links ab, in Richtung U-Bahn-Eingang. *Zeit für den anderen Mantel,* dachte er düster. In dem er aussah wie ein Zelt im Militärlager. Aber zuerst die Kocksgata und Frau Ritva Sirén.

Das Ermittlungsregister des Landeskriminalamts lag eine Treppe tiefer genau unter Janssons Zimmer. Dort saßen vier erwachsene Menschen, zwei für jedes Geschlecht, und starrten auf ihre schimmernden Bildschirme. Hier und dort summte jemand vor sich hin, schlug im Computerhandbuch etwas nach und machte sich an den Tasten zu schaffen. Aber niemand nahm irgendwelche Notiz von ihm.

Er selbst hatte auf seinem Schreibtisch einen blauen Karteikasten stehen gehabt. Damals als er in der Abteilung Gewalt gesessen und Bank- und Postüberfälle aufzuklären hatte. Es waren sicher an die dreißig Karten in seinem Kasten gewesen, eine für jeden Beteiligten, und er hatte ihre Eigenheiten und Besonderheiten darauf notiert. Auf die Rückseite hatte er die Fotos geklebt. Draußen in Hägersten gab es einen, der immer kurz vor Heiligabend dasselbe Postamt überfiel. Danach fuhr er nach Spanien, rief um Neujahr herum aus einer privaten Ausnüchterungsklinik in Barcelona an und bat Jansson, die Heimreise für ihn zu arrangieren.

»Jansson«, sagte er dann immer. »Ich habe die Wahrheit gesucht, die angeblich auf dem Boden der Flasche ruht, aber ich habe vergessen, was ich gefunden habe. Die Mauren gehen mir auf die Nerven, und ich sehne mich nach der schwedischen Scholle.«

»Sicher«, sagte Jansson dann. »Das mach ich schon. Willkommen daheim.«

Johansson wohnte in der Wollmar Yxkullsgata. Ritva Sirén wohnte in der Kocksgata. Beide also auf Söder, aber in entgegengesetzter Richtung. Als er beim Hauptbahnhof umsteigen wollte, wäre er aus alter Gewohnheit fast falsch gefahren, zum Mariatorg statt zum Medborgarplats. Am Ende hatte er die richtige Bahn gefunden und schaukelte gerade unter der Centralbrücke durch, mit dem grauen Wasser des Riddarfjärds auf beiden Seiten und der abgestuften Fassade der Munkbrücke links. Der Wagen war leer, und der braune Kunststoffsitz, auf dem sein Hintern ruhte, musste in irgendeiner sinnlosen Freitagnacht, wenn auf der Heimfahrt in die südlichen Vororte die Angst die einzige Reisegenossin war, erst noch zerschlitzt werden. Bis auf weiteres hatte man sich damit begnügt, mit schwarzem Filzstift die Wand voll zu sauen: »TOD ALLEN BULLEN«, forderte der Wandkünstler. *Versucht es doch einfach,* dachte Lars Martin Johansson müde.

»Kannst du mir diese Adresse zeigen?« Jansson reichte den Zettel mit Czajkowskis Namen und Nummer der Jüngsten der vier. Einer kleinen blonden Frau von vielleicht zwanzig, die verhältnismäßig menschlich wirkte.

»Sicher«, sagte sie und lächelte. »Kein Problem. Nur einen Moment noch.«

Die Kocksgata 17 war ein älteres Wohnhaus. Es lag an der Ecke zur Östgötagata und weckte Erinnerungen in Johansson. Während seiner Zeit bei der zentralen Ermittlungsabteilung hatte im Erdgeschoss ein Massageinstitut gelegen. Ein altes Ladenlokal, das in den fünfziger Jahren eine Fahrradwerkstatt, in den Sechzigern einen Fernsehladen und in den Siebzigern ein Bordell beherbergt hatte.

Im Winter 1976 war der damalige Kriminalinspektor Johansson als Ermittlungschef zu einem speziellen Prostitutionskommando der Stockholmer Polizei versetzt worden, und eine seiner letzten Amtshandlungen war es gewesen, den Puff in der Kocksgata 17 zu schließen und dafür zu sorgen, dass der Mann, der für den Mietvertrag zuständig war, im Knast landete. Jetzt war das Lokal verriegelt und verrammelt und schien das auch schon länger zu sein. Die Fenster waren schmutzig und innen mit Holzfaserplatten vernagelt. Es gab überhaupt keine Spur irgendwelcher Aktivitäten.

Aber die Umgebung hatte sich in den vergangenen Jahren verändert. Überall moderne Wohnkomplexe und renovierte ältere Häuser. Auf der anderen Straßenseite war offenbar alles Alte abgerissen worden, um einem großen roten Klinkerblock Platz zu machen, mit Sozialamt, Versicherung und Alkoholladen. Im Grunde war nur Nummer 17 unverändert. Das Haus war schon ein Sanierungsprojekt gewesen, als der Fernsehhändler das Handtuch geworfen hatte, aber die Sanierung war aus irgendeinem Grund ausgeblieben. Ein verfallenes Haus aus den zwanziger Jahren mit schmutzig grauer Fassade, an der teilweise der Klinker freigelegt war, mit rostzerfressenen Regenrinnen und undichten Fenstern. Dem Einwohnermeldeamt zufolge wohnte Ritva Sirén im zweiten Stock im Hinterhaus, und wenn das hielt, was das Vorderhaus versprach, dann lebte sie genauso kümmerlich, wie Johansson es schon erwartet hatte.

Das Tor war verschlossen. Johansson hatte im Prinzip jedes Verständnis dafür, solange es ihn nicht an seiner Dienstausübung hinderte. Eine solide Eichenkonstruktion, die der Zeit offenbar besser widerstanden hatte als das rest-

214

liche Haus. Er rüttelte daran, aber obwohl die Tür sich bewegte, schien das Kolbenschloss zwischen den Türhälften nicht nachgeben zu wollen. Es kam auch keine freundliche Seele, um ihm aufzutun. Nur eine Frau mittleren Alters tauchte auf, umklammerte ihre Handtasche und sah sich über die Schulter verängstigt nach ihm um, als sie auf dem Bürgersteig vorüberlief.

Johansson wühlte in seinen Taschen nach etwas, womit er das Tor würde aufstochern können. Er fand jedoch nur eine Kreditkarte. In Ermanglung eines Besseren musste die eben reichen, was sie aber nicht tat. Schon beim zweiten Versuch knickte sie in der Mitte durch. *Du lässt nach*, dachte Johansson düster und stopfte die Plastikteile wieder in seine Brieftasche. Als er und Jarnebring noch das Leben der gesetzlosen Elemente unsicher gemacht hatten, waren sie mit ganz besonderen Plastikscheiben ausgerüstet, die sich hervorragend dazu eigneten, altmodische Schlösser zu knacken, und wenn das nicht reichte, hatten sie eine vollständige Einbrecherausrüstung im Kofferraum: allerlei Brecheisen, Stemmeisen und Hämmer. Und ein gewaltiges Bund mit allen erdenklichen Schlüsseln, die sie ihren Kontakten zu den professionelleren Aktiven verdankten.

Aber jetzt nichts dergleichen. Jetzt war er Polizeidirektor und Chef der bestausgerüsteten Kriminalabteilung des Landes. Er fuhr zu Leuten, die er vernehmen wollte, mit der U-Bahn, und wenn es drauf ankam, hatte er nur eine jämmerliche Kreditkarte zur Verfügung. Eigentlich hätte er überhaupt nicht hier sein dürfen. Er hätte Wesslén damit beauftragen sollen, eine Vorladung zu schicken, und wenn die Vorgeladene nicht aufgetaucht wäre, hätte er zwei gemeine Ermittler mit Dienstwagen, Dienstwaffe und ausreichend Dienstzeit losschicken müssen. Und mit ein wenig Glück hätte er Frau Sirén noch vor Weihnachten sprechen können.

An manchen Tagen hatte er großes Glück. Nicht nur hatte die niedliche Blondine ihm Czajkowskis Adresse und Telefonnummer gegeben. Es meldete sich auch niemand, als er bei ihm anrief.

Er brauchte nur zwei Minuten, um eine Vorladung zu schreiben. Sie in einen Umschlag zu stopfen und auf dem Gang in den Postausgangskasten zu legen. Danach verbarrikadierte er sich in seinem Zimmer und zog den Ordner über Kallins traurigen Abgang aus der Aktentasche.

Und eine blaue Dose, die im selben Moment schon ein zufriedenes Zischen hören ließ. *Die Wahrheit liegt angeblich auf dem Boden der Flasche,* dachte Jansson. Ob das wohl auch für Dosen galt? Er machte es sich bequem und schlug die Stelle auf, an der Johansson ihn unterbrochen hatte. *Scheißlappe,* dachte Jansson zufrieden. Von dir lass ich mir doch nicht sagen, wie man eine Ermittlung durchführt.

Aufzugeben wäre eine Schande, dachte Johansson. Auf der anderen Straßenseite lag ein moderner Laden, dessen Türschild LEBENSMITTEL, TABAK und ZEITUNGEN verhieß.

Der Ladenbesitzer war allein. Er saß an der Kasse. Tief versunken in die neueste Nummer von SEXkontakt. Ein Glatzkopf mittleren Alters mit Hängebauch und Synthetikhose, die er mit Hilfe von breiten roten Hosenträgern bis unter die Brustwarzen hochgezogen hatte.

»Haben Sie Eis am Stiel?«, fragte Johansson ohne Umschweife und hielt ihm einen Zehner hin. *Sexy Typ,* dachte er.

Hängehose schaute ihn misstrauisch an, drehte sich ächzend zu einer Gefriertruhe hinter seinem Rücken um und schob die Hand hinein.

»Flirt?« Er hielt seinem Kunden eine kleine herzförmige Packung hin.

»Sehr gut«, sagte Johansson. »Hauptsache, es hat einen Stiel.« Er reichte dem Mann den Zehner, bekam das Wechselgeld und ging.

»Lieber nachsehen, ob kein Holzbock drin ist«, sagte der Mann fürsorglich, ehe die Tür hinter Johansson ins Schloss fiel.

Der Revolver, dachte Jansson. Den Besitzer hatten sie offenbar nicht ausfindig machen können. Trotz ihres hervorragenden Registers.

Diesmal ging es besser. Johansson zog vorsichtig die Tür zu sich heran und drückte mit dem Stiel den Kolben hinein, das Eis hatte er in den Rinnstein geworfen. Jetzt gab der Kolben ohne viel Federlesen nach, und die Tür stand offen. Das Treppenhaus entsprach dem Äußeren des Hauses. »WATCH OUT FOR PUMA«, mahnte die Wand neben dem Klingelbrett, und vor der Tür zum Hinterhof stand eine Plastiktüte mit stinkendem Abfall. Johansson stieg darüber hinweg und kam sich zehn Jahre jünger vor.

Detective Sergeant John Meehan, Special Investigation Unit, Hartford Police Dept., Hartford Conn. USA. URGENT AND IMMEDIATE. All information wanted concerning Ruger Speed-Six Cal 357 Magnum. Reg. no. B 171 110 82 R. Used in Stockholm killing June 28. Cordially Tore Jansson. Rikskrim, 198 72 RPS STH S.
Urgent and immediate. Jansson nickte zufrieden, während er im Telefonbuch der Polizei- und Staatsanwaltschaft blätterte. Da ... *Sendeaufträge der Verbindungszentrale.* Er griff zum Telefon und wählte die Nummer.

Frau Sirén hatte ein Schild an der Tür. Einen mit blauen Blockbuchstaben beschriebenen Zettel. Offenbar wohnte sie hier nicht allein, denn unter ihrem Namen hing das Farbfoto eines imponierenden Schäferhundes. Da Johansson an Hunde gewöhnt war und sie gern mochte, machte ihm das nichts. Er schlich sich leise an die Tür und tat genau dasselbe wie Wesslén eine Woche zuvor in der Vulcanusgata. Aber das wusste er natürlich nicht.

Und er hatte mehr Glück als Wesslén. In der Wohnung war jemand, er hörte Musik von Radio oder Plattenspieler und eine Frauenstimme, die dazu summte. *Das läuft ja wie geschmiert,* dachte Johansson und klingelte den fröhlichsten Salut, an den er sich aus seiner Zeit bei der Ermittlung überhaupt erinnern konnte. Musik und Stimme verstummten, einen Hund aber hörte er nicht.

»Was willst du denn?« Eine Frauenstimme von der anderen Seite der Tür her. Ein wenig heiser, wie das bei Junkies so üblich ist. Bei Leuten, die Tabak rauchen oder Alkohol trinken übrigens auch.

»Reinkommen«, sagte Johansson. »Es ist verdammt kalt, und es ist außerdem feucht.«

Schlösser wurden geöffnet. Zuerst ein Patentschloss, dann ein Sicherheitsschloss. Die Tür wurde einen Spaltbreit geöffnet, die Sicherheitskette aber nicht entfernt. Eine Frau von Mitte dreißig mit kurz geschnittenen hennaroten Haaren, Jeans und blauem Wollpullover. An ihrem linken Oberschenkel drängte sich mit hängender Zunge und gelben Augen ein Schäferhund, um besser sehen zu können.

»Sind Sie Ritva Sirén?«, fragte Johansson. Was eigentlich unnötig war, er erkannte sie vom Foto her. Obwohl sie älter, ordentlicher und schöner war als auf den beiden Fotos, Profil und frontal, die das Ermittlungsregister ihm ausgehändigt hatte. Aber die verächtliche Miene war dieselbe wie damals, als sie zwei Jahre zuvor im Polizeigebäude fotografiert worden war.

»Nööö«, sagte sie und schüttelte energisch den Kopf. »Scheiße. Ich bin nicht zu Hause.« Sie versuchte, die Tür mit beiden Händen wieder zu schließen.

»Lass das«, sagte Johansson und schob rasch und mit Todesverachtung den Fuß zwischen die Tür und eine ansehnliche linke Pfote. »Sonst machst du mir die Prothese kaputt.«

Dass es so viel Mühe bereitet, einem Kollegen ein einfaches Telex zu schicken, dachte Jansson düster. Er hatte mit dem Diensthabenden reden müssen, und der hatte sich erst geschlagen gegeben, als er ihm Johanssons Namen genannt hatte. Aber jetzt war das Telex immerhin unterwegs über den Atlantik. Mit Licht- oder mit Schallgeschwindigkeit, da war er sich nicht ganz sicher. *Scheiß drauf,* dachte Jansson. Schnell ging es jedenfalls. Er bückte sich nach der dritten Dose des Tages.

Du kannst es eben doch noch, Johansson, dachte Johansson zufrieden. Nach weniger als zwei Minuten saß er schon in ihrem Sessel. Der stand in dem einzigen Zimmer, das ansonsten ebenso gepflegt und ordentlich aussah wie die Räumlichkeiten bei ihm zu Hause in der Wollmar Yxkullsgata. Keine Blutspritzer und keine Türsplitter. Nur ein leicht schmerzender linker Fuß und ein liebevoller Fünfzigkilorüde, der schon den zweiten Versuch unternommen hatte, mit Johanssons rechtem Bein zu schäkern.

Ritva Sirén hatte sich aufs Bett gesetzt. Es war ordentlich gemacht und mit einer glatten Tagesdecke aus grobem Batikstoff bedeckt. Sie saß hocherhobenen Hauptes, mit geradem Rücken und festen blauen Augen da und widersprach jeder Vorstellung davon, wie Drogennutten nach dem Ausstieg aussehen.

Johansson brachte sein Begehr vor und gab sich alle Mühe, einen ebenso guten Eindruck zu hinterlassen.

»Es geht um eine andere Ermittlung«, endete er.

Sie sah noch immer sauer aus. Und auch schlecht gelaunt.

»Zeig mal den Ausweis«, sagte sie plötzlich. »Ihr müsst euch verdammt noch mal legitimieren, wenn ihr bei Leuten eindringt.« Johansson warf ihr seinen Dienstausweis zu.

»Polizeidirektor.« Sie schaute ihn überrascht an. »Ist das ne neue PR-Masche oder was?«

»Na ja«, sagte Johansson mit etwas mehr Norrländisch in

der Stimme als sonst. »Ich bin ja eigentlich der Chef. Aber ich wohne eben in der Wollmar Yxkullsgata ... und da Freitag ist ...« Er machte eine vage Handbewegung.

»... und ich wusste ja, dass du sauer auf uns bist, und da dachte ich mir, ich schau selbst vorbei.«

»Ja, du bist natürlich der Charmanteste, den ihr zu bieten habt.«

»Sicher.« Johansson nickte nachdenklich. »Da hast du wohl Recht.«

»Polizeidirektor? Wird sicher Podi abgekürzt, was?« Sie sah ihn eher neugierig als misstrauisch an.

»Ja«, sagte Johansson überrascht.

»Podi ... Podi Johansson ... der polizeieigene Bauernkomiker.« Sie lachte zufrieden, aber nicht hämisch.

»Ich habe schon eine Ahnung, was das zu bedeuten hat.« Johansson rutschte leicht verlegen hin und her. »Ich habe einen Bruder, der mit einer Frau aus Ljusdal verheiratet ist. Die hat das zu Mittsommer erwähnt.«

Es ist ja schon nach zwei. Jansson schüttelte überrascht den Kopf. Und Freitag war es noch dazu. Zeit, nach Hause zu gehen und sich fürs Wochenende zu rüsten, dachte er und erhob sich mit einer gewissen Mühe.

Du kannst es noch immer, dachte Johansson zufrieden. Nach knapp zehn Minuten wurde es richtig gemütlich. Beim dritten Versuch hatte sich der Hund eine scharfe Zurechtweisung geholt, und jetzt lag er japsend zu Johanssons Füßen und ließ sich die Nackenzotteln kraulen, während Frauchen berichtete.

Sie hatte Berg und die anderen angezeigt, weil die immer wieder in ihre Wohnung eingedrungen waren. Weil sie unverschämt und unflätig waren und sie nicht in Ruhe ließen, obwohl sie keiner Fliege etwas zu Leide tat. Eine gute Beobachterin war sie außerdem. Sie sah Johanssons Zweifel.

220

»Ich geh schon seit über einem Jahr nicht mehr auf den Strich, und ich hab seit einem halben nicht mal mehr einen Joint geraucht. Ihr solltet eure Scheißpapiere auf dem Laufenden halten.«

Johansson zuckte entschuldigend mit den Schultern.

»Scheint dir ja nicht geschadet zu haben«, stellte er fest.

»Nein«, sagte sie. »Aber ich will meine Ruhe. Dieser verdammte Trottel von der Disziplinarabteilung hat behauptet, die dürften meine Wohnung betreten, weil sie in irgendeinem Schlupflochregister der Polizei steht. Und da kann man offenbar nach Lust und Laune einbrechen. Jedenfalls haben die meine Klage zurückgewiesen.«

»Im Sommer waren die offenbar am achtundzwanzigsten Juni hier«, sagte Johansson, um abzulenken. »Weißt du das noch?«

»Kann ich mir vorstellen«, schnaubte sie. »Die waren im Sommer doch pausenlos hier, bis ich sie angezeigt habe. Danach war Schluss. Um Mittsommer war ich vierzehn Tage zu Hause bei meinen Eltern. Die wohnen in Hälsingland«, erklärte sie. »Bestimmt haben die diesen verdammten Puma gesucht.«

»Puma?«, wiederholte Johansson fragend. *Der, vor dem man sich im Torweg hüten soll*, dachte er.

»Mein Ex. Auch so ein verdammter Idiot. Ich hab ihn mindestens zehnmal rausgeworfen. Ist jetzt aber nicht mehr nötig, der ist im Sommer eingefahren.«

»Puma?« Johansson nickte. »Wie heißt er?«

Zum Alkoholladen, dachte Jansson. Setzte die Schirmmütze auf und salutierte vor der Fernsehkamera, ehe er durch die Glastüren hinaus in die Polhemsgata ging.

»Peter Välitalo. Peter Sakari Välitalo«, erklärte sie. »Der sitzt seit dem Sommer in Hall. Glücklicherweise«, fügte sie einfühlsam hinzu.

Und er steht auf Janssons Liste, dachte Johansson.

»Ob ich einen Ausweis habe?« Jansson starrte die Dame an
der Kasse traurig an.

»Ja«, sagte sie. »Wir fangen wieder mit den Routinekon-
trollen an. Auf Anweisung der Sozialbehörden.« Sie machte
keinen unfreundlichen Eindruck.

»Ach so«, sagte Johansson. »Na gut.« Er schob die Hand
in die Jackentasche und griff nach dem schwarzen Futteral
mit seinem Dienstausweis.

47

Äußerlich war Wesslén ein überaus korrekter Mensch. Oft
genug wirkte er fast abweisend. Aber hinter dieser Fassade
befand sich eine freundliche, gütige Seele, die sich um ihre
Mitmenschen kümmerte, ohne großes Gewese darum zu
machen. Und die reich war an Humor und Wärme.

Am Freitag, dem zwanzigsten September, wollte er nach
Kumla fahren, um mit Boris Djurdjevic zu sprechen. Im
tiefsten Herzen sah er ja ein, dass die Reise überflüssig war,
er sollte sich mit Nils Rune Nilsson beschäftigen, nicht mit
Boris Djurdjevic, aber er hatte nicht vor, diese Überzeugung
an die große Glocke zu hängen.

Am Freitag vor einer Woche hatte er seinen jüngsten Mitarbeiter, den Aspi der Abteilung, zutiefst enttäuscht. Der
hatte nicht losfahren und nach Nilssons »Schwiegersohn«
Ausschau halten dürfen, obwohl er sich freiwillig angeboten hatte und obwohl Wochenende war. Jetzt beschloss
Wesslén, ihn zu entschädigen. Dass er nicht gern Auto fuhr,
schon gar nicht allein und über längere Strecken, hatte
damit nichts zu tun. Sympathische Polizisten wurden erzo-
gen von älteren Kollegen, die sympathische Polizisten waren. Nur das war hier entscheidend.

Deshalb rief er den jungen Kollegen zu sich. Der war sofort zur Stelle, und ein erfahrener Vernehmungsleiter wie Wesslén konnte in seinem Gesicht lesen wie in einem aufgeschlagenen Buch. Hatte er etwas falsch gemacht? Hatte er etwas richtig gemacht?

»Ich wollte fragen, ob du mich nach Kumla fahren kannst?«, fragte Wesslén. »Ich muss mit Boris Djurdjevic sprechen.«

Djurdjevic war ein großer Name. Ein erstrangiger Schlagzeilenverbrecher. Wenn Wesslén seine Tochter gefragt hätte, ob sie den Weihnachtsmann treffen wolle, wäre das ein vergleichbar wunderbares Angebot gewesen.

Als Wesslén in die Garage kam, wartete der Wagen schon vor der Fahrstuhltür. Der Aspi stand davor und hielt die Tür für ihn auf. Ehe er sich angeschnallt hatte, lag der Tunnel zum Fridhemsplan schon halbwegs hinter ihnen, und vor Essinge musste er seinen Fahrer zur Besonnenheit mahnen.

»Du, mein Lieber«, sagte Wesslén. »Vielleicht sollten wir es ein wenig ruhiger angehen lassen. Ich glaube nicht, dass er uns wegläuft.«

Der Kollege hinterm Lenkrad wurde rot, nickte und verlangsamte. Auf den restlichen zweihundertzwanzig Kilometern hielt er sich ebenso strikt an die Geschwindigkeitsbegrenzungen wie ein voll getankter Fahrer, der freitagnachts das Taxigeld sparen will. 50, 70, 90, 110. Nicht mehr und nicht weniger.

Genau zweieinhalb Stunden, nachdem sie das Mauthäuschen vor dem Tunnel am Fridhemsplan passiert hatten, bogen sie von der E 3 ab. Zu ihrer Linken ragte eine Betonmauer von einigen hundert Metern Länge aus der Ebene auf. Sie hatten ihr Ziel erreicht, und nun kam ein kritischer Augenblick, den Wesslén bisher vor sich hergeschoben hatte. Als sie auf dem Parkplatz hielten, konnte er es einfach nicht mehr verschweigen.

»Ich muss dich leider in der Rezeption lassen. Er will allein mit mir sprechen. Das kannst du dir übrigens für später merken. Wenn du deine eigenen Gewährsleute hast. Was du hörst, bleibt zwischen dir und denen.« Er nickte ernst und bekam ein ebenso ernstes und irritiertes Nicken als Antwort.

Eine Notlüge. Wesslén war Boris Djurdjevic noch nie begegnet. Er hatte ihn im ganzen Leben noch nie gesehen. Aber der Aspi war jetzt zufrieden. Er wurde bei der Wachzentrale abgeliefert und bekam Kaffee und Kuchen und das Angebot einer Anstaltsführung, während Wesslén zum Direktor geleitet wurde.

Djurdjevic saß im neuen Hochsicherheitstrakt. Dem Anbau, den man hatte errichten müssen, als der alte Trakt nicht mehr ausgereicht hatte. Dort saß er vor allem, weil immer wieder Gerüchte kursierten, dass eine Befreiungsaktion vorbereitet werde. Nicht weil er sich gewalttätig aufgeführt hätte.

»Er ist hier der King«, erklärte der Anstaltsdirektor.

»Aha«, sagte Wesslén. *Was hätte er auch sonst sagen sollen?*

»Ein seltsamer Mensch«, sagte nun der Direktor. »Ich trage die Verantwortung für einige hundert der schlimmsten Schurken im Land. Wenn wir den Zeitungen glauben dürfen zumindest.« Er lächelte kurz. »Hier haben wir die Elite unserer Mörder, Bankräuber und Drogenverbrecher ... eigentlich sind das alles recht sympathische Menschen ... sie waren sympathische Menschen, aber jetzt befinden sie sich in einer hoffnungslosen Situation, und da werden sie verzweifelt und konfus.« Er schüttelte den Kopf. »Die meisten können ziemlichen Ärger machen, und ehrlich gesagt ...«, noch ein Lächeln, »würde ich wohl keinen von ihnen zu einer Tasse Tee nach Hause einladen. Abgesehen von Djurdjevic.« Er nickte Wesslén zu.

224

»... aber man kann sich nicht dauernd nur Sorgen machen, wenn man so einen Job hat. Oder?« Er sah Wesslén an. »Hier gibt es wirklich nur einen, den ich nicht gern zum Feind hätte.«

»Aha«, sagte Wesslén.

»Und das ist Djurdjevic. Der nämliche Djurdjevic, den ich ohne Risiko für mich oder meine Familie zu mir nach Hause einladen könnte. Er ist ein überaus seltsamer Mann. Korrekt, höflich, sogar hilfsbereit. Die Abteilung, in der er sitzt, ist durchorganisiert wie ein englischer Herrenclub. Kein böses Wort über irgendwen. Davon, dass jemand es wagen würde, gegen einen Wärter die Hand zu erheben, kann keine Rede sein. Obwohl da sechzehn von den Schlimmsten im ganzen Land sitzen.«

»Jaa«, sagte Wesslén.

»Der Kerl sitzt in einer Art Aquarium, um es einfach auszudrücken. Er bekommt keine Vergünstigungen. Darf nur einmal pro Monat einen überwachten Besuch empfangen. Darf nicht telefonieren, und alle seine Briefe gehen durch die Zensur. So ist das. Aber trotzdem möchte ich behaupten, dass Djurdjevic nicht in Kumla einsitzt.« Der Direktor nickte Wesslén mit ernster Miene zu.

»Ach, nicht?«, sagte Wesslén zögernd.

»Er hat seinen Körper in Verwahrung gegeben. Aber er selbst ist anderswo. Und dort emsig am Werk, denkt man sich so.« Er sah Wesslén an. »Verstehst du, was ich meine?«, fragte er.

»Vielleicht.« Wesslén nickte nachdenklich.

»Du wirst es verstehen, wenn du mit ihm gesprochen hast«, sagte der Direktor voller Überzeugung.

Djurdjevic empfing ihn im Aufenthaltsraum der Abteilung. Er saß in einem tiefen Sessel und las Zeitung. Um ihn herum saßen in einem Halbkreis einige seiner Mitgefangenen. Wesslén registrierte zu seiner Überraschung, dass keiner

von ihnen einer besonderen Beschäftigung nachzugehen
schien.

Als Djurdjevic Wesslén und den Wärter sah, erhob er sich
langsam, faltete seine Zeitung zusammen und reichte sie
dem nächstsitzenden Mithäftling. Er war nicht besonders
groß – Wesslén überragte ihn um einiges –, aber sein Körper
war durchtrainiert wie der eines Elitesportlers.

Anders als seine Mitgefangenen trug er die grüne Anstaltskleidung, Hose, Hemd, weiche Pantoffeln. Um den
Hals hatte er sich einen Seidenschal in drei Grüntönen ge-
bunden, der nicht aus dem Gefängnisfundus stammte und
sicher mehr gekostet hatte als alle privaten Jeans und T-
Shirts der anderen zusammen.

»Wesslén«, sagte Wesslén höflich und hielt ihm die Hand
hin.

»Boris Djurdjevic.« Sein Gesicht war wie seine Hand.
Eine kräftige viereckige Pranke mit langen, knochigen Fingern, die sich energisch um Wessléns Hand schlossen, ohne
jedoch zuzudrücken. »Nett, den Kommissar kennen zu lernen. Gehen wir zu mir?« Höflich zeigte er auf den Gang mit
den Zellentüren.

Djurdjevics Zelle war neun Quadratmeter groß. Ein Bett,
ein Bücherregal, Tisch und Stuhl, alles vom Staat. Dazu ein
Farbfernseher, ein Videogerät und ein riesiges Kassetten-
deck. Im Regal und auf dem Tisch drängten sich Stapel von
Büchern, Schallplatten, Musikkassetten und Videos. Alles
in perfekter Ordnung.

»Kannst du einen Stuhl besorgen?«, sagte Djurdjevic
zum Wärter, der nickte und verschwand.

Wesslén und Djurdjevic sprachen fast eine Stunde miteinander. Zweimal wurden sie unterbrochen. Zuerst von
einem Häftling, der mit einem Tablett mit Kaffee, Tassen,
Zucker und Milch in der Tür stand. Er stellte es zwischen sie

auf den Tisch und verschwand wortlos. Nach einer Viertelstunde holte ein Wärter es wieder ab. Jetzt wusste Wesslén, was der Anstaltsleiter gemeint hatte.

Djurdjevic war ruhig, er hatte sogar Humor. Er sprach leise, mit einem kaum hörbaren ausländischen Akzent, und sein Wortschatz konnte sich durchaus mit dem von Wesslén messen. Keine Flüche, nicht der Schatten einer Drohung oder Irritation lag in dieser Stimme. Aber Untertreibungen. Alles wurde mit leiser und klangvoller Stimme vorgetragen.

Sein Anwalt hatte Berg und dessen Kollegen damals auf Djurdjevics Wunsch hin angezeigt. Die Streife hatte in einem Restaurant auf Söder, das einer von seiner Frau geleiteten Aktiengesellschaft gehörte und bei der er im Aufsichtsrat saß, Personal und Gäste schikaniert. Sie waren sogar uniformiert ins Lokal eingedrungen.

»Sie glaubten offenbar, dass im Restaurant mit Drogen gehandelt wurde.« Er lächelte Wesslén freundlich an. »Wie immer sie auf diese Idee gekommen sein mögen.«

Wesslén nickte wortlos.

Dann war er unter dem Verdacht auf schwere Drogendelikte festgenommen worden und hatte seinen Anwalt beauftragt, die Anzeige zurückzuziehen, da er »damals wirklich dringendere Sorgen« gehabt hatte. Jetzt wirkte er fast belustigt, als er das erzählte. Er hatte durchaus nichts gegen Berg und die anderen einzuwenden. Übrigens hatte er keinen von ihnen jemals »persönlich« getroffen. Wenn er das richtig verstanden hatte, handelte es sich um einfache Polizisten mit der festen Überzeugung, im Dienst einer guten Sache zu handeln.

»Schlichte Menschen. Die Sache ist erledigt, was mich betrifft.« Aus seinem Blick und seinen Handbewegungen konnte Wesslén entnehmen, dass die Audienz sich ihrem Ende näherte.

»Eins versteh ich nicht. Das hat aber gar nichts mit dieser Sache zu tun.«

Bitte sehr. Er neigte seinen Charakterkopf ein wenig und deutete ein Lächeln an.

»Ich habe mir Ihre Unterlagen angesehen«, sagte Wesslén. »Ich sollte vielleicht vorausschicken, dass ich mich normalerweise mit Fällen groben Betrugs befasse. Daher kenne ich mich mit Geschäften und solchen Dingen recht gut aus.« Jetzt lächelte er ebenso wie sein Gegenüber.

Djurdjevic nickte. *Sprich weiter.*

»Wenn ich das richtig verstanden habe, müssen Sie während der letzen zehn Jahre auf eine Weise, die vollkommen legal aussieht, etliche Millionen Kronen verdient haben. Das Wenige, was ich gesehen habe, erfüllt mich mit Bewunderung für Ihr ...«, Wesslén zögerte. »Für Ihr Geschick. Sie scheinen ein besonders tüchtiger Geschäftsmann zu sein.«

Djurdjevic nickte zustimmend und sah fast belustigt aus.

»Ehrlich gesagt begreife ich nicht, wie Sie so dumm sein konnten, einem Polizisten Heroin zu verkaufen. Das passt überhaupt nicht zu meinem sonstigen Eindruck von Ihnen«, sagte Wesslén energisch.

Djurdjevic musterte ihn abschätzend, dann stand er auf. Zu seiner eigenen Überraschung merkte Wesslén, dass er diesem Beispiel folgte.

»Der Kommissar hat das Urteil des Obersten Gerichts gelesen?«

»Ja«, sagte Wesslén, »und für mich ergibt das keinen Sinn.«

»Es ist immer angenehm, einen Ebenbürtigen zu treffen.« Djurdjevic nickte ernst. »Eine ehrliche Frage verdient eine ehrliche Antwort. Sagen wir das nicht so ... wir Schweden?« Er lächelte ironisch.

Wesslén nickte.

»Tatsache ist, dass ich niemals irgendwelche Drogen angefasst habe. Weder privat noch geschäftlich, bildlich oder buchstäblich. Ich nehme nicht mal Kopfschmerztabletten.«

»Verzeihung«, sagte Wesslén.

»Sie haben ganz Recht, Herr Kommissar. Ich habe mich niemals mit Drogengeschäften befasst. Und das nicht einmal aus moralischen Gründen. Sondern wegen der schlichten Tatsache, dass mir die Verdienstmöglichkeiten in keinem akzeptablen Verhältnis zu den Risiken zu stehen scheinen. Ich habe niemals irgendwelche Drogen verkauft.«

»Sie wurden also unschuldig verurteilt«, sagte Wesslén mit kaum verhüllter Ironie.

Djurdjevic schien das nicht gehört zu haben.

»Am achtzehnten Januar wollte ich *kaufen* ... nicht verkaufen, ich wollte von einem Ihrer Kollegen ein paar Unterlagen über meine Person kaufen. Von einem Kriminalinspektor bei der Ermittlung ... der in einer finanziellen Klemme steckte und zwanzigtausend Kronen brauchte. Vielleicht nicht ganz legal, aber wohl kaum Grund genug, um an einen Ort wie diesen geschafft zu werden.« Er lächelte sein sympathisches Lächeln und schaute aus der offenen Zellentür. »Außerdem war ich immer schon neugierig ... Leider muss es dann zu einem Missverständnis gekommen sein. Zu irgendeinem Fehler bei der Lieferung. Denn ich bekam nicht die gewünschten Unterlagen ... sondern Heroin.«

Wesslén musterte ihn forschend und ganz offen, aber die dunklen Augen gaben um keinen Millimeter nach.

»Und das soll ich Ihnen abnehmen?«, sagte er. »Sie machen keinen leichtgläubigen Eindruck.«

Djurdjevic zuckte mit den Schultern.

»Der Ermittler, mit dem ich in Kontakt stand, wirkte überaus überzeugend«, sagte er. »Er spielte seine Rolle ganz hervorragend. Ein Herr namens Bo Jarnebring. Außerdem hatte er die besten Empfehlungen von einem meiner Geschäftsfreunde. Möglicherweise wurde der ja auch hinters Licht geführt.« Wieder zuckte er mit den Schultern. »Ein gewisser Direktor Waltin.«

48

Johansson verließ die Kocksgata leichten Schrittes. So leicht, dass er zu Fuß auf die andere Seite von Söder nach Hause ging. Unterwegs schaute er in einem Delikatessenladen in der Götgata vorbei und kaufte sich einige Leckereien fürs Wochenende: hundert Gramm Rogen, einige Scheiben mariniertes Rinderfilet.

Zu Hause ging er dann sofort zum Telefon und rief bei der Informationsabteilung des Landeskriminalamts an, wo ein emsiger armer Tropf Überstunden machte und außerdem unvorsichtig genug war, freitagnachmittags um drei ans Telefon zu gehen.

»Välitalo, Peter Sakari«, erklärte Johansson. »Du kannst nicht zufällig feststellen, was dieser Dussel seit dem Frühling so getrieben hat?«

»Doch«, sagte der Kollege, ohne sich übermäßig enthusiastisch anzuhören. »Falls er im ASP steht. Sonst dauert es sicher.«

Das ASP war das allgemeine Ermittlungsregister, in dem Buch über die fleißigeren Ganoven geführt wurde. Zumindest wurde versucht, ihre Unternehmungen zu registrieren.

»Äh, versuch das doch bitte mal«, sagte Johansson. »Hat deine Alte dich vor die Tür gesetzt, oder warum sitzt du um diese Zeit noch im Büro?«, fügte er herzlich hinzu.

»So ungefähr«, sagte der Kollege düster. »Sie ist voriges Wochenende abgehauen.« *Was zum Teufel soll man dazu sagen,* überlegte Johansson, als er auflegte.

»Hier am Apparat von Lars Johansson.« Neutral und freundlich aus dem Lautsprecher von Wessléns Anschluss.

»Wesslén«, sagte Wesslén kurz. »Ist Johansson da?«

»Der Chef ist in der Stadt unterwegs. Du kannst ihn nach sechzehn Uhr zu Hause erreichen. Hast du die Nummer?«

»Ja«, sagte Wesslén. *In einer Stunde und neunzehn Minuten.* Wesslén schaute kurz auf seine Digitaluhr. »Dann hat es auch Zeit bis Montag.«

»Ich gehe jetzt. Muss in der Stadt was erledigen.« Er nickte seiner Sekretärin freundlich zu. »Ich bin am Montag wieder da.«

»Ja«, sagte sie lächelnd. »Schönes Wochenende. Und Gruß an Sofi.« Sofi war Wessléns dreijährige Tochter, die sich derzeit in der Norra Stationsgata im Kindergarten aufhielt. Im ganzen Land bekannt für seine gesundheitsschädliche Umgebung mit den zeitweise unvorstellbaren Abgaskonzentrationen. Aber jetzt nahte die Rettung. *Aus dir wäre ein hervorragender Vernehmungsleiter geworden.* Aber du irrst dich, was Johansson angeht, dachte Wesslén, als er ins Taxi sprang, das er vor der roten Ampel an der Kreuzung Fleminggata kapern konnte. Damit meinte er nicht Sofi, drei, sondern Sonja, fünfunddreißig und Abteilungssekretärin.

»Norra Stationsgata«, sagte er kurz zu dem Fahrer, ehe er sich im Sitz zurücksinken ließ, um Atem zu holen.

Nach dem leicht verunglückten Abschluss des Gesprächs mit dem Kollegen beschloss Johansson, hinter die Arbeit dieser Woche einen Punkt zu setzen. *Ein jeglich Ding hat seine Zeit,* dachte er philosophisch. Wenn sie dich liebt, kommt sie zurück, und wenn sie dich nicht liebt, ist es besser so.

Zufrieden mit diesen Überlegungen, erteilte er sich Dispens. Ging in die Küche und mischte sich einen riesengroßen Cocktail. Holte die Zeitungen, die er auf den Tisch in der Diele gelegt hatte, und ging weiter ins Badezimmer, wo er an seinem Glas nippte und sich dabei auszog, während die Badewanne voll lief.

Jetzt ist Wochenende, dachte Johansson und ließ sich vorsichtig ins warme Wasser sinken. Er trank einen tüchtigen

Schluck, stellte das Glas auf den Wannenrand und schlug die Abendzeitung auf. Die ersten Seiten überblätterte er rasch. Nils Rune Nilssons Tod hatte diesem zwar ein Comeback im vorderen Zeitungsteil beschert, aber Johansson fand, das könne gut bis Montag warten. Deshalb blätterte er weiter, ohne sich seinen Wochenendfrieden stören zu lassen.

Aber was zum Teufel war das denn hier? Er starrte bestürzt auf sein eigenes Bild in der Zeitung.

Die Klatschseite der Zeitung wurde von der Überschrift »Polizist aus Ådalen« gekrönt, direkt über seinem Foto, und obwohl der Text darunter nur zehn Zeilen lang war, stöhnte er laut, als er über den »legendären Ermittler« las, »bekannt für seine Unbestechlichkeit«, »geboren in einem armen Waldarbeiterheim«, aber begabt genug, um sich »auf einen der höchsten Polizeiposten des Landes hochpatrouilliert« zu haben.

Evert, dachte Johansson. Sein alternder Vater, der auf seinem Herrensitz thronte, umgeben von den weiten Wäldern, die er zusammen mit Ellna erheiratet hatte. Der nämliche Evert, der keine Gelegenheit ausließ, um seinen Kindern einzuschärfen, wie dankbar sie für ihr gutes Elternhaus zu sein hätten. Der nämliche Evert, der hoffentlich nicht Aftonbladet las.

»Scheint ein interessanter Mensch zu sein«, sagte Wessléns Mitbewohnerin begeistert, nachdem sie ihm aus Aftonbladet vorgelesen hatte. »Kannst du ihn nicht mal zum Essen einladen?«

»Na ja«, sagte Wesslén. »Ich glaube, er hat schrecklich viel zu tun.« *Hoffentlich,* dachte er. »Ist wohl auch eine Art einsamer Wolf«, fügte er verlogen hinzu. »Er ist schon seit vielen Jahren geschieden. Lebt allein.«

»Ach, der Arme«, sagte seine Mitbewohnerin. »Das kann doch nicht lustig sein. Wir müssen ihn aufmuntern. Wir

232

laden ihn zum Essen ein«, entschied sie eifrig. »Wir haben fürs Wochenende ja noch nichts vor.«

»Ja«, sagte Wesslén widerwillig. »Ich ruf ihn an.«

Elend, Elend, dachte Johansson. Außerdem klingelte das Telefon, als er sich gerade abtrocknete.

»Johansson«, sagte Johansson düster.

»Spreche ich mit Ådalens Antwort auf Martin Beck?« Eine dunkle, abgehackte Stimme, die sich große Mühe gab, ihre Heiterkeit zu verbergen. Falls jemand sich so eine Stimme vorstellen kann.

»Hallo, Jarnebring«, sagte Johansson unglücklich. »Ich wusste gar nicht, dass du Aftonbladet liest.«

49

»Du hast zugenommen, Johan«, sagte Jarnebring und schlug ihm freundschaftlich mit der flachen Hand in den Bauch. »Kriegst schon richtige Direktorenmuskeln.«

»Komm rein und mach die Tür zu«, sagte Johansson. »Und schrei hier nicht so rum, dann kriegst du vor dem Essen noch einen kleinen Schelm.«

Jarnebring behauptete hartnäckig, aus Anlass seines Geburtstags angerufen zu haben. Natürlich war das ein halbes Jahr her, aber er hatte noch keine Zeit zum Feiern gehabt. Jetzt sollte es so weit sein. Er und Johansson. Wegen alter Erinnerungen und der gereiften Freundschaft. Die Notiz in Aftonbladet war nur der Wecker gewesen.

»Kümmer dich nicht um diese verdammten Dreckschleudern. Jetzt gehen wir in die Kneipe, und ich übernehme die Rechnung.«

Johansson hatte sofort ein Gegenangebot gemacht. Nicht weil er was gegen Kneipen hätte, sondern weil er sich Sorgen um Jarnebrings Finanzlage machte. Seit mehreren Jahren geschieden, drei Unterhaltszahlungen und das Gehalt eines Kriminalinspektors. Johansson war zwar ebenfalls geschieden, aber er musste nur für zwei Kinder zahlen und verdiente um einiges mehr. Das konnte er natürlich nicht sagen, schon gar nicht zu einem, mit dem er während der halben siebziger Jahre den Vordersitz geteilt hatte. Schnöder Anstand verlangte andere Argumente, und Johansson begann, ruhig und sorgfältig den Inhalt von Kühlschrank und Speisekammer der Wollmar Yxkullsgata zu schildern.

»Rogen, mariniertes Rinderfilet. Gammal Norrland und dazu ein kaltes Pils. Elchgulasch mit Reis und eine Flasche Roten. Kaffee und Cognac.«

Jarnebring stöhnte am anderen Ende der Leitung.

»Wann bist du mit dem Kochen fertig?«, fragte er. »Damit ich nicht störe.«

»Oha«, sagte Jarnebring und verteilte Rogen auf einer Scheibe Toast. »Das wird dir vergolten werden. Wie geht es übrigens mit Onkel Nisse weiter? Werden die Kollegen wegen Mordes vor Gericht gestellt?« Er grinste und streckte die Hand nach dem Sauerrahm aus.

»Nö«, sagte Johansson. »Kann ich mir nicht vorstellen. Ich habe von Wesslén gehört, dass du die Tochter und den Eidam eingebracht hast. Tausend Dank.«

»War mir ein Vergnügen«, sagte Jarnebring großzügig. »Wollen wir quasseln oder saufen?«

»Prost«, sagte Johansson und nahm sich den zweiten Norrland. *Sind ja nur kleine Gläser,* dachte er.

»Dass alte Baumstümpfe so gut schmecken können«, sagte Jarnebring und spülte mit Bier nach.

»Kennst du Berg und seine Kollegen?«, fragte Johansson. Jarnebring nickte. Schenkte sich nach und bohrte die Gabel in eine Scheibe Rinderfilet.

234

»So«, sagte er.

»Die scheinen immer jede Menge Anzeigen am Hals zu haben«, sagte Johansson. »Sind das böse Buben?«

»Was heißt schon böse? Klare Kante. Die fackeln nicht lange, könnte man sagen.« Jarnebring lächelte und nickte. »Wie du und ich damals. Wir wurden auch angezeigt.«

»Wir nicht«, sagte Johansson. »Du wurdest angezeigt. Ich sollte vielleicht die Gelegenheit nutzen und dich fragen ...«, sagte er dann. »Das muss unter uns bleiben ...«

Jarnebring nickte. *Natürlich.*

»... weißt du etwas über einen Gauner namens Klas Schnabel Kallin?«

»Ich verstehe die Frage«, sagte Jarnebring. Er kaute energisch. »Er wollte Vakanzen in der Truppe schaffen. Berg und Borg. O Scheiße.«

Er schüttelte den Kopf.

»Der scheint besonders schlagfertig gewesen zu sein.«

»Ich konnte mir das Lachen durchaus verkneifen«, sagte Jarnebring. »In was für einen Haufen Scheiß der anständige Leute reingezogen hat.«

Johansson nickte.

»Välitalo«, sagte er dann. »Peter Sakari ... und eine Exnutte namens Sirén.«

Jarnebring sah ihn an und schien in seinem inneren Notizbuch zu blättern.

»Ersterer ist ein ungewöhnlich dummer kleiner Scheißdieb. Und fleißig ist der Arsch. Klaut wie ein Rabe in andrerleuts Häusern. Sirén ...« Jetzt überlegte er wieder. »Das war wohl seine Alte. Nutte aus Norrland. Ist vor ein paar Jahren hergekommen und in der Malmskillnadsgata hängen geblieben. Warum willst du das wissen?«

»Sie behauptet, ausgestiegen zu sein«, sagte Johansson.

»Das glaube der Teufel«, sagte Jarnebring und schnaubte.

»Sieht aber so aus«, sagte Johansson. »Ich habe heute mit

ihr geredet. Die beiden gehören zu denen, die Berg und seine Jungs angezeigt haben«, erklärte er.

»Genau«, sagte Jarnebring nachdrücklich. »Wenn sie nicht in Ruhe ihren Scheiß bauen dürfen, weinen sie sich gleich in der Disziplinarabteilung aus.«

Johansson nickte wortlos.

»Nein, verdammt«, sagte Jarnebring. »Jetzt wollen wir uns den Appetit nicht länger ruinieren. Her mit dem Zehnender.«

Der Zehnender war nicht nur Hauptbestandteil im Gulasch. Die Geschichte seines Dahinscheidens zog sich auch über Kaffee und Cognac hin. Jarnebring war nicht desinteressiert an Jagd, zumindest wenn mehr Menschen als Tiere auftraten, und für eine gute Jagdgeschichte war er immer zu haben.

»Du hattest also das Gefühl, dass er kommen würde. Noch ehe du ihn gehört und gesehen hattest?«

»Sicher.« Johansson nickte. »Ich wusste, dass er kommen würde.«

»Wie bei einer guten Ermittlung«, sagte Jarnebring gefühlvoll. »Du spürst es einfach.« Johansson nickte voller Überzeugung. *Genau,* dachte er.

»Du«, sagte Jarnebring plötzlich. »Jetzt gehen wir ins Lokal. Ehe wir zu breit sind. Wir gehen ins Cafét und schauen uns die Luxusgauner an.«

Das Cafét war derzeit angesagt in der Stadt. Bekannt für seine gemischte Klientel und die langen Schlangen vor der Tür. Johansson war noch nie dort gewesen, aber die Ermittler seiner Nachrichtenabteilung hatten sich darüber beklagt, wie schwer es sei, reingelassen zu werden.

»Lassen die uns denn rein?«, fragte er skeptisch.

»Ja, Scheiße. Ich hab doch einen Ausweis«, sagte Jarnebring und grinste.

»Einen Clubausweis?« Johansson schaute ihn überrascht an.

»Einen Dienstausweis«, antwortete Jarnebring und erhob sich. »Also, los geht's.«

Die Schlange vor dem Eingang war sogar noch länger als das Gejammer der Ermittler, und hinter den Glastüren stand ein durchtrainierter Rausschmeißer und hielt die Türen für alle auf, die an der Schlange vorbeidurften. Johansson und Jarnebring zum Beispiel. Jarnebring im grünen Parka vorweg, Johansson auf seinen Fersen, in einem Wildledermantel, den er zehn Jahre zuvor in einem Schwachsinnsmoment erstanden hatte.

»Ganz ruhig, Jungs«, sagte der Türsteher und öffnete. »Mir zuliebe, ja?« Er wirkte nicht ganz überzeugt.

»Ich hab ihn erwischt, als er im Sommer in einem Schnapsclub Überstunden gemacht hat«, erklärte Jarnebring in Hörweite des Festgenommenen a. D. »Und seither frisst er mir aus der Hand.«

Einen Tisch besorgte Jarnebring in gleicher Manier. Das Lokal war mit einem bunt gemischten Publikum zum Bersten gefüllt. Ältere Männer mit Specknacken, Rettungsring und gewaltigen Hoffnungen. Junge Frauen mit geschlitzten Röcken und hocherhobenen Häuptern, Fernsehansagerinnen, Gebrauchtwagenhändler, die B-Mannschaft des Parnass und einige, die einfach nur so hier gelandet waren. Es war reichlich laut, und das Gedränge war unbeschreiblich. *Johansson fand es schrecklich.*

»Ist im Knast gerade Urlaub?«, sagte Jarnebring freundlich zu vier Herren mittleren Alters, die sich um einen Champagnerkühler drängten.

»Höhö«, gackerte der eine, der offenbar der Gastgeber war. »Auch mal wieder die Beine ausschütteln, Jarnebring. Setzt euch doch, Jungs.« Er rutschte auf dem langen Ledersofa beiseite, um Platz zu machen.

»Ich muss los«, sagte einer seiner Gäste und stand auf.

»Du kannst meinen Stuhl haben«, bot er Johansson mit flackerndem Blick an.

Das muss einen Generaldispens geben, dachte Johansson und ließ sich nieder.

»Ja, ja«, sagte Jarnebring und klatschte in die Hände. »Ich sollte die Herren vielleicht miteinander bekannt machen. Der Fettsack hier …« Er zeigte mit der Hand auf den Mann neben sich auf dem Sofa, »ernährt sich vom Betrug an Witwen und Waisen, und die beiden anderen sind einfach in seiner Autofirma angestellt.«

»Jarnis, Jarnis, du änderst dich auch nie.« Der Dicke kicherte entzückt. »Wer ist dein Kollege?«, fragte er dann und nicke Johansson freundlich zu.

»Darauf kannst du scheißen«, sagte Jarnebring freundlich. »Schaff lieber einen Kellner her.«

Zwei Whisky mit Leitungswasser und eine separate Rechnung. Schon nach einer Viertelstunde hatten sie den Tisch für sich, und danach wurde es richtig gemütlich.

»Gebrauchtwagengauner oben auf Söder«, erklärte Jarnebring. »Hilfsbereit, hält sich für den Paten persönlich.«

»Aha«, sagte Johansson. »Du hast nicht Lust auf ein Bauernfrühstück?«, fragte er dann.

»Aber sicher«, sagte Jarnebring. »Wir halten uns an einen Amortisierungsplan.«

Mitten im Bauernfrühstück bekamen sie Besuch. Johansson kehrte diesem Besuch den Rücken zu und konzentrierte sich auf sein Essen. Beim Besuch handelte es sich um eine Frau. Jarnebrings entzückter Miene konnte Johansson entnehmen, wie sie aussah. Andeutungsweise und ohne den Kopf bewegen zu müssen.

»Ist hier frei?«, fragte sie.

»Natürlich, die Dame.« Jarnebring klopfte mit der Hand auf das Sofa.

»Ich bin mit meinem Freund hier.«

»Der geht gleich«, sagte Jarnebring und schien sich seiner Sache ganz sicher zu sein.

Johansson wandte sich um. Jung, schön und sich beider Tatsachen bewusst. Jetzt winkte sie eifrig einem Mann zu, der ein Stück entfernt stand, doch der schüttelte nur abwehrend den Kopf und zeigte aufs andere Ende des Lokals. Beinahe hätte auch Johansson diesem Mann zugewinkt. *Hoppla,* dachte er. Um ein Haar. Waltin war offenbar besser auf der Hut. Sein sympathisches und ein wenig müdes Gesicht verriet nicht, dass er Johansson erkannt hatte. Er schüttelte nur den Kopf. Gab seiner Bekannten ein Zeichen und verschwand im Gewühl.

»Dieser Waltin hat ja einen guten Geschmack«, sagte Jarnebring und grinste.

»Waltin?«, fragte Johansson und schaute dem maßgeschneiderten Rücken nach. Er hatte Gesellschaft von einer Frau bekommen, die seine Tochter sein könnte.

»Spiel hier nicht den Affen«, sagte Jarnebring. »Du kannst auch so einer werden wie Waltin. Zieh ihm die Uniform an und lass ihn nützliche Arbeit leisten. Du bist doch jetzt der Chef.«

»Du glaubst, es ist herausgekommen?«, fragte Johansson vorsichtig.

»Herausgekommen«, schnaubte Jarnebring. »Die ganze Stadt weiß davon.«

50

Johansson wurde vom Telefon geweckt. Er war nicht verkatert, sondern eher müde von der durchwachten Nacht als vom Schnaps, auch wenn es ihm in seinem Leben schon besser gegangen war.

Wesslén, dachte Johansson und griff nach dem Telefon.

Wer sonst könnte um null acht null null an einem Samstagmorgen anrufen? Ich erwürg dich mit der Telefonschnur, beschloss er.

»Johansson«, sagte er heiser.

»Wesslén. Ich hab dich doch hoffentlich nicht geweckt?« Ausnahmsweise hörte Wesslén sich überrascht an.

Johansson murmelte eine unverständliche Antwort, die mit etwas gutem Willen auf allerlei Weisen gedeutet werden konnte.

»Na dann«, sagte Wesslén und klang wieder normal. »Ich weiß doch, dass du ein Early Bird bist, und da wollte ich dich im Flug einfangen. Ehe du entkommen kannst.«

Ist dir gelungen, dachte Johansson und musterte aus der Entfernung seine Zehen. Er bewegte sie vorsichtig. *Wir leben,* registrierte er.

»… ich habe gestern schon versucht, dich anzurufen, aber zuerst war besetzt, und dann ging niemand mehr dran«, sagte Wesslén. »Meine Frau und ich wollten wissen, ob wir dich zu einem Bissen einladen dürfen. Morgen um neunzehn Uhr. Im engsten Familienkreis.«

»Gerne«, sagte Johansson überrascht. »Das wird sicher nett«, fügte er schnell hinzu. *O Scheiße,* dachte er.

»Also abgemacht«, sagte Wesslén und versuchte, herzlich zu lachen. »Du bist uns sehr willkommen.«

Prominenz, dachte Johansson. Er setzte sich im Bett auf und unterzog seine Zehen abermals einer kritischen Musterung. Die Nägel mussten geschnitten werden. Bloß weil man aus den Massenmedien bekannt ist, rennen sie einem die Bude ein. So ein Strom von Einladungen. Zuerst Jarnebring, jetzt Wesslén.

Und wieder klingelte das Telefon.

Abendanzug erbeten, dachte Johansson.

»Johansson«, sagte er.

»Hallo«, sagte die Stimme. »Ich hab es fertig. Wenn du willst, kann ich es dir vorbeibringen.«

Der Kollege mit der entlaufenen Frau, dachte Johansson.

»Nein«, sagte Johansson. »Ich schau bei dir vorbei. Ich muss unbedingt mal aus dem Haus und mich bewegen. Du bist doch wohl nicht über Nacht im Büro geblieben, hoffe ich?«

»Spinnst du«, sagte der Kollege. »Ich brauchte Ruhe, und da bin ich nach Hause gefahren.«

»Aha«, sagte Johansson. »Und hast du was von deiner Frau gehört?«, fragte er dann.

»Sicher«, antwortete die Stimme. »Sie ist gestern zurückgekommen, deshalb bin ich hier, um ein bisschen Ruhe und Ordnung zu haben.«

»Ich bin in einer Stunde bei dir«, sagte Johansson rasch. *Glückliche Ehe,* dachte er.

51

Välitalo war vierundzwanzig. Beide Eltern waren tot. Der Vater war bei einem Unfall ums Leben gekommen, als Peter Sakari sieben Jahre alt gewesen war. Er war nach einer Sauferei im Treppenhaus vor der Wohnung der Familie in Farsta eingeschlafen. Der Polizei zufolge war er dann wohl über den Absatz gerollt und die steile Treppe hinuntergestürzt. Jedenfalls war er tot, als die Streife, die von Nachbarn informiert worden war, am Ort des Geschehens ankam. In der Wohnung trafen sie auf Peter, seine drei jüngeren Geschwister und die sinnlos betrunkene Mutter.

In Peter Sakaris Akte beim Jugendamt steht eine andere Erklärung für das gebrochene Genick des Vaters. Die Ärztin des Kinder- und Jugendpsychiatrischen Krankenhauses, von der die Geschwister Välitalo nach dem Unglücksfall behandelt worden waren – und die angibt, sehr guten Kontakt zu Peter gehabt zu haben –, meinte, Peter Sakari und sein sechsjähriger Bruder hätten den schlafenden Vater die Treppe hinuntergestoßen. Weil er »immer blau war und die Mama gehauen hat«. Da die Geschwister nicht strafmündig waren, leitete die Polizei keine weiteren Maßnahmen ein.

Die Mutter war mehrere Male in der Psychiatrie gewesen. An Peters zehntem Geburtstag erhängte sie sich in der Toilette der Therapiewerkstätte im Krankenhaus Ulleråker. Nach diesem Ereignis musste die Gesellschaft die gesamte elterliche Verantwortung übernehmen; allerlei Pflegeheime, Kinderheime und psychiatrische Kliniken. Und dann geschlossene Heime und Gefängnisse.

Mit sechzehn hatte Peter Sakari ein halbes Jahr in einem ganz normalen Krankenhaus verbracht. Er hatte versucht, bei einer Verfolgungsjagd der Polizei davonzufahren, war jedoch in einem der südlichen Vororte gegen die Wand eines Zeitungskiosks gebrettert. Als dauerhafte Folge des Unfalls war ihm ein heftiges Hinken geblieben, das einem komplizierten Bruch im rechten Bein geschuldet war. Deshalb wohl sein Alias oder genauer gesagt sein Spitzname: »Puma«.

Abgesehen von diesem halben Jahr im Krankenhaus und ähnlichen Unterbrechungen, hatte Puma die Mehrzahl seiner vierundzwanzig Jahre hinter Schloss und Riegel in allerlei Jugend- und Kriminalstrafanstalten verbracht. Und das nicht ohne Grund, dürfen wir annehmen. Er war mit mehr als vierhundert Vergehen im Vorstrafenregister vertreten. Alles von Mordversuch, schwerer Körperverletzung, Beihilfe zum Mord, kleinen und großen Diebstählen und Drogengeschichten bis hin zu Verkehrsdelikten. »Ein ungewöhnlich fleißiger kleiner Gauner«, um Kriminalinspektor Bo Jarnebring von der zentralen Ermittlungsabteilung in Stockholm zu zitieren.

Zu Beginn des Jahres, dem Jahr, in dem er nach eigener Aussage von Berg und dessen Kollegen misshandelt worden war, verbüßte er in der JVA Österåker das Ende seiner letzten Haftstrafe.

Mit Hilfe des Ermittlungsregisters hatte Johanssons Kollege, der mit den Eheproblemen, Peter Sakari Välitalos Aktivitäten während dieses Jahres festzustellen versucht. Um Johansson die Sache zu erleichtern, hatte er seine Funde in chronologischer Reihenfolge aufgeführt. Als Beschreibung eines Lebens war diese Aufstellung relativ belanglos. Möglicherweise sagte sie etwas über Pumas Beziehung zum Rechtsstaat aus.

1. bis 5. Januar: Zweijährige Haftstrafe in Österåker angetreten.
5. Januar: Urlaub aus Österåker.
6. Januar: Von der Stockholmer Polizei auf frischer Tat ertappt bei einem Einbruch in einer Wohnung in der Grevgata 11. Am selben Tag in die Haftanstalt Kronoberg gebracht.
7. Januar: Rückkehr nach Österåker.
11. Januar bis 4. Februar: Urlaub aus Österåker.
4. Februar: Auf frischer Tag ertappt bei einem Einbruch in der Villa Golfväg 20 von der Polizei Danderyd. Am selben Tag in Danderyd in den Arrest gebracht. Am selben Tag zurück nach Österåker.
11. Februar: »Kleine psychiatrische Untersuchung« angeordnet. Überführt von Österåker ins Krankenhaus Långbro am selben Tag.
11. Februar bis 28. Februar: Aufenthalt im Krankenhaus Långbro.
1. März: Vom Stockholmer Gericht verurteilt zu zwei Jahren und sechs Monaten Gefängnis wegen schweren Diebstahls, Hehlerei, Verkehrsdelikten u. a., »begangen in dem Zeitraum, in dem V. seine vorherige Strafe in Österåker verbüßte«.
2. März: Eingeliefert ins Gefängnis Hall für zwei Jahre und sechs Monate.
4. März: Urlaub aus Hall.

5. März: Nicht nach Hall zurückgekehrt. Am selben Tag zur Fahndung ausgeschrieben.

11. März: Von der Stockholmer Polizei im U-Bahnhof Liljeholmen aufgegriffen. Ins Gefängnis Kronoberg gebracht.

11. bis 13. März: Verbleib in Kronoberg.

13. März: Überführung aus Kronoberg nach Hall.

13. März bis 18. März: Verbleib in Hall.

18. März: Begleiteter Ausgang aus Hall. Am selben Tag in der U-Bahn-Station Hauptbahnhof der Begleitung entwichen. Am selben Tag zur Fahndung ausgeschrieben.

18. April: Von der Stockholmer Polizei in der Biblioteksgata aufgegriffen. Am selben Tag nach Kronoberg verbracht. Überführung nach Hall am selben Tag.

1. Mai: Urlaub aus Hall. Hat am Vortag Urlaub beantragt, was abgelehnt wurde »im Hinblick auf die Risiken, welche die Feiern zur Walpurgisnacht für einen Menschen mit Drogenproblemem bedeuten können«.

2. Mai: Nicht nach Hall zurückgekehrt. Am selben Tag zur Fahndung ausgeschrieben.

2. Mai: Auf frischer Tat bei einem Einbruch im Valhallaväg 104 von der Stockholmer Polizei ertappt. Am selben Tag ins Gefängnis Kronoberg verbracht.

2. Mai bis 9. Mai: Verbleib in Kronoberg.

9. Mai: Überführt von Kronoberg nach Hall.

9. Mai bis 10. Mai: Verbleib in Hall.

10. Mai: Urlaub aus Hall.

10. Mai: In einem gestohlenen Fahrzeug auf Norrbyvägen Huddinge von der Polizei angehalten. Am selben Tag in den Arrest in Huddinge gebracht.

11. Mai: Rückkehr nach Hall. Urlaub aus Hall am selben Tag.

12. Mai: Nicht nach Hall zurückgekehrt. Am selben Tag zur Fahndung ausgeschrieben.

5. Juni: Von der Polizei Huddinge im Zentrum von Hud-

dinge aufgegriffen. Rückkehr nach Hall am selben Tag.

5. Juni bis 24. Juni: Verbleib in Hall.

24. Juni bis 28. Juni: Urlaub aus Hall.

28. Juni: Nicht nach Hall zurückgekehrt. Am selben Tag zur Fahndung ausgeschrieben.

1. Juli: Stellt sich freiwillig der Kriminalpolizei Stockholm und gesteht Villeneinbruch im Stenkullaväg 58 am 28. Juni. Ins Gefängnis Kronoberg verbracht.

1. Juli bis 17. Juli: Verbleib in Kronoberg.

17. Juli: Vom Stockholmer Gericht verurteilt zu zwei Jahren und sechs Monaten Haft wegen schweren Diebstahls, Hehlerei, Verkehrsdelikten u. ä., »begangen während der Zeit vom 1. März bis zum 28. Juni, als noch die vorherige Haftstrafe abgebüßt wurde«.

17. Juli: Inhaftiert in Hall für zwei Jahre und sechs Monate.

Nach dem siebzehnten Juli weist das Register keine weiteren Eintragungen mehr auf.

52

»Was zum Teufel ist das?«, fragte Johansson. Er hatte rote Ohrläppchen und wedelte mit dem Papier, das ihm der Kollege aus der Nachrichtenabteilung eben gegeben hatte. »Das ist einfach zu übel«, fügte er dann hinzu, und zu seiner Ehrenrettung können wir sagen, dass er auch die ergreifende Schilderung von Peter Sakaris Kindheit meinte.

»Im Kittchen ist eben nie ein Zimmer frei«, antwortete der offenbar eher praktisch veranlagte Kollege und zuckte mit den Schultern. »Und am Ende scheint sich der Knabe ja gebessert zu haben.« Er grinste. »Wird am ersten Juli aus freiem Antrieb vorstellig. Mitten in der Hochsaison, wenn die Leute Urlaub machen und jede zweite Wohnung leer steht. Vielleicht hat er aufgegeben, weil er an die viele Arbeit gedacht hat.«

»Aber warum macht er das?«, fragte Johansson. Der Kollege zuckte noch einmal mit den Schultern.

»Keine Ahnung«, sagte er. »Das hier ist ein Übersichtsregister. Wenn du so was wissen willst, musst du dir die Akten von der Einbruchsabteilung in Stockholm kommen lassen. Falls er die Freundlichkeit besessen hat, sich denen gegenüber näher auszulassen. Eigentlich dürfte er überhaupt nicht im Ermittlungsregister stehen«, fügte er hinzu. »Das ist für qualifiziertere Leute reserviert. Den ersten Teil über seine liebenden Eltern hab ich aus der Personenübersicht. Gibt's auf Mikrofilm«, erklärte er. »Die sozialen Aspekte und den ganzen Scheiß.«

»Seit dem siebzehnten Juli in diesem Sommer hat er ja offenbar nichts mehr ausgefressen.« Johansson dachte laut nach.

»Ich hab doch gesagt, dass er sich gebessert hat«, erwiderte der Kollege und lächelte. »Falls das hier überhaupt stimmt.« Er zuckte zum dritten Mal mit den Schultern.

»Stimmt?«

»Ja. Es gibt immer eine Menge Fehler. Missverständnisse. Immerhin einen hab ich gefunden und korrigiert.«

»Was?«, fragte Johansson interessiert und überflüssigerweise. *Was immer das mit dem Fall zu tun haben mag*, dachte er.

»Ja«, erklärte der Kollege. »Dem Register nach ist er am Freitag, dem achtundzwanzigsten Juni, um vierzehn Uhr in Stockholm wegen unerlaubten Fahrens festgenommen worden. Oben in der Fridhemsgata. Aber das kann gar nicht stimmen.«

»Warum nicht?«, fragte Johansson.

»Also«, sagte der Kollege, »... dem nächsten Eintrag nach ist er draußen in Stora Essinge mit einem Einbruch beschäftigt … am selben Nachmittag.« Er nickte Johansson viel sagend zu. »Wenn er um vierzehn Uhr festgenommen wurde … dann kann er ja kaum zeitgleich einen Bruch machen. Auch wenn in diesem Haus ewig rein- und rausgerannt wird.«

»Und du bist sicher, dass es ein Fehler ist?« Johansson mochte Fehler nicht leiden.

Der Kollege schien das eher auf die leichte Schulter zu nehmen. Mit der er abermals zuckte.

»Vermutlich«, sagte er. »Falsche Person oder falsches Datum. Ich hab es gelöscht. Kann das Gesamtprofil des Knaben ja wohl kaum beeinflussen.« Er grinste zufrieden.

»Kannst du eine Kopie dieser gelöschten Eintragung besorgen?«, fragte Johansson, der Fehler noch immer nicht leiden mochte.

»Montag«, sagte der Kollege. »Die liegt unten bei Stockholm.«

»Gut«, sagte Johansson, dem gerade etwas eingefallen war. »Mir ist gerade etwas eingefallen«, sagte er, schaute sich im leeren Computerraum mit den stummen und schlummernden Bildschirmen um und dachte aus irgendeinem Grund an den geschäftsführenden Direktor Waltin, von dem Johanssons bestem Freund zufolge »die ganze Stadt« wusste.

»… kannst du für mich eine Firma überprüfen?«, fragte er. Der Kollege nickte. *Natürlich konnte er.*

Ob die Sache stadtbekannt war, stand noch nicht fest. Dass die AS AKILLEUS im allgemeinen Ermittlungsregister gelandet war, dagegen wohl. Das begriff sogar Johansson, als er die Querverweise auf dem Bildschirm sah. Dort stand, zusammen mit der Firmenadresse und anderen allgemeinen Auskünften, die Betriebsnummer der Aktiengesellschaft im Register der Patent- und Registrieranstalt.

Es gab auch einen Verweis zur zentralen Ermittlungsabteilung in Stockholm und der Gruppe, die sich mit organisierter Kriminalität in der Gastronomiebranche befasste. Der nächste Verweis führte zur Göteborger Sektion für Wirtschaftsverbrechen und der dritte und letzte zur Betrugsabteilung in Sundsvall.

Wem von denen Waltin wohl noch Geld schuldig ist, dachte Johansson. Aber die haben doch schon vor zehn Jahren dichtgemacht.

»Soll ich die Unterlagen kommen lassen?«, fragte der Kollege, der jetzt neugieriger aussah als beim Thema Välitalo.

»Scheiß drauf«, sagte Johansson, und jetzt war er derjenige, der mit den Schultern zuckte.

»Was machst du da jetzt?«, fragte er. Der Kollege schlug in die Tasten.

»Ich geb deine Frage ein«, erklärte der Kollege. »Dass der Chef vom Landeskriminalamt am zweiundzwanzigsten September nach Akilleus gefragt hat.« Er zeigte mit dem Fingernagel auf den Bildschirm, wo eine neue Zeile auftauchte.

»C/LK 09-22F«, las Johansson.

»Jetzt können die Kollegen in Göteborg zum Beispiel dir Bescheid sagen, wenn bei den Ermittlungen etwas passiert. Oder wenn irgendwer eine gute Idee hat«, der Kollege nickte zufrieden.

»Vergiss die Fragen«, sagte Johansson erschrocken und voll der Vorurteile seiner Heimat. »Lösch den Scheiß, und vergiss, was ich gesagt habe.«

»Na gut«, sagte der Kollege und tilgte die Zeile vom Bildschirm. Aber er zuckte nicht mit den Schultern und wirkte eher neugierig als desinteressiert. *Fast schon ein wenig misstrauisch,* dachte Johansson, als er mit der U-Bahn nach Hause fuhr.

Familienessen gehörten der Vergangenheit an. Für Johansson gab es höchstens noch seine Besuche bei den Eltern oder die seiner beiden Kinder bei ihm. Das hier war etwas anderes, und wenn nur die Hälfte aller Geschichten, die er über Wesslén und seine Mitbewohnerin gehört hatte, zuträfe, würde es einen gewaltigen Unterschied geben.

Er hatte Samstag und Sonntag genug Zeit gehabt, seine Zusage zu bereuen. Zweimal hatte er schon nach einer Entschuldigung gesucht, um dann anrufen und absagen zu können. Aber die Zeit verging, und am Sonntagnachmittag war die Frist verstrichen. Zumindest für einen anständigen Menschen.

Scheiße, dachte Johansson. Die Leute mitten in der Nacht per Telefon zu überfallen. Was haben die und ich denn schon für Gemeinsamkeiten?

Gegen drei Uhr nachmittags fing er an, sich Sorgen um seine Garderobe zu machen, und um Viertel nach sechs zog er die Tür hinter sich ins Schloss. Anzug, Schlips und Kragen. Die braune Wildlederjacke, die über Brust und Taille spannte und ihn aussehen ließ wie einen Gebrauchtwagenhändler. Unterm Arm trug er eine in Plastikfolie und Zeitungspapier eingewickelte Elchkeule.

Das werden die jedenfalls zu schätzen wissen, dachte Johansson. So teuer, wie Fleisch heutzutage ist.

Wesslén und seine Nichtangetraute bewohnten oben im Vanadisväg eine ältere Wohnung, die sorgfältig renoviert worden war und ebenso gut in einer der feineren Gegenden von Östermalm hätte liegen können. Die Wohnung lag ganz oben im Haus und hatte sechs Zimmer und Küche.

Wenn du mir nicht persönlich bekannt wärst, würde ich dir die Wirtschaftsprüfer auf den Hals schicken, dachte Johansson und sah sich diskret in der großen hellen Diele mit dem offenen Kamin und den farbenprächtigen Bildern an den Wänden um.

Die Gastgeber empfingen ihn an der Tür, ganz ihrer Umgebung angepasst. Wesslén trug eine karierte Freizeitjacke, seine Mitbewohnerin einen Faltenrock und ebenso viele Halsketten wie der Negerhäuptling im Lesebuch für die Volksschule. Anders als bei diesem jedoch war ihr Oberkörper mit einer Hemdbluse bekleidet, und sie und Wesslén waren so locker und freundlich, dass Johansson bereute, sich in der U-Bahn nicht das Bein gebrochen zu haben.

»Was für eine fantastische Wohnung«, sagte er. »Anstelle von Blumen«, fügte er hinzu und überreichte das Paket mit dem Elchfleisch, das jetzt angefangen hatte zu tropfen.

»Na«, fragte Johansson. »Wie war's denn nun in Kumla?«

Das Essen lag hinter ihnen. Eine richtig nette Geschichte mit reichlichen und wohlschmeckenden Speisen. Agneta, so hieß Wessléns Mitbewohnerin, ließ sie allein, um die Tochter zu Bett zu bringen und neuen Kaffee aufzusetzen. Jetzt saßen sie auf dem großen Sofa im noch größeren Wohnzimmer, jeder mit einem Cognac und Platz für ein paar kleine berufliche Vertraulichkeiten.

»Er hat nichts mehr gegen Berg und die anderen vorzubringen«, sagte Wesslén. »Die Sache scheint abgehakt. Dagegen konnte er mit einer gelinde gesagt seltsamen Geschichte aufwarten.«

»Lass hören«, sagte Johansson zufrieden. *Langsam wirst du fast schon menschlich,* dachte er und nickte seinem markant geschnittenen Gastgeber zu.

Ein gutes Jahr zuvor hatte Boris Djurdjevic Kontakt zu einem gewissen Direktor Waltin bekommen, der sich mit Immobiliengeschäften befasste. Über ihn hatte Djurdjevic zwei Mietshäuser gekauft und sich zugleich eines größeren Grundstücks in Sälenfjällen entledigt. Außerdem hatten sie einander privat kennen gelernt. Bei einem Essen daheim bei Waltin hatte der von einem Polizisten erzählt, dem er nach der Scheidung in einer Wohnungsangelegenheit geholfen und der ihm im Gegenzug allerlei nützliche Tipps gegeben hatte, was die Kollegen in den Ermittlungs- und Wirtschaftsabteilungen so trieben: Kriminalinspektor Bo Jarnebring.

Das hatte Djurdjevics Interesse geweckt. Er steckte in derselben Klemme wie Waltin und wusste, dass er schon seit vielen Jahren beobachtet wurde. Äußerst vorsichtig hatte er begonnen, das Terrain um Jarnebring zu sondieren, hatte Waltin darüber jedoch nicht informiert. Hier tat sich für Djurdjevic vielleicht eine Möglichkeit auf, sich die über ihn gesammelten Informationen zu verschaffen. Aber die Zeit verging, und er fand keinen geeigneten Ansatz für eine Kontaktaufnahme. Das ärgerte ihn ziemlich, denn inzwischen war er davon überzeugt, dass Jarnebring käuflich und dieses Geld absolut wert war.

Dann war ihm plötzlich der Zufall zu Hilfe gekommen. Einer seiner Angestellten in einem Restaurant auf Söder, der Pizzeria Rosso, war bei einer Razzia in einem illegalen Spielclub verhaftet worden, wo er sich nachts als Croupier etwas dazuverdient hatte. Der Leiter der Ermittlung wandte sich nun an den Arbeitgeber des Croupiers, eben an Boris Djurdjevic, und einer der Ermittler hieß Bo Jarnebring.

Danach war alles fast wie von selbst gelaufen. Innerhalb von zwei Monaten hatte Jarnebring begonnen, Djurdjevic mit Informationen zu versorgen. Zuerst ging es einfach nur um normalen Klatsch von der Wache. Dann kamen nach und nach geheime Aktennotizen unterschiedlichen Inhalts dazu. Er war gut bezahlt worden. Gutes Geld für Jarnebring, Peanuts für Djurdjevic. Insgesamt bei drei Gelegenheiten zweiundzwanzigtausend Kronen.

Gleich nach Neujahr hatte Jarnebring sich dann an Djurdjevic gewandt und berichtet, dass sich das Landeskriminalamt offenbar ausgiebig mit seinen Unternehmungen befasse. Jarnebring wollte versuchen, Kopien der bereits existierenden Unterlagen zu besorgen. Djurdjevic war dankbar. Wenn Jarnebring das schaffte, sollte es sein Schaden nicht sein.

In der Nacht zum achtzehnten Januar klingelte dann jemand an seiner Tür, doch als er öffnete, lag auf der Fußmatte nur eine Visitenkarte. Seine eigene, aber das sagte genug. Um elf Uhr abends trafen sie sich an ihrem geheimen Treffpunkt; einer privaten Garage unten in der City, die man nur betreten konnte, wenn man den Schlüssel hatte.

Nach einer Minute wird die Tür zum Beifahrersitz geöffnet. Djurdjevic bleibt in seinem Auto sitzen, und Jarnebring taucht auf wie ein gewaltiger Schatten. Aus seiner Parkatasche zieht er einen dicken braunen Umschlag. Djurdjevic greift zu den vereinbarten zwanzigtausend, die Jarnebring verlangt hat, um »meine Finanzen gründlich zu sanieren«, und öffnet den Umschlag, um »einen Blick auf die Ware zu werfen«. Zwei Plastiktüten mit weißem Pulver, eingewickelt in Pappe. Djurdjevic ist zuerst sprachlos und versteht nur Bahnhof. Als er sich zu Jarnebring umdreht, hält der die Mündung einer Walther direkt vor sein Gesicht.

»Versuch's nur«, sagte Jarnebring und lächelte zufrieden.

Natürlich ließ Djurdjevic die Hand sinken. Außerdem hatte er sich seit seiner Jugend nicht mehr geschlagen, und hier wäre es sinnlos gewesen. Plötzlich gingen die Lichter an, und in der Garage wimmelte es nur so von Menschen. Eine halbe Stunde später saß er mit Handschellen auf der Wache in einem Verhörzimmer.

Etwas über einen Monat drauf kam die Verhandlung. Er hatte seinem Verteidiger die ganze Geschichte erzählt und das auch vor Gericht tun wollen. Die Staatsanwaltschaft hatte alles in Fetzen gerissen. Unmittelbar nachdem Djurdjevic angeblich versucht hatte, Jarnebring zu bestechen, hatte der seine Vorgesetzten über den Vorfall informiert. Bei einer Besprechung der Chefs der zentralen Ermittlungs-

252

abteilung und der Nachrichtenabteilung des Landeskriminalamts war die Strategie für die geplante Infiltration festgelegt worden. Der erste Schritt war, dass Jarnebring angeblich Djurdjevics Köder schlucken sollte. Ziel war, ihn der schweren Drogendelikte zu überführen, von denen man seit Jahren wusste, dass er darin verwickelt war.

Die Nachrichtenabteilung des Landeskriminalamts hatte die Operation geplant und geleitet: Infiltration und Beweisprovokation mit Hilfe eines so genannten »falschen Doppelagenten«. Sie hatten außerdem die »desinformativen« Unterlagen über Djurdjevic und sein Milieu zusammengestellt, die Jarnebring überreichen sollte. Jarnebring hatte außerdem bei den Übergabeterminen ein Tonbandgerät bei sich. Das Geld hatte er nach jedem Kontakt gleich abgegeben. Insgesamt zweiundzwanzigtausend Kronen.

Sowohl Geld als auch Tonbandaufnahmen und Kopien der Unterlagen wurden vor Gericht als Beweis vorgelegt.

Am Ende war die Zeit dann reif gewesen. Jarnebring hatte mehrmals Andeutungen gemacht, dass er eine »ziemlich interessante Partie Heroin« beschaffen solle. Der Käufer war einer seiner Kontaktmänner in der Verbrecherszene, er selbst würde eine überzeugende Provision erhalten. Gleich nach Neujahr hatte Djurdjevic ihm zum »Freundschaftspreis« von hunderttausend Kronen eine Partie von zweihundert Gramm angeboten. Unter der Bedingung, dass er auch in Zukunft mit Jarnebrings Diensten rechnen könne.

Die Analysen des Heroins, das Djurdjevic am Abend des achtzehnten Januar überreicht hatte, erwiesen es als einen Teil der Partie, von der einige Monate zuvor in Södertälje ein gutes Pfund beschlagnahmt worden war. Der damals Festgenommene, ein türkischer Staatsbürger, sagte jetzt gegen Djurdjevic aus. Er sei der Drahtzieher der Organisation, zu der auch der Türke gehörte und für die er im Herbst insgesamt zwei Kilo ins Land gebracht hatte. Insgesamt war jedoch von wesentlich größeren Mengen die Rede.

Die Aussage des Türken, die Analyse des staatlichen kriminaltechnischen Labors, die in Södertälje beschlagnahmten fünfhundertzwanzig Gramm. Dazu zwei Tüten, die jeweils hundert Gramm enthielten, eingewickelt in Pappstreifen, mit Djurdjevics Fingerabdrücken auf Tüte und Pappe. Keine anderen Abdrücke. Endlich die Aussagen von Jarnebring und zweien seiner Kollegen, dazu hundert Tausender, die am Vormittag des achtzehnten Januar vom Chef der Nachrichtenabteilung des Bundeskriminalamts registriert worden waren. Verzeichnet am selben Tag in einer gesonderten Liste und hinterlegt von Kriminalinspektor Jarnebring, der Djurdjevics Wagen entstiegen war. Und natürlich nirgendwo anderes Geld als dieses.

Insgesamt reichte das sehr gut für ein Urteil über zehn Jahre Haft auf Grund von schweren Drogendelikten, gefällt vom Stockholmer Gericht und bekräftigt vom Obersten Gericht bei der Wiederaufnahme einen Monat später.

Na, wenn das so ist, dachte Johansson. Deshalb ist man also auf einen Bissen eingeladen worden.

»Und jetzt glaubst du Djurdjevic mehr als irgendeinem sonst«, stellte er mürrisch fest und schaute seinen Gastgeber mit kaltem Blick an.

Wesslén war ernst und wich mit seinem Blick nicht aus.

»Ich weiß es ehrlich gesagt nicht«, antwortete er. »Ich weiß, dass du mit Jarnebring sehr gut befreundet bist und dass du die Sache früher oder später auch von anderer Seite hören wirst.«

Johansson nickte. *Da konnte er immerhin zustimmen.*

»Eins weiß ich mit Sicherheit«, sagte Wesslén, der Gedanken lesen konnte. »Das ist nicht der Grund, warum wir dich hergebeten haben. Meine Frau hat sich vielmehr in diese Klatschnotiz in Aftonbladet verliebt.« Jetzt lächelte er auf seine übliche reservierte Weise. »Ich finde, du könntest Jarnebring fragen«, endete er.

»Sicher«, sagte Johansson. »Werde ich. Was immer das mit Nils Rune Nilsson zu tun haben soll«, fügte er gereizt hinzu.

Entweder hat die Kaffeemaschine ihren Geist aufgegeben, dachte Johansson. Oder die Kleine war noch gar nicht so müde, wie sie ausgesehen hatte, als ihre Mama mit ihr verschwunden war. Jedenfalls gab es noch genug Zeit für alle Seltsamkeiten, die er selbst herausgefunden hatte.

Er erzählte von seinem Besuch bei Ritva Sirén. Über ihren Verflossenen Peter Sakari Välitalo und dessen Beziehung zur Unterwelt. Und dass er offenbar, wenn man dem Ermittlungsregister glauben durfte, wegen verbotenen Fahrens festgenommen worden war und gleichzeitig am anderen Ende der Stadt eine Villa ausgeräumt hatte.

»Wirklich zu traurig«, sagte Johansson und reichte Wesslén die Aufstellung, die er vom Kollegen mit den Eheproblemen erhalten hatte.

Wesslén nickte und las. Auch er schien das alles nicht witzig zu finden.

»Freitag, der achtundzwanzigste Juni«, sagte er. »Der Tag, an dem Herr Kallin von eigener Hand verschied.«

Du hast ja ein gutes Gedächtnis, dachte Johansson. Er selbst hatte Janssons Aktennotiz zu Rate ziehen müssen.

»Ja«, gestand er. »Und beide haben in Hall gesessen. Verdammt viele Zufälle«, fügte er genervt hinzu. »Aber nichts davon fällt in unser Ressort. Nils Rune Nilsson, allgemein bekannt als Onkel Nisse …« Johansson ließ den Rest in seinem Glas kreisen.

»… da haben wir rein gar nichts«, stellte er düster fest und stellte das Glas wieder auf den Tisch.

»Sag das nicht«, sagte Wesslén lächelnd. »Wir haben seine Aussage auf dem Krankenbett. Den Björneborger Marsch.«

»Vielleicht sollten wir die Wachparade verhören«, sagte

Johansson und grinste. *Wahrscheinlich bist du im tiefsten Herzen ziemlich nett,* dachte er.

»Wenn du dich darum kümmerst, kann ich nach Hall fahren und mit Välitalo sprechen«, sagte Wesslén. *Was immer das mit dem Fall zu tun haben mag,* dachte er.

Eigentlich ein ziemlich netter Typ, dachte Johansson, als er sich auf dem Weg nach Söder von der U-Bahn durchrütteln ließ. Sympathische Frau hatte er auch. Und einen Vater, der Kunsthändler gewesen war und seinem eingeborenen Sohn Wohnung, Bilder und Antiquitäten hinterlassen hatte. Das hatte Wesslén beim Essen erzählt, als Johansson gesagt hatte, die brennende Herbstlandschaft über dem Büfett sehe aus wie van Gogh. »Karl Nordström« hatte Wesslén ohne die geringste Ironie gesagt. Danach hatte er von seinem Vater erzählt, der mit Kunst und Antiquitäten gehandelt hatte, und erklärt, warum Johanssons Bemerkung gar nicht so dumm gewesen war.

Aber hier gab es keine Ölgemälde. Nur Reklame für Hamburger und Damenzeitschriften. Kunststoffsitze und Neonröhren. Zwei aufgekratzte Teenies und einige Erwachsene, die nichts sahen und nichts hörten. Und einen für sechs Monate als Vertretung eingesetzten Polizeidirektor, dem plötzlich aufgegangen war, dass er sich nach seiner früheren Arbeit in der Personalabteilung des Landeskriminalamts zurücksehnte.

»Na«, sagte Wesslén und lächelte seine Mitbewohnerin an. »Hat er deinen Erwartungen entsprochen?« Sie hatte die Beine aufs Sofa hochgezogen und schien einer Reportage in einer teuren Illustrierten entsprungen.

»Sehe ich aus wie einer Reportage in einer teuren Illustrierten entsprungen?«, sie stellte die Füße wieder auf den Boden. »Ich weiß nicht.« Sie schüttelte den Kopf. »Ich hatte ihn für viel älter gehalten. Er ist doch eher in deinem Alter.«

»Johansson«, sagte Wesslén überrascht. »Ich glaube sogar, dass er einige Jahre jünger ist.«

»Du bist mir lieber«, sagte sie entschieden. »Er wirkt ja offen und sympathisch ... so ein richtiger großer Junge ... leicht sentimental ... Humor, und ein guter Anekdotenerzähler ...«

»Ja«, sagte Wesslén.

»Ich glaube, das ist eine Maske«, erklärte sie überzeugt. »Ich halte ihn für einen gefährlichen Menschen, den man nicht zum Feind haben möchte.« Sie schaute ihn mit ernster Miene an und nickte. »Ein brutaler Mensch.«

»Komm, wir gehen schlafen«, entschied Wesslén.

54

Välitalo hatte einen eigenen Ermittler. Einen Veteranen aus der Einbruchsabteilung, der kurz vor der Rente stand.

»Kennst du Peter Sakari Välitalo?«, fragte Wesslén.

»Ob ich Puma kenne?« Der Kollege stöhnte leise. »Den hab ich meiner Sünden wegen bekommen.« Er schüttelte seinen kahlen Schädel.

Wesslén lächelte höflich.

»Die Kollegen sagen, dass du als Einziger geduldig genug bist.«

»Sag lieber, einfältig genug. Und ich kann nicht Nein sagen.«

Välitalo galt als ungewöhnlich emsiger Dieb. Und das auch in Kreisen, wo das keine einzigartige Eigenschaft war. In Anbetracht seines Handicaps durch den Autounfall, der ihm diesen unsicheren, watschelnden Gang beschert hatte, war er fast schon unerklärlich fleißig.

Fleißig, aber wenig erfolgreich. Die Polizei klärte nur einen Bruchteil aller Einbrüche auf, aber wenn man sich Välitalos Register ansah, schien Puma für sämtliche aufgeklärten Fälle verantwortlich zu sein. Peter Puma war keiner, der seinen Verfolgern davonlief.

Er selbst reagierte äußerst indigniert, wenn die Sache zur Sprache kam. Er war der »König der Einbrecher«. Abgesehen von den Fällen, bei denen er unter Verdacht stand. Da stritt er vehement alles ab, konsequent und ohne Rücksicht auf die Tatsache, dass er oft genug mit der Hand in der Schreibtischschublade erwischt wurde. Außerdem war seine Sprache das Allerletzte, und er spielte bei den Verhören den Affen.

»Deshalb musste ich ihn übernehmen.« Der Veteran nickte. »Vor allem damit keiner von den jüngeren und hitzigeren Kollegen seinetwegen unglücklich wird.«

Wesslén nickte. Er hatte vollstes Verständnis.

»Er hatte nie eine Chance, der Arme. Eine Schande, wenn ein Kind unter solchen Verhältnissen aufwachsen muss.« Der Veteran nickte ernst. »Aber was hat er jetzt schon wieder angestellt, wieso kommst du her?«

Man könnte dich fast für seinen Vater halten, dachte Wesslén.

»Nichts, so viel ich weiß«, sagte er beruhigend. »Es geht um einen Einbruch, den er im vorigen Sommer begangen hat. Am Freitag, dem achtundzwanzigsten Juni. Draußen in Stora Essingen. Stenkullaväg 58. Kannst du dich daran erinnern?«

»Na, und ob.« Der Kollege schaute ihn überrascht an. »Das war der wohl komischste Einbruch, mit dem ich jemals zu tun hatte. Wunder gibt's eben immer wieder.« Er schüttelte den Kopf.

»Du, mein Freund«, sagte Johansson und musterte den Kollegen mit den Eheproblemen. »Bist du jemand, der die Klappe halten kann?«

»Ich hab zehn Jahre bei der Sicherheit gearbeitet, ehe ich hergekommen bin.« Der andere zuckte mit den Schultern.

»Gut«, sagte Johansson. »Ich hab nämlich ein kleines Problem am Hals. Es geht um den redlichen Onkel Nisse, von dem du sicher in der Zeitung gelesen hast.«

»Erzähl.«

Wenn Johansson seine Probleme einem Soziologen vorgelegt hätte, wäre ihm sicher erklärt worden, dass sie auf den besonderen Strukturen und Aufgaben seiner Organisation und auf den Anforderungen an ihre Mitarbeiter beruhten. Und auf der Tatsache, dass jene, die dort arbeiteten, oft unter starkem Druck von außerhalb der Organisation standen. Es ist jedoch die Frage, ob diese Auskunft ihm geholfen hätte.

Johansson erklärte: Die Massenmedien hatten im Fall Nilsson die Polizei als Sündenbock ausgeguckt. Genauer gesagt fünf Kollegen von der Streife, die Nilsson aufgegriffen hatte, den Kollegen, der am fraglichen Abend im Arrest Dienst gehabt hatte, und einen Arrestwärter. Obwohl der natürlich nur zivilangestellt war.

Bei den Ermittlungen war nichts Belastendes herausgekommen. Im Gegenteil, es war vermutlich wirklich nur ein Unglück geschehen. Gegen keinen der Kollegen bestand auch nur der geringste Verdacht auf ein Vergehen.

Für die fünf hatte sich trotzdem ein gewisses Problem ergeben. Sie hatten bei der Disziplinarabteilung in Stockholm zu viele Anzeigen gesammelt, um das als Zufall abtun zu können. Bestenfalls waren Eifer und Genauigkeit schuld. Schlimmstenfalls … »wäre ihnen mit einer anderen und weniger exponierten Position vielleicht besser gedient«, folgerte der Personalmann Johansson.

Der Kollege nickte. Dieser Teil der Sache war ihm klar.

»Das Blöde ist, dass ich keine Ahnung habe, wie sie so sind«, sagte Johansson. »Und ich will auch nicht in der Gegend rumfragen.«

Wieder nickte der Kollege. Diesen Aspekt erfasste er ebenso gut wie jeder Psychologe.

»Du willst, dass ich das für dich rausfinde«, sagte er. »Ohne dass Berg, Borg, Mikkelson, Orrvik und Åström von der Sache Wind bekommen.« Er grinste zufrieden.

»Genau«, sagte Johansson und versuchte, nicht allzu überrascht zu blicken. »Ich bin offenbar beim Richtigen gelandet.«

»So schnell wie möglich?« Der andere schaute Johansson fragend an, und Johansson nickte. »Ja«, sagte er dann. »Da war noch etwas ... diese Firma Akilleus ...«

»Jaa«, sagte Johansson.

»Wesslén hat sich offenbar heute Morgen danach erkundigt. Er scheint einem Registerverweis auf einen Gauner in der Maklerbranche nachgegangen zu sein. Waltin. Ich dachte, dich interessiert das vielleicht.«

»Danke«, sagte Johansson. *Wie kann man wohl eine Firma auflösen,* dachte er. Liquidation hieß das ja wohl.

Am Freitag, dem achtundzwanzigsten Juni, war Peter Sakari Välitalo in eine Villa in Stora Essingen eingebrochen. Die Adresse war Stenkullaväg 58, und der Bruch war zwischen vierzehn und achtzehn Uhr am Nachmittag verübt worden. Das wusste man mit Sicherheit. Der Besitzer der Villa, ein Betriebswirt in der Eisenwarenbranche, war bis zwei Uhr zu Hause gewesen. Danach hatte er in der Stadt etwas erledigt, und als er um sechs zurückgekommen war, hatte man schon zugeschlagen. Seine Familie war in der Sommerfrische, und er selbst hatte Anzeige erstattet.

»Scheint einen Höllenaufstand veranstaltet zu haben.« Der Ermittler schüttelte bedauernd den Kopf.

Der Einbruch war ungefähr so professionell durchgeführt worden, wie man das von Puma erwarten konnte, wenn er nicht unter Drogen stand. Er hatte einige Tausend in bar mitgenommen, dazu Schmuck, Silberbesteck und einen Ordner mit Staatsobligationen, den der Besitzer zufällig zu Hause aufbewahrt hatte. Außerdem, und das war

nicht schlecht, bedachte man seine Gehbehinderung, hatte
er einen falschen Marcus Larsson von gut zwei Quadratmetern abgeschleppt. Fernseher, Video, Stereoanlage, Teppi-
che, Möbel ... hatte er dagegen zurückgelassen.

»Und dann hat er drei Wachskreiden von Hundertwasser
übersehen. Nette kleine Dinger, die auf dem Kontinent
gutes Geld bringen.« Der kahlköpfige Ermittler seufzte tief.

Wesslén nickte. Mit Kunst kannte er sich aus, und das
hier war keine schlechte Wahl für einen, der sich als König
der Einbrecher verstand.

»Und das Wunder?«, fragte Wesslén.

»Ich hab nur schnell was zu erledigen«, teilte Johansson seiner Sekretärin mit. Sie nickte. Neutral und freundlich.

»Die Verbindungszentrale braucht eine Quittung für den
Empfang eines Telex aus den USA. Das hat Jansson wohl
vergessen«, sagte sie und hielt ihm die Quittung hin.

»Telex«, sagte Johansson. »Ich hab kein Telex bestellt. Du
weißt nicht zufällig, worum es geht?«

Sie schüttelte den Kopf. »Offenbar hat er auch die Kopie
mitgenommen. Die wollen sie übrigens zurückhaben.«

Stöhn, dachte Johansson.

»Das Wunder begab sich drei Tage später. Als ich nach dem
Wochenende wieder zur Arbeit kam. Ich glaube, es war am
Montag, dem ersten Juli.« Er nickte nachdenklich.

»Jaa«, sagte Wesslén und versuchte, nicht neugierig zu
wirken. *Noch bist du nicht in Rente,* dachte er.

»Da sitzt Puma oben in der Abteilung und wartet auf
mich. Und als wir ins Gespräch kommen, gibt er die ganze
Geschichte zu. Das war das erste Mal. Ich hatte noch nicht
mal die Anzeige von der Wache bekommen.«

Und nicht genug damit, dass er den Einbruch im Stenkullaväg zugegeben hatte. Gemeinsam hatten er und sein Ermittler sein Auto geholt. Das stand in einem Parkhaus unten

in der City, und im Kofferraum lag das Diebesgut: das Bild, der Schmuck, der Ordner mit den Obligationen ... alles, mit Ausnahme der an die tausend Kronen in bar, die er bereits ausgegeben hatte. Das Bild war ruiniert. Um es ins Auto zu bekommen, hatte er den Rahmen zerschlagen. Die Leinwand war aufgerollt und abgeplatzt. Aber ansonsten ...

Als sie zurück in die Abteilung kamen, bat Välitalo, das Gespräch fortsetzen zu dürfen. Er hat ein weiteres Dutzend Einbrüche zugegeben, die er im Frühling und im Sommer verübt hatte. Unter anderem einen früheren Besuch im Stenkullaväg 58, mitten im Januar, aber damals war es bei dem Versuch geblieben. Die Nachbarn hatten ihn entdeckt, und seltsamerweise hatte er entkommen können.

»Er war wie ausgewechselt, der Knabe.« Der Ermittler schüttelte den Kopf. »Ich habe mir natürlich Sorgen gemacht und wollte wissen, ob etwas passiert sei.«

Aber Välitalo hat das abgestritten. Er habe eben mit seinen alten Sünden klar Schiff machen wollen. Und habe nun zwei Wünsche: in Arrest genommen und dann nach Hall zurückgeschafft zu werden. Am liebsten so schnell wie möglich.

»Und du hast keine Ahnung, worauf dieser seltsame Sinneswandel beruhen könnte?« Wesslén musterte den Kahlkopf forschend.

»Nein. Es ist einfach unerklärlich.« Er schüttelte energisch den blanken Schädel. »Aber das ist noch nicht alles.« Er nickte Wesslén zu. »Zwei Tage drauf kommt die nächste Seltsamkeit, und das hat mit demselben Einbruch zu tun ... ich meine, im Stenkullaväg 58 am Freitag, dem achtundzwanzigsten Juni. Ich glaube, es war am Mittwoch oder am Donnerstag der Woche, in der Puma hier erschienen ist ...«

»Erzähl«, sagte Wesslén und ähnelte aufs Haar einem bekannten englischen Kollegen, der um die Jahrhundertwende in London tätig gewesen war.

Es war schon etliche Jahre her, dass Johansson zuletzt einen Fuß in die zentrale Ermittlungsabteilung in Stockholm gesetzt hatte. Sein alter Doppelgänger Jarnebring dagegen hielt sich immer noch dort auf, und um die Sache einfacher zu machen, hauste er auch noch im selben Zimmer ganz hinten auf dem Gang – seinem und Johanssons altem Zimmer – und als Johansson das Schild über der Tür sah, wurde ihm sofort leichter ums Herz. Kein Name. Nur das Schild, das alles Nötige sagte. SUPERCOPS.

Du änderst dich nie, dachte Johansson, und sein norrländisches Herz schwoll ein wenig an. Wenn Wessléns elegante Mitbewohnerin da gewesen wäre – und hätte sie wie ihr Mann Gedanken lesen können –, dann hätte sie vermutlich zustimmend genickt. Aber was hätte sie in der Ermittlung zu suchen gehabt?

Johansson klopfte an die Tür und griff nach der Klinke. Die Tür war abgeschlossen, alles war still, und er wollte schon wieder gehen, als er es hörte ... *ein leises Stöhnen auf der anderen Seite.*

Er schlug einen energischen Trommelwirbel gegen die verschlossene Tür. Ein sieben Jahre altes Signal, aber wenn Jarnebring noch am Leben war und sich bis zur Tür schleppen konnte, würde er öffnen. Das wusste Johansson mit Sicherheit.

»Und dann klingelt mein Telefon. Es war ein Kollege von der Kal 1 ...«

Der lokalen Kriminalabteilung im ersten Wachdistrikt, dachte Wesslén, und plötzlich krampfte sein Magen sich erwartungsvoll zusammen.

»Weiter«, sagte er kurz, und jetzt war er Kommissar Gunnar Wesslén vom Landeskriminalamt, der bei einem Verhör den kritischen Punkt erreicht hatte.

Nuancen schienen nicht die starke Seite des Kollegen zu sein. Er merkte nicht, wie Wessléns Stimme sich veränderte, sondern redete weiter wie zuvor. Ohne Eile und ohne große Konzentration.

»Es war ein Kollege von der Kripo unten auf Norrmalm, der wissen wollte, ob die Ermittlungen zu Välitalo bald abgeschlossen sein würden. Ich erklärte, wir seien noch dabei, und fragte, ob er die Unterlagen nach Abschluss haben wolle ...«

»Jaa«, Wesslén nickte aufmunternd.

»Und ich fragte, wo ich ihn anrufen könne. Ich wollte mit den Mädels im Sekretariat sprechen, die für die Reinschrift zuständig waren«, erklärte er.

»Jaaa.« Wesslén nickte aufmunternd.

»Und da nannte er mir Namen und Nummer und fragte, ob ich ihn später am Tag anrufen könne, und wenn ja, wann. Er habe ziemlich viel zu tun, sagte er, und ob ich ihn wohl zu einer bestimmten Zeit anrufen könne. Aber da begann ich, mir so meine Gedanken zu machen ... und bat ihn, mich später zurückzurufen.«

»Du hattest den Verdacht, dass es gar kein Polizist war«, sagte Wesslén.

»Er hörte sich wie ein Kollege an, und als ich im Dienstverzeichnis nachsah, stimmten auch Name und Durchwahl ... ich kannte ihn nicht, aber hier kommen ja jeden Tag neue Leute.«

»Und was hast du gemacht?«

»Ich habe im WD 1 angerufen und gefragt. Ich habe gesagt, ich müsse mit dem Kollegen sprechen und könne ihn nicht erreichen.«

»Und was haben sie gesagt?«

»Das Mädel im Sekretariat sagte, das sei auch kein Wunder, denn der Kollege mache gerade Urlaub, aber wenn es wichtig sei, könne ich seine Nummer auf dem Land haben.«

»Und es kann keine Verwechslung vorliegen? Jemand mit dem gleichen Namen oder der falsche Wachdistrikt?«

»Nein«, sagte Peter Pumas Beichtvater entschieden. »Das

kann nicht sein, und dieser Mann hat sich nie wieder gemeldet. Ich kann dir Namen und Durchwahl geben. Die hab ich mir irgendwo notiert.«

Seltsam, dachte Wesslén. Was immer das mit dem Fall zu tun haben mag.

»Ja, eine komische Geschichte.« Der Kollege dachte laut nach. »Ich bin fast sicher, dass es ein Kollege war ... er hat sich genauso angehört. Aber ich verstehe nicht, warum er nicht seinen richtigen Namen genannt hat, denn wenn es ein Kollege war, dann war es doch sein gutes Recht, sich nach dem Stand der Ermittlungen zu erkundigen.«

Hmm, dachte Wesslén.

55

»Verdammt, Johan«, sagte Jarnebring. »Willst du die Tür einschlagen?«

Jarnebring schien nicht im Sterben zu liegen oder auch nur krank zu sein. Ein wenig müde war er, aber das lag daran, dass er und Kollege Molin die ganze Nacht gearbeitet hatten. Er nickte erklärend zu Molin rüber, der in einem Sessel zusammengesunken war und die Füße auf die Fensterbank gelegt hatte. Sie hatten gegen Morgen einen illegalen Sexclub hochgehen lassen, und jetzt saßen sie hier, um in aller Ruhe das beschlagnahmte Beweismaterial durchzusehen. Noch ein erklärendes Nicken in Richtung Fernseher und Videogerät an der Querwand. *Daher das Stöhnen,* dachte Johansson und musterte das eifrig arbeitende Hinterteil des Hauptdarstellers in »Mädels mit Sog«.

»Die machen einen Höllenlärm«, sagte Molin zustimmend. »Dass diese Schauspieler nicht ficken können wie normale Menschen.« Er schüttelte bedauernd den Kopf und drehte leiser. »Jetzt kommt das Mädel«, erklärte er und nickte zur Tür hinüber, wo ein leises Klopfen zu hören war.

Das Mädel war die Aspi der Abteilung. Sie war Mitte zwanzig, hatte zwei Tüten in der Hand und schaute Johansson überrascht an.

»Die hatten keine Spare Ribs«, sagte sie und schien um Entschuldigung bitten zu wollen. »Deshalb hab ich Hähnchen genommen.«

»Bier hatten sie jedenfalls«, stellte Molin zufrieden fest und fischte eine Dose aus der zweiten Tüte. »Möchtest du, Johansson?«, fragte er höflich, während er Johansson den Rücken zukehrte und das Beweismaterial nicht aus den Augen ließ.

Johansson sah Jarnebring an und erfasste den Rest des Zimmers mit einem viel sagenden Blick.

»Ich müsste in aller Ruhe mit dir reden«, erklärte er. »Wesslén war in Kumla und hat mit Djurdjevic geredet, und jetzt hat er es auf Waltin abgesehen.«

»Hm.« Jarnebring nickte nachdenklich, den Mund voll Brathähnchen. Er schluckte energisch und lächelte Johansson an. »Hast du eine Stunde Zeit?«, fragte er. »Dann zeig ich dir was.«

Johansson nickte.

»Gut«, sagte Jarnebring kurz. Er zog seinen grünen Parka an und gab der jungen Kollegin einen Klaps auf den Hintern. »Busen und Schenkel sind für mich reserviert, Alte«, sagte er grinsend. »Molin ist streng verheiratet.«

»Wohin fahren wir?«, fragte Johansson, als sie in Jarnebrings Auto aus dem Tunnel fuhren.

»Nach Söder«, sagte Jarnebring. »Zur Pizzeria Rosso in der Brännkyrkagata.« Er nickte zufrieden und schien sich nicht die geringsten Sorgen zu machen.

56

Ein Vorteil der JVA Hall war, dass sie nur vierzig Kilometer von Stockholm entfernt lag. Der Besuch in Kumla war zu guter Letzt eine Belastung geworden, weil Wesslén viel Stoff zum Nachdenken hatte und seit fünf Stunden mit einem Kollegen zusammen war, der gut und gern sein Sohn hätte sein können. Jetzt saß er allein im Auto und genoss die Stille und die Herbstfarben am Straßenrand.

Ein Unterschied in der Entfernung, aber ansonsten war alles identisch. Die gleiche hohe Betonmauer, die aus der Nähe aussah wie eine Kulisse und die Dächer der Gebäude dahinter überragte. Parkplatz und Spazierweg zum elektronisch überwachten Tor. Müde Bullen in Hemdsärmeln mit gewaltigen, klirrenden Schlüsselbunden. Draußen war Herbst, hier drinnen war es noch weit bis zum Frühling.

Peter Sakari Välitalo empfing ihn in einem Besuchsraum der Anstalt. Er war blond und blauäugig, hatte schulterlange Haare und hätte aussehen können wie das blühende Leben, wenn da nicht sein Gesichtsausdruck und die Tätowierungen an Unterarmen und Händen gewesen wären. Vom Hinken bekam Wesslén nichts zu sehen, denn Välitalo versuchte gar nicht erst aufzustehen. Eher schon machte er eine Nummer aus dem Gegenteil.

Wesslén drehte ihm sein Profil zu und zog seine Unterlagen hervor. Pumas Anzeige gegen Berg und die anderen, die Ermittlungen über den Einbruch im Stenkullaväg und die berühmte verbotene Autofahrt, die angeblich ungefähr gleichzeitig stattgefunden hatte. Diese Reihenfolge hatte er sich vorgestellt, und so gingen sie denn auch vor. Välitalo war der, der er nun einmal war, und daran ließ sich nicht viel ändern. Wesslén wollte das gar nicht erst versuchen.

Berg und seine Kollegen hatte Puma in guter Erinnerung. Die hatten ihn mehrmals festgenommen, und jedes Mal hatte er Prügel bezogen. Sie waren zu fünft und gingen gemeinsam zur Sache. Er war allein. Bei passender Gelegenheit würde er sich einen nach dem anderen – oder auch zwei und zwei – vorknöpfen und die Rechnung begleichen. Wesslén sah den Winzling auf der anderen Seite des Tisches an und verspürte vor allem Mitleid.

»Feige Bullenschweine« und »alle Scheißbullen sind doch gleich«, und Wesslén sei auch ein »Bullenschwein«, und wenn er glaube, Puma »irgendeinen Scheiß anhängen zu können«, dann solle »er sich die Kiste noch mal genau überlegen« und so weiter und so weiter.

Aber stehe er denn noch zu seiner Anzeige gegen Berg und Kollegen?

Dieses Problem könne man auf andere Weise lösen, meinte Välitalo. Die sollten verdammt gut aufpassen. Irgendwann würde er ihnen keine Chance lassen. Er schaute Wesslén hasserfüllt an, und der gab sich nicht die Mühe, den Blick zu erwidern.

Der Einbruch im Stenkullaväg?

Zuerst konnte er sich nicht erinnern, und als Wesslén ihm auf die Sprünge half, hängte er an den Wert des Gestohlenen noch eine Null hinten dran.

»Gute Arbeit«, erklärte Välitalo. »So eine halbe Mille, wenn man sich mit dem Kram auskennt.«

Wesslén seufzte in Gedanken. Warum hatte er sich freiwillig gestellt? Das würde er keinem Scheißbullen verraten. Als Wesslén ihm gut zuredete, deutete er nur an, dass hinter dem Ganzen anderes und Größeres stehe und dass seine Entscheidung, sich zu stellen und ein Urteil von anderthalb Jahren auf sich zu nehmen, nur einer von vielen Schritten in einem Plan sei, der das Begriffsvermögen solcher Leute wie Wesslén bei weitem überstieg.

»Du kannst ja mal darüber nachdenken, Alter«, endete Välitalo.

Das hatte Wesslén bereits getan.

»Wovor hast du Angst?«, fragte er.

Dass Välitalo sich vor irgendetwas fürchtete, hatte Wesslén schon bei seinem Gespräch mit dem Kollegen von der Einbruchsabteilung geahnt. Jetzt bestätigte sich der Verdacht, als er das kurze Aufleuchten in Välitalos Augen sah. Dann folgten zwei Minuten Välitalo pur. Hass, Beschimpfungen, aggressive Gesten. Alles, um zu zeigen, dass Puma sich vor niemandem fürchtete.

»Das kannst du dir verdammt klar machen«, sagte er. »Ich bin das, vor dem man sich fürchten sollte.«

Wesslén gab keine Antwort, sondern reichte ihm die Anzeige wegen verbotenen Fahrens: Freitag, achtundzwanzigster Juni, gegen vierzehn Uhr oben in der Fridhemsgata. Välitalo erklärte, und zum ersten Mal während dieses Gesprächs hatte Wesslén das klare Gefühl, dass er die Wahrheit sagte.

Er sei unterwegs zu seinem großen Coup draußen im Stenkullaväg gewesen. Geplant hatte er den schon lange, wie alle seine Jobs. Er sei oben bei der Hantverkargata vor einer roten Ampel stehen geblieben. In der anderen Fahrtrichtung stand ein Bullenwagen mit zwei Mann. Die erkannten ihn und winkten mit dem Block. Er winkte zurück, und als die Ampel umsprang, fuhren sie aneinander vorbei in entgegengesetzte Richtungen.

»Du bist denen weggefahren?«, fragte Wesslén.

»Wieso denn weggefahren? Ich bin weitergefahren und die auch. Ich hab einfach ganz normal quittiert.«

»Quittiert?« Wesslén schaute ihn fragend an.

Sie hatten ihn gesehen, und er hatte sie gesehen. Offenbar wussten sie, wer er war und dass er nicht Auto fahren durfte. Deshalb hatten sie mit ihrem Rapportblock gewinkt, und er hatte zurückgewinkt und also »quittiert«. Danach waren sie eben weitergefahren.

»Warst du allein im Wagen?«, fragte Wesslén.

Puma schnaubte. Der König der Einbrecher arbeitete immer allein.

Ich muss mit ihnen reden, dachte Wesslén. Nicht dass die Sache was mit dem Fall zu tun hatte, aber …

Der Job im Stenkullaväg 58 hatte ungefähr eine Stunde in Anspruch genommen. Välitalo hatte schon vor Ablauf dieser Zeit genug eingesackt, aber er war keiner, der halbe Sachen machte, und deshalb hatte es eben gedauert. Danach war er sofort nach Hause zu einer seiner vielen Adressen gefahren. Welche das war, hätte der Scheißbulle wohl gerne gewusst. Er grinste Wesslén überlegen an.

»Ist nicht nötig«, sagte Wesslén kalt. »Ich weiß, dass du zu Ritva Sirén in die Kocksgata 17 gefahren bist.« *Das hat gesessen,* stellte er fest, als er Pumas verdutztes Gesicht sah.

»Wenn du schon so scheißviel weißt, wieso sitzt du dann überhaupt hier? Ich hab noch was anderes zu tun.« Välitalo schien aufstehen zu wollen.

»Sitzen«, sagte Wesslén kurz. »Oder wenn du nicht willst, werden wir das Gespräch eben in Stockholm fortsetzen.«

Das wollte er offenbar nicht. Er setzte sich sofort wieder hin und schwieg obendrein. Wovor hast du bloß solche Angst, fragte sich Wesslén.

»Berg und seine Kollegen haben damals gegen fünf in der Kocksgata 17 eine Adressenkontrolle vorgenommen. Hast du bei denen auch quittiert?«, fragte Wesslén.

Noch fünf bescheuerte Kollegen, fand Välitalo. Er wollte gerade etwas erledigen gehen, als er ihren Bus gesehen hatte. Als sie das Haus betraten, war er um die Ecke verschwunden.

Du platzt auch nicht gerade vor Intelligenz, dachte Wesslén, der die ganze Zeit auf Johanssons Bericht über seinen Besuch bei Ritva Sirén gesetzt hatte. Und auf die Tatsache, dass nämliche Frau Sirén Anfang Juli in der Einbruchsabteilung aufgetaucht war, um den Schlüssel zu ihrer Wohnung zurückzufordern, den Välitalo bei seiner Selbsteinlieferung abgegeben hatte.

»Die Adressenkontrollen bei Ritva Sirén?«

»Damit muss sie verdammt noch mal leben«, fauchte Puma. »Ich wohn da ja auch. Und sie hat gewusst, mit wem sie zusammen ist.«

»Und seid ihr noch immer zusammen?«, fragte Wesslén kurz.

»Miese Nutte. Mieses Norrlandluder. Miese Lappenfotze ...«

Sind sie also nicht, stellte Wesslén fest.

»Ich hab bessere Dinge am Laufen. Das kannst du dir gesagt sein lassen, Alter.«

Hier, dachte Wesslén und schaute sich an den kahlen Zimmerwänden um. Er erhob sich. Nickte Välitalo zu und sammelte seine Papiere ein.

Ihr quittiert doch gar nicht. Wesslén dachte über Berg und seine Kollegen nach und war nicht gerade bester Laune. Was immer das mit Nils Rune Nilsson zu tun haben mag, überlegte er.

57

»Was machen wir hier?« Johansson sah Jarnebring an und nickte zu der geschlossenen Pizzeria auf der anderen Seite rüber. Eine heruntergekommene Gasse mit Pizzeria, einem kleineren Lebensmittelladen und einem Tabakgeschäft im selben Haus.

Jarnebring schien ihn nicht gehört zu haben.

»Es ist einfach übel«, murmelte er und nickte aus dem Steinfenster. »Djurdjevic hat den Laden noch immer. Wir können denen nicht mal mehr die Drogenkohle wegnehmen. Alles ist auf den Namen der Gattin registriert ... und jetzt reden wir mal mit seinen Nachbarn.« Jarnebring öffnete die Autotür und grinste Johansson an. »Du hast doch wohl nicht vergessen, wie so was geht?«

Die Nachbarn waren ein älteres Paar, denen ein kleines, gepflegtes Lebensmittelgeschäft gleich neben dem Restaurant gehörte: frisches Gemüse, der Delikatessentresen wie eine Schmuckvitrine, Konservendosen in dekorativen Stapeln. Persönliche Bedienung, und Jarnebring wurde empfangen wie ein geliebter Sohn.

»Das hier ist ein Kollege von mir«, erklärte Jarnebring ein wenig verlegen. »Ihr könnt ihm nicht vielleicht von euren Problemen erzählen?«

»Es ist doch nichts passiert?« Die Frau musterte ihn besorgt.

»Ganz ruhig, wirklich. Nichts ist passiert.« Jarnebring lächelte strahlend. »Er möchte das eben wissen.«

Ungefähr ein Jahr zuvor hatte sich die Pizzeria über ihren Anwalt gemeldet. Man wollte den Laden kaufen, um eine neue Küche und einen Büroraum einzurichten. Das ältere Paar hatte kein Interesse. Nach einiger Zeit hatte der Anwalt ein neues Angebot gemacht. Geld auf die Hand und das vage Versprechen neuer Räumlichkeiten anderswo. Aber sie hatten wieder abgelehnt.

»Wir sind doch schon viel länger hier als die«, erklärte die Frau Johansson. »Wir wohnen in der Nähe und kennen alle Kunden.«

Johansson nickte.

Egal. Sie hatten beschlossen, den Laden zu behalten, und das Restaurant störte sie nicht, da es nur abends geöffnet war. Eine Woche, nachdem sie das zweite Angebot abgelehnt hatten, kam ein gut angezogener jüngerer Mann in den Laden. Er war höflich und freundlich und nicht bedrohlicher als ein Fahrtenmesser in einer dicken Wollsocke. Aber an einem baldigen positiven Bescheid war ihm ungeheuer gelegen. Das sollten die beiden älteren Herrschaften übrigens auch so sehen. Nach einer weiteren Woche lehnten sie zum dritten Mal dankend ab. Der gut angezogene junge

272

Mann zuckte bedauernd mit den Schultern und stieß beim Hinausgehen einen Stapel Konservendosen um. Er machte keinen Versuch, sie aufzuheben.

Als sie am nächsten Morgen in den Laden kamen, war das Schaufenster eingeschlagen.

Die Versicherungsgesellschaft ließ ein neues Fenster und eine bessere Alarmanlage einsetzen und erhöhte die Police. Drei Tage ohne Kunden.

Als sie am folgenden Morgen in den Laden kamen, war das neue Schaufenster eingeschlagen. Diesmal gingen sie zur Polizei, saßen eine Stunde auf der Wache und klagten ihre Not. Die Versicherung riet zu einem Wachdienst, aber das konnten sie sich nicht leisten. Die Polizei versprach, nachts nachzusehen, wenn sich das machen ließ.

Das half eine ganze Woche. Dann wurde Schaufenster Nummer drei eingeschlagen. Die Versicherung stellte ein Ultimatum. Wenn sie weiter versichert sein wollten, musste ein Wachdienst her. Sie wechselten stattdessen die Versicherung, die Frau ließ sich krankschreiben, und der Mann arbeitete allein. Nach drei Tagen tauchte abermals der junge Beau auf. Er hatte von ihren Problemen gehört und wollte ihnen sein Bedauern aussprechen. Die ganze Gegend verslumte doch mehr und mehr und wäre es nicht besser, rechtzeitig wegzuziehen? Der Ladenbesitzer drohte mit der Polizei, wenn der junge Mann nicht sofort verschwände.

In der Woche drauf wurden Fenster vier und fünf eingeschlagen. Die Versicherung wurde gekündigt. Das ältere Paar schloss den Laden und teilte seine Zeit zwischen allerlei Vertretern der Polizei auf. Sie sprachen auch beim Ordnungsamt vor und verlangten die Schließung der Pizzeria. Da jedoch keinerlei Beweise vorlagen, konnten weder Polizei noch Ordnungsamt etwas unternehmen.

Das einzige Ergebnis ihrer Bemühungen war, dass der Anwalt des Pizzeriabesitzers sich wieder meldete. Verleumdung sei nicht nur strafbar. Sondern könne auch sehr teuer werden. Über Weihnachten und Neujahr blieb der Laden geschlossen.

Am Montag, dem einundzwanzigsten Januar, drei Tage nach Djurdjevics Purzelbaum, hatten sie wieder geöffnet. Seither war das Fenster unversehrt geblieben, sie waren wieder versichert, und die Kundschaft hatte sich rasch wieder eingestellt.

Johansson und Jarnebring bedankten sich für die Auskünfte und bekamen beim Hinausgehen jeder einen Apfel zugesteckt.

»Jetzt reden wir mit Tabaks«, sagte Jarnebring fröhlich und zog Johansson am Ärmel.

»Moment mal«, sagte Johansson. »Weder du noch ich rauchen, und ich muss zurück zum Job.«

»Schade«, sagte Jarnebring und zuckte bedauernd mit den Schultern. »Da war es nicht nur das Fenster.« Er sah Johansson noch immer an, als er die Autotür öffnete. »Hat der Polizeidirektor auch ganz bestimmt verstanden?«

Johansson nickte wortlos.

Jarnebring fuhr zurück über die Västerbrücke, und Johansson schwieg während der Fahrt über Långholmen.

»Hattest du das H von Waltin?«, fragte Johansson.

»Johansson«, stöhnte Jarnebring. »Lies das Urteil, verdammt noch mal. Da steht genau drin, was passiert ist. Ich hab einen von den Kerlen von diesem vergoldeten Jugo in einem Spielclub erwischt, und als ich ein Gespräch mit dem Chef führte, wollte der mich bestechen. Und da bin ich zu meinen Chefs gegangen, und die haben den ganzen Plan entwickelt.«

»Er sitzt zehn Jahre«, sagte Johansson.

»Ja«, sagte Jarnebring. »Und das ist verdammt noch mal viel zu wenig. Nur entscheiden das ja nicht wir.« Er grinste zufrieden, gab Gas und fuhr im Zickzack zwischen den Fahrspuren.

»Dieser Typ, der sie bedroht hat?«

»Den haben Molin und ich uns geholt. Wir haben einen Ausflug mit ihm gemacht und über alles gesprochen. Ich glaube, er hat kapiert, und jetzt, wo Papa sitzt, ja ...« Jarnebring lachte zufrieden. »Weißt du, was der Arsch versprochen hat?«

»Nö«, sagte Johansson.

»Bei der Ehre seiner Eltern ... die Verantwortung dafür zu übernehmen, dass die Fensterscheibe in Zukunft heil bleibt.«

»Du kannst mich am Fridhemsplan absetzen«, sagte Johansson. »Ich brauch Bewegung.«

58

Die Kollegen von der Funkstreife arbeiten im WD 2, dem Wachdistrikt von Östermalm. Freitag, den achtundzwanzigsten Juni, gegen zwei Uhr nachmittags hatten sie, so Välitalo, oben am Fridhemsplan sein Winken als Quittung für verbotenes Fahren akzeptiert. Jetzt waren drei Monate vergangen, und dieses Winken war zum Gegenstand von Wessléns Interesse geworden. *Was immer das mit dem Fall zu tun haben mag,* überlegte er düster und blickte die uniformierten Kollegen auf der anderen Seite vom Schreibtisch an. Die würden in einer Stunde mit dem Dienst beginnen, und keiner sah sonderlich belustigt aus.

»Was sagt ihr dazu?«, fragte Wesslén.

»Soll das ein Verhör sein?«, fragte der Jüngere und schaute den düsteren Wesslén verärgert an.

»Wir brauchen die Auskünfte nur in Zusammenhang mit einem anderen Fall«, erklärte Wesslén kurz. »Die Disziplinarabteilung von Stockholm ist nicht informiert, und je schneller wir das hier hinter uns bringen, umso mehr freut es mich.«

»Wir wollten nur wissen, ob du verstehst«, sagte der Ältere der beiden verbindlich.

»Ja«, sagte Wesslén. »Lasst hören.«

Den Kollegen von der Funkstreife zufolge gab es mehrere Erklärungen. Welche der Wahrheit entsprach, war im Nachhinein schwer zu sagen. Sie wussten jedoch mit Sicherheit, dass es sich nicht so verhalten konnte, wie Välitalo behauptet hatte. Denn dann hätten sie sich einer verbotenen Protokollübertretung schuldig gemacht, und diese Behauptung scheiterte an ihre eigenen Unbilligkeit.

»Bist du sicher, dass wir ihn nicht auf die Wache geholt haben?«, schlug der Jüngere vor.

Wesslén sah ihn an. Griff zu der Anzeige, die der andere drei Monate zuvor unterschrieben hatte, und hielt sie ihm hin. Zwischen Daumen und Zeigefinger, an der einen Ecke.

»Was meinst du denn selbst?«, fragte er.

»Vermutlich wollten wir keine Autojagd riskieren«, sagte der Ältere. »Freitagnachmittag, mitten in der Stadt.«

»Hielt vor einer roten Ampel als zweites Fahrzeug in der Schlange, als er vom Unterzeichneten beobachtet wurde«, las Wesslén düster aus der Anzeige vor.

»Sicher kann man nie sein«, sagte der Jüngere und zuckte bedauernd mit den Schultern. Sein älterer Kollege begnügte sich damit, sauer auf die schriftliche Anzeige zu starren.

»Es hat doch überhaupt keinen Sinn, solche wie den auf die Wache zu holen. Die sind doch zurück auf der Straße, ehe wir die Anzeige geschrieben haben. Dieser Scheißfinnenbengel ...« Er schwenkte die Anzeige über Wessléns Schreibtisch, »der ist doch die ganze Zeit draußen, egal weshalb er einfährt.« Jetzt redete der Ältere sich in Rage.

»Was zum Teufel sollen wir ...«

Wesslén hob gelassen die Hand. Er verstand genauestens, und die tägliche Dosis Verwünschungen hatte er morgens bereits bei Välitalo abbekommen.

»Es geht mir nur darum zu wissen, was passiert ist«, sagte er ruhig. »Ich werde die Sache nicht weiterverfolgen. Das fällt nicht in mein Ressort.«

59

Wenn Wesslén düster und niedergeschlagen war – was Gott sei Dank nicht allzu häufig passierte – dann reichte es, wenn er an seine Mitbewohnerin oder an die kleine Sofi dachte. Sie waren Balsam für seine Seele und die beste Garantie, dass er sein Gleichgewicht bald zurückfinden würde.

Wenn ihn eher berufliche Sorgen belasteten, zog er einen richtig üblen Buchführungsfall aus seinen Regalen, räumte seinen Schreibtisch leer und bewaffnete sich mit Kugelschreiber und Taschenrechner. Die Jagd nach Papierbanditen zwischen den vielen wundersamen Ziffern und den luftigen Rechnungen war ebenso beruhigend, wie daheim im Vanadisväg auf dem Sofa zu liegen, sich eine Bachfuge anzuhören und die Nachmittagssonne übers Parkett wandern zu sehen.

Es war ein anstrengender Tag gewesen. Zuerst Välitalo, der nicht mehr zu retten war, dann die beiden Kollegen von der Funkstreife, die ihre besonderen Methoden hatten. Wesslén schob sie rasch in den Schrotthaufen seiner Erinnerung und nahm sich Janssons berühmte Liste von der Besprechung der vergangenen Woche vor. Ein dünnes Teil von wenigen Seiten mit einem halbmondförmigen Abdruck, möglicherweise durchaus vom Boden einer Bierdose, die auf dem Original gelandet war. Im Vergleich mit einer echten gefälschten Jahresbilanz war das nichts, aber Grund genug, dafür zu sorgen, dass die Sache abgehakt werden konnte.

Wesslén griff zum Kugelschreiber und strich rasch an den neun Namen herum. *Nur noch einer,* dachte er zufrieden. Daniel Czajkowski. Polnischer Flüchtling und Musiker, aber hoffentlich nicht so wie Nilsson oder Välitalo. Er erhob sich und ging zu seiner Sekretärin.

»Sonja«, sagte Wesslén. »Kannst du mir die Adresse dieses jungen Mannes besorgen?«

Wenn Wessléns Psyche ein spiegelglatter Weiher war, dann war die von Johansson ein brausendes Meer. Eine Woche war vergangen, und es war Zeit, neue Honorare an alle Zinker und normalen Informanten auszuzahlen.

Immer die Ruhe bewahren, dachte Johansson düster und setzte einen Krähenfuß nach dem anderen auf seine Liste. Auf der anderen Seite vom Schreibtisch saß Kommissar Jansson, der oberste Chef der Drogenermittler, und machte Überstunden. Er wirkte total ungerührt, fast ein wenig belustigt. Bequem zurückgelehnt saß er da und hatte die Beine übereinander geschlagen, während er seinen Chef ansah.

Ein Mann im besten mittleren Alter. Blauer Anzug, Augen in derselben Farbe und hellgraue, gut gebügelte Hosen.

»Hoffentlich reicht das Geld«, sagte Johansson und reichte ihm die Liste.

»Sonst geb ich Bescheid«, sagte Drogenjansson gelassen und erhob sich.

Johansson brachte ihn zur Tür und sah ihm hinterher, bis er auf dem Gang verschwunden war, dann zog er den Zettel mit Waltins Telefonnummer hervor und reichte ihn seiner Sekretärin.

»Ich will diesen Mann noch heute sprechen«, sagte Johansson.

»Himmel, was hast du mich erschreckt«, sagte seine Sekretärin freundlich und nahm den Zettel entgegen.

Jansson war wie üblich verschwunden. Nicht Drogenjansson, sondern Mordjansson. Der grau gewandete Dicke, der die ganze Zeit aussah, als könne er jeden Moment in Tränen ausbrechen. Der mit den vielen Bierdosen. Wessléns Gehilfe und ihm von einem schwachsinnigen Chef, der sich selbst schrecklich gern aus allem heraushielt, aufs Auge gedrückt. Aber jetzt lief bei Wesslén doch ein Lebenszeichen ein. Von Mordjansson, wohlgemerkt.

Adresse und Telefonnummer hatte Wesslén von seiner Sekretärin bekommen. *Dieser vortrefflichen Person.* Telefon hatte er selbst, und dort meldete sich eine Frau. Es handelte sich um Czajkowskis Verlobte, deren Zukünftiger jedoch nach Polen gereist war. Wesslén brachte sein Begehr vor und versuchte, beruhigend zu wirken, ohne sich allzu deutlich zu äußern.

»Aha«, sagte die Frau. »Sie arbeiten für diesen Kriminalinspektor Jansson.«

Sie erzählte, dass ein brauner Brief mit einer Vorladung eingetroffen sei. Ihr Verlobter werde den sofort nach seiner Rückkehr erhalten. Wesslén bedankte sich für die Hilfe und legte auf.

Ich arbeite also für Jansson, dachte er. Wie immer es so weit gekommen sein mag. Er schaute auf die Armbanduhr und stellte fest, dass es höchste Zeit war, Sofi zu holen.

Direktor Waltin las Johansson mit dem Wagen vor der U-Bahn an der Station Östra auf, und alles ging so schnell, dass Johansson das Gefühl hatte, soeben die Wirklichkeit zu verlassen.

»Nett, dich zu sehen«, sagte Waltin, während sein grauer BMW den Valhallaväg als Beschleunigungsstrecke nutzte.

»Ebenfalls«, sagte Johansson und schloss den Sicherheitsgurt.

»Vorsichtsmaßnahmen, diskrete Umgebung«, sagte Waltin und zeigte mit seiner behandschuhten Hand auf die Bucht Lilla Värtan. Sie hielten hinter dem alten Schießgelände bei der Universität und spazierten dann langsam am Strand entlang.

»Besser als eine Garage«, sagte Johansson und sog die

Herbstluft ein. *Angeblich gibt es hier Rehe,* dachte er zufrieden. Waltin schaute ihn überrascht an, sagte aber nichts.

»Heute hat er noch fünfzehntausend bekommen«, sagte Johansson und dachte an Drogenjansson.

»Hervorragend.« Waltin nickte beifällig. »Er verwickelt sich immer mehr in die Sache.«

»Warum hat er damit angefangen?«, fragte Johansson kurz.

»Tja.« Waltin schob die Hände in die Taschen seines karierten Ulsters. Dann hob er die Schultern. »Die klassische Tour. Frau und zwei Kinder. Umzug aus dem Reihenhaus in die Villa ... lebt über seine Verhältnisse, und plötzlich ist die Kasse, die man in Reichweite hat, einfach interessant. Und dann sitzt er da. Genau wie Tausende von Kassiererinnen, Bankangestellten und Gott weiß wer noch.«

»Dann muss er wie die behandelt werden«, sagte Johansson kurz. »Die Unterschlagungen können wir beweisen?«

»Ja, natürlich.« Waltin musterte ihn überrascht. »Aber seine Drogengeschichten ...«

»Auf die scheiß ich«, fiel Johansson ihm ins Wort. »Das ist doch unser Stoff, oder was?«

Statt zu antworten, zuckte Waltin mit den Schultern.

»... wir sollten ihn als Buchhalter mit ein wenig ungewöhnlichen Aufgaben betrachten«, sagte Johansson. »Wir holen ihn uns morgen.«

»Johansson, Johansson.« Waltin war stehen geblieben und zog ihn freundschaftlich am Ärmel. Er schüttelte langsam den Kopf und lächelte ihn an. »Ich weiß genau, wie dir zu Mute ist. Gib uns noch das Wochenende. Er ist am Sonntag mit seinem Kontakt verabredet. Warum sollen wir uns mit zehn Prozent begnügen, wenn wir den ganzen Kuchen einsacken können?«

»Okay«, sagte Johansson. »Aber am Montagmorgen soll er verdammt noch mal in Kronoberg sitzen.«

»Wird er«, sagte Waltin und wirkte absolut überzeugend.

280

Ungefähr zur Zeit, da Johansson und Waltin ihren Spaziergang machten, befand sich Wesslén in Gedanken. Er hatte Sofi vom Kindergarten abgeholt. Hatte ihr beim Anziehen geholfen, was ungefähr so schwierig war, wie Välitalo eine brauchbare Auskunft zu entlocken, und war gedankenverloren am Ausgang stehen geblieben.

An der Tür hing der neueste Aufruf mit der Forderung nach besseren Umweltbedingungen in der Stadt. Das Kind zog und zerrte und wollte nach Hause, und alles war absolut überzeugend. *Darf ein Kommissar solche Unterschriftenlisten unterzeichnen,* fragte sich Wesslén düster. Er hielt seiner Tochter die Tür auf und nahm sie draußen auf der Straße an die Hand. Warum bauen sie eigentlich in Lill-Jansskogen keinen Kindergarten, überlegte er irritiert.

Es gebe auch noch andere Probleme, berichtete Johansson. Sie hatten bei Lilla Skuggan kehrtgemacht und waren auf dem Rückweg zum Auto. Kurz, »die ganze Stadt weiß davon«. Er schilderte seine Funde aus dem Ermittlungsregister.

»Das meinst du doch nicht ernst.« Waltin schaute ihn entzückt an. »Ich muss schon sagen, das ist ein Kompliment … die Wirtschaft in Göteborg und deine alten Kollegen von der Ermittlung.« Glücklich schüttelte er den Kopf. »AS AKILLEUS scheint die Glaubwürdigkeitsprüfung mit Glanz bestanden zu haben.«

»Das schon«, sagte Johansson. »Nett für die Jungs von der Ermittlung, die ganze Nächte vor deinem Büro sitzen und sich den Arsch abfrieren.«

»Ja, das ist wirklich witzig«, stimmte Waltin zu. »Das muss ich im Büro erzählen.«

»Ich hab dich hinters Licht geführt.« Wessléns Mitbewohnerin musterte ihn mit ernster Miene über den Esstisch hinweg.

»Das kann doch wohl nicht wahr sein«, sagte Wesslén belustigt.

»Doch«, sie nickte. »Sieh mal.« Sie zog einen Stapel Zeitungsanzeigen aus der Handtasche. »Fändest du es ganz schrecklich, aus der Stadt wegzuziehen?«

»Djursholm, Stokksund, Lidingö«, sagte Wesslén begeistert und blätterte in den Anzeigen. »Guter Kindergarten und saubere Luft für Sofi.«

»Man könnte sogar an Saltsjöbaden denken«, sagte sie eifrig. »Wenn wir noch ein Auto kaufen. Schau her.« Sie zeigte auf eine Anzeige.

Ich liebe dich, dachte Wesslén.

Jetzt ließ es sich nicht mehr aufschieben.

»Jarnebring«, sagte Johansson. »Das ist mein bester Freund. Ich will wissen, wie das mit Djurdjevic war.«

Waltin blieb zum dritten Mal stehen. Mit der Hand auf der Autotür.

»Sperrfeuer«, sagte er kurz. »Du hast vermutlich die Räuberpistole gehört, die er in der Stadt zu landen versucht. Sein Anwalt scheint sie allerlei Journalisten verkaufen zu wollen.«

Johansson nickte. *Was soll man zu so was sagen,* dachte er.

»Aber der gute Anwalt sollte sich beeilen«, fügte Waltin gelassen hinzu. »Bald sitzt er im Knast, und dann kann es mit den externen Kontakten Probleme geben.«

»Hat Jarnebring gegen irgendein Gesetz verstoßen?«

»Absolut nicht.« Waltin wirkte schockiert. »Die ganze Wahrheit steht in den Prozessakten. Abgesehen von der einleitenden Infiltration, wo ich unter anderem Jarnebrings Namen ins Spiel gebracht habe. Djurdjevic scheint das nicht kapiert zu haben, und ich habe wirklich keinen Grund gesehen, ihn darüber zu informieren.«

»Hat Jarnebring davon gewusst?«

»Natürlich«, sagte Waltin. »Wir sind früh in Kontakt gekommen. Ungefähr damals, als Djurdjevics Gangster oben
in der Brännkyrkagata mit ihren Glasbruchaktionen angefangen haben.«

»Davon hab ich gehört«, sagte Johansson und hielt die
Autotür auf. »Ich glaube, ich mach einen Spaziergang. Bei
der Universität gibt es eine U-Bahn-Station.«

Waltin nickte freundlich, als er hinters Lenkrad glitt.

»Das ist ein überaus kompliziertes Operationsfeld, musst
du wissen«, sagte er.

Johansson nickte.

»Grüß deine Tochter«, sagte er und hob zum Abschied
die Hand. »Die aus der Bar.«

»Geht leider nicht ... tut mir Leid.« Waltin zwinkerte ihm
durchs offene Fenster zu.

*Wieso braucht man Innenarchitekten, um einen Polizei-
staat einzurichten,* überlegte Johansson und schaute dem
Auto hinterher. Ich hätte gedacht, da reichen ein paar
Scheißbürokraten.

60

Am Dienstagmorgen brachte ein Bote von der Gerichtsmedizin in Solna einen braunen Umschlag zu Kommissar Gunnar Wesslén ins Landeskriminalamt. Leider konnte der
Brief nicht sofort gelesen werden, denn irgendwer hatte
Wessléns Brieföffner mitgehen lassen, und er musste sich zu
seiner Sekretärin begeben, um den ihren auszuleihen.

»Nicht die Adresse verschusseln«, murmelte sie freundlich seinem sich entfernenden Rücken hinterher.

Als er wieder in seinem Zimmer war, ließ er sich im Sessel
hinter seinem Schreibtisch nieder, wo dienstliche Schreiben
geöffnet werden sollten, und nahm sich Zeit. Bei seiner
Arbeit war er allzu oft auf traurige Beispiele dafür gestoßen,

wie es denen ergehen konnte, die ihre Korrespondenz auf-
rissen. Außerdem entdeckte er, dass es sich um seinen eigenen Brieföffner handelte.

Hätt ich ihr gar nicht zugetraut, dachte Wesslén überrascht. Dann schlitzte er den Umschlag auf, ohne den Inhalt
zu entnehmen, öffnete seine Schreibtischschublade, legte
den Brieföffner hinein und schloss die Schublade sicherheitshalber ab.

Und fing an, das Gutachten des Gerichtsmediziners zu lesen.

»Hast du einen Moment Zeit?« Wesslén sah Johansson an,
der mit dem falschen Fuß aufgestanden zu sein schien. »Das
Gutachten von der Gerichtsmedizin ist da«, fügte er hinzu.

Johansson nickte in Richtung seines Besuchersessels,
schwieg jedoch weiter.

»Es ist sehr interessant«, erklärte Wesslén. »Und absolut
unerwartet, kann ich dir sagen.«

»Aha«, sagte Johansson. »Steht da, dass er an allem gestorben ist, nur nicht an dem, was unsere Ermittlungen betrifft ... Magengeschwür, Entzündung der Bauchspeicheldrüse, Lungenentzündung, Blutungen aus einer geplatzten
Ader in der Speiseröhre ... und an allgemeiner Schwäche?«

»Du hast eine Kopie«, sagte Wesslén und versuchte nicht
einmal, sich nicht vorwurfsvoll anzuhören.

»Neee«, sagte Johansson. »Aber ich hatte einen alten Onkel, der siebzig Jahre gesoffen hat wie eine Kraftwerksturbi-
ne ... und dem ging es wunderbar, bis er der Verwandtschaft Leid tat und von ihr ins Krankenhaus in Sollefte geschickt wurde ... eine Woche später war er tot.« *Idiot,* dachte er.

Eine reichlich bauernschlaue Ader, dachte Wesslén und
war wieder er selbst.

»Was schlägst du vor?«, fragte er. »Es wird vielleicht Zeit,
dass wir ... unsere klugen Köpfe zusammenstecken.«

Eigentlich war es das Letzte, was er hatte vorbringen wollen, aber bei genauerem Nachdenken wäre es nicht gerade höflich gewesen, seinem Chef vorzuschlagen, ihn das Revier sichten zu lassen. Er gratulierte sich dazu, dass er sich so schnell gefangen hatte.

»Doch«, sagte Johansson und nickte lethargisch. »Wir sollten vielleicht aufpassen und ... unsere Ansichten über diesen Nilsson ein wenig austauschen.«

Wesslén durfte anfangen. Ihr »Fall« war der Frührentner Nils Rune Nilsson, und das nicht in allgemeinen Termini, sondern äußerst konkret: War Nilsson am Sonntagabend, dem achten September, Gewalt ausgesetzt worden? Und wenn ja, wer hatte ihn misshandelt, und ließ sich das beweisen?

Bisher hatten sie noch nichts finden können, was ihnen in diesem Fall weitergeholfen hätte, und es deutete auch nichts darauf hin, dass sich das in Zukunft ändern würde. Es war eine offene Frage, ob Nilsson sich auf irgendeine Weise selbst verletzt hatte oder ob er Gewalt von anderer Seite zum Opfer gefallen war. Und so würde es auch bleiben.

Natürlich gebe es da noch was anderes, sagte Wesslén jetzt, aber das falle in ein anderes Ressort. Dass Bergs Streife sich so viele Anzeigen eingehandelt habe, zum Beispiel. Zwar wolle niemand diese Klagen noch aufrechterhalten, aber er müsse doch zugeben, dass ihm Zweifel gekommen seien.

»Wie das?«, fragte Johansson.

»Um nur ein Beispiel zu nehmen. Dass mehrere von denen, die Anzeige erstattet haben, die Misshandlungen auf identische Weise beschreiben«, sagte Wesslén.

»Das können sie doch abgesprochen haben«, sagte Johansson.

Wesslén begnügte sich damit, ihn anzusehen.

Es gebe eine Menge Unwägbarkeiten, endete Wesslén, aber die fielen nicht in ihr Ressort. Djurdjevics seltsame Geschichte, Välitalos merkwürdige Bocksprünge und so weiter und so weiter.

»Aber das fällt nicht in unser Ressort«, erklärte Wesslén.

»Du hast diesen Jugoslawen also fallen gelassen«, sagte Johansson und lächelte. »Ich hatte schon Angst, du würdest dich an den Europäischen Gerichtshof in Den Haag wenden.«

Wesslén zuckte mit den Schultern.

»Wir machen das so«, entschied Johansson. »Wir versuchen, morgen mit dem Staatsanwalt zu sprechen. Uns erzählen zu lassen, wie der die Sache sieht. Er ist sicher deiner Ansicht.« Johansson grinste. »Staatsanwälte haben's gerne übersichtlich.«

»Um acht?« Wesslén musterte ihn mit dienstlicher Miene.

»Ich hab da keine Probleme«, sagte Johansson. »Aber versuch verdammt noch mal, Jansson rechtzeitig zu informieren, damit er nicht noch mehr anstellt ... schlimmstenfalls müssen wir ihn ausrufen lassen.«

Wesslén nickte kurz.

»Das wird wohl nicht nötig sein«, sagte er.

Jansson und Jansson, dachte Johansson. Den einen soll ich in den Knast schicken und den anderen in Frührente. Und Berg und die anderen müssen wir wohl in Ruhe lassen, bis sie irgendwann den Feuilletonredakteur einer großen Zeitung mit einem Penner verwechseln ... Er seufzte und drückte auf den Telefonknopf.

»Jaa?« Seine freundliche und neutrale Sekretärin.

»Johansson ... ohne besonderen Grund«, sagte er. »Wollte nur hören, ob du noch lebst.«

61

»Du hast Besuch«, sagte Johanssons Sekretärin. »Hast du Zeit?«

»Kommt drauf an, wer es ist«, antwortete Johansson.« *So was sollte man aber nicht über die Haussprechanlage sagen,* dachte er zufrieden.

»Ein Polizeiinspektor Jan-Erik Berg.«

»Lass ihn rein«, sagte Johansson kurz.

»Willst du ein Geständnis ablegen?« Johansson grinste den Kollegen, der sich ihm gegenüber niedergelassen hatte, freundlich an.

Groß und kräftig, mit breitem, ausdruckslosem Gesicht. Jeans und kariertes Flanellhemd, wie beim ersten Mal. Ebenso verschlossen und humorlos wie damals. Aber jetzt war er in der Offensive.

»Ich wollte fragen, was das alles soll. Falls der Herr Polizeidirektor so viel Zeit hat.«

So ist das also, dachte Johansson. Und wie nett und sympathisch du doch bist.

»Wenn es um die Ermittlung geht, verstehst du hoffentlich, warum ich nicht darüber reden kann.«

»Wann erfahren wir es denn?«

»Wenn wir fertig sind«, sagte Johansson kurz.

»Warum kaut ihr alles durch, was in der Disziplinarabteilung über mich und meine Kollegen liegt? Was hat das mit der Angelegenheit zu tun?«

Eigentlich müsste ich dich rauswerfen, du Arsch, dachte Johansson. Aber ich mache noch einen Versuch.

»Ihr scheint ja einen Haufen Anzeigen am Hals zu haben«, sagte er. »Hast du irgendeine Vorstellung, woran das liegt?«

Und natürlich war er deshalb gekommen. Berg hatte eine ganz klare Vorstellung von den Gründen, Johansson hatte sie von seinen Kollegen schon sehr oft gehört. Berg zufolge hatten »normale Menschen« im Leben nur einen Wunsch: *von Problemen befreit zu werden.*

Um sich diesen Wunsch zu erfüllen, hatten sie die Schwierigkeiten des Lebens allerlei »Expertengruppen« überlassen. Anderen Menschen, denn zu guter Letzt mussten doch solche antreten, die gegen einen vereinbarten Lohn und mit geregelter Arbeitszeit und so weiter die Bürden der anderen schulterten.

Es gab Altenheime für die Alten, Entziehungsheime für die Säufer, Ärzte und Krankenschwestern für die Kranken ... sogar eine Müllabfuhr für Eierschalen und Blechdosen, benutzte Windeln und leere Waschpulverkartons. Berg brachte genau diese Beispiele: Altenbetreuung, Entzugsmaßnahmen, Krankenpflege, Müllabfuhr. Und es stand fest, egal was er vom eigentlichen Prinzip der Arbeitsteilung hielt, dass er keine weiteren Unterschiede zwischen diesen Aufgaben sah als jene, die sich aus der Natur der Arbeit, der Technologie und so weiter ergaben. Damit es *nicht nötig wurde* ... ältere Verwandte zu pflegen, die eigenen Abfälle zu kompostieren und so weiter.

Dann gab es noch die Polizei. Die endgültigen Fachkräfte, auch wenn Berg sich nicht so ausdrückte. Einerseits sollte die Polizei für Ruhe und Ordnung sorgen. Konkret: die aus dem Weg schaffen, die stören. Und sie sollte alles andere machen, womit sich sonst niemand, aber auch wirklich niemand beschäftigen mochte, egal ob »normaler Mensch« oder »Experte«.

Um Johansson nicht zu langweilen oder seine kostbare Zeit zu vergeuden, wollte Berg sich mit einem einzigen weiteren Beispiel begnügen. Außerdem musste er bald zum Dienst. Beispiel: einen alten, verdreckten Suffkopp aus der Gosse zu fischen. Damit normale Leute nicht über ihn stolperten oder ihn auch nur anzusehen brauchten. Oder ihn mit ihren schönen Autos überfuhren.

»Ich bin so einer«, sagte Berg. »Ich fahre mit solchen wie Nilsson zum Sozialamt, das geschlossen ist … zur Ausnüchterungsklinik, die ihn nicht haben will, weil er zu alt ist … zum Krankenhaus, dem er nicht krank genug ist. Und dann zu den Jungs vom Arrest. Die nehmen ihn wenigstens. Er hat doch kein Zuhause … und wenn es solche wie mich und die Kollegen nicht gäbe … die dieser Gesellschaft unter die Arme greifen, dann würde in einer Viertelstunde die ganze Kacke am Dampfen sein … solche wie wir halten die Gesellschaft aufrecht.«

»Stopp«, fiel ihm Johansson, der um die Augen herum rot geworden war, ins Wort. »Das hab ich hier in diesem Haus schon hundertmal gehört, und ich habe es sogar in miesen Büchern gelesen, aber darüber reden wir hier gar nicht …«
Und ich selbst hab es auch gesagt, dachte er.

»Worüber reden wir denn dann?«, fragte Berg.

»Bist du denn völlig jeck geworden, Junge?«, fragte Johansson mit einem heimatlichen Ausdruck und einem Ärger, der größtenteils echt war.

»Wieso denn?«

»Die Besenführung«, sagte Johansson kurz. »Es geht hier auch um Nilsson und solche wie ihn, selbst wenn ich verstehen kann, warum dieser Gesichtspunkt oft aus den Augen verloren wird. Es mag wie ein kleines Detail aussehen«, fügte er hinzu und starrte Berg wütend an, »aber das war eine Voraussetzung dafür, dass wir diesen Job bekommen haben … und es ist schon komisch, aber immer dann, wenn irgendein Scheiß passiert, schreien die Kollegen so rum wie du jetzt.«

»Ich und die Kollegen haben nichts falsch gemacht.«

»Lass mich ausreden«, sagte Johansson. »Das will ich auch hoffen … denn da das der einzige kleine Rest von Anstand ist, den wir noch haben, nehme ich das mittlerweile sehr ernst.«

»Ich und die Kollegen haben nichts falsch gemacht, nicht bei Nilsson und auch bei sonst keinem.«

»Sehr schön«, sagte Johansson. »Dann braucht ihr euch ja keine Sorgen zu machen.«

»Ich habe dich offenbar unterschätzt.« Berg erhob sich und nickte langsam. »Ich wusste, dass du der Chef vom Landeskrim bist, aber ich hatte keine Ahnung, dass du auch Zeitungen, Radio und Fernsehen versorgst.«

»Werd nicht frech«, sagte Johansson. »Die können sich allein blamieren. So lange wir uns anständig benehmen.«

Stützen der Gesellschaft, dachte Johansson. So nennt man das doch.

62

Der Herbst ist die Zeit der Überraschungen. Mittwoch, der fünfundzwanzigste September, bringt frischen Wind, zehn Grad über null und kühle Sonne. Um zwanzig vor acht betrat Johansson sein Büro, wie üblich belegte er einen ehrenvollen zweiten Platz. Seine Sekretärin saß schon hinter ihrem Schreibtisch. Neutral und freundlich.

Der Oberstaatsanwalt kam auch recht früh. Die Besprechung war angesetzt für null acht null null, aber schon fünf Minuten vorher klopfte er vorsichtig an Johanssons Tür.

»Setz dich«, sagte Johansson und zeigte auf seinen Besuchersessel. »Ich seh mal nach, ob es schon Kaffee gibt.« Das war eigentlich eine Ausrede. Der Umgang mit seinen neuen Dienstranggenossen fiel ihm noch immer schwer, und Smalltalk war nicht seine Sache. Also ging er in die Küche und half seiner Sekretärin, ein Tablett mit Kaffee, Zucker, Milch und frischen Rosinenbrötchen zurechtzumachen. Erst um eine Minute nach acht nahm er das Tablett und ging hinein. Wesslén saß dem Staatsanwalt gegenüber. *Ein Eichhörnchen und ein Rabe zusammen auf einem Zweig*, dachte Johansson. Aber Kontaktschwierigkeiten schien es zwischen den beiden nicht zu geben. Ihr Gespräch floss leicht und ungehindert dahin und handelte offenbar vom himmelschreienden Mangel an Kindergartenplätzen.

Ansonsten war auch an diesem Tag alles beim Alten. Jansson zeichnete sich durch Abwesenheit aus, obwohl sich Johansson wirklich Zeit ließ, als er für seine Gäste Kaffee einschenkte. Keiner wollte ein Rosinenbrötchen, aber er selbst hatte eins auf dem Teller liegen, ohne richtig zu verstehen, wie es dorthin gelangt war.

»Wir sollten vielleicht anfangen«, sagte Johansson. »Jansson scheint sich verspätet zu haben.«

Wesslén hatte angefangen. Der Staatsanwalt war zwar der Leiter der Voruntersuchung, und Johansson war offiziell verantwortlich für die Polizeiarbeit, aber Wesslén erledigte das Praktische.

Der vorläufige Obduktionsbericht der Gerichtsmedizin war am Nachmittag des Vortags angekommen. Wesslén fasste ihn kurz für den Staatsanwalt zusammen, und der nickte nachdenklich.

»Lungenentzündung, blutendes Magengeschwür, Entzündung der Bauchspeicheldrüse und eine Blutung in der Speiseröhre, verursacht durch eine geplatzte Ader. Das ist die Todesursache ... oder vielleicht sollte ich sagen, die Todesursachen«, fasste Wesslén zusammen. »Sie haben also nichts mit einem möglichen Schlag oder einer Sturzverletzung am Sonntag, dem achten September, zu tun.«

»Aber es kam ja doch recht ungelegen«, warf der Staatsanwalt ein, vor allem wohl an sich selbst gerichtet.

»Jaa«, Wesslén lächelte ein wenig. »Die Obduktion hat auch nichts ergeben, das an dem Gutachten vom sechzehnten September etwas ändern würde.« Er schaute von seinen Papieren auf und nickte. Erst zum Staatsanwalt hinüber, dann zu Johansson.

»Aber das war ein anderer Gerichtsmediziner. Oder was?«

»Doch«, sagte Johansson und grinste. »Nummer eins war ein normaler Dozent, aber der hier ist Professor. Der mit mir die Distrikte inspiziert hat, falls du dich erinnerst.«

»Ach so, ja«, sagte der Oberstaatsanwalt mit einem Hauch von einem zufriedenen Lächeln. »Dann haben wir also zwei Expertenaussagen, die nahe legen, dass es sich um eine Sturzverletzung handelt.«

»Na ja.« Wesslén demonstrierte Skepsis, indem er seine Schultern nach vorn schob. »Beide sagen, es lässt sich nicht ausschließen, beziehungsweise kann nicht als unwahrscheinlich gelten, dass die aktuelle Verletzung durch einen Sturz entstanden ist. Die am Auge, meine ich. Aber wenn ich das richtig verstanden habe, schließen sie auch die Möglichkeit nicht aus, dass er geschlagen wurde.«

»Nein, das ist klar.« Der Staatsanwalt rutschte im Sessel hin und her. »Aber nichts in der Ermittlung gibt Anlass zum Verdacht, dass gegen Nilsson Gewalt angewendet wurde.«

»Nicht gegen Nilsson, nein«, sagte Wesslén mit zweideutiger Präzision.

»Nix«, sagte Johansson energisch, während Wesslén den Kopf schüttelte und Jansson an die Tür klopfte.

Eine Viertelstunde, dachte Johansson und schaute seinem übergewichtigen und grauen Gehilfen zu, wie er versuchte, seinen Stuhl neben die von Wesslén und dem Staatsanwalt zu bugsieren. Aber du bist immerhin nüchtern.

»War ein ziemliches Verkehrschaos«, erklärte Jansson und blickte die beiden, die jetzt neben ihm saßen, traurig an. Johansson schien er noch gar nicht registriert zu haben, und als sein Chef das bisherige Gespräch zusammenfasste, nickte er nur zerstreut.

»Ich sollte dich vielleicht über unser weiteres Vorgehen informieren«, sagte Johansson und schaute verbindlich das Eichhörnchen an. »Berg und seine Kollegen haben sich allerlei Anzeigen in Disziplinarfragen zugezogen«, erklärte er.

»Alle sind bereits untersucht und von der Disziplinarabteilung in Stockholm ad acta gelegt worden.« Aber sicherheitshalber und weil sie ja doch aufs Obduktionsergebnis warten mussten, waren er selbst, Wesslén und Jansson sie ein weiteres Mal durchgegangen. Johansson konnte dem Nicken des Oberstaatsanwalts entnehmen, dass er das Vorgehen billigte.

»So was liegt ja wohl im Rahmen unserer Befugnisse«, stellte er fest. »Und was ist dabei herausgekommen?«

Es gab acht Anzeigen, eine davon reine Routinesache, erklärte Johansson. Hinter den Anzeigen standen neun Personen. Sie hatten mit allen gesprochen, die zu erreichen gewesen waren. Einer war auf Auslandsreise, und niemand wusste, wann er zurückkehren würde. Zwei waren ausgewiesen worden. Vermutlich für immer. Zwei hielten sich in psychiatrischen Kliniken auf und waren nicht vernehmungsfähig. Einer war tot. Aber mit den restlichen drei hatten sie gesprochen. Wobei keine besonderen neuen Erkenntnisse oder Informationen ans Licht gekommen waren. Alles stand bereits in den Einstellungsbeschlüssen der Disziplinarabteilung.

»Der Tote ...«, der Staatsanwalt rutschte missmutig in seinem Sessel hin und her.

»Das ist der aus dem Routinebericht«, sagte Johansson und lieferte eine kurze Zusammenfassung vom Fall Klas Georg Kallin.

»... abgeschrieben von der Abteilung Gewalt. Mit größter Wahrscheinlichkeit ein Unglücksfall, zu dem er selbst die Ursache geliefert hat.«

»Das scheinen ja wirklich arg viele Anzeigen zu sein«, sagte der Staatsanwalt skeptisch.

»Kann an ihren Einsatzorten liegen«, sagte Johansson kurz. »Vielleicht sollten wir über eine Versetzung nachdenken. In ihrem eigenen Interesse, wenn schon nicht aus einem anderen Grund.«

»Aber wir wissen nicht so recht, ob das in unser Ressort fällt«, sagte Wesslén.

»Hm«, sagte der Staatsanwalt. »Darum muss sich wohl die Leitung in Stockholm kümmern.« Er nickte und wandte sich plötzlich an Jansson. »Wie siehst du das alles, Jansson?«, fragte er.

Herrgott, dachte Johansson.

»Verzeihung«, sagte Jansson und schaute den Fragenden traurig an. »Ich habe wohl . . .«

»Zu welchem Schluss bist du gekommen?«, verdeutlichte der Oberstaatsanwalt.

»Ich«, sagte Jansson und schien sorgfältig nachzudenken. »Ich habe den Revolver ausfindig gemacht, mit dem Kallin die Kollegen niederschießen wollte.« Er nickte traurig vor sich hin. »Wie gesagt.«

Ja, verdammt, dachte Johansson, und da der Staatsanwalt skeptisch und verständnislos zugleich aussah, beschloss er, seine Gedanken laut werden zu lassen. Und sei es nur, um eventuelle Zweifel an der Effizienz des Landeskriminalamts auszuräumen.

»Ja, verdammt«, sagte Johansson mit deutlicher Überraschung in der Stimme. »Wo denn?«

»Hier«, sagte Jansson und nickte traurig.

Hommage à Loyola

63

Genau wie in dem Moment, da Johansson den Zehnender erlegt hatte. Er hatte ihn weder gesehen noch gehört. Auch seine Witterung konnte er unmöglich aufgenommen haben. Er hatte ihn in den Sekunden vor dem Schuss geahnt und war unmerklich und lautlos aufgestanden. So war es auch jetzt. Am Mittwoch, dem fünfundzwanzigsten September, um halb neun morgens, als ein versoffener und für die Rente vorgesehener Kriminalinspektor die Hauptrolle spielte und der Oberstaatsanwalt von Stockholm, der Leiter des Landeskriminalamts, ein Kommissar und der Abteilungschef nur mit gutem Willen als Nebenfiguren betrachtet werden konnten.

Der Oberstaatsanwalt verstand selbstverständlich nur Bahnhof. Das war natürlich und verzeihlich. Wesslén würde sehr bald begreifen, was Sache war, Johansson wusste es schon. Wieso er das wusste, ahnte er nicht einmal, und es machte ihm auch nicht die geringste Sorge. Er war schon aufgesprungen und hatte den Kolben an die Schulter gelegt, und nur darauf kam es an.

»Hier«, wiederholte Wesslén überrascht. »Meinst du hier im Haus?«

»Nein.« Jansson schüttelte abwehrend den Kopf. »Hier in

Stockholm, meine ich. Ich habe ausfindig gemacht, wer ihn gekauft hat.«

»Und wer war es?«, fragte Wesslén und sah aus wie ein Rabe, der sich in die Lüfte schwingen will.

»Er steht nicht in unseren Registern«, sagte Jansson zögernd. »Ich weiß nicht, wie man das deuten soll, aber ich halte ihn für einen anständigen und sympathischen Menschen.«

»Bewohnt eine Villa im Stenkullaväg in Stora Essingen«, unterbrach Johansson mit einem zufriedenen Lächeln. *Die Hausnummer hatte er vergessen.*

»Nr. 58«, sagte Wesslén, der ein gutes Zahlengedächtnis hatte. »Bei ihm wurde am Tag, an dem Kallin das Zeitliche gesegnet hat, eingebrochen.« Auch er wirkte nicht gerade unzufrieden.

»Ja?« Jansson schaute Johansson überrascht an. Und dann Wesslén. »Das stimmt. Fantastische Aussicht. Vom Haus aus«, fügte er als Erklärung für den Staatsanwalt hinzu.

Dieser schien nichts begriffen zu haben. Er sah aus wie ein Eichhörnchen, das seine Nuss verloren hat. Jetzt räusperte er sich zaghaft und sah die anderen der Reihe und dem Dienstgrad nach an.

»Ihr könntet vielleicht so freundlich sein und …«

»Natürlich«, sagte Johansson mit düsterer Miene. »Möchte jemand noch Kaffee?« *Das war offenbar nicht der Fall.* »Fang du an, Jansson«, sagte er dann. »Aber langsam, damit die Jungs mitkommen.«

Für einen Polizisten gibt es im Grunde zwei Möglichkeiten, eine Waffe ausfindig zu machen. Und niemand ist daran gehindert, beide auszuprobieren. Lewin hatte die formalen und anerkannten Wege beschritten. Das war ihm misslungen, aber da er davon überzeugt war, dass es sich um einen Unglücksfall handelte, nahm er sich die Sache nicht so zu Herzen.

Als Erstes hatte Lewin in den Polizeiregistern für gestohlene und verschwundene Waffen nachgesehen. Dort war der Revolver nicht zu finden. Danach hatte er ihn in den Registern der amtlich gemeldeten Waffen gesucht. Dort war er auch nicht verzeichnet. Sein dritter und letzter Versuch bestand darin, die Anfrage an Interpol in Paris weiterzuleiten. Nach einem Monat kam die Antwort: Der Revolver war in den Registern von Interpol bei den gestohlenen, vermissten oder sonstigen »heißen« Waffen nicht gemeldet. Die Antwort kam Anfang August, und die Ermittlungen zu Klas Schnabel Kallins Tod waren im Grunde längst abgeschlossen. Lewin hatte schon seinen Urlaub hinter sich und arbeitete an anderen und dringenderen Fällen. Er heftete die Nachricht von Interpol in der Ermittlungsakte ab.

Jansson hätte ebenfalls den Dienstweg einschlagen können. Da jedoch Lewin das bereits getan hatte, sah er darin keinen tieferen Sinn. Er war außerdem kein Liebhaber dieser Methode als solcher und hatte Interpol nie sonderlich geschätzt. Er entschied sich für eine inoffizielle Herangehensweise und machte sich seine Mitgliedschaft in einer internationalen Bruderschaft zu Nutze, die stärker war als nationale Grenzen, soziale Schranken und ethnische Barrieren. Im tiefsten Herzen – jenseits von Übergewicht, traurigen Augen und Dosenbier – war er nämlich ein richtig altmodischer Bulle.

Seit er nicht mehr verheiratet war, und es war nun zehn Jahre her, dass seine damalige Gattin ihn verlassen und die Tochter mitgenommen hatte, beschränkten sich seine Kontakte auf andere Polizisten und deren Familien. Das fand er nicht weiter seltsam. Im Gegenteil, er konnte seine Kollegen, die damit prahlten, dass sie keinen privaten Umgang mit anderen Polizisten hatten, nicht verstehen.

Derzeit jedoch hatte er überhaupt keinen Kontakt. Das war eine bewusste Wahl, die er gleichzeitig mit dem Beschluss gefasst hatte, sich zu Tode zu saufen. Er hatte keine

Lust, seine Dienstwaffe zu nehmen und sich eine Kugel in den Kopf zu schießen. Und zwar nicht, weil er in seinen zwanzig Jahren als Ermittler zu viele Szenen dieser Art gesehen hatte. Sein Grund war einfach und selbstverständlich. Er wollte seinen Kollegen keinen Ärger machen. Da wollte er lieber seine letzten Jahre in einem Ordner der Alkoholikerbetreuung verbringen.

Aus der Zeit, da er als Polizist Umgang mit Polizisten gehabt hatte, gab es noch viele Bekannte und Kontakte. Jansson hatte einen Großteil seiner Zeit der IPA gewidmet, der Internationalen Polizeivereinigung, und auf diese Weise hatte er viele nützliche Freunde und Bekannte gefunden.

Als er nun eine Woche zuvor die Ermittlungen über den Tod von Klas Georg Kallin gelesen hatte, war ihm rasch aufgefallen, dass Lewin nicht erklären konnte, woher Kallin die Waffe hatte, mit der die Kollegen bedroht worden waren. Das war an sich keine Überraschung, denn er kannte Lewin und wusste, dass der ein moderner und praktisch denkender Polizist war, der keine unnötige Energie für Bagatellen verschwendete. Da sich Jansson jedoch mit Leib und Seele als altmodischen, antiquierten Polizisten sah, dem fast alles gleichgültig war, was nicht mit Bier und Dienst zu tun hatte, musste er natürlich einen Versuch unternehmen. Hier ging es nämlich um die Truppe, und da war seine Neugier unersättlich. Man sollte nicht mit dem Revolver auf Kollegen zeigen, die nur ihre Arbeit machten. Auch wenn ihm persönlich es lieber gewesen wäre, wenn gerade diese Kollegen sich mit anderen Aufgaben beschäftigt hätten. Und auch wenn das alles vermutlich nicht das Geringste mit Nils Rune Nilsson zu tun hatte.

Am Freitag, dem zwanzigsten September, ging er ans Werk, und einen Tag später war er so weit.

64

Zuerst hatte Jansson in einem größeren Waffenkatalog nachgesehen. Daraus ging hervor, dass der Revolver in Connecticut, USA, hergestellt worden war, von der bekannten Firma Sturm, Ruger & Co. Für Jansson war Connecticut, USA, synonym mit Detective Sergeant John Meehan Sr bei der Kriminalpolizei in Hartford, Connecticut. Der größten Polizeitruppe im Bundesstaat.

Gegen drei Uhr nachmittags geht sein Telex in der Verbindungszentrale der Polizeileitung in der Stockholmer Polhemsgata los, und sechs Stunden früher, unmittelbar nach neun Uhr morgens, kriecht es in der Verbindungszentrale der Polizei in Hartford, Connecticut, aus dem Telexempfänger. Auf der anderen Seite des Atlantik und an die sechstausend Kilometer vom Polizeigebäude in Stockholm entfernt.

Nicht jeden Tag treffen dort Anfragen von Stockholmer Kollegen mit dem Vermerk URGENT und IMMEDIATE ein. Zehn Minuten später liegt das Telex auf dem Schreibtisch von John Meehan, der es, seit er zuletzt von Jansson gehört hat, zum Detective Lieutenant gebracht hat.

»Old Torri«, nickt Meehan. Ein älterer, grauhaariger Mann mit Übergewicht, grauem Anzug und traurigen grauen Augen, und jetzt mit einem sentimentalen Glänzen.

Dann greift er zum Telefon und ruft einen alten Bekannten und ehemaligen Kollegen an, der inzwischen als Sicherheitschef bei Sturm, Ruger & Co. arbeitet. Der ruft nach fünf Stunden zurück. Den computerisierten Verkaufslisten zufolge hat der Revolver das Zentrallager der Fabrik vor etwas mehr als einem Jahr verlassen. Als Teil einer größeren Partie, die an eine Tochterfirma ging, einen Waffengroßhandel in Arizona. Von dort wurde er an einen Einzelhändler in Gila Bend im selben Bundesstaat weitergeleitet. Nämlich an The Caley Bros. Guns & Ammo, 124, Wayne Street, Gila Bend, Arizona, USA.

Der Sicherheitschef bedauert, dass es so lange gedauert hat, aber in Arizona ist es eben vier Stunden später, und der Großhändler hat sein Büro erst um halb neun geöffnet.

»Macht doch nichts«, sagt John Meehan und schaut auf seine Armbanduhr. Eigentlich hatte er, weil Freitag ist, früher nach Hause gehen wollen, aber hier steht nun einmal URGENT und IMMEDIATE, und seinen »Old Torri« will er nun wirklich nicht enttäuschen.

Also sucht er sich das amerikanische Mitgliederverzeichnis der IPA heraus, und obwohl Gila Bend ein gottverlassenes kleines Loch von knapp zweitausend Seelen ist, irgendwo in der Wüste an der Interstate 8 zwischen Casa Grande und San Diego, gibt es dort immerhin einen Sheriff, der Mitglied in der IPA ist.

Meehan greift zum Telefon und ruft den Sheriff in Gila Bend an, dreitausendfünfhundert Kilometer weiter auf der anderen Seite des Kontinents. Er bringt sein Begehr vor und dass es um einen Kollegen und IPA-Bruder aus dem kalten Norden gehe, der in Not sei.

»No problem«, sagt der Sheriff. Er wird sich selbst ins Auto setzen und zu Caleys fahren. Er kennt nämlich Sam Caley Jr. Ein toller Typ, der immer die Preiswaffe fürs jährliche Schützenfest der Polizei in Gila County stiftet.

In den USA werden jedes Jahr an die zwei Millionen Revolver und Pistolen verkauft. Ein Mythos ist allerdings, dass der Waffenverkauf freigegeben ist. Im Gegenteil, den regeln an die fünfundzwanzigtausend unterschiedliche Verordnungen auf Bundes-, Staaten- und Lokalebene. Dass man sich in den USA jederzeit eine Waffe zulegen kann, ist ebenfalls nicht die ganze Wahrheit. Im Bundesstaat Arizona aber ist es doch etwas einfacher, als man sich das in Schweden allgemein vorstellt.

Und wenn man es mit einer ehrsamen Firma wie den Gebrüdern Caley zu tun hat, dann reicht es, einigermaßen erwachsen und nüchtern zu wirken, wenn man an den langen Tresen tritt.

Unter der Glasscheibe liegen – genau wie in einem Uhrenladen – Pistolen, Revolver, Messer und anderes Zubehör. Hinter dem Tresen hängen in langen Reihen Gewehre und Büchsen in ihren Gestellen, darüber schließlich drei beeindruckende Hirschköpfe, die den Handel mitverfolgen.

Wenn man sich nun entschieden hat, muss man ein Formular ausfüllen, das Name, Adresse, Alter und Zivilstand festhält. Und ob man vorbestraft ist oder nicht. Das alles sollte man durch irgendeinen Ausweis belegen können, falls man nicht persönlich bekannt ist. Und wenn man die Ware direkt mitnehmen will, empfiehlt es sich, nicht das Kästchen für vorbestraft anzukreuzen.

Dann muss man nämlich warten, bis der Sheriff von Gila Bend sich die Sache überlegt hat. Lügen allerdings ist auch nicht so gut. Wenn das herauskommt, meldet sich der Sheriff und verlangt sowohl die Waffe als auch ein saftiges Bußgeld für den Verstoß gegen die lokale Waffenverordnung.

Aber ansonsten herrschen vor Ort eher praktische Sitten, und in unserem speziellen Fall gab es keine besonderen Probleme. Ein sympathischer ausländischer Kunde, der hervorragend Englisch sprach, Sam Caley hatte ihn selbst bedient. Am Ende war die Wahl auf eine Ruger Speed-Six Kaliber 357 Magnum mit kurzem Lauf für nur hundertachtundvierzig Dollar gefallen.

Der Kunde hatte sich mit seinem Pass ausgewiesen, und da er ein wenig gezögert hatte, war ihm von Sam Caley eilig versichert worden, es handele sich um eine reine Formalität, die vor allem dem Kunden diene. Ruger leiste nämlich auf alle Waren eine Garantie von fünf Jahren, falls der Verkäufer einen Garantieschein mit dem Namen des Käufers ausgefüllt habe. Die Kopien von Verkaufsformular und Garantieschein hatte der Sheriff mitgenommen. Dass der Kunde bar bezahlt hatte, war auch nicht weiter verdächtig erschie-

301

nen. Er hatte mehrere Kreditkarten dabei, aber Caley war nicht sicher gewesen, ob die in den USA galten, und da war Bargeld doch besser.

Eine gute Stunde nach seinem Gespräch mit Meehan rief der Sheriff zurück. Er hatte alles kopiert und seinen jüngsten Mann zum Büro der Staatspolizei in Phoenix geschickt. Dort gab es eine Faxanlage, die alles innerhalb von zwei Stunden auf Meehans Schreibtisch in Hartford, Connecticut, schicken könnte.

Halb sechs, dachte Meehan und seufzte. Um diese Zeit hatte er bereits mit einem Cocktail in seinem gepflegten Garten hinter der Villa in South Windsor in der Pleasant Valley Road 3040 sitzen wollen. Aber URGENT und IMMEDIATE. Er rief seine Frau an und berichtete von »Old Torris« störendem Wunsch. Danach ging er in die Kantine und holte sich ein Pastramibrot und eine Tasse Kaffee, dann ging er zurück auf sein Zimmer und räumte seinen Schreibtisch auf. Um Viertel nach fünf ging er in die Verbindungszentrale, und da lagen die Telefaxkopien von Verkaufsformular und Garantieschein. Er sorgte selbst dafür, dass sie sofort weitergeleitet wurden, dann fuhr er nach Hause in die Pleasant Valley Road, zum Cocktail und zur wartenden Gattin. Um sechs Uhr nachmittags in Hartford, Connecticut, USA, und um Mitternacht in Stockholm, Schweden.

Der Wachhabende in der Verbindungszentrale in Stockholm hatte um Mitternacht wenig zu tun. Er wartete, bis sein Telefax ausgetickert hatte. Er sah die Mitteilung durch und nahm zur Kenntnis, dass es URGENT und IMMEDIATE war. Und dass Jansson seine Privatnummer hinterlassen hatte.

Als er in der Inedalsgata anrief, war der »alte Tore« gerade auf dem Klo, lief aber doch schnell zum Apparat.

»Ich komm es gleich holen«, sagte Jansson dem verdutzten Wachhabenden. »Es eilt nämlich ein wenig.«

»So einfach war das«, sagte Jansson, der Meehan angerufen hatte, um sich zu bedanken, und ihm dabei die ganze Geschichte erzählt hatte. Er nickte traurig und offenbar vor allem an sich selbst gerichtet. *Der alte John*, dachte er.

65

Der Oberstaatsanwalt starrte Jansson an wie eine Offenbarung, die sich gerade in Blitzen entladen hatte.

»Großartige Dete ... Ermittlungsarbeit«, sagte er warm. »Aber sag mal«, jetzt wendete er sich an Johansson. »Eins versteh ich hier nicht ...«

»Später«, sagte Johansson rasch. »Gleich«, fügte er verbindlich hinzu. »Was hast du dann gemacht, Jansson?«

Als Jansson zu Hause in der Inedalsgata erwachte, war es acht Uhr morgens, und er hatte an die sechs Stunden geschlafen. Aber ehe er zu Bett gegangen war, hatte er nachgesehen, ob sein Ermittlungsobjekt möglicherweise im Telefonbuch stand. Das war der Fall, und alle Auskünfte schienen zuzutreffen. Jansson schlief in der festen Überzeugung ein, dass ein echter Polizist sehr gut ohne Computer und andere Erfindungen auskommen konnte. Auch wenn es ein wenig länger dauerte.

Jetzt war Samstagmorgen, und während Jansson versuchte, seine eine Socke unter dem Bett hervorzufischen, wurde sein Chef, Polizeidirektor Johansson, von Kommissar Wesslén zum Essen eingeladen. Per Telefon und in einem anderen Stadtteil. Davon aber hatte Jansson keine Ahnung. Er fand seine Socke und setzte sich an den Küchentisch. Vor ihm lagen das Telefonbuch und die Faxe, die er nachts aus der Verbindungszentrale geholt hatte. Nach und nach fand er auch einen Kugelschreiber und eine Tüte, auf der er schreiben konnte.

Jetzt wollen wir doch mal sehen, sagte das blinde Huhn, dachte Jansson und las seine Unterlagen durch, während er sich auf der Tüte Notizen machte. Ein Betriebswirt, 40, ... wohnhaft im Stenkulaväg 58 in Stora Essingen ... und hatte einen Revolver gekauft ... in einem Ort namens Gila Bend ... am Freitag, dem fünfzehnten März. Jansson rechnete rasch rückwärts. Vor ungefähr einem halben Jahr.

Am Freitag, dem achtundzwanzigsten Juni, taucht dieser Revolver in der linken Hand von Klas Schnabel Kallin auf. Mit bekannter Folge. *Aber wie ist er da gelandet,* überlegte Jansson. Und gab es nicht wenigstens einen kleinen Verdachtsmoment gegen den Herrn Betriebswirt, was illegalen Waffenbesitz und Waffenschmuggel betraf?

Jansson dachte weiter nach. Dann fasste er einen Entschluss. Ging in die Garderobe und zog Jacke, Schuhe, Hut und Mantel an. *Zum Stenkullaväg,* dachte Jansson, und erst auf der Straße fiel ihm ein, dass er sein Morgenbier vergessen hatte.

Kriminalinspektor Tore Jansson war nicht die Sorte Polizist, die mit Blaulicht und Sirenen reist. Er nahm den Bus Nr. 56 vom Fridhemsplan nach Stora Essingen und ging zu Fuß von der Haltestelle in den Stenkullaväg. Nummer 58 lag unten am Wasser und war ein imponierendes Werk aus glasierten Ziegeln mit Blick auf Gröndal und die Mälarmündung.

Die Familie, die in diesem Haus wohnte, wollte offenbar aufs Land fahren. Ein Mann und eine Frau im jüngeren Mittelalter beluden einen Kastenwagen, während zwei kleinere Mädchen ums Auto herumhüpften. Alle gut angezogen, adrett und wochenendmunter.

Feine Mädels, dachte Jansson, ohne an seine eigene Tochter einen Gedanken zu verschwenden. Sie war vierundzwanzig, wohnte in Malmö und rief nur an, um ihn zu beschimpfen.

Jansson blieb stehen und sah, dass der Mann am Steuer in aller Ruhe zurücksetzen konnte. Frau und Kinder hatten schon im Auto Platz genommen, und der Mann drehte wild am Steuer, während er nach hinten zu schauen versuchte, indem er mit der freien Hand die Vordertür aufhielt.

Jansson winkte ihm freundlich zu, um anzuzeigen, dass Platz genug war, was ihm ein dankbares Nicken im Rückspiegel eintrug. Jetzt war auf dem Bürgersteig freie Bahn, und Jansson hätte seinen Spaziergang fortsetzen können.

Aber statt zu fahren, hielt der Mann an, legte die Handbremse ein und stieg aus.

»Kann ich Ihnen irgendwie behilflich sein?«, fragte er.

»Na ja«, sagte Jansson. »Ich mach eigentlich nur einen Wochenendspaziergang.«

»Ach«, sagte der Mann und musterte ihn misstrauisch. »Aber Sie wohnen nicht hier?«

Herrgott, dachte Jansson. Als Nächstes rufen sie die Polizei und behaupten, dass im Garten ein Spanner herumlungert.

»Ich war früher viel hier unterwegs, als ich noch bei der Ordnungspolizei war. Das war gleich nach dem Krieg, und unsere Wache lag oben am Markt. Es ist noch immer so schön hier wie damals.«

Abgesehen davon, dass es ein Sommer zu Beginn der fünfziger Jahre gewesen war und dass Jansson die ganzen Spießer der Gegend einfach verabscheut hatte, stimmte das sogar. Und als Referenz war es auch dreißig Jahre später noch dienlich. Der Mann strahlte und nickte. Dann ging er ums Auto herum und streckte die Hand aus.

»Jansson. Kriminalinspektor Jansson«, sagte Jansson und beglückwünschte sich dazu, dass er zum ersten Mal seit undenklichen Zeiten sein Morgenbier vergessen hatte.

»Sind Sie schon lange in Pension?«, fragte der Mann.

»Jaa. Ich war danach ja bei der Kriminalpolizei«, sagte Jansson.

»Ich hab was für Sie«, sagte der Mann freundlich. Er öffnete die Wagentür auf der Seite seiner Frau und wühlte im Handschuhfach herum.

»Hier«, sagte er. »Ein paar Broschüren, die vielleicht von Interesse für Sie sind. Lassen Sie von sich hören. Wir fahren aufs Land.«

»Danke, danke«, sagte Jansson. Es fehlte nicht viel, und er hätte salutiert.

»Das hat er mir gegeben«, sagte Jansson traurig und reichte Johansson eine in Blauweiß gehaltene Broschüre. »Und da wusste ich, dass er nicht mit Kallin unter einer Decke stecken konnte.«

MITBÜRGER GEGEN VERBRECHEN, las Johansson.

66

»Ist das eine Art Bürgerwehr?«, fragte der Oberstaatsanwalt neugierig.

»Nein«, sagte Johansson und las aus der Broschüre vor. »Eher im Gegenteil ... aller möglicher elektronischer Jux. Damit die Bude zur Festung wird und der Alarm schon losbricht, wenn die Kinder mit dem Bügeleisen spielen ... Vorzugspreise für Mitglieder von Mitbürger gegen Verbrechen ... lohnt sich vermutlich steuerlich für den Verkäufer.« Johansson grinste.

»Mit zeitgemäßer Technologie für eine verbrechensfreie Gesellschaft«, las Johansson vor. »Das wäre vielleicht was für dich, Wesslén. Wo du so viel teure Kunst hast.«

Wesslén schien das nicht witzig zu finden, aber immerhin nahm er die Broschüre an.

»Sag mal ...«, begann der Staatsanwalt.

»Einen Moment noch«, sagte Johansson. »Hast du noch mehr, Jansson?«

»Ja«, sagte Jansson traurig. »Ich weiß jetzt, was passiert ist, als er den Revolver gekauft hat.«

»Hast du mit ihm gesprochen?«, fragte Wesslén mit leichter Unruhe in der Stimme.

»Nein«, sagte Jansson. »Ich weiß es aber trotzdem.«

»Erzähl«, sagte Johansson. Ließ sich im Sessel zurücksinken und faltete die Hände vor seinem Bauch.

Jansson war kein reicher Mann. Aber er hatte eine genaue Vorstellung davon, wie wohlhabende Menschen lebten. Er lebte eher von der Hand in den Mund. Am Fünfundzwanzigsten jeden Monats bezahlte er alle Rechnungen, die vor dem Fünfundzwanzigsten des nächsten Monats beglichen werden mussten. Den Rest teilte er in zwei Haufen. Der erste war für den Zweck vorgesehen, dass sich der staatliche Alkoholladen und/oder die Brauereien zu einer aggressiven Preispolitik entschließen würden (durchaus möglich in einem monopolistischen System), den anderen steckte er in die Tasche. Wenn die Tasche leer war, hatte er in der Regel so ungefähr den Zwanzigsten erreicht und brauchte seinen Fonds nur geringfügig anzugreifen.

Reiche Menschen lebten nicht so. Statt bar zu zahlen und ihre Rechnungen zu begleichen, hinterließen sie achtlos Spuren von Kreditkarten. Rechnungen, die in der Regel in der Buchung irgendeiner Firma auftauchten. Wenn arme Menschen das taten, endete das mit Verhören bei der Polizei und mit Konkursen, aber immerhin hinterließen reiche Menschen Spuren: die pure Kreditkartenschnitzeljagd.

Jansson hatte einen alten Bekannten, der bei einer größeren Kreditkartenfirma arbeitete. Sie hatten sich beruflich kennen gelernt, durch Janssons Beruf, vor vielen Jahren, und ab und zu hatte Jansson diesem Bekannten helfen können. Jetzt sollte der Bekannte Jansson helfen.

Am Morgen vom Montag, dem fünfundzwanzigsten September, betrat Jansson das Büro und legte vollständige Personenauskünfte über seinen Waffenkunden vor. Als er zwei Stunden später das Büro verließ, hatte er sämtliche Schnitzel aufgelesen, sie mit einer Büroklammer zusammengeheftet und in seiner Aktentasche verstaut.

»Diskretion Ehrensache«, sagte der Bekannte, als sie sich trennten.

Anfang März war der Mann aus dem Stenkullaväg mit der Morgenmaschine der SAS von Arlanda nach Kopenhagen geflogen. Er war dort umgestiegen und gegen zwei Uhr Ortszeit in New York angekommen. Drei Wochen drauf war er dieselbe Strecke zurückgeflogen. Er war abends in Arlanda gelandet. Viel Gepäck war dabei, und er hatte für fast dreißig Kilo Übergewicht zahlen müssen. Ein Kilo davon hätte er sich besser gespart.

Der interessante Teil der Reise liegt mitten im Monat. Am Montag, dem elften März, fliegt er von Houston, Texas, nach Tucson, Arizona, und verbringt drei Nächte im Hyatt Tucson. An einem dieser Tage unternimmt er offenbar einen Ausflug nach Nogales an der mexikanischen Grenze, aber was er dort macht, bleibt im Unklaren.

Möglicherweise hat er sich von der Westernatmosphäre anstecken lassen. Am Donnerstag, dem vierzehnten, bucht er seinen Flug von Tucson auf Los Angeles um. Mietet im Hotel ein Auto und checkt aus. Abends hält er in einem kleinen Motel oben in Casa Grande und fährt am nächsten Morgen weiter nach Yuma. Unterwegs macht er Halt in Gila Bend. Tankt und kauft einen Revolver. In der Nacht zum Samstag übernachtet er in San Diego am Stillen Ozean, und am nächsten Morgen geht es weiter nach Los Angeles.

»Vermutlich wollte er nur tanken, aber dann hat er wohl den Laden gesehen und ist auf diese Idee gekommen«, sagte Jansson traurig.

»Warum meinst du?«, fragte Wesslén skeptisch.

»Ja«, sagte Jansson zögernd. »Das Benzin hat er mit Kreditkarte bezahlt, und die Adresse der Tankstelle ist 116 Wayne Street ... und der Waffenladen liegt in 124 Wayne Street ... ich stelle mir vor, dass das irgendwo in der Nachbarschaft ist.«

Jansson blätterte zur Kopie der Benzinrechnung weiter und reichte sie dem Staatsanwalt.

»Da drüben liegen die Hausnummern oft dichter beieinander, als wir das gewöhnt sind«, erklärte er. Der Staatsanwalt nickte verständnisinnig.

»Fantastisch ...«

»Das ist noch nicht alles«, sagte Jansson zögernd.

»Weiter«, sagte Johansson.

»Noch nicht alles«, das war es, womit sich Jansson am vergangenen Tag beschäftigt hatte. Er hatte nämlich versucht festzustellen, was für ein Mensch am Vormittag des fünfzehnten März bei den Gebrüdern Caley eingekauft hatte.

»Na«, sagte Johansson und hörte sich mürrisch an. »Was war es für einer?«

»Ja«, sagte Jansson und kniff die Augen zusammen. »Offenbar keiner, den man in der Nähe von Klas Schnabel Kallin vermutet ... aber jetzt kapiere ich langsam, wie das zusammenhängt.«

Der Staatsanwalt sah Jansson, Johansson und Wesslén in dieser Reihenfolge verwirrt an.

»Nur einen kleinen Moment«, sagte Johansson. »Wir haben das hier noch nicht durchgehen können, verstehst du. Jansson ist gerade erst fertig geworden, wie du gehört hast.« Er nickte dem Staatsanwalt beruhigend zu.

Ein ganz normaler Mann aus der oberen Mittelklasse: vierundvierzig Jahre alt, verheiratet, zwei kleine Kinder. Betriebswirt mit eigener Firma in der Eisenwarenbranche. Hauptsächlich Vertrieb von Produkten aus den USA und Japan. Hohes Einkommen, eigenes Vermögen, die Villa der

Gattin überschrieben. Nicht vorbestraft. Nicht mal ein Bußgeld im Straßenverkehr.

»Aber das wird sich jetzt ändern«, sagte Johansson mit
drohender Stimme. »Dafür werd ich sorgen, bei allen kleinen Teufeln in meinem Hintern.«

»Das glaub ich gern«, sagte der Staatsanwalt und lächelte
freundlich. »Aber bitte sag mir erst, worum es hier eigentlich geht.«

»Das weiß ich selbst noch nicht«, sagte Johansson. »Entweder ist es das eine, und dann tut es mir schrecklich leid für
den Typen mit der schönen Aussicht. Oder es ist das andere,
und dann wird allerlei anderen die Hölle heiß gemacht.«

»Dann nehmen wir das kleinere Übel zuerst«, sagte der
Staatsanwalt. »Wenn du also die Güte hättest.«

67

Freitag, achtundzwanzigster Juni.

Peter Puma Välitalo steckt mitten in einem Einbruch in
einer Villa im Stenkullaväg 58 in Stora Essingen. Es ist mindestens nach zwei Uhr nachmittags.

Als er dort wegfährt, hat er Bargeld, Schmuck, einen Ordner mit Obligationen, ein größeres Bild und einen Revolver
bei sich.

Irgendwann gegen Viertel nach vier und zwanzig vor
sechs trifft er unten in der City Klas Schnabel Kallin. Puma
überlässt Schnabel den frisch gestohlenen Revolver, und
Schnabel nimmt ihn mit nach Hause. Eine gute Stunde
drauf versucht er, Berg und Borg mit ebendiesem Revolver
zu erschießen. Das misslingt, und aus Versehen trifft er sich
selbst.

»Da hast du die erste Alternative«, sagte Johansson.

»Man soll Unannehmlichkeiten niemals aus dem Weg gehen«, sagte der Staatsanwalt lächelnd. Er nickte Wesslén zu, der unruhig hin und her rutschte. »Hast du einen Vorschlag, Wesslén?«

Freitag, achtundzwanzigster Juni.

Peter Puma Välitalo steckt mitten in einem Einbruch in einer Villa im Stenkullaväg 58 in Stora Essingen. Es ist mindestens nach zwei Uhr nachmittags.

Als er dort wegfährt, hat er Bargeld, Schmuck, einen Ordner mit Obligationen, ein größeres Bild und einen Revolver bei sich.

Irgendwann vor fünf Uhr nachmittags trifft er in der Wohnung seiner damaligen Freundin Ritva Sirén in der Kocksgata 17 ein. Kurz nach fünf führen Berg und seine Streife in der Kocksgata 17 eine Wohnungskontrolle durch. Nach eigener Aussage ist Välitalo unmittelbar zuvor gegangen. Frau Sirén besucht ihre Eltern in Norrland. Die Wohnung steht also leer, als die Kontrolle durchgeführt wird. Eine Stunde drauf machen Berg und die anderen eine Adressenkontrolle bei Klas Schnabel Kallin im Gamla Huddingeväg 350. Unmittelbar nach sechs Uhr an diesem Tag wird Kallin erschossen.

»Das wäre die zweite Alternative«, sagte Wesslén.

»Ich weiß dein Taktgefühl zu schätzen.« Der Staatsanwalt lächelte Wesslén freundlich an. »Habe ich alles richtig verstanden, wenn ich sage, dass einer der Kollegen … vermutlich Berg oder Borg, den Revolver in der Kocksgata 17 findet und ihn mitnimmt zum Gamla Huddingeväg, wo irgendetwas passiert, das auf eine nicht gerade plausible Weise beschrieben wurde?« Der Staatsanwalt lächelte spöttisch.

»Genau«, sagte Johansson. »Persönlich tippe ich darauf, dass Kollege Berg sich eines Tatbestands irgendwo zwischen grobem Hausfriedensbruch und fahrlässiger Tötung schuldig gemacht hat.«

Der Staatsanwalt nickte kurz und sah zuerst Wesslén und dann Johansson an.

»Johanssons Hypothese lässt sich jedenfalls nicht ausschließen«, sagte Wesslén düster.

»Ausschließen«, schnaubte Johansson.

»Der Revolver war zurechtgefeilt.« Jansson nickte traurig und offenbar vor allem an sich selbst gerichtet. »Vielleicht wollte einer der Kollegen sich einen Jux machen und hat mit dem Ding auf Kallin gezielt, und wenn der den Arm beiseite geschoben hat, wäre das schon genug gewesen.«

»Aber egal«, sagte der Staatsanwalt. »Das wird in den Dienstanweisungen der Polizei nun wirklich nicht empfohlen. Was machen wir jetzt?«

»Machen?«, fragte Johansson überrascht. »Wir schnappen uns diesen Arsch aus Stora Essingen und vernehmen ihn, und danach drehen wir eine Runde mit Herrn Puma. Es gibt immer mehrere Möglichkeiten, eine Katze zu häuten.«

»Da das alles nichts mit Nils Rune Nilsson zu tun hat, wäre es wohl das Leichteste, es Lewin von der Gewalt zu überlassen«, schlug Wesslén vor. »Er hat in diesem Todesfall ermittelt, und es scheint in sein Ressort zu fallen.«

»Jaa«, sagte Jansson. »Ich bin ja auch nicht ganz sicher ...« Er zuckte mit den Schultern und machte keinen fröhlicheren Eindruck als sonst.

»Wir folgen Johanssons Vorschlag«, entschied der Staatsanwalt. »Wir holen den Kerl aus Stora Essingen zum Verhör, immerhin besteht triftiger Verdacht auf Waffenschmuggel und illegalen Waffenbesitz ... grobe Vergehen also. Anschließend sprechen wir mit Välitalo. Wenn die Geschichte dann weiterhin überzeugt, können wir uns immer noch an Lewin wenden. Im Moment ist es nur gut, wenn so wenige wie möglich von der Sache wissen. Ich will fortlaufend unterrichtet werden.«

»Sicher«, sagte Johansson mit Wärme in der Stimme.

68

Alles kann sich ganz schnell ändern. In einer Morgenstunde zwischen acht und neun können sich bisher bekannte Tatsachen in bisher unbekannten Kombinationen darstellen. Die Folgen können drastisch und dauerhaft sein. Hier war das der Fall. Zumindest teilweise.

Als der Oberstaatsanwalt sie verlassen hatte, um sich in sein Büro am anderen Ende des Blocks zurückzubegeben, zeigte die Uhr halb neun, es war Mittwoch, der fünfundzwanzigste September. In Johanssons Zimmer saßen nun noch Johansson, Jansson und Wesslén. Der Johansson, der die letzten Tage dorthin gekommen war, ist verschwunden. Der, der hier sitzt, ist ein anderer.

Du hattest Recht, denkt Wesslén und denkt daran, was seine Mitbewohnerin nach dem Essen drei Tage zuvor über Johansson gesagt hat. Den hätte ich nicht gern zum Feind.

Ein Betrachter, der von außen kommt und nicht weiß, was sich hinter all dem verbirgt, würde Wesslén wohl kaum zustimmen. Dieser Betrachter würde sich auf seine eigenen Augen und Ohren verlassen. Hier sitzt ein großer kräftiger Kerl von Mitte vierzig. Mit einem Übergewicht, an dem sich bald nichts mehr ändern lassen wird. Mit guter Laune und offenbar sehr viel zu tun. Wenn sein Vater und seine Brüder ihn hier sähen, würden sie sagen, »so ist er immer, bevor wir das Revier ausgelost und die Schießposition festgelegt haben«.

Vermutlich macht er das gerade. Er legt die Schießposition fest.

Jansson wird gebeten, falsch, ihm wird befohlen, alle Auskünfte über den Waffenkauf vom fünfzehnten März, die Reise, auf der die Waffe gekauft worden war, und über die Person des Käufers zusammenzustellen. Und zwar nicht so rasch wie möglich, sondern sofort. Als er auf sein Zimmer zurückkehrt, hat er Johanssons Sekretärin im Schlepptau.

Drei Kopien sämtlicher Unterlagen, die Jansson herausgesucht hat. Völlig egal, ob er unterwegs vom Delirium überfallen wird. Und Wesslén kapiert zu seiner Überraschung, dass Johansson die Vernehmung selbst leiten will.

Wesslén wird der gleiche Auftrag erteilt, aber nun geht es um Välitalo. Alles muss fertig sein, wenn Välitalo aus Hall geliefert wird.

»Ja«, wendet Wesslén ein, »aber wäre es nicht praktischer, ich fahre hin und spreche da mit ihm?« Johansson schaut ihn überrascht an.

»Ich hatte bei deinem Bericht ganz klar den Eindruck, dass er nicht nach Stockholm will ... dass er sogar Angst davor hat.«

»Ja«, sagt Wesslén.

»Na also«, erwidert Johansson. »Du und ich, wir verhören ihn nach dem Mittagessen.«

Danach ruft Johansson über die Hausanlage den Chef der Ermittlungsabteilung an. Wesslén hat das Zimmer noch nicht verlassen und wird Zeuge der folgenden Bitte:

»Ich brauche sofort zwei Ermittlungsgruppen. Sie müssen sich nicht mit Wasser gekämmt haben.«

Der Chef der Ermittlung ist ein alter Kumpel und lacht beifällig, als er die Bestellung hört.

Zwei Stunden später folgen dem, was in Johanssons Telefonanruf noch Worte waren, die Taten. Um elf Uhr fünfunddreißig wird ein vierundvierzigjähriger Betriebswirt in die Arrestabteilung von Kronoberg geführt. Eine halbe Stunde zuvor ist er von zwei Polizisten in Zivil, die erklärt haben, er sei festgenommen, ansonsten aber nur geraten haben, »jetzt ganz ruhig bleiben und kein Geschrei machen«, in seinem Haus im Stenkullaväg 58 in Stora Essingen abgeholt worden. Zwei Tage drauf wird der Mann von seiner Sekretärin erfahren, dass die Polizei ihn unmittelbar zuvor in seinem Büro draußen in Hammarbyhöjden gesucht habe. Aber im Moment hat er genug andere Sorgen.

Seit seinem letzten Reservemanöver hatte er nie mehr einen Befehl zu befolgen brauchen, und nicht einmal beim Manöver hatten Schande und soziale Katastrophe wie ein Damoklesschwert über ihm geschwebt. Vor einer Stunde noch war sein Leben geordnet und normal gewesen. Jetzt wird es von anderen bestimmt, und er selbst steckt mitten im Chaos. Sie haben seine Taschen ausgeleert, haben ihm den Gürtel weggenommen und die Schnürsenkel aus seinen Schuhen gezogen. Danach ist er in einen Sechsquadratmeterraum gesperrt worden, ohne dass ihm irgendwer gesagt hätte, warum und was ihm jetzt bevorstehe. Es ist das erste Mal in seinem Leben, und schon läuft er zwischen dem Fenster in der Querwand und der Klingel an der Tür hin und her. Im Moment hat er nur einen Trost. Dass er ziemlich genau weiß, warum er hier gelandet ist.

Um zwölf null fünf wird Peter Sakari Välitalo in ebendiesen Arrest getragen. Nicht mal er selbst weiß, zum wievielten Mal. Er trägt die Anstaltskleidung, seine Hände sind auf den Rücken gefesselt. Zwei Polizisten in Zivil und zwei Arrestwärter helfen, ihn in die Zelle zu schleppen. Puma schreit und tritt um sich, so gut er das eben kann, und als die Tür zugeschlagen wird, stellt der eine Wärter fest, dass er »noch viel wilder tobt als sonst«.

Um zwölf Uhr dreißig kommt Johansson in den Arrest. Zusammen mit einem der beiden Ermittler, die eine Stunde zuvor im Stenkullaväg den Betriebswirt festgenommen haben. Johansson befiehlt einem der Wärter, den »Direktor« zu holen, und derweil begeben er und sein Kollege sich in den zu diesem Zweck erbetenen Verhörraum. Johansson setzt sich hinter den Schreibtisch und kehrt dem Fenster den Rücken zu. Sein Kollege nimmt auf einem Stuhl in der Ecke Platz. Auf dem Schreibtisch arrangiert Johansson Tonbandgerät und Unterlagen. Als die Tür sich öffnet und ihr Verhöropfer hereingeführt wird, ist alles bereit. Keiner von beiden macht Anstalten, sich zu erheben.

Johansson weiß schon, wie die Dinge stehen. Er weiß es aus Erfahrung, und er hat Augen im Kopf. Der Mann, der hier verhört werden soll, ist bleich und in kalten Schweiß gebadet, und es fällt ihm schwer, ruhig zu gehen.

»Du kannst dich da hinsetzen«, sagt Johansson und zeigt auf den zweiten Stuhl.

Eine Stunde später ist das Verhör beendet und das Protokoll unterschrieben. Der Mann hat alles zugegeben, was eine Rolle spielt und was Johansson ohnehin schon wusste. Jetzt kennt er auch die Details. Die er später brauchen wird.

»Ich heiße Johansson«, sagt Johansson. »Ich bin Polizeidirektor und Chef des Landeskriminalamts. Der in der Ecke da ist ein Kollege.«

»Ja«, sagt der Mann und versucht, dem Blick von der anderen Tischseite zu begegnen.

»Ich spiele immer mit offenen Karten«, sagt Johansson jetzt. »Ich fange mit der Mitteilung an, dass du des illegalen Waffenbesitzes verdächtigt wirst ... es geht um den Revolver, den du am Freitag, dem fünfzehnten März, in einem Waffenladen in Arizona gekauft hast und den du bis Freitag, den achtundzwanzigsten Juni, in deinem Besitz hattest ... Verdacht auf illegalen Waffenbesitz ... dann hast du ihn am zweiundzwanzigsten März durch den Zoll auf Arlanda geschmuggelt ... Waffenschmuggel ... hier hast du das Bild des Revolvers ... eine Kopie des Garantiescheins, den du im Laden selbst unterschrieben hast ... und eine Kopie deines Lizenzantrags.« Johansson legte die drei Kopien vor dem Mann auf den Tisch.

»Ich verstehe ...« Der Blick des Mannes irrt zwischen dem Tisch und Johansson hin und her.

»Hier«, fällt Johansson ihm ins Wort. »Hier hast du ein Bild von dem Mann, der im Weg stand, als der Revolver zuletzt benutzt wurde.« Johansson legt das Foto von Klas Schnabel Kallins zerschossenem Schädel neben die anderen.

»... der wurde beim Einbruch in mein Haus am achtundzwanzigsten Juni gestohlen ... ich hatte ihn in meinem Kulturbeutel im Nachttisch liegen ... wir hatten ein halbes Jahr früher schon einen Einbruch ... deshalb hatte ich ihn gekauft ... um mich und meine Familie beschützen zu können ... ich wusste doch nicht ... die Lizenzgesetze waren mir nicht ... ich konnte den Revolver in der Anzeige nicht erwähnen ... auch bei anderen Nachbarn ist eingebrochen worden ... ich bin Mitglied einer Bürgerinitiative gegen Einbruch ...«

»Jetzt wollen wir mal ganz ruhig bleiben«, sagt Johansson. »Ich habe schon Schlimmeres gehört.«

»Das lief doch wie geschmiert«, stellte Johansson fest und nickte seinem Kollegen zu. »Jetzt gehen wir nach unten und reden mit Wesslén, dann kann der Pumaknabe sich erst mal abregen.«

»Ja«, der Kollege lächelte nachdenklich. »Das ist sicher nötig, wenn wir heute noch nach Hause wollen.«

»Eben«, sagte Johansson. »Und du, mein Freund, kommst mit, damit ich dir erklären kann, warum es wichtig ist, dass du vorübergehend dein Gedächtnis verlierst.«

»Es gibt immer mehrere Möglichkeiten, eine Katze zu häuten.« Nachmittags am Mittwoch, dem fünfundzwanzigsten September, häutete Polizeidirektor Lars Martin Johansson mit Hilfe von Drohungen und groben Schmeicheleien den notorisch unmöglichen Peter Puma Välitalo, während sein Kollege Kommissar Wesslén so weit wie möglich versuchte, sich taub zu stellen.

»Du hast also seit dem Sommer einen Daumen im Arschloch von Kollege Berg, könnte man sagen«, fasste Johansson die Lage zusammen.

»Scheiße, die Typen waren doch sooo klein mit Hut«, grinste Puma.

»Du wolltest also die Knarre zu Hause in der Kocksgata frisieren«, sagte Johansson dann. »Du gehst los, um besseres Werkzeug zu besorgen und fegst durch den Rost, als plötzlich Berg und die Jungs hereinkommen. Die Knarre liegt noch auf dem Wohnzimmertisch ...«

»Schwupp«, Puma machte eine Handbewegung. »Schade um die Knarre.«

»Die brauchen dir nicht Leid zu tun«, grinste Johansson. »Vielleicht landet ihr in derselben Butze. Dann hast du fette Chancen.«

»Scheiße, Scheiße ...« Puma lächelte sehnsüchtig und reckte seine mageren Arme.

»Ja, ja«, sagte Johansson. »Das wär's. Ende eines ereignisreichen Tages.«

»Ja.« Wesslén nickte kurz und hoffte, dass er nicht so aussah, wie er sich fühlte. »Was machen wir jetzt?«

»Jetzt gehen wir nach Hause und überschlafen die Sache«, sagte Johansson. »Und morgen früh sehen wir uns bei mir. Dann gehen wir diese tragikomische Geschichte noch mal sorgfältig durch und geben sie dem Kollegen Lewin zurück. Wir können nur hoffen, dass er Ordnung in die Kiste bringt. Heute Nacht dürfen die Kollegen in ihren Betten schlafen. Aber vielleicht arbeiten sie ja auch.«

»Ja.« Wesslén nickte. *Ich weiß einfach nicht, was ich von dir halten soll*, dachte er. Jetzt gehen wir nach Hause und schlafen, damit wir morgen früh munter und gut aufgelegt erwachen und fünf Leben zu Klump schlagen können.

»Wie geht's euch da oben? Geht's Mama gut?«

»Ja, danke«, sagte Evert. »Fimbul, der Wolf, du weißt, von dem ich dir erzählt hab, als du noch klein warst. Der ist heute Nacht ums Haus gestrichen.«

»Und hatte er Frost in den Spuren?«, fragte Lars M. entzückt.

»Ja, und wie. Es dauert nicht mehr lange, dann kommt er über den Fluss.«

»Was ist los mit dir? Du machst so einen verstörten Eindruck?«

»Na ja«, sagte Wesslén und lächelte. »So schlimm ist es nun auch wieder nicht. Hat damit zu tun, was du über Johansson gesagt hast.«

»Aber, Liebes. Das hast du dir doch sicher nicht zu Herzen genommen.«

»Nein, das nicht. An und für sich nicht.«

69

Nehmt einen geachteten Mann und seine Familie, nehmt einen von der Schattenseite des Lebens und nehmt die Angst vor dem Unbekannten. Vermischt das miteinander und rührt behutsam um.

»Willst du anfangen, Wesslén«, fragte Johansson.

»Ja«, antwortete Wesslén. »Von mir aus.«

Anfang März fährt der Betriebswirt auf Geschäftsreise in die USA. Er reist kreuz und quer über den Kontinent und landet irgendwann in Tucson, Arizona. Auf einer Autofahrt nach Kalifornien hält er zum Tanken in einem kleineren Ort. Neben der Tankstelle liegt ein Waffenladen. Aus einem Impuls heraus kauft er einen Revolver. Vor einem Monat ist in sein Haus eingebrochen worden. Er hat Angst und fühlt sich unsicher.

Schon bald bereut der Mann den Kauf. Er hat den Revolver noch nicht aus dem Karton genommen. Der liegt unten in der größten Reisetasche, und auf der ganzen Heimreise nach Schweden setzt diese Tatsache seinem Gewissen zu. Als er in Arlanda im Zoll steht, hat er sich für den Fall der

Entdeckung folgende Erklärung zurechtgelegt: das Paket hat ihm ein Geschäftsfreund aus den USA geschenkt. Er hatte keine Zeit mehr, es zu öffnen, und weiß nicht, was drin ist. Aber der Zoll zeigt keinerlei Interesse an ihm und seinen drei Taschen.

Zu Hause in seiner Villa in Stora Essingen verstaut er das Paket. Erst nach einiger Zeit packt er den Revolver aus. Er legt ihn in seinen Kulturbeutel. Geladen mit sechs Patronen. Die restlichen vierzehn aus dem Karton wirft er weg. Die Zeit vergeht, und er fängt an, den Revolver zu vergessen. Von einem guten Freund, einem Jäger, hat er sich sagen lassen, dass es keinen Sinn hätte, einen Waffenschein dafür zu beantragen.

Am Freitag, dem achtundzwanzigsten Juni, betritt Peter Puma Välitalo den Plan. Er hat Urlaub aus der Haftanstalt Hall und vertreibt sich die Zeit mit Stehlen. Nachmittags beschließt er, in der Villa im Stenkullaväg 58 einen neuen Versuch zu unternehmen. Dort war er schon mal, im Januar, wurde aber rüde unterbrochen.

Diesmal läuft es besser. Er schlägt ein Kellerfenster ein und bricht dann die Tür auf, die vom Keller in die Villa führt. Dort fängt er im Schlafzimmer an. Den Revolver findet er fast sofort. Der Kulturbeutel ist bleischwer. Peter Puma packt rasch alles zusammen und nimmt mit, was er zufällig erwischt. So viele Kleinigkeiten, wie sie Platz in einer Tasche finden, die in der Diele herumliegt. In der Diele hängt auch ein »verdammt fetziges Bild«, das sich im Wohnzimmer in der Kocksgata 17 gut machen würde. Er zerbricht den Rahmen. Rollt die Leinwand auf und verlässt den Ort des Geschehens. Inzwischen ist es etwa drei Uhr nachmittags.

Vom Stenkullaväg fährt er direkt in die Kocksgata 17. Er stellt den Wagen in einer Querstraße ab. Nimmt das gestohlene Geld und den Revolver mit. Als er die Wohnung betritt, macht er sich sofort an die Untersuchung seiner Beute. Er beschließt, dass der Revolver »frisiert« werden muss, dreht den Griff ab und fängt an, die Sperre zum Abzugshahn abzufeilen. Damit ist er über eine Stunde beschäftigt. Aber er ist nicht richtig zufrieden. Er beschließt, in die Stadt zu gehen und sich besseres Werkzeug zu kaufen. Dazu setzt er den Revolver wieder zusammen und steckt ihn in die Tasche. Als er schon gehen will, überlegt er sich die Sache anders. Er weiß, wie groß die Wahrscheinlichkeit ist, dass er von der Polizei angehalten und durchsucht wird. Er legt den Revolver wieder auf den Wohnzimmertisch, zieht die Tür ins Schloss und geht.

Er hat die Straße gerade erst erreicht, als er den Dodgebus vor dem Haus vorfahren sieht. Von einem Torweg ein Stück weiter beobachtet er die Entwicklung des Geschehens. Inzwischen ist es kurz nach fünf nachmittags.

Er kennt die gesamte Streife. Sogar Mikkelson, obwohl der neu ist. Berg, Borg und Mikkelson gehen ins Haus. Orrvik und Åström warten draußen auf der Straße. Nach einer Weile – »einige Minuten vielleicht« – geht auch Orrvik hinein. Er kommt fast sofort wieder heraus und holt die Tasche mit der »Einbruchsausrüstung«. Jetzt weiß Puma, dass der Boden unter seinen Füßen heiß wird. Erst nach einer Viertelstunde kommen die vier zurück. Der Einzige, der etwas trägt, ist Orrvik. Die Tasche mit dem Werkzeug. Sie bleiben einige Minuten neben dem Bus stehen und reden. Dann steigen sie ein und fahren los. Die Uhrzeit? Gegen halb sechs.

Als Puma ganz sicher ist, dass sie nicht mehr in der Nähe sind, läuft er zurück ins Haus. Er sieht sofort, dass sie in der Wohnung waren. Sie haben die Tür aufgebrochen und ausgehängt. Ehe sie gegangen sind, haben sie sie zurückgehängt und die beiden Türhälften zugezogen. In der Diele liegt ein Zettel, auf dem die Polizei über ihren Besuch informiert.

Im Wohnzimmer scheint die Sonne auf die leere Tischplatte.

»Ja«, sagte Johansson. »Bisher hab ich keine Einwände. Und ich habe mir die ganze Nacht wie blöd den Kopf zerbrochen.« Er lächelte Wesslén an.

»Du willst doch wohl nicht weich werden, Johansson?«

»Doch«, sagte Johansson kurz. »Hier schon. Besser, wir holen den Knaben Lewin.« Er schaute Wesslén fragend an. Wesslén nickte zustimmend.

»Glaub ich auch«, sagte er. »Jetzt wird es erst richtig interessant.«

»Setz dich, Lewin«, sagte Johansson und nickte dem mageren Kollegen mit den schütteren Haaren zu, der in der Tür stehen geblieben war und neugierig aussah. »Und mach die Tür hinter dir zu.«

»Ja, ja«, sagte Lewin und lächelte Johansson freundlich an. »Jetzt wird man also das Fazit von Onkel Nisses Geschichte erfahren.«

»Na ja«, sagte Johansson und verschränkte die Hände hinter seinem Nacken. »Wir haben eine Frage an dich.«

»Sprich«, sagte Lewin.

»Ja«, sagte Johansson gemächlich. »Ich wüsste gern Folgendes. Kollege Wesslén hier und ich sind aneinander geraten und streiten uns, und da ziehe ich plötzlich eine Waffe hervor und bedrohe ihn damit. Als er abwehren will, geht die Waffe los, und er ist mausetot.« Johansson nickte nachdenklich, als erwäge er diese Möglichkeit.

»Ja«, sagte Lewin lächelnd. »Von diesem Problem hab ich im Landeskriminalamt gehört.«

»Eben«, sagte Johansson. »Jetzt weiß ich, dass Kollege Lewin gleich auftauchen wird, und nun wüsste ich gern … ob ich versuchen sollte, ihm Sand in die Augen zu streuen und zu sagen, dass Wesslén mich bedroht und sich dann selbst erschossen hat, als ich ihn entwaffnen wollte … kann ich mit so einer Erklärung durchkommen? Wie sollte ich dir das schmackhaft machen?«

»Du solltest so wenig lügen wie möglich«, sagte Lewin mit sehr ernstem Gesicht. »Nur ändern, was unbedingt geändert werden muss.«

»Jaa.« Johansson nickte. »Kann ich das denn schaffen?«

»Wenn ich richtig verstehe, glaubst du offenbar, dass Berg und Borg es waren«, sagte Lewin langsam. »Warum also nicht?«

»Ich fürchte auch.« Johansson sah Lewin mit ernster Miene an. »Kannst du dir mal diese Unterlagen ansehen, die wir für dich zusammengestellt haben? Und uns dann sagen, was deiner Ansicht nach passiert ist?«

»Sicher«, sagte Lewin. »Wird mir ein aufrichtiges Vergnügen sein.« Er nickte zuerst Johansson und dann Wesslén zu, und es konnte keinen Zweifel geben, dass er das ehrlich meinte.

70

»Aha.« Lewin hatte jetzt alles gelesen. Er ließ sich im Sessel zurücksinken und faltete die Hände über seiner mageren Brust.

»Was meinst du?«, fragte Johansson.

»Dass ich eurer Meinung bin.« Er nickte energisch.

»Ja«, sagte Wesslén.

»Und dass ich mit diesen Belegen keinen Menschen hochgehen lassen kann.« Lewin zeigte auf die Papiere, die er auf dem Tisch verteilt hatte.

»Das schwache Glied ist Välitalo«, stellte Wesslén fest.

»Genau«, stimmte Lewin zu. »Er hatte ungefähr anderthalb Stunden Zeit, um Kallin zu treffen und ihm die Schusswaffe zu übergeben. Indizienbeweis ...« Lewin schüttelte traurig den Kopf.

»Ja, gut«, sagte Johansson und grinste. »Und was hast du jetzt vor?«

»Ich werde natürlich mein Bestes tun, um zu beweisen, dass Berg ihn erschossen hat«, sagte Lewin überrascht und sah Johansson an. »Aber leicht wird das nicht. Das kann ich den Herren versichern.«

»Wie wirst du vorgehen?«, fragte Wesslén.

»Zuerst nachdenken«, sagte Lewin. »Anschließend werde ich mit Bergholm reden, und danach gibt es ein elendes Messen und Uhrenvergleichen.«

»Igitt, ja.« Johansson grinste teilnahmsvoll.

»Und dann können wir nur hoffen, dass so viele wie möglich von den fünfen aus dem Bus dabei waren, als einer von ihnen oben bei Välitalo den Revolver gemopst hat. Ja ... und schließlich bleibt nur noch eins, das ist ja klar.« Lewin sah fast glücklich aus.

»Was denn?«, fragte Johansson.

»Die neue Hypothese muss stimmen. Es darf nicht so sein, wie es in den Ermittlungsunterlagen steht. Denn dann ...« Lewin fuhr sich mit dem Zeigefinger über seinen mageren Kehlkopf.

»Ja«, sagte Wesslén trocken. »Das müssen wir hoffen.«

»Gib uns eine Geschichte«, bat Johansson.

»Sicher.« Lewin nickte. »Wenn ich überlege, wie viel Glück ich bisher damit hatte, dann stelle ich mir vor, dass es so verlaufen ist.«

Freitag, achtundzwanzigster Juni. Es ist ungefähr zehn nach fünf am Nachmittag. Berg, Borg, Mikkelson und Orrvik haben soeben die Tür zur Wohnung in der Kocksgata 17 ausgehängt. Jetzt gehen sie hinein. Berg zuerst. Und gleich hinein in das einzige Zimmer. Auf dem Tisch vor dem Fenster liegt der Revolver, und den sieht er sofort. Er geht hin, hebt ihn auf und steckt ihn in die Hosentasche. Dort ist Platz genug. Keiner seiner Kollegen hat was gesehen. Einer ist noch draußen in der Diele, einer wühlt auf der Toilette herum, einer ist in der Küche und wirft einen Blick in die Speisekammer.

Leer, stellen sie fest und gehen wieder.

»Sicher«, Johansson nickte beifällig. »So kann es durchaus gewesen sein. Unterschiedliche Ecken der Wohnung werden durchsucht. Der Chef geht in die Mitte.« Er lachte zufrieden. »Bestimmt kann einem da allerlei glatt unter der Nase weg verschwinden.«

Manche schließen eben gern von sich auf andere, dachte Wesslén, aber aus leicht verständlichen Gründen sagte er das nicht laut.

»Und dann«, fragte Johansson. »Zu Hause bei dem schlagfertigen Herrn Kallin.«

Kallin hat soeben die Tür seiner Wohnung im Gamla Huddingeväg 350 geöffnet. Es ist fünf nach sechs nachmittags am Freitag, dem achtundzwanzigsten Juni. Berg und Borg folgen ihm in die Wohnung. In der Hosentasche hat Berg den Revolver, den er eine Dreiviertelstunde früher eingesteckt hat. Seine Kollegen wissen nicht, dass er ihn hat.

Kallin ist wie immer. Schlagfertig und widerborstig. Da gerät Berg plötzlich in Wut, er zieht den Revolver, spannt den Hahn und richtet ihn auf Kallins Kopf. Borg sieht überrascht zu. *Wo kommt der denn her?* Kallin versucht, den Revolver mit der Hand wegzuschieben. Und plötzlich löst sich der Schuss.

Jetzt eilt es. Borg ist wie gelähmt. Er nickt nur, als Berg erklärt. »Kallin hat den Revolver gezogen ...«

Schnell hinaus auf die Treppe, nachsehen, ob sie ihre Ruhe haben. Jetzt haben sie vielleicht zehn Minuten, um sich eine Geschichte zurechtzulegen. Zuerst Fingerabdrücke auf die Patronen. Eine Hülse nach der anderen wird zwischen Daumen und Zeigefinger des linkshändigen und toten Kallin gerollt. Dann einige Finger auf den Revolver. »So, richtig.« Unter sein Hemd damit, wenn auch auf der rechten Seite. Dann wird er in die Nähe seiner Hand gelegt. Genau wie auf der Polizeischule, wenn es galt, einen fingierten Selbstmord zu entlarven. Aber ohne diese kleinen pädagogischen Fehler. Ein letzter Überblick. Schneller Versuch, dem Kollegen Borg Mut zu machen. Dann weg aus der Wohnung. Auf der Treppe warten und versuchen, alles andere zu erledigen, was man erledigt hätte, wenn nicht …

»Ungefähr so wird es gewesen sein, stelle ich mir vor.« Lewin nickte.

»Jetzt kannst du nur noch hoffen, dass Berg oder Borg gestehen«, sagte Johansson. »Denn die haben das offenbar sonst keinem gesagt. Wenn ich zum Beispiel Orrvik wäre … und keine Ahnung hätte … dann würde ich mich für solche Vertraulichkeiten bedanken.« Johansson nickte nachdenklich.

»So leicht wird das nicht.« Lewin fuhr sich bekümmert durch seine schütteren Haare. »Wenn ich mich nun wie Superman fühle und mich traue, sie danach zu fragen … brauchen sie ihre Geschichte doch bloß wiederholen … und noch einmal … und noch einmal … und dann bei den Chefs Himmel und Erde in Bewegung setzen … wegen dieses Trottels von der Gewalt.«

»Mach, was du willst«, sagte Johansson. »Sprich einfach mit dem Oberstaatsanwalt, und wenn du eine Idee hast, dann rede erst noch mal mit mir. Herr Kallin fällt nicht mehr in mein und Wessléns Ressort.«

Das kann doch nicht wahr sein, dachte Wesslén. Dieser Mann trotzt ja jeglicher Vernunft.

»Überleg es dir«, sagte Johansson und grinste. »Dann brauchst du nachts nicht Schafe zu zählen.«

»Wie läuft es denn mit Nils Rune Nilsson?« Lewin ließ seinen Blick von Johansson zu Wesslén wandern.

»Wir haben zwei heiße Spuren.« Johansson nickte energisch und sprang auf. »Einerseits einen Banküberfall von vor einigen Jahren, und andererseits einen Tipp, den wir Herrn Nilsson selbst verdanken. Der Kommissar und ich«, Johansson nickte zu Wesslén rüber, »wollten die gleich bei

einer Tasse Kaffee unter die Lupe nehmen. Der Björneborger …«, flüsterte Johansson und zwinkerte Wesslén zu.

71

Johansson und Wesslén gingen hinunter in die Cafeteria
neben dem Schwimmbecken. Obwohl es erst halb zehn am
Morgen war, bestellte sich Johansson zu seinem Kaffee ein
großes Brot: Graubrot, Frikadellen und Mayonnaise mit
Roter Bete. Wesslén nahm einfach einen Kaffee und versuchte, nicht hinzustarren, als Johansson zulangte. Nicht
weil er Hunger gehabt hätte, das nun wirklich nicht. Wesslén war keiner, der sich von solchen Dingen verlocken ließ.
Der Grund war eher das Gegenteil, und Wesslén wirkte
schärfer geschnitten denn je, als er sich über seinen Kaffee
beugte. *Du hattest Recht*, dachte er.

Lewin trug seine neuen Sorgen hinunter zu Bergholm in die
Technik. Dort saßen sie dann und plauderten, während
Bergholm auf einem Spirituskocher Wasser heiß machte
und Teebeutel reinhängte. Natürlich gab es Kaffeemaschi-
nen und eine Personalküche, aber darum ging es nicht.
Bergholm räumte zwei Quadratmeter von seiner schwarzen
Arbeitsfläche frei, und dann wurden große Bögen Millime-
terpapier ausgerollt, auf die sie das Feld ihrer Untersuchun-
gen zeichneten. Zuerst ein spitzes Dreieck für Stenkullaväg,
Kocksgata und Gamla Huddingeväg in den Ecken, dann
Zeiten und Namen der Beteiligten, »Berg u. a.«, »Schnabel«
und »Puma«.

»Eine verzwickte Geschichte«, sagte Bergholm entzückt.
»Mal sehen, ob sich die Zeit einschränken lässt, in der Puma
und Schnabel sich theoretisch getroffen haben könnten.«

»Kaum auf null.« Lewin schüttelte den Kopf.

»Nein«, sagte Bergholm mit zustimmendem Nicken.

»Aber ich glaube dasselbe wie du und die anderen ... Johansson und Wesslén. Und da sind wir doch immerhin schon zu viert.«

»Fünf«, sagte Lewin.

»Ja, ja, aha«, sagte Johansson und fegte die Brotkrümel vom Tisch. »Und jetzt sind wir wieder bei unserem Ausgangspunkt angelangt. Nils Rune Nilsson.«

»Sollten wir das nicht auf Eis legen und erst mal abwarten, ob Lewin Glück hat?«, schlug Wesslén vor.

»Wäre eine Idee.« Johansson nickte nachdenklich.

»Haltet ihr hier Maulaffen feil, Jungs?«

Wesslén und Johansson schauten auf. Ein älterer Kollege von der Ordnungspolizei war mit Kaffee und einem Florentiner auf dem Tablett vor ihnen stehen geblieben.

»Setz dich«, sagte Johansson und schob ihm den freien Stuhl hin. *Kommissar bei der zentralen Ordnungsabteilung,* dachte er. Dem Berg und die anderen unterstellt waren.

»Fünf«, sagte Bergholm. »Ja, du denkst an den Pumaknaben.« Er überlegte und schüttelte langsam den Kopf. »Ja, ja, man landet im Laufe der Jahre in seltsamer Gesellschaft.«

»Er hat die ganze Zeit gewusst, was Sache ist«, erklärte Lewin. »Stell dir mal vor, er wäre Polizist und nicht das, was er ist. Da könnten wir jetzt sofort zum Staatsanwalt gehen und ihn als Zeugen nennen. Und der Fall wäre erledigt.«

»Das muss doch ein Schock für ihn gewesen sein, als er das mit Kallin gehört hat.« Bergholm schüttelte wieder den Kopf. »Bestimmt hat er gedacht, die Kollegen seien schuld.«

»Das glauben sie immer«, sagte Lewin trocken. »Und wenn einer von ihnen an Masern gestorben ist. Für Berg kann das auch nicht lustig gewesen sein«, fügte er lächelnd hinzu. »Das ganze Wochenende bei mir zu sitzen und keine Ahnung zu haben, was dieser Trottel Puma sich wohl aus den Fingern saugt. Aber anzusehen ist ihm nichts.« Nun schüttelte auch Lewin den Kopf.

»Und dann am Montag«, sagte Bergholm glücklich. »Als Välitalo bei der Einbruchsabteilung aufgetaucht ist. Ich wüsste übrigens gern, wer da angerufen und alles herausgekriegt hat.«

»Bestimmt Berg«, sagte Lewin. »Na, wir werden sehen.« Er erhob sich. »Wird wohl Zeit, sich mal mit Peter Välitalo zu unterhalten. Kommst du mit?«

»Was machen denn meine Jungs?« Der Kollege von der Ordnungspolizei zwinkerte Johansson und Wesslén zu. »Ihr packt sie doch hoffentlich nicht zu hart an?« *Seufz*, dachte Wesslén, ließ sich aber nichts anmerken.

»Die haben nichts Böses im Sinn«, sagte jetzt der Kollege von der Ordnung. »Sie sind einfach noch jung und ein wenig hitzköpfig.«

»Ja, es scheint ihnen schwer zu fallen, den Hahn ruhen zu lassen«, sagte Johansson und fing sich einen seltsamen Blick von Wesslén ein.

»Bill und Bull werden sie genannt. Der wilde Bill, so heißt Berg.« Der Kommissar wirkte so begeistert, als sei er der Vater der beiden. »Der wilde Bill ... und vorübergehend hieß er auch mal der blinde Bill.« Er schüttelte den Kopf. »War er nicht gerade glücklich drüber, der Arme ... der blinde Bill.«

»Warum das?«, fragte Johansson. »War ihm die Schirmmütze in die Augen gerutscht?«

»Na ja ...« Der Ordnungskollege schaute sich verstohlen um und beugte sich dann vertraulich über den Tisch. »Das hing mit einem Banküberfall vor ein paar Jahren zusammen. Berg und seine Jungs waren als Erste am Tatort, und da hat Berg offenbar einen von den Bankräubern verscheucht ... den, der draußen Schmiere gestanden hatte. Ja, Himmel«, er schmunzelte glücklich. »Das hat er oft genug aufs Butter-

brot geschmiert gekriegt ... das kann ich euch sagen. Berg
wollte den Bankräuber wegschicken, damit ihm nichts passiert.«

72

Jetzt hast du wirklich fast genug, dachte Johansson zufrieden. Jetzt muss noch ein Stück Marschmusik eingepasst
werden, dann ist das Puzzle fertig.

Das stimmte zwar nicht, aber langsam stellte sich Johanssons gute Laune wieder ein, und als er das Zimmer seiner
Sekretärin betrat, grüßte er freundlich.

»Geh was essen, Mensch«, sagte er. »Ich krieg ein
schlechtes Gewissen, wenn ich dich sehe. So viel Kaffee,
wie ich trinke.«

Sie nickte ihm zu, freundlich, aber nicht neutral. Eher
wirkte sie ein wenig nervös.

»Dieser Direktor Waltin hat vor fünf Minuten angerufen.
Du sollst sofort in den Arrest kommen.« Sie reichte Johansson einen Zettel.

»Süßer Jesus«, sagte Johansson. »Was hat der nun wieder
angestellt?«

»Du sollst nach einem Kommissar Wallberg fragen«,
sagte die Sekretärin.

Kommissar Wallberg saß in einem Verhörzimmer. Er starrte
düster auf einen Mann jenseits des Tisches, und der war
nicht Waltin, sondern um einiges jünger. Das Verhöropfer,
allem Anschein nach, es trug die graugrüne Hose der Unter-
suchungshaft und ein bis zum Hals zugeknöpftes Hemd.
Und es hatte kaum Ähnlichkeit mit Direktor Waltin. Ein
schmächtiger Mann von vielleicht fünfundzwanzig mit
dichten schwarzen Haaren und dünnem Schnurrbart.

Ostblockgangster, dachte Johansson. Vermutlich Pole.

Auch Wallberg trug einen Schnurrbart. Ein beeindruckendes geschwungenes Exemplar nach dem Modell englischer Flieger, dazu einen passenden karierten Blazer, der nicht sonderlich gut saß. Ansonsten hatte er auffällig Ähnlichkeit mit dem Direktor der AS AKILLEUS, Johanssons altem Bekannten Waltin.

»Ich musste zu außergewöhnlichen Vorsichtsmaßnahmen greifen«, erklärte Wallberg-Waltin und zwirbelte sich den rechten Schnurrbartschwengel. »Es hat sich eine recht prekäre Situation ergeben«, fügte er als Erklärung hinzu.

»Ach«, sagte Johansson und setzte sich auf den freien Stuhl.

»Das ist Jan Lubelski. Geboren vor neunundzwanzig Jahren in Warschau. 1980 als politischer Flüchtling rübergekommen, arbeitslos und überhaupt.« Waltin nickte Johansson zu.

Johansson nickte zurück und musterte den Ganoven auf der anderen Seite des Tisches. *Solche Typen kannte er.*

»Heute Nacht hatte unser Freund Jan ein wenig Pech«, sagte Waltin nun. »Er wurde draußen in Högdalen in einer Wohnung festgenommen, die einem Landsmann gehört. Der sitzt übrigens einige Türen weiter.« Waltin streckte den Zeigefinger aus.

»Mitten in eine geschäftliche Auseinandersetzung hinein platzen deine alten Bekannten Berg, Borg und Mikkelson und unterbrechen die Verhandlungen. Und im Topf lagen allerlei feine Kleinigkeiten . . . ja, hier kannst du es lesen.« Er reichte Johansson das Beschlagnahmungsprotokoll.

Gar nicht schlecht, dachte Johansson. Fünfzigtausend Kronen und hundert Gramm vierzigprozentiges Heroin in zehn Plastiktüten zu je zehn Gramm. Alles laut Kopie des Protokolls, das von Polizeiinspektor Jan-Erik Berg unterschrieben und nach einer Blitzanalyse von der Technik vervollständigt worden war.

»Ach«, sagte Johansson und schaute Waltin fragend an.

»Ja«, sagte Waltin und kratzte sich demonstrativ im Nacken, während er sein Opfer auf der anderen Seite des Tisches forschend musterte. »Es hat sich ein kleines Problem ergeben. Unser Freund hier behauptet nämlich, er und sein Geschäftspartner seien von unseren Kollegen bestohlen worden.«

Aijaijai, Scheiße, dachte Johansson. Deshalb bist du also hergestürzt.

»Ja«, sagte Waltin. »Herr Lubelski behauptet, sie hätten gerade ein Geschäft über hundertfünfzig Gramm abschließen wollen, als die Kollegen dazukamen. Zu einem Partiepreis von den üblichen fünfhundert Kronen, und er hatte fünfundsiebzigtausend Kronen bei sich. Deshalb ist er ein wenig sauer über das, was im Beschlagnahmungsprotokoll steht, und behauptet, die Kollegen hätten fünf Tüten von je zehn Gramm und fünfundzwanzigtausend Kronen eingesackt.«

»Kann ich verstehen«, sagte Johansson langsam. »Bestohlen zu werden ist wirklich nicht witzig. Was sagt denn sein Geschäftspartner?«

»Der sagt nichts.« Waltin deutete ein Lächeln an. »Der weiß weder von Drogen noch von Geld.«

»Ja, ja«, sagte Johansson. »Damit war zu rechnen.« *Wie sollen wir da nun verfahren,* fragte er sich. Wenn es denn stimmt.

»Jaa«, Waltin nickte nachdenklich. »Was meinst du? Sollte man solchen Beschuldigungen Glauben schenken?« Er schaute Johansson abwartend an.

»Hast du irgendeinen Beweis für deine Behauptungen?« Johansson bedachte den Dunklen mit einem alles andere als freundlichen Blick. Was nicht viel brachte, wenn er nach dem spöttischen Lächeln ging, das sich in das magere Gesicht stahl.

»Ich neige eigentlich dazu, ihm zu glauben.« Waltin nickte langsam. »Ausnahmsweise.«

»Aha«, sagte Johansson. »Und warum?«

Waltin lächelte Johansson an. Freundlich und pädagogisch.

»Weil Lubelski von der Droge in Malmö ausgeliehen wurde. Kriminalinspektor Jan Lubelski, sollte ich vielleicht sagen.« Er nickte dem Mageren höflich zu, und der grinste Johansson zufrieden an. »Er ist seit einigen Monaten mit einer etwas brisanten Infiltrationsgeschichte befasst«, sagte Waltin jetzt. »Gestern sollte er ein kleineres Geschäft mit unserem Hauptobjekt regeln, um ein wenig Goodwill zu erzeugen sozusagen. Und deshalb haben wir ihm aus staatlichen Mitteln fünfundsiebzigtausend zugesteckt. Aber unterwegs scheint ein Teil davon verschwunden zu sein.« Waltin seufzte tief. »Und wir wurden um die Früchte unserer Arbeit betrogen.«

Ja, verdammt, dachte Johansson.

»Fantastisch toller Kerl, dieser Lubelski.« Johansson sah Waltin an, während der Gelobte in seine Zelle weiter hinten im Gang gebracht wurde. *Aber du siehst einfach unmöglich aus*, dachte er.

Waltin schien keine Gedanken lesen zu können. Er fuhr sich über den Schnurrbart und nickte zustimmend.

»Fast ein wenig zu toll«, sagte er. Jetzt schaute er Johansson in die Augen.

»… das hier ist eine ganz neue Situation für uns. Ich muss die Analysegruppe zu einer Sondersitzung zusammenrufen.«

»Du, Wesslén«, sagte Johansson. Er stand in der Türöffnung und sah ebenso zufrieden aus wie zu den Zeiten, da er rumlief und sich ums Personal kümmerte.

»Ja.« Wesslén zeigte vage auf seinen Besuchersessel, aber das schien Johansson nicht zu sehen.

»Sag mal, Wesslén«, fragte er. »Was hältst du davon, bei der Arbeit einen falschen Schnurrbart zu tragen?«

73

Fünf ganz normale Kollegen. Fünf von hundertdreißig der Einheit, die in den Wachdistrikten Södermalm und Norrmalm als »mobile Streife« bezeichnet wurde. Und in den Massenmedien als »Terrorkommando«.

»Da Berg die Nabe vom Rad ist, wollte ich ihn mir bis zuletzt aufheben«, erklärte der Kollege von der Untersuchung.

Das wird dann ungefähr zu Weihnachten sein, dachte Johansson und schielte zu den Papierstreifen auf dem Tisch hinüber.

»Tu das«, sagte er.

Der Jüngste war Mikkelson, Tommy mit Vornamen. Einundzwanzigjähriger Polizeiassistent, der seit Anfang Sommer bei dieser Gruppe Dienst tat. Geboren in Ångermanland wie Johansson, elf Jahre Schulbesuch, ein Jahr Wehrpflicht, dann direkt auf die Polizeischule in Solna. Jetzt, gute zwei Jahre später, schien er sich in der Großstadt eingelebt zu haben und machte durchaus keinen ländlichen Eindruck mehr.

»Du kennst ihn doch«, fragte der Kollege und schob Johansson einen Packen Fotokopien hin.

»Ja«, sagte Johansson und nickte.

Mikkelson hatte gute Zeugnisse. Von der Schule und von früheren Dienststellen. Gut, aber nicht strahlend. Nicht einmal in den mehr physisch orientierten Fächern. *Gutes Mittelmaß,* dachte Johansson.

Seit einem Jahr wohnte er mit einer gleichaltrigen Frau zusammen, die in einer größeren Bank in Stockholm als Kassiererin arbeitete. Sie bewohnten eine Zweizimmerwohnung in Bergshamra. Die Wohnung hatten offenbar die Eltern der Frau bezahlt. Keine Kinder und offenbar auch noch keine Kinderpläne. Sie lebten und amüsierten sich, wie junge Menschen das eben tun. Ansonsten waren sie finanziell sehr viel besser dran als die meisten in diesem Alter.

Keine besonderen Laster oder Tugenden. Auch keine besonderen Interessen offenbar. Mit einer möglichen Ausnahme: Bodybuilding. Mikkelson und seine Freundin besuchten regelmäßig eins der vielen Studios der Stadt, wo sie sich übrigens auch kennen gelernt hatten.

Mikkelson schien in seiner Gruppe schnell akzeptiert worden zu sein. Den Kollegen zufolge war er offen, freundlich, sympathisch und »konnte zupacken«.

»Raucht nicht, trinkt nur sehr mäßig, keine Spiele oder sonstigen Ausschweifungen, keine fragwürdigen Bekannten«, endete der Kollege von der Untersuchungsabteilung.

Johansson schaute verstohlen zu seiner Taille hinunter.

Orrvik und Åström waren Nachbarn, im selben Alter, beide verheiratet, jeder Vater von zwei Kindern, in einem Fall war noch eins unterwegs. Die Familien Orrvik und Åström schienen auch miteinander befreundet zu sein.

»Orrvik ist achtundzwanzig, Åström sechsundzwanzig. Wohnen im selben Wohnblock in Täby. Åströms Frau hat eine halbe Stelle als Krankenpflegerin, Frau Orrvik ist offenbar Hausfrau.«

Beides Großstadtkinder. Orrvik aus Södertälje, Åström, geboren und aufgewachsen in Handen. Normaler Schulbesuch, normale Zeugnisse, Wehrdienst abgeleistet, mittelmäßig an der Polizeischule, mittelmäßige Dienstzeugnisse, sieben beziehungsweise sechs Jahre bei der Polizei, wenn man die Polizeischule dazuzählte.

Interessen? Jedenfalls keine besonders auffälligen. Allgemein sportinteressiert, aber eher als Zuschauer. Nichtraucher, mäßiger Alkoholkonsum. Keine auffälligen Kontakte oder sichtbaren Laster. Orrvik hatte zwei Jahre zuvor eine Mahngebühr zahlen müssen. Das war alles.

»Hat sich vermutlich übernommen, wie alle anderen«, meinte der Kollege. »Irgendein Kredit, bezahlt hundert pro Monat zurück und hat noch zweitausend.«

Johansson seufzte und starrte zur Decke hoch.

Borg war zweiunddreißig. Junggeselle, aber seit einem halben Jahr fest zusammen mit einer Kollegin von der Ordnung. Wohnhaft in Åkersberga, wo er auch aufgewachsen war. Zwölf Jahre bei der Polizei, davon sechs bei der Streife. Anders als seine Kameraden wirkte er jedoch aktiver und kommunikativer. Spielte Eishockey und Fußball in der vierten Liga. Rauchte und trank und schien das mindestens einmal übertrieben zu haben. Bei einem Besuch auf Åland mit der Fußballmannschaft der Polizei hatte er einem åländischen Kollegen zwei Zähne ausgeschlagen. Aber man hatte sich gütlich geeinigt.

»Offenbar eine Runde Armdrücken, die ausgeartet ist.«
Johansson seufzte.

Dann hatten sie noch Berg. Die Radnabe. Den Motor der Maschine. Geboren vor fünfunddreißig Jahren in Stockholm. Allein stehend, keine Kontakte zu Frauen, keine Kinder, wohnhaft in einer eigenen Wohnung draußen in Akalla.

Durchschnittlich in allen zu Papier gebrachten Beurteilungen.

Fünfzehn Jahre bei der Polizei. Die ganze Zeit bei der Ordnung, die ganze Zeit im ersten Wachdistrikt. Von Anfang an bei der Streife, seit fünf Jahren Gruppenchef.

Respektiert von seinen Vorgesetzten vor allem wegen einer Eigenschaft, und aus demselben Grund nicht gerade geliebt: Berg war *allzeit bereit*.

»Aha«, sagte Johansson.

»Allzeit.«

Niemals krank. Niemals einen Einsatz verpasst. Niemals auch nur zu spät gekommen. Immer hundertprozentig nach Vorschrift.

»Rund um die Uhr ein braver Knabe«, fasste Johansson zusammen und kam sich müde und heruntergekommen vor.

»Säuft natürlich wie ein Besenbinder? Insgeheim?«, fügte er hoffnungsvoll hinzu.

Berg trank absolut keinen Alkohol. Berg rauchte nicht. Wenn er sich mit Frauen abgab, wusste das zumindest niemand. Kollegen traf er jedenfalls nicht privat. Und offenbar auch sonst keine Menschen.

Berg aß und diente der Einsatzstreife.

»Süßer Jesus«, stöhnte Johansson. »Hat er einen Weihnachtsbaum?«

Als Gruppe betrachtet? Abgesehen von ihrem berüchtigten Fleiß trat die Streife als logische Summe der individuellen Eigenschaften ihrer Mitglieder auf. Sie schienen sich nicht mal für gewerkschaftliche Fragen zu interessieren. Ein Jahr zuvor hatten sie allesamt die übliche Forderung der Gewerkschaft nach besserer Bewaffnung unterschrieben – zum wievielten Mal die gestellt wurde, wusste niemand –, aber da waren sie nicht die Einzigen. Außerdem hatten sie dem Betriebsombudsmann einen eigenen Vorschlag unterbreitet. Bessere Kompensationen für den Fall, dass sie ihre Pausen nicht auf der Wache verbringen konnten. Andernfalls sollten die Streifen wenigstens mit einem normalen tragbaren Radio ausgerüstet werden, »damit man Sport- oder Nachrichtensendungen hören kann, falls man die Pause im Feld verbringen muss.«

Dieser Vorschlag war zusammen mit vielen anderen in der Ablage verschwunden.

»Ja«, sagte der Kollege von der Untersuchungsabteilung. »Das war eine kurze Zusammenfassung. Du kannst die Unterlagen gern leihen.« Er zeigte auf die Stapel auf seinem Tisch.

»Danke«, sagte Johansson müde, »aber das wird wohl nicht nötig sein.«

»Hoffentlich hast du jetzt ein bisschen Fleisch auf den Knochen.«

»Ja«, sagte Johansson. »Hab ich wohl. Das Problem ist, dass ich noch immer keine verdammte Ahnung habe, was das für Typen sind.« Der Kollege nickte höflich und abwartend.

»Man muss Leute treffen«, sagte Johansson. »Draußen in ihrer eigenen Umgebung. Man darf nicht in irgendeinem Scheißbüro auf dem Hintern sitzen.«

»Klar.« Der Kollege nickte höflich, wenn auch ein wenig ausweichend. »Das kann Probleme geben. Wir haben nur Register und Untersuchungsdienst.«

»In dieser ganzen Soße scheint es verdammt noch mal nur eine Person zu geben, die sagen kann, wer sie wirklich ist.« Johansson schien laut zu denken. »Ganz natürlich, ich bin ihr ja in ihrer natürlichen Umgebung begegnet. Sie gehört zu denen, die Berg und die anderen angezeigt haben«, erklärte er.

»Sirén?« Der Kollege war offenbar nicht ganz unwissend.

»Genau«, sagte Johansson. »Ritva Sirén.«

»Interessante Frau«, stimmte der Kollege zu. »Ich hab sie selbst heute Morgen ins aktuelle Ermittlungsregister eingegeben.«

»Ach«, sagte Johansson überrascht. »Wieso ...«

»Ja, die Droge in Stockholm hat sie heute Nacht erwischt«, erklärte der Kollege. »Sie hatte in ihrer Wohnung in der Kocksgata 17 zwei Kilo Amphetamin unter dem Spülstein.«

»Ach was«, sagte Johansson. »Na, wenn das so ist.«

<u>74</u>

Nie darf man sich mal richtig freuen, dachte Johansson. Und jetzt ruft auch noch dieser Trottel an. Waltin schien zufrieden zu sein.

»Können wir uns treffen?«, fragte er.

»Wann?«, maulte Johansson.

»Am liebsten sofort, wenn du kannst. Ich glaube, ich hab was Interessantes für dich. Oben in der Firma.«

»Ich komme«, sagte Johansson.

Waltin wartete mit zwei Variationen desselben Themas auf: Berg & Konsorten. Keine von beiden konnte Johansson besonders glücklich machen.

Zunächst glaubte Waltin, Erkenntnisse dazu beitragen zu können, wer sie eigentlich waren. Berg, Borg, Mikkelson, Orrvik und Åström als Menschen sozusagen.

»Erzähl«, sagte Johansson und fühlte sich ein wenig wohler in seiner Haut.

Also, die Sache war die, dass die firmeneigene Psychologin sich die Herren angesehen hatte. Und sie war unter anderem etliche psychologische Tests durchgegangen, die sie ausgefüllt hatten. In der Schule und später im Dienst.

Johansson nickte. *Das lässt sich hören.*

»Ich will ein Beispiel nennen«, sagte Waltin und griff zu einem eleganten Plastikordner mit einer im Relief eingestanzten Ferse auf dem Umschlag. »Das stammt aus einer wissenschaftlichen Untersuchung, der die mobilen Streifen von der Landespolizeileitung unterzogen wurden. Und zwar erst diesen Sommer.«

Interessant, dachte Johansson und meinte es so.

»Sicher«, sagte Waltin geschäftig. »Alle Leute von der Streife mussten anonyme Fragebögen ausfüllen, bei denen es um den Dienst ging.«

»Aha.« Johansson nickte aufmunternd und unnötigerweise.

»Jetzt haben wir uns ihre Fragebögen herausgesucht und sind die Antworten durchgegangen.«

»Aha«, sagte Johansson. »Aber waren die nicht anonym?«

»Ja, genau«, sagte Waltin. »Weil man so ehrliche Antworten wollte wie möglich. Damit die Leute im Schutze der Anonymität sagen, was sie wirklich meinen.«

»Schon klar«, sagte Johansson. »Was ich meine, ist, wie kann deine Psychologin dann ihre Antworten herausfischen. Wenn die anonym sind. Bei der Streife sind doch hundertfünfzig Mann.«

»Ja.« Waltin schien zu zögern. »Das Wissenschaftliche ist nicht mein Bier, wenn du verstehst.« Er schielte zu seinem Haustelefon hinüber. »Soll ich sie herbitten?«

»Scheiß drauf«, sagte Johansson höflich. »Sag lieber, was sie herausgefunden hat.«

Die firmeneigene Psychologin glaubte, eine Gruppe mit einem ungewöhnlich hohen Grad an »Korpsgeist« vor sich zu haben. Sogar für Polizeiverhältnisse. Dafür gab es ganz natürliche Erklärungen. Die fünf Gruppenmitglieder besaßen »gleich geartete individuelle und soziale Profile«, »eine hohe Überlappung zwischen formellen und informellen Rollen und Beziehungen«, sowie »eine sehr hohe Werte- und Interessengemeinschaft.«

Als ein Beispiel von sehr vielen konnte man ihre Antworten auf die folgende Frage heranziehen: »Nenne die Eigenschaft, die du als die absolut wichtigste für einen guten Polizisten betrachtest.«

»Weißt du, was sie geantwortet haben?«, fragte Waltin.

»Nein«, sagte Johansson.

»Hör her«, sagte Waltin. »Berg antwortet Folgendes ... ich zitiere ... man setzt sich für die Kollegen ein ... Borg sagt: Loyalität und gute Kameradschaft ... Mikkelson ... ich zitiere ... hundert Prozent für die anderen da sein ... und dann Orrvik ... gute Kameradschaft.« Waltin nickte Johansson glücklich zu.

Stöhn, dachte Johansson.

»Und was sagt Åström?«, fragte er.

»Ja ...« Waltin schien zu zögern. »Man muss immer mit allerlei seltsamen Antworten rechnen, wenn man anonyme Umfragen macht.«

»Was sagt er also?«, fragte Johansson. »Ich will wissen, was er sagt.«

»Eine steife Latte«, sagte Waltin kurz und zuckte mit den Schultern, als ob er sich dafür entschuldigen wollte. »Es gibt immer sexuelle Anspielungen.«

»Wie schön, dass wenigstens einer von ihnen normal zu sein scheint«, fiel Johansson ihm ins Wort. »Hast du noch mehr?«

Der Zusammenstoß von Berg und seinen Kollegen mit Kriminalinspektor Jan Lubelski. Ausgeliehen an AS AKILLEUS von der Droge in Malmö.

»Wie ich dir schon sagte, haben wir die Analysegruppe zu einer Sondersitzung zusammengerufen«, erklärte Waltin.

»Und was ist dabei herausgekommen?«, fragte Johansson.

»Das Ei des Kolumbus.« Waltin nickte ernst. »Ich glaube nicht, dass ich übertreibe. Das Ei des Kolumbus.«

Es war der WD selbst, der es gelegt hatte. Da Lubelski unter »hundertprozentig realistischen Umständen« festgenommen worden war, bestanden nun einzigartige Voraussetzungen für die weitere Infiltrationsarbeit.

»Wir lassen ihn ganz einfach sitzen«, erklärte Waltin.

Süßer Jesus, dachte Johansson. Der Kerl meint das wirklich ernst.

»Und was sagt Lubelski dazu?«

»Er ist ganz unserer Ansicht. Er glaubt, dass er nie wieder solche Chancen haben wird wie hier in der U-Haft.« Waltin nickte. »Die haben Umschluss und so, weißt du ... reden ganz offen über ihre Schandtaten.«

»Was habt ihr mit dem Geld und dem Stoff vor, an dem ihr euch verbrannt habt?«

»Nichts.« Waltin schüttelte den Kopf. »Aus natürlichen Gründen, wie du verstehst. Der Stoff gehörte ja gar nicht

uns ... und das Geld.« Er zuckte mit den Schultern. »Peanuts.«

»Damit bin ich nicht einverstanden«, sagte Johansson.

»Denk noch mal drüber nach«, schlug Waltin gelassen
vor. »Du ruinierst unseren Einsatz ... vielleicht die ganze
Aktion ... und was hast du davon? Berg und die anderen
brauchen nur zu leugnen. Fünf gegen einen.«

»Schon«, sagte Johansson. »Das weiß ich auch.«

»Gut«, sagte Waltin, aber ohne seine übliche Wärme.
»Dann, glaube ich, sind wir einer Meinung.«

Johansson nahm am Östermalmtorg die U-Bahn, doch vorher schaute er noch in der Östermalmhalle vorbei und kaufte sich zum Trost ein paar Leckerbissen.

»Haben Sie Kalbsnieren?«, fragte er.

Hatten sie. Kalbsnieren, Kapern und Schlagsahne. Alles
andere, was er brauchte, hatte er zu Hause. Zeitungen kaufte er am U-Bahn-Kiosk, und die Tüte mit den Waren konnte
er in seiner Manteltasche verstauen.

Der Wagen war voll gestopft mit Leuten im Zustand der
typischen Feierabendirritation. Ein gemeinsamer Gedanke
prägte aller Gehirne: nur weg. Leere Gesichter, über denen
sich die Haut spannte. Kein Platz zum Sitzen, kein Platz für
die Zeitung.

Diesmal gab es außerdem Ärger, gerade dort, wo Johansson stand. Beim Hauptbahnhof drängten sich lachend, ges-
tikulierend und mit dröhnenden Ghettoblastern einige Jugendliche in den Wagen.

»Dreh das aus, du kleiner Drecksack, sonst stopf ich dir
das Teil in den Arsch.«

»Reg dich ab, Mann. Reg dich ab.«

Ein Mann von vielleicht fünfzig. Groß und kräftig und auf
dem Heimweg von der Arbeit. Jetzt hatte er die Nase voll,
und sein Gesicht vibrierte vor Hass, als er dem nächstste-
henden Jugendlichen die Faust zeigte.

Aber die jungen Leute reagierten nicht, und an der nächsten Haltestelle stiegen sie wieder aus.

Als Johansson zu Hause in der Wollmar Yxkullsgata den Schlüssel ins Schloss steckte, wusste er plötzlich, wie es passiert war.

75

Am Freitagmorgen erschien Daniel Czajkowski bei Lars Johansson. Czajkowski war klein und eifrig, und ihm sträubten sich die Haare. Er war wütend und schimpfte drauflos und kam geradewegs aus Warschau. Außerdem kam er ungelegen.

»Sprechen Sie mit Jansson«, schlug Johansson vor, der gerade auf Wesslén wartete. »Der hat Ihnen schließlich geschrieben.«

»Aber Mensch«, schrie Czajkowski und schlug sich vor die Stirn. »Das hab ich schon getan, und der hat mich hergeschickt. Außerdem ist er betrunken.«

Hoppla, dachte Johansson. Sonst ist er um diese Zeit doch überhaupt noch nicht hier.

»Setz dich«, sagte Johansson herzlich. »Dann kümmere ich mich um alles. Möchtest du einen Kaffee?«

Czajkowski starrte ihn verängstigt an.

Zuerst ging Lars M. zu seiner Sekretärin. Erzählte, wie wohl alles zusammenhing, und bekam als Antwort ein neutrales, freundliches Nicken. Er schaute ihr hinterher, als sie auf dem Gang verschwand.

Dann ging er hinaus in die Küche. Griff zur Kaffeekanne, die auf der Heizplatte stand, schob zwei Becher in braune Halter und brachte alles zurück in sein Zimmer.

Dort füllte er für Czajkowski einen Becher, nickte ihm freundlich zu, ging um den Schreibtisch herum, setzte sich und sagte:

»Sprich.«

Und Daniel Czajkowski sprach.

Am frühen Morgen war er mit dem Zug aus Trelleborg gekommen. Zurück aus Polen und zwei Stunden verspätet, kann er endlich die Schwelle zu seinem Exilheim überschreiten. Eine erregte Verlobte schwenkt einen braunen Fensterumschlag: Polizei!

Er stürzt wieder los – ehe die Polizei Ärger machen kann – und rennt nach Kungsholmen. Nach drei Sicherheitswachen, ebenso vielen Telefongesprächen und Ziffernschlössern steht er endlich vor dem, der ihn so dringend sprechen möchte: Kriminalinspektor Tore Jansson. Im Zimmer ganz hinten auf dem langen Gang der Abteilung Gewalt beim Landeskriminalamt.

Jansson ist traurig, grau und desinteressiert. Seinem scharfsichtigen polnischen Gast zufolge hat er zudem ebenso viel intus wie ein polnischer Kollege um diese Tageszeit.

»Ich habe aufgehört«, sagt Jansson. »Sprechen Sie mit Johansson, der spielt.«

»Spielt?«, fragte Johansson überrascht.

»Sprääächen Sie mit Jooohanssooon, der ist der Bass«, erklärte Czajkowski.

»Ach«, sagte Johansson. »Der Chef, meint er.«

»Jusst so«, sagte Czajkowski. »Hab ich gesagt ... der Bass.«

»Genau«, sagte Johansson. »Genau«, sagte er noch einmal. »Du, Czajkowski ... ich werde dir erklären, worum es geht ... aber zuerst will ich mal klarstellen, dass du dir keine Sorgen zu machen brauchst.«

Czajkowski sah ihn verängstigt an.

»Das hier ist Kommissar Wesslén, ein Kollege von mir …
und das hier ist Daniel Czajkowski, Exilpole und Cellist«,
erklärte Johansson und schaute zuerst nach links und dann
nach rechts.

»Wesslén«, sagte Wesslén und deutete, das jedoch
freundlich, eine Verbeugung an.

»Setzt euch«, sagte Johansson und sprang auf. »Wir werden ein zeugenpsychologisches Experiment machen.«

Wesslén setzte sich neben den Polen, nickte diesem beruhigend zu und machte ein energisches Gesicht. Johansson
zog einen Kassettenrekorder hervor und stellte ihn auf den
Tisch.

»So, Czajkowski«, sagte er. »Jetzt kannst du erzählen, was
das hier ist. Ich habe ihm noch nichts gesagt«, sagte Johansson zu Wesslén.

Czajkowski starrte den Rekorder an und wirkte nun
schon fast panisch vor Angst.

»Was ist das hier«, sagte Johansson. Drückte die Kassette
hinein und musterte Czajkowski, während die ersten Takte
des Björneborger Marsches erklangen.

Czajkowski starrte zuerst Johansson und dann Wesslén an.

»Das spielt ihr, ehe ihr Leute misshandelt«, sagte er. »Die
Erkennungsmelodie der schwedischen Polizei.«

76

»Traurige Geschichte«, sagte Wesslén und sah so herzlich
aus wie der berühmte Indianer, der früher als Reklame-
schild vor den Tabakläden stand.

»Verdammt«, stimmte Johansson inbrünstig zu. »Weißt
du, was wir jetzt machen?«

Wesslén schüttelte den Kopf.

»Nein.« Er lächelte müde. »Ich warte auf einen klugen
Vorschlag.«

»Jetzt holen wir uns den kleinen Arrestwärter vom WD 1 ... mit dem wir an dem Abend geredet haben, als es so verdammt geregnet hat ... und dem werd ich den Mund mit Seife auswaschen, damit er lernt, dass lügen nichts bringt.«

»Reg dich ab, Johansson«, sagte Wesslén und lächelte noch immer müde.

»Ein andermal«, sagte Johansson düster und griff zum Telefon.

Eine halbe Stunde drauf fuhr ein brauner Ford aus dem Tunnel auf den Fridhemsplan. Im Ford saßen zwei Männer von Mitte dreißig. Kräftig, einigermaßen unfrisiert und überhaupt. Wenn man selbst kein Gauner war – denn dann sah man sofort, dass man zwei Polizisten vor sich hatte –, konnte man sie leicht für ganz normale Bankräuber oder Einbrecher der gehobenen Art halten.

Der Arrestwärter, der am Abend des achten September zwischen Viertel nach zehn und elf Uhr abends nach Nils Rune Nilsson gesehen hatte, war vierundzwanzig und bei der Polizei zivilangestellt. Eigentlich studierte er Jura, aber da er sich nicht gern überanstrengte und deshalb Probleme mit seinem Studiendarlehen hatte, jobbte er recht viel nebenbei. Jetzt waren seit Onkel Nisses Festnahme fast drei Wochen vergangen. Noch waren Name und Bild dieses Wärters nicht in den Zeitungen gelandet, und er hatte zwei Vernehmungen überstanden. Langsam schöpfte er Hoffnung.

Ungefähr in dem Moment, als der braune Ford aus dem Tunnel bei Kronoberg fuhr, schlenderte der Wärter draußen in Frescati in eine Strafrechtsvorlesung. Als er in der Pause mit dem Strom von Kommilitonen den Hörsaal verließ, standen vor der Tür zwei Gauner und musterten alle, die herauskamen. Er sah sie und sah im selben Moment, dass sie ihn entdeckt hatten.

Und immerhin ging er dann auf sie zu und nicht umgekehrt.

»Ja«, sagte Johansson und musterte den Wärter mit dem Blick, von dem er so oft profitiert hatte, als er und Jarnebring sich vor allem damit befasst hatten, Pennerbuden auszuräuchern und Straßengauner zusammenzutreiben. »Wir kennen uns ja schon.«

Keine Antwort. Nur ein Nicken in Richtung Teppich.

»Was hast du am Wochenende vor?«, fragte Johansson plötzlich.

Der andere sah ihn verwirrt an.

»Lernen«, sagte er. »Büffeln … und später meine Freundin treffen.«

»Nix«, sagte Johansson. »Du triffst alte Arbeitskollegen.« *Er hatte nichts begriffen.*

»Ich hab in deinen Papieren gesehen«, sagte Johansson, »dass du den ganzen vorigen Sommer hier in Kronoberg im Arrest gearbeitet hast …« *Jetzt begriff er.*

»Ich war das nicht«, schrie der Wärter. »Ich war das nicht … das war Berg … und wenn er sagt, dass ich das war, dann lügt er.«

»Du bekommst deine Chance«, sagte Johansson. »Jeder bekommt eine Chance.«

»Ganz bestimmt. Ich schwöre!«

»Du musst zuerst Wesslén überzeugen«, sagte Johansson. »Ich fürchte, wenn ich mit dir rede … wird es unangenehmer.«

»Traurige Geschichte«, sagte Wesslén und nickte ernst.

»Sprich«, sagte Johansson.

»Was hast du zu ihm gesagt?«, fragte Wesslén. »Der hat ja eine Sterbensangst.«

»Dass er mit dir sprechen soll«, sagte Johansson und grinste.

77

Stockholm City, Sonntag, achter September, gegen halb zehn Uhr abends.

Ein achtsitziger Polizeibus, ein Dodge, biegt von der Kungsgata in die Klara Norra Kyrkogata ein.

»Dem geht's wohl nicht so gut«, sagt Borg und nickt zu einem älteren Pennertypen rüber, der an der nächsten Straßenecke herumschwankt.

»Das ist Nils Rune Nilsson«, sagt Berg. »Halt doch mal an.«

»Jungs«, sagt Borg nach hinten gewendet. »Kann einer von euch Janne helfen, den Nilsson wegzuschaffen?« Er fährt an den Bordstein und hält.

Er schüttelt den Kopf und sieht zu, wie Berg und Mikkelson Nilsson zwischen sich nehmen und ihm in den Bus helfen. Åström und Orrvik bleiben auf ihren Plätzen sitzen.

»Janne. Wozu soll das denn gut sein, verdammt noch mal.« Borg schüttelt den Kopf. »Wir haben doch noch was anderes zu tun, Mann.«

»Der kommt mit«, sagt Berg energisch. »Den können wir doch nicht rumtorkeln lassen. Wir fahren zum Haus.«

»Der ist total weggetreten«, sagt Borg. Er schaut in den Rückspiegel, fährt los und wirft einen Blick auf Nilsson, der zusammengesunken ganz hinten im Bus liegt, zwischen Mikkelson und Berg, der sich auf den freien Platz gesetzt hat.

»Mal sehen, ob ich ihn wieder zum Leben erwecken kann«, sagt Mikkelson grinsend. Zieht den Kassettenrekorder unterm Sitz hervor, drückt die Kassette hinein und dreht lauter, während er den Rekorder an Nilssons Ohr hält.

»Ungefähr«, sagte Johansson. »So in der Richtung.«

»Ja«, Wesslén stimmte zu und nickte. »Dass sie ihn nicht erkannt haben, müssen wir wohl in die Welt der Mythen verbannen.«

»Na gut. Jetzt ist er durchsucht worden und soll in die Zelle.« Johansson sah Wesslén an. »Unser Freund, der Jurabulle, und Berg helfen beim Tragen. Was sagt der, der dabei war?«

»Ungefähr Folgendes«, sagte Wesslén und blätterte in den Unterlagen auf seinen Knien.

Arrest vom Wachdistrikt Norrmalm, Sonntag, achter September, gegen zehn Uhr abends.

Berg und der Arrestwärter schaffen Nilsson in den Arrest. Der größere und kräftigere Berg hält Nilsson fest, während der Wärter die beiden Türen aufschließt. Danach tragen sie ihn gemeinsam in die Zelle.

»Vielleicht besser, wenn wir ihn gleich auf den Boden legen«, schlägt der Wärter vor und sieht Berg an.

Berg gibt keine Antwort. Er packt Nilsson um die Taille und dreht ihn um, will ihn auf den Boden legen. Aber Nilsson, der zu blau ist, um aus eigenen Kräften stehen zu können, erwacht plötzlich zum Leben und setzt sich zur Wehr.

»Pass doch auf, du Scheißblindschleiche«, murmelt er und fuchtelt mit seinem freien Arm in Richtung Berg.

Bergs Augen blitzen plötzlich vor Zorn. Er ändert seinen Griff und hält Nilsson mit der linken Hand am Kragen fest. Dann landet er mit der rechten Hand einen wütenden kurzen Schlag. Der trifft Nilsson mit dumpfem Geräusch gleich oberhalb der Wange. Nilsson aber zeigt keine Reaktion. Der Wärter steht einen Meter von ihnen entfernt, ist total verdutzt und rührt nicht einen Finger.

»Hilf mir doch, zum Teufel«, faucht Berg, der Nilsson in die stabile Seitenlage zu bringen versucht.

Der Wärter nickt, bückt sich und zieht Nilssons Beine gerade. Berg hat sich aufgerichtet. Er reibt seine schwarzbehandschuhte Hand am Koppel.

»Du hast nichts gesehen«, sagt er zum Wärter, als der die Tür abschließt.

Der Wärter gibt keine Antwort, er nickt nur. Dann folgt er Berg, der schon davongeht.

»Das hat er bei der Vernehmung ausgesagt?« Johansson blickte Wesslén fragend an, und der nickte.

»Auf Band aufgenommen, abgespielt und bestätigt.« Er lächelte kurz.

»Hervorragend«, sagte Johansson. »Und dann?«

Bei der ersten Kontrolle um Viertel nach zehn sieht der Wärter, dass Nilsson ein kräftiges »Veilchen« hat, ansonsten aber »okay« wirkt. Der Wärter weiß weder aus noch ein. Am Ende verlässt er die Zelle und schreibt »okay« in seinen Ordner. Daneben die Zeit, 22.15.

Eine Viertelstunde drauf ist es wieder so weit. Nilssons Gesicht weist eine womöglich noch ärgere Schwellung auf, aber er atmet ruhig und scheint nicht ernstlich verletzt zu sein. Wieder schreibt der Wärter: »Okay.« 22.30.

Ebenso beim dritten Mal, 23.45: »Okay.« Aber jetzt wird die Lage kritisch, und ihm läuft die Zeit davon. Bald ist es drei Stunden her, dass er seinen Dienst angetreten hat, und eine Kaffeepause wird fällig. Während er Kaffee trinkt, wird ein anderer Arrestwärter nach Nilsson schauen, und dann »wäre die Sache gelaufen«.

Stattdessen »entdeckt« er nun Nilssons Verletzungen. Er geht zur Zelle, schaut zu Nilsson hinein, »bemerkt« die Schwellung im Gesicht. Rennt weg und alarmiert den stellvertretenden Wachhabenden.

»Um nicht selbst in die Bredouille zu geraten, musste er Nilssons Verletzungen entdecken.« Wesslén schüttelte teilnahmsvoll den Kopf.

»Hat aber gedauert«, sagte Johansson und grinste.

»Er sagt, er habe gehofft, die Schwellung werde von selber zurückgehen«, erklärte Wesslén.

»Aber da hat der Kleine sich geschnitten«, stellte Johansson zufrieden fest.

»Was machen wir jetzt mit ihm?« Wesslén nickte in Richtung des Vernehmungsraums, wo er den Wärter zusammen mit dem Aspi der Abteilung zurückgelassen hatte.

»Wir stecken ihn in den Kühlraum«, sagte Johansson kurz. »Damit er Zeit zum Überlegen hat.«

Wesslén schien sich in seiner Haut gar nicht wohl zu fühlen.

»Er behauptet, du hast ihm versprochen, dass er nach Hause darf. Er scheint auf keinen Fall im Arrest landen zu wollen.« Wesslén sah Johansson an. »Da hat er gearbeitet, sagt er.«

»Und da kommt er jetzt hin«, sagte Johansson kurz. »Hier leben wir nicht von vagen Versprechungen ... wie immer er auf die Idee gekommen sein mag ... ich hab schon ein Zimmer für ihn gebucht, während du mit ihm geredet hast.«

Wesslén zuckte mit den Schultern.

78

Am Freitag, dem siebenundzwanzigsten September, hatte Kriminalinspektor Tore Jansson schon morgens genug. Das hier würde sein letzter Tag nach gut dreißig Jahren in diesem Beruf sein, und wenn man von seinem Arbeitseinsatz ausginge, könnten auch gleich die Reden und die Überreichung der goldenen Uhr erfolgen.

Aber so kam es nicht. Schon um halb neun saß Jansson auf seinem Stuhl, und innerhalb einer halben Stunde hatte er derjenigen, die er schon zu Hause geleert hatte, noch zwei Dosen hinzugesellt. Und als an seine Tür geklopft wurde, war er mit der vierten schon recht weit gediehen. Vor ihm stand ein aufgeregter kleiner Pole, sah aus wie eine Karikatur seiner selbst und schwenkte einen braunen Fensterumschlag, den Jansson eine Woche zuvor losgeschickt hatte.

An diesem Tag weiß Jansson nur zu gut, was wirklich Sache ist, und keine der möglichen Konsequenzen kommt ihm verlockend vor. Seine drei Bier, die sich normalerweise in Händen und Knien festsetzen, sind ihm zu Kopf gestiegen. »Sprechen Sie mit Johansson«, sagt Jansson und zeigt auf die Tür.

Fünf Minuten später kommt Janssons Sekretärin, erkundigt sich nach seinem Befinden und hilft ihm dann, seine Sachen zusammenzupacken. »Bis Montag«, sagt sie zum Abschied, aber Jansson gibt sich alle Mühe, die Brücken hinter sich abzubrechen. Mit falsch rum aufgesetzter Mütze schlurft er über den Gang, und unten im Vestibül salutiert er vor der Fernsehkamera und der Wache in der Rezeption.

Zwei Stunden später ist sein Besucher, der polnische Cellist Daniel Czajkowski, wieder zu Hause bei seiner Verlobten. In nur zwei Stunden hat er mit drei schwedischen Polizisten gesprochen, und gemeinsam haben sie ihm die Hoffnung für Schwedens Zukunft zurückgegeben. Zuerst ein fantastischer Besoffener. Dann ein großer, grober Kerl, der ihm Kaffee angeboten und ein seltsames Interesse an psychologischen Fragen gezeigt hatte. Endlich ein ganz normaler Mensch, der ruhig und gelassen mit ihm geredet hatte und ausgesehen hatte wie ein Indianer.

Während Daniel Czajkowski seiner Verlobten von diesen seltsamen Männern erzählt, sind mindestens zwei davon mit eiligen und konkreten Aufgaben befasst.

Johansson hat sich soeben mit dem Staatsanwalt und seinem Kollegen Lewin dahingehend geeinigt, dass nun etwas unternommen werden muss, und während die drei die breiten Richtlinien entwerfen, widmet Wesslén sich den Details.

Um zwei Uhr nachmittags machen sie den ersten Schritt

und berufen eine Besprechung in Johanssons Büro im Landeskriminalamt ein. Insgesamt sieben Personen: der Oberstaatsanwalt, Johansson, Wesslén, Lewin und zwei von seinen Kollegen sowie der Polizeidirektor, welcher der gesamten juristischen Abteilung der Stockholmer Polizei vorsteht.

Der Oberstaatsanwalt hat das Kommando übernommen, und niemand würde ihn jetzt noch mit einem Eichhörnchen vergleichen. Er ist in Gedanken, Gesten und Worten ein Napoleon. Außerdem ist er anderthalb Dezimeter größer.

Der Oberstaatsanwalt weiß sehr wohl um den hohen Klatschpegel im Revier. Er will Taten sehen, und zwar sofort. Die Vernehmung des Arrestwärters bietet ausreichend Grund, um Berg und Kollegen zum Verhör zu holen und sogar um für Berg einen Haftbefehl auszustellen.

Lewin hat keine Einwände. Er und Bergholm haben, soweit das überhaupt möglich ist, Fahrzeiten gemessen. Välitalo ist verhört und zwischen seinen unterschiedlichen Aufenthaltsorten umhergeführt worden: Fridhemsgata, Stenkullaväg und Kocksgata. Der Betriebswirt ist ein weiteres Mal vernommen worden. Es bleibt noch eine Stunde, in der Välitalo theoretisch die Möglichkeit gehabt hätte, Kallin die frisch gestohlene Waffe auszuhändigen. Aber er geriet außer sich vor Wut, als Lewin diese Möglichkeit auch nur andeutete. Jetzt ist die Zeit gekommen, sich den von ihm genannten Leuten zu widmen.

Praktische Dinge sind zu erledigen. Fünf Personen, die gleichzeitig vernommen werden sollen, erfordern fünf Vernehmungsleiter. Lewin und Wesslén selbstverständlich. Dazu drei von Lewins Kollegen.

»Dann müssen wir die auch noch holen«, sagt der Staatsanwalt bekümmert.

Johansson macht folgenden Vorschlag. Berg und seine Kollegen treten um sechs Uhr abends ihren Dienst an. Was, wenn die Einsatzzentrale sie vorher auf die Wache kommandiert. Was, wenn Vernehmungsleiter und Vernehmungsräume schon bereitstehen.

»Sie dürfen nur nicht Lunte riechen und sich verdrücken«, sagt der Staatsanwalt besorgt.

»Mit einem achtsitzigen Dodgebus«, fragt Johansson höflich.

Der Kompromiss besteht aus fünf Streifen in Bereitschaft. Johansson stöhnt innerlich bei der Vorstellung, was er ihnen sagen soll.

Hausdurchsuchungen? Der Ankläger schaut sich in der Runde um, aber der Einzige, der in dieser Hinsicht irgendwelche Wünsche äußern könnte, ist gerade mit einem Zimtbrötchen beschäftigt.

Großes Glück hat er noch dazu. Denn ehe alle aufstehen und gehen, sagt der Polizeidirektor von der Juristischen wortwörtlich Folgendes:

»Es ist einfach unerklärlich.« Er schüttelt sein grau meliertes Haupt. »Das ist eine ungeheuer leistungsstarke Gruppe. Erst gestern haben sie groß zugeschlagen ... elf Festnahmen.« Er schaut die anderen an und schüttelt den Kopf. »Sie haben einen türkischen Club überprüft und fünfzig Gramm Heroin und fünfundzwanzigtausend Kronen gefunden, die dort versteckt waren ... was ihr hier sagt, ist für mich einfach unverständlich. Ich begreife es nicht.«

79

Um zehn nach sechs fanden Berg, Borg, Mikkelson, Orrvik und Åström sich auf der Wache Kronoberg ein. Befehlsgemäß und dienstbereit. In geschlossener Formation folgten sie dem Kommissar der Ordnungsabteilung, der sie in Empfang genommen hatte, und schon jetzt hätte ihnen klar sein müssen, dass es sich um einen ganz besonderen Einsatz handelte.

Als Johansson um halb sieben in die juristische Abteilung der Stockholmer Polizei runterkam, saß jeder in einem gesonderten Zimmer und wartete auf seinen Vernehmungsleiter.

Johansson hatte ein großes Tonbandgerät bei sich, das er mit eigener Hand zehn Minuten zuvor unter einem Sitz des Dodge hervorgefischt hatte.

»Wo sitzt Mikkelson?«, fragte er einen der Kollegen in Zivil.

»Dritte«, sagte der und nickte zu der Reihe von Türen hinüber.

Johansson öffnete und ging hinein. Mikkelson stand am Fenster. Als er Johansson sah, nickte er und schien etwas sagen zu wollen.

»Gehört der dir?«, fragte Johansson.

»Ja«, sagte Mikkelson. »Den hatte ich im Bus stehen. Für den Fall, dass man in der Pause nicht auf die Wache fahren kann und Radio hören möchte und ...«

»Vergiss es«, fiel Johansson ihm ins Wort. Er stellte das Tonbandgerät auf den Tisch und schob die Kassette hinein. »Was ist das hier wohl?«

»Musik, die ich mal aufgenommen habe ... das ist ein Marsch.«

»Genau«, sagte Johansson. »Das ist ein Scheißband mit haufenweise Militärmärschen. Was willst du damit?«

»Ja, das weiß ...«, Mikkelson sah ihn unsicher an.

»Musik bei der Arbeit«, sagte Johansson.

»Ich weiß nicht.« Mikkelson sah ihn immer noch unsicher an.

»Ich habe heute mit jemandem gesprochen, dem du das schon mal vorgespielt hast ... einem kleinen Polen namens Czajkowski.«

»Ich weiß nicht ...«

»Du weißt bestimmt«, sagte Johansson. »Und es gibt hier noch andere, die auf diese Sache gerne zurückkommen.

Zwei von deinen Tröpfen von Brüdern halten ihn im Bus fest ... er hat solche Angst, dass ihm fast das Herz stehen bleibt ... als der kleine Mikkel mit seinem Tonbandgerät kommt ... und erklärt, dass man den Takt leichter halten kann, wenn man schlägt ... Musik bei der Arbeit.« Johansson drehte langsam lauter, während er das sagte.

»Das ist nicht ...«, Mikkelson schüttelte den Kopf, sah ihn aber nicht an.

»Du verdammter kleiner Dreckskerl«, brüllte Johansson. »Aber jetzt ist das Spiel aus, bei allen Teufelchen in meinem Hintern.« Er drückte mit gestrecktem Zeigefinger auf »aus«, und die Musik verstummte jäh.

<u>80</u>

»Was machst du hier?« Johansson schaute verwundert auf Waltin, der in seiner Zimmertür stehen geblieben war.

»Der Wachhabende hat erzählt, dass du dieses Wochenende Dienst schiebst«, sagte Waltin. »Kann ich mich setzen?«

»Setz dich nur«, sagte Johansson und schob ihm die Unterlagen hin, in denen er gelesen hatte. »Habt ihr Drogenjansson schon erwischt?«

»Es ist was Trauriges passiert.« Waltin nickte und schaute Johansson mit Leidensmiene an.

»Gratuliere«, sagte Johansson. »Liegt er in der Leichenhalle oder im Krankenhaus?«

In der Leichenhalle. Die Festnahme von Kommissar Jansson war auf drei Uhr nachmittags festgesetzt worden. Von den Abhörbändern wusste man nämlich, dass er sich um diese Zeit in seinem Haus im Täljstensväg draußen in Huddinge mit seinem Kontaktmann treffen wollte. Frau und Kinder hatte er bei den Schwiegereltern auf dem Land abge-

356

setzt und mit der Gattin am Vormittag telefonisch verabredet, dass er sie abends um acht abholen würde. Um zwei Uhr ruft er seinen Kontaktmann an, um das Treffen abzusagen. Während der Akilleusmitarbeiter, der sein Telefon abhört, sich noch immer fragt, wie er mit dieser unerwarteten Tatsache umgehen soll, läuft beim Kollegen, der neben ihm sitzt und die Telefonüberwachung leitet, eine direkte Mitteilung ein. »Sorry, Jungs«, sagt Jansson plötzlich, und als Nächstes hören sie den Knall von Janssons Dienstpistole. Den Lauf hatte er sich in den Mund gesteckt.

»Ein harter Schlag für Akilleus.« Waltin sah Johansson an und wirkte traurig und betrübt.

»Nimm's nicht so schwer«, sagte Johansson. »Frau und Kinder sind sicher dankbar.« *Eigentlich müsste ich dir eins in die Fresse hauen,* dachte er.

»Diesen Teil der Sache haben wir unter den Tisch fallen lassen«, sagte Waltin eilig. »Wir haben unsere Psychologin und den Polizeiarzt zu ihr geschickt. Einer meiner Mitarbeiter hat mit den Ermittlern von der Kripo Huddinge gesprochen. Denen ist klar, dass die Sache wie ein normaler Selbstmord behandelt werden muss. Unsere Ausrüstung haben wir schon zurückgeholt«, fügte er eilig hinzu.

»Das macht mir nicht so große Sorgen«, sagte Johansson und starrte Waltin an. »Wie lange hat er von eurem Scheißunternehmen gewusst?«

»Offenbar hat er sich am Dienstag bei der Droge eine Abhörausrüstung besorgt ... und vermutlich hat er da unsere Vorkehrungen für sein Haus entdeckt.« Waltin seufzte und schüttelte den Kopf. »Ich kann dir sagen, Johansson, das ist ein harter Schlag für uns ... ehrlich gesagt, ich weiß nicht, was ich machen soll.«

»Buch ihn unter Schwund«, sagte Johansson. »Und ruf die Analysegruppe zusammen.«

81

Lewin hatte sich im Gang ungefähr vor dem Vernehmungs-
raum auf einen Stuhl gesetzt. Er hatte sein Jackett abgelegt,
und Johansson sah zu seiner Überraschung, dass er rauchte.

»Ich habe eben auf die Uhr geschaut«, sagte Lewin. Er
nickte zu der runden Uhrscheibe an der Wand hinter Johansson rüber. »Es ist halb zehn. Drei Wochen, seit der da
drinnen Nilsson in Klara Norra aufgelesen hat.« Er wies mit
dem Kopf auf die Tür hinter sich. »Der Kollege vernimmt
ihn gerade. Ich wollte zwischendurch eine rauchen ... Berg
riecht nicht gern Zigarettenrauch, sagt er ...«, Lewin lächelte.

»Wie läuft es denn?« *Die obligatorische Frage.*

»Schlecht«, sagte Lewin und aschte in eine leere Streich-
holzschachtel. »Die ganze Zeit dieselbe Geschichte ... Kallin will Berg erschießen ... er springt vor und will ihm die
Waffe wegnehmen ...« Er zuckte mit den Schultern. »Und
woher Kallin den Revolver hat, keine Ahnung.«

»Borg?«

»Dieselbe Geschichte ... bald glaub ich selbst schon
daran.« Lewin schüttelte den Kopf und lächelte. »Wir
haben Borg übrigens laufen lassen.« Er sah Johansson an.
»Er muss morgen um acht zur weiteren Vernehmung wieder
hier sein. Der Kollege hat ihm gesagt, er soll nach Hause
gehen und sich ernsthaft Gedanken über seine Lage machen. Aber das hat er vermutlich schon getan.«

»Die anderen?«

»Mikkelson sitzt wegen der Sache mit Nilsson fest. Das
hat der Staatsanwalt beschlossen. Und die anderen beiden
müssen morgen um acht wieder antanzen.« Lewin lächelte
und schüttelte den Kopf. »Was Kallin angeht, so scheint es
wirklich so schlimm zu sein, wie ich geglaubt habe ... keiner
von ihnen hat den Revolver gesehen.«

»Und es ist nicht möglich, dass Berg die Wahrheit sagt?«

»Nein.« Lewin schüttelte energisch den Kopf. »Ist es nicht ... Berg hat ihn erschossen. Vermutlich aus Versehen. Er wollte dem guten Kallin wohl Angst machen, und dann ist die Knarre losgegangen ... leider haben wir keinen Beweis, den wir ihm vor den Latz knallen können ... und Borg braucht einfach nur auf seiner Version zu beharren.«

»Orrvik und Åström sind in schlechter Gesellschaft gelandet.«

»Na ja.« Lewin lächelte skeptisch. »So schlecht sind die beiden auch wieder nicht. Ich habe Orrvik heute Morgen nach diesem psychisch Kranken gefragt, der sie angezeigt hatte ... Erik Valdemar Karlberg ...«

Johansson nickte.

»... und da ist ihm rausgerutscht, dass er Karlberg im Bus mit einer Taschenlampe angestrahlt hat ... und zugleich fing *zufällig* das Funkgerät an zu knacken, und Karlberg drehte durch und glaubte, er würde bestrahlt.«

»Mit einer Taschenlampe?«

»Angeblich funktionierte die Beleuchtung im Wagen nicht.« Lewin grinste viel sagend. »Es wird wohl so sein, dass man sich auf Kosten eines Kranken königlich amüsiert hat.« Er schüttelte den Kopf. »Ich wüsste ja gern, für wie viele Jahre die Herren einfahren würden, wenn Frau Justitia die Binde von ihren Augen nähme.«

»Wie viel werden sie kriegen?«

Lewin ließ sich auf dem Stuhl zurücksinken und lehnte den Kopf an die Wand. Er schien nachzudenken.

»Ich glaube, die kommen durch«, sagte er dann. Er sah Johansson an und nickte. »Sogar mit Onkel Nisse.« Er schüttelte den Kopf. »Wir haben nicht genug Zeit. Die läuft uns davon.«

»Du kannst dir ja wohl so viel Zeit nehmen, wie du brauchst«, sagte Johansson grimmig. »Wenn du willst, rede ich mit dem Oberstaatsanwalt.«

Lewin sah ihn an.

»Du hast mich falsch verstanden«, sagte er. »Es ist zu spät
für so was. Es ist schon zu weit gegangen.« Er nickte langsam. »Zu spät.«

82

Am Mittwoch, dem dreiundzwanzigsten Oktober, um zehn
null null wurde im Stockholmer Stadtgericht die Hauptverhandlung gegen Polizeiinspektor Jan-Erik Berg wegen Körperverletzung und gegen Polizeiassistent Tommy Mikkelson wegen Belästigung des Rentners Nils Rune Nilsson er-
öffnet.

»Bei der Ankunft im Arrest hat Berg mit seiner rechten
Faust einen kräftigen Schlag ausgeteilt, der Nilsson unterm
linken Auge traf ... als Nilsson auf dem Boden des Polizei-
busses lag, hat Mikkelson ihm ein Transistorradio ans Ohr
gehalten und den Ton so weit aufgedreht, dass sich in Anbetracht der Platzierung des Radios eine schwer wiegende Belästigung für Nilsson ergeben haben muss.«

Berg und Mikkelson stritten alles ab.

Am selben Tag gegen halb elf vormittags kam es auf der
Strecke zwischen dem ersten Wachdistrikt unten in der Vasagata und dem Rathaus in Kungsholmen zu einer zeitweili-
gen Verkehrsstockung. Insgesamt dreißig Fahrzeuge der
Stockholmer Polizei bildeten einen Korso, und erst, nachdem sie drei Runden ums Rathaus und um Kronoberg gedreht hatten, konnten mit Hilfe der Einsatzzentrale die
schlimmsten Knoten gelöst werden.

Eine Woche drauf wurden die Urteile gegen Berg und Mikkelson verkündet, und beide wurden freigesprochen. In
Bergs Fall befand das Gericht, die Misshandlung lasse sich
nicht nachweisen. Man wies besonders darauf hin, dass die

einzige gegen Berg gerichtete Aussage von einer Person stamme, die selbst in die Ereignisse verwickelt gewesen sei und deshalb wohl ein gewisses Interesse daran habe, die Sache so und nicht anders darzustellen. Außerdem habe dieser Zeuge bei seinen ersten beiden Vernehmungen abgestritten, dass Berg Nilsson misshandelt habe. Und endlich liege kein wirklicher Beweis für das Ganze vor.

Auch Mikkelson wurde wegen Mangels an Beweisen freigesprochen. Da er alles abstritt, konnte das Gericht die Belästigung, die der Staatsanwalt geltend machen wollte, nicht als bewiesen ansehen. Der Richter erklärte außerdem, »selbst wenn es so gewesen wäre, wie der Staatsanwalt es darstellt, könnte es nicht als Belästigung gelten, da Nilsson zum fraglichen Zeitpunkt so sinnlos betrunken war, dass er die angebliche Belästigung wohl kaum bemerkt haben kann ... auch hat der Staatsanwalt keinerlei Beweise für Mikkelsons Beteiligung an irgendeiner Misshandlung vorgebracht«.

Der Staatsanwalt legte beim Obersten Gericht Berufung ein.

Das Oberste Gericht sah aber keinen Grund, das Urteil aufzuheben, und bestätigte es mehr oder weniger mit derselben Begründung wie das Stockholmer Gericht.

Die Urteile des Obersten Gerichts wurden Anfang Dezember rechtskräftig.

83

Die von der Abteilung Gewalt der Stockholmer Polizei am Samstag, dem achtundzwanzigsten September, eingeleitete Voruntersuchung über den Tod von Klas Georg Kallin wurde einen guten Monat später mit der Begründung »Beweise für ein Vergehen liegen nicht vor« eingestellt.

Die Berg und seinen Kollegen zur Last gelegten Vergehen

gegen andere Personen als Nilsson und Kallin führten zu keinerlei Untersuchungen.

Berg und Mikkelson traten am Montag, dem neunten Dezember, ihren Dienst in ihren alten Positionen wieder an. Zu ihrer Gruppe gehörten weiterhin die Polizeiassistenten Borg, Orrvik und Åström. Drei der acht Posten in dieser Gruppe waren bei Jahresende noch immer unbesetzt.

Am Donnerstag, dem ersten November, fiel das Urteil des Stockholmer Stadtgerichts gegen einen vierundvierzigjährigen Betriebswirt wegen unerlaubten Waffenbesitzes und Waffenschmuggels. In der Urteilsbegründung heißt es, dass »das Vergehen an und für sich als schwer wiegend betrachtet werden muss«, dass jedoch auch mehrere mildernde Umstände vorliegen. Das Gericht weist auf den Umstand hin, dass »der Betriebswirt und seine Familie in ständiger Furcht lebten, da sie innerhalb kürzester Zeit zwei Einbrüche in ihrem Haus, einen im Auto der Familie und dazu Vandalismus im Sommerhaus miterlebt hatten«. »Im Kindergarten, den die jüngere Tochter besucht, sind außerdem mehrere Kinder einem s. g. ›Spanner‹ begegnet, was ihren Eltern große Sorgen machte.« Außerdem rechnet es das Gericht dem Betriebswirt hoch an, dass er sich »freiwillig und unter großen persönlichen Opfern« an den gemeinnützigen verbrechensvorbeugenden Aktivitäten der Bürgerinitiative »Mitbürger gegen Verbrechen« beteiligt.

Das Gericht hat deshalb beschlossen, den Betriebswirt mit der neuen Strafe »gemeinnützige Arbeit« zu belegen. Diese soll konkret darin bestehen, dass er »einen Monat lang in der Finanzabteilung des Rates für Verbrechensvorbeugung« tätig wird. »Lohn soll er für diese Arbeit nicht beziehen.«

Im Spätherbst wurde auch die Organisation der freien Ermittlungsgruppen des Landeskriminalamts einer Revision
unterzogen. Diese Untersuchungen wurden von einer internen Arbeitsgruppe unter Leitung von Polizeidirektor Waltin durchgeführt.

In ihrem Bericht betont die Gruppe, das so genannte Akil-
leusmodell habe Vor- und Nachteile gehabt. Zu den Vortei-
len werden jene Möglichkeiten gezählt, die sich immer aus
der Konzentration von Mitteln und »Know-how« ergeben.
Zugleich wird aber darauf hingewiesen, dass – im Hinblick
auf die besonderen Aufgaben dieses Modells – eine solche
Konstruktion zu einem hohen Grad an Verletzlichkeit von
innen und von außen führt.

Die Arbeitsgruppe befürwortet deshalb eine veränderte
Organisation der weiteren Arbeit. Als Alternative wird das
so genannte Konzernmodell empfohlen: an der Spitze steht
eine Dachorganisation als übergeordnete administrative
Einheit. Unter dieser Gruppe befinden sich kleinere Toch-
tergesellschaften, die leicht zu ersetzen sind und innerhalb
unterschiedlicher kritischer Bereiche des Finanzmarktes
tätig werden. Alle Firmen werden natürlich als selbstständi-
ge juristische Personen getarnt.

Bei der regulären Besprechung im Dezember akzeptierte
die Landespolizeileitung das vorgeschlagene Modell. Die
juristische Abteilung wurde beauftragt, sofort neue Hand-
lungsanweisungen auszuarbeiten. Die Leitung brachte abschließend »ihre feste Auffassung« zum Ausdruck, dass es
wünschenswert sei, die Arbeit von Anfang des kommenden
Budgetjahres an nach den neuen Richtlinien zu organisie-
ren. Eventueller Bedarf an zusätzlichen Mitteln sollte vor
allem aus den finanziellen Erträgen bestritten werden, die
man durch die bisherige Tätigkeit erzielt hatte.

Mit all dem hatte Lars Martin Johansson wenig zu tun. Einen Monat ehe sein Vorgesetzter aus dem Amt schied, wurde er zum Obersten Direktor gerufen. Der empfahl ihm, sich für eine längere Vertretung als Bürochef des Personalbüros zu bewerben, in dem er Abteilungsleiter gewesen war. *Wenn das nun ein Tritt war, dann immerhin einer nach oben*, dachte er, als er den Chef verließ. Am nächsten Tag reichte er seine Bewerbungsunterlagen ein, und zwischen Weihnachten und Neujahr war alles entschieden. Seine Sekretärin half ihm, seine persönlichen Habseligkeiten rüberzubringen: das Foto seiner Kinder, das Fähnchen, das er bei seinem Besuch in New York von der dortigen Polizei erhalten hatte, und ein Kristallschwein, das Abschiedsgeschenk vom Personal des Landeskriminalamts. Die Sekretärin war ansonsten so neutral wie eh und je.

Abends an dem Tag, da er seine Habseligkeiten umgeräumt hatte, traf er sich mit seinem alten Freund Bo Jarnebring, und das war aus mehreren Gründen traurig. Unter anderem weil sie zum Feiern in eine Kneipe gingen.

Beim Kaffee kamen sie auf Boris Djurdjevic zu sprechen. Wieso das passierte, wissen wir nicht, vielleicht lag es in der Luft. Aber egal wieso, sagte Johansson, und er scheiße wirklich auf den Grund, aber Jarnebring solle doch nun wirklich an sein eigenes Wohlergehen denken.

»Der Kerl scheint doch gefährlich zu sein.« Johansson nickte nachdrücklich. »Wesslén hat ihn in Kumla besucht, und nicht einmal der schien besonders angetan zu sein.«

»Wesslén«, schnaubte Jarnebring. »Ach, scheiß auf den Jugo. Der wird doch 'ne Ewigkeit im Bunker sitzen.«

»Woher willst du das wissen?«, fragte Johansson.

Weil dauernd Tipps einliefen, dass seine Befreiung geplant werde, erklärte Jarnebring. Tipps unter anderem an die Ermittlung, bei der Jarnebring arbeitete, weitergereicht an die Kollegen in Kumla, die für die Sicherheit in der Anstalt verantwortlich waren.

»Anonyme Tipps«, sagte Jarnebring und grinste. »Ich bin überzeugt davon, dass das so bleibt.«

»Scheiße«, sagte Johansson. Erhob sich zu seiner vollen Höhe, knallte zwei Hunderter auf den Tisch und ging.

Wesslén?

Zwischen den Jahren erhielt Johansson eine fotokopierte Einladung zum »Open House« in der frisch erworbenen Villa des Ehepaars Wesslén draußen in Danderyd. In einer ruhigen, abgelegenen Gegend am Wasser und mit guter Luft.

Er ging nicht hin.

Jansson?

Seit dem ersten November in Frührente. Ab und zu kann man ihn im Kronobergpark sehen. Wenn er in Richtung Inedalsgata unterwegs ist, hat er in der Regel eine rote Plastiktüte in der Hand. Begegnet man ihm unterwegs in die andere Richtung, sind seine Hände fast immer leer. Und wer ihm begegnet, behauptet, er wirke fröhlicher als früher.

85

Montag, der neunte Dezember, war der Tag der Wiedervereinigung für Berg, Borg, Mikkelson, Orrvik und Åström. Will sagen, im Dienst. Privat hatten sie sich während der ganzen Zeit getroffen, in der gegen sie ermittelt wurde.

Ihre erste Schicht fand abends statt, ihre Stimmung war glänzend. Als ihr achtsitziger Dodge aus der Garage des Wachdistrikts rollte, brachen sie in ein vierfaches Hurra aus, spontan und unisono.

Und sie merkten sofort, dass sie eine Weile ausgesetzt hatten. Bei einer Adressenkontrolle draußen in Skärholmen fanden sie eine drei Wochen alte Leiche. Die Kollegen schienen sich nicht gerade überanstrengt zu haben. Es war ein

Mann von Mitte dreißig, der über die Badezimmerschwelle gefallen war. Nackt, verhärmt und mager wie ein Skelett. So sahen sie immer aus, aber interessant war, dass er beide Beine in Toilettenpapier eingewickelt hatte, das blutdurchtränkt und zu einer braunen Kruste eingetrocknet war. Neu und recht verheißungsvoll.

Leider stellte sich heraus, dass es sich um eine schnöde Krankheitsleiche handelte. Der herbeigerufene Gerichtsmediziner erklärte ihnen, der Mann sei verhungert. Deshalb auch die seltsamen Beinkleider. Gegen Ende hatte sein Körper alles Fett verbraucht, auch das im Blut. Das Blut war ganz einfach zu dünn gewesen und durch die Haut gesickert. In seinem schwachen und verwirrten Zustand hatte er versucht, die Blutungen mit Papier aufzuhalten.

»Es steht schlimm ums alte Schweden«, erzählte Orrvik, als er draußen in Täby seine Wohnung betrat. »Jetzt verhungern schon die Sozialfälle.«

»Angélique bei den Arabern«, antwortete seine Gattin, die kein Wort gehört und bei den Nachbarn ein Video ausgeliehen hatte.

»Scharfer Kram?«, fragte Orrvik und ließ sich neben ihr auf dem Sofa nieder.

»Hör auf«, sagte sie gereizt. »Das ist doch verboten. Glaubst du, die Nachbarn haben schwarze Videos? Und ein Polizist, der sich verbotene Pornos reinzieht? Das wäre ja illegal, Mann.«

86

Es gab auch Zeichen in der Zeit.

Am Morgen des ersten Advent war der Fluss, der unterhalb von Lars Johanssons Elternhaus dahinströmte, weiß vereist, und er konnte sich nicht erinnern, dass Evert jemals so früh angerufen und Unheil geahnt hatte.

Schon am Vorabend hatte die Kälte die zum Haus führende Telefonleitung singen lassen, und als Evert aus dem Bett gestiegen war, um den Ofen stärker anzuheizen, kletterten die Eisblumen um die Wette am Fenster hoch.

Gegen Mitternacht schlug er dann zu: *Fimbul.*

Mit gesträubtem Fell und lang gestrecktem Hals sprang er an der breitesten Stelle über den Fluss.

»Ungefähr da, wo du im Herbst den Riesenbullen geschossen hast«, erklärte Evert.

Im Parlament beantwortete der Justizminister eine einfache Frage des Mitglieds, das sich in der Schattenregierung der Opposition mit Justizfragen beschäftigte: *Stellen die neuen Arbeitsmethoden der Polizei eine Bedrohung der Rechtssicherheit dar?*

Es war der zweite Tag, nachdem das Eis gekommen war, und das Parlament war ungewöhnlich dünn besetzt. Neben dem stellvertretenden Parlamentspräsidenten und zwei Parlamentsstenographen war nur der Justizminister anwesend. Der Fragesteller selbst war leider verhindert.

Auf den Zuhörerbänken saß ein einsamer Gast. Ein älterer Mann mit einem grauen Wettermantel von altertümlichem Schnitt und einer braunen Baskenmütze.

Der Justizminister sagte als Erstes, bei der Rechtssicherheit handele es sich immer um eine Ermessensfrage, die unterschiedliche gesellschaftliche Interessen zu berücksichtigen habe. Grundlegenden Rechten werde seiner Auffassung nach jedoch immer größtes Gewicht beigemessen.

Der Mann auf der Zuhörerbank beugte sich vor und lauschte gespannt.

»Was die neuen Methoden betrifft, auf die sich die Frage vor allem bezieht ...«

Der Mann schüttelte sich jetzt gereizt und begann, seinen Mantel aufzuknöpfen. Die Mütze hatte er schon abgenommen und neben sich auf die Bank gelegt.

... wolle er auf den Fall des jugoslawischen Drogenkönigs eingehen ...

Jetzt hatte der Mann auf der Zuschauertribüne den Mantel ausgezogen und erhob sich.

... wobei er natürlich nicht ins Detail gehen könne ...

Der graue Asbestpanzer glänzte ein wenig im Schein der Lampe, die neben ihm an einem Pfeiler befestigt war.

... und aus Gründen der Diskretion könne er leider auch nicht ... Der Mann schob die Hand in die Manteltasche und zog die Strahlenpistole hervor. Stellte rasch auf Lähmungsstärke.

Das musste reichen.

... auf diesen Aspekt genauer einzugehen, aber ... *Die Brille.* Er zog sie vor sein Gesicht, und das getönte Glas gewährte ihm vollständigen Schutz.

... konkrete Resultate zeigten jedoch einen fast ... Er schlich sich an die Balustrade. Richtete sich auf und zielte mit dem Strahl auf den Redner. *Jetzt.*

... einen fast beispiellosen Anstieg der Rechtssicherheit ...

»SEI STILL, DU KLEINER WICHSER! HIER GEHT ES NICHT UM ZWEI PFERDE!«

»Ganz bestimmt?« Der Parlamentsstenograph kicherte glücklich.

»Ja. Es hat fast einen Auflauf gegeben. Ein Irrer mit einem komischen Schutzmantel und dunkler Brille hat den Minister plötzlich mit einer Taschenlampe angestrahlt ... HIER GEHT ES NICHT UM ZWEI PFERDE!« Das trug der Stenograph mit Bassstimme vor.

»Es hat sicher zwei Minuten gedauert, bis die Wachen ihn rausgeschafft hatten und der Minister weiterreden konnte.« Seine Freundin schüttelte den Kopf.

»Was kann er nur gemeint haben? Zwei Pferde?«

www.btb-verlag.de

Leif GW Persson

www.btb-verlag.de

MEHR ALS EIN TASCHENBUCH, WEIL:

- ausgezeichnet mit dem Schwedischen Krimipreis!

- monatelang auf Platz eins der schwedischen Bestsellerliste!

- auf der KrimiWelt-Bestenliste von Welt, ARTE und NordwestRadio

LEIF GW PERSSON, geboren 1945 in Stockholm, ist Professor der Kriminologie, Berater der obersten Polizeibehörde, Medienexperte – und einer der führenden Krimiautoren Schwedens. Ein charismatischer, kantiger, schillernder Mann, der weiß, worüber er schreibt. Seine Romane um Kriminaldirektor Lars M. Johansson und die Stockholmer Polizeibehörden zählen zu den erfolgreichsten des Landes. Nach Vollendung seiner frühen Romane **Die Profiteure** (demnächst bei btb) – von Schwedens Starregisseur Pelle Berglund verfilmt – und **In guter Gesellschaft** wandte sich Persson dem Schreiben von kriminalistischen Sachbüchern und Drehbüchern zu, ehe er nach Jahren der schriftstellerischen Abstinenz mit **Zwischen der Sehnsucht des Sommers und der Kälte des Winters** im Jahr 2002 ein triumphales Comeback feierte. Der Krimi über den bis heute ungeklärten Mord am schwedischen Ministerpräsidenten Olof Palme stand über ein Jahr auf Platz 1 der Bestsellerliste und wurde für den Swedish Academy of Crime Writers's Award nominiert. Persson überzeugt die Leserschaft und die Kritiker durch sein Insiderwissen und polarisiert durch seine unverhohlene Kritik an den Methoden der Stockholmer Polizei und des schwedischen Staatssicherheitsdienstes. Der Autor lebt mit seiner Frau in Uppland.

LEIF GW PERSSON – EIN INTERVIEW

ERSCHIENEN IN DER SCHWEDISCHEN ZEITSCHRIFT kupé, 2004

gekürzte Fassung; ÜBERSETZT VON GABRIELE HAEFS

Er ist vieles: Millionär, Professor, Autor, Couponschneider und Jäger. Professor Leif GW Persson denkt eine Weile nach, schaut zur Decke hoch und sagt dann mit seiner ganz eigenen, trägen Stimme:
»Was mich im Moment vor allem interessiert, sind brutale Verbrechen mit unbekanntem Täter.«

Im Laufe der Jahre hat Leif GW Persson Höhen und Tiefen erlebt. Ende der 60er und die 70er Jahre hindurch war er die graue Eminenz bei der Landespolizeileitung – er war eine Art kriminologischer Berater des Landespolizeichefs. Zugleich wurde er zum Lieblingskriminologen der schwedischen Medien. Damals riefen Journalisten bei Leif Persson an (das GW hat er seinem Namen erst später hinzugefügt), wenn es um Verbrechen ging. Man sagt, er habe immer sofort druckreif erzählt.

WIE LEIF GW PERSSON ZUM SCHREIBEN KAM:

Im Zuge seiner Recherchen zum Thema Vergewaltigung entdeckte Persson, dass in den USA ein ganz anderes Fachwissen existierte, und er begann, nach dem damals für Schweden absolut neuen US-Modell zu arbeiten. Resultat waren unzählige neue Erkenntnisse über Themen wie Vergewaltigung und Prostitution.
»Wir haben damals eine gute wissenschaftliche Arbeitsweise entwickelt, und die Ergebnisse waren von außergewöhnlich großer Wirkung auf die Gesellschaft. Unsere Forschungen lösten etwas bei mir und in der Gesellschaft aus, dessen ich mir zuerst gar nicht bewusst war.«

© Mediabolaget

www.btb-verlag.de

> Kriminologieprofessor Persson erzählt, nein, ätzt auf allen Ebenen (…) gegen die Dunkelzonen seiner Gesellschaft; brillant-fies führt er die unheimliche Rechtslastigkeit des Sicherheitsapparates vor.
>
> Weltwoche über »Zwischen der Sehnsucht des Sommers und der Kälte des Winters«

EIN MANN, DER DURCH SEIN INSIDERWISSEN ÜBERZEUGT.

Aber damit nicht genug. Während seiner Arbeit bei der Landespolizeileitung hatte Persson Zugang zu sehr vielen interessanten Informationen. Eine große politische Affäre stand vor der Tür. Es hieß nämlich, der schwedische Justizminister Lennart Geijer stehe in ziemlich enger Verbindung zu einigen Prostituierten. Eine davon sollte zudem gute Kontakte zu Angehörigen der Botschaft eines Ostblockstaates haben, was die Sache besonders brisant machte.

In aller Heimlichkeit wurde Schwedens politische Leitung vom Landespolizeichef informiert, eine Aktennotiz wurde verfasst, und die Sache wurde unter Verschluss gehalten. In der darauf folgenden Zeit wurden polizeiliche Ermittlungen auf Eis gelegt und etliche hoch angesehene Bürger Schwedens unter besondere Bewachung gestellt.

Eines Tages veröffentlichte die Zeitung Dagens Nyheter über die Sache einen Artikel, und damit war die »Geijer-Affaire« zur Tatsache geworden. Trotzdem wurde versucht, das Ganze unter den Teppich zu kehren, und es wurde zur Jagd auf die Quelle geblasen, die DN informiert hatte.

Leif GW Persson wurde als Quelle identifiziert, die Landespolizei feuerte ihn, und es begann eine schwere Zeit. Aber nach einer Weile setzte er sich hin und schrieb einen Roman, der unter belletristischer Verkleidung die ganze Geschichte erzählt. Der Roman heißt im Original **»Grisfesten«** (und wurde Leif GW Perssons erster Bestseller. Ihm folgten zwei weitere Bücher, **»Profitörerna«**, (»Die Profiteure«) und **»Samhällsbärarna«**, (»In guter Gesellschaft«), die in ähnlich hohen Auflagen verkauft wurden.

www.btb-verlag.de

SEIN WEG VOM KRIMINOLOGEN ZUM GEFEIERTEN BESTSELLERAUTOR.

»In Schweden und im Ausland sind wohl alles in allem drei Millionen davon verkauft worden.« Doch nach »Samhällsbärarna« war Schluss. In den nächsten zwanzig Jahren erschien kein neuer Roman. »Ich hatte anderes zu tun, hatte ganz einfach keine Lust«, sagt der Autor

Aber er hatte seine Revanche gehabt. Leif GW Persson war jetzt ein gefeierter Autor, und um 1980 wurde er vom politischen Apparat in Gnaden wieder aufgenommen und in Justizministerium und Staatsschutz als politischer Sachverständiger eingestellt.

Er stand in Regierungsdiensten, bis die Sozialdemokraten 1991 die Wahl verloren. 1991 wurde Leif GW Persson zum Professor an der Polizeihochschule ernannt.
»Ich habe im Prinzip die ganze Zeit einen Fulltimejob gehabt. Zum Schreiben und für meine übrigen Aktivitäten musste meine Freizeit reichen.«

Im Laufe der Jahre hat es ganz schön viele »übrige Aktivitäten« gegeben. Eine Reihe von Film- und Fernsehdrehbüchern entstanden. Außerdem wurde Leif GW Persson zum vermögenden Mann, nicht nur durch Bücher, Fernsehen und allerlei Drehbücher, sondern auch durch Aktiengeschäfte.
»Geld ist für mich einfach eine Frage der Freiheit. Früher hatte ich keins, aber jetzt kann ich das tun, was ich wirklich tun will. Ich verdiene im Jahr ungefähr zwei Millionen Kronen, eine Million davon aus Einkünften aus meinem Kapital.«

Das Geld, das er durch Bücher und ähnliches verdient, fließt in einen Fonds, der unter seinen Kindern verteilt werden soll, von denen es vier gibt, (im Alter zwischen 23 und 38 Jahren). Er behauptet, dass das Geld politisch gesehen keine größere Bedeutung für ihn hat.
»Früher war ich ein linker Sozi der alten Schule, jetzt bin ich wohl eher auf dem rechten Flügel der Sozialdemokratie angesiedelt. Aber ich bin noch immer Sozi. Mein Vater, ein alter Malocher, kann nicht begreifen, dass ich noch immer Sozi sein kann, so reich, wie ich bin. Was meinen Lebensstil

Persson zählt ohne Zweifel zu den wichtigsten und begnadetsten Kriminalautoren Schwedens.

Göteborgs Tidningen

angeht, da unterscheide ich mich wohl nicht sehr von einem Industriemanager – mit dem einen Unterschied, dass ich mein Geld nicht gestohlen habe.«

Was seinen Lebensstil angeht, hat Persson sich trotz allem radikal gewandelt. Früher gehörte er zum festen Inventar von sämtlichen Kneipen in Stockholm, aber jetzt hat er ein neues Leben angefangen.
»Ich habe vierzig Pfund abgenommen, trinke fast nur noch Wasser und hänge nicht mehr in Kneipen rum. Jetzt gehe ich nur noch aus, wenn irgendwer Geburtstag feiert, dazu einmal alle drei Monate mit alten Kollegen von der Polizei.«

Persson ist außerdem zum dritten Mal verheiratet. Seine Frau heißt Kim, »sie ist in meinem Alter, man kann mich also wohl kaum als alten Bock bezeichnen«, die beiden kennen sich seit neun Jahren.
»Sie ist Betriebswirtin, ein weibliches Rechengenie und ungeheuer begabt.«

Perssons tägliche Arbeit geschieht im Dienste der Landespolizeileitung, aber er ist von der Polizei nicht beeindruckt.
»Das, was sie leistet, ist nicht akzeptabel, sie klärt viel zu wenige Verbrechen auf. Einerseits liegt das daran, dass es sich um ein Monopol handelt. Die Polizei ist einfach nicht effektiv genug. Von den 16.000 schwedischen Polizisten ist nur die Hälfte im Außeneinsatz tätig. Von zehn Polizisten müssten acht bei der Ordnungspolizei arbeiten und zwei bei der Kriminalpolizei. Und dann könnte jede Zehnergruppe eine administrative Person haben. Das könnte dann eine effektive Polizei ergeben. Jetzt haben wir eine Polizei, die viel kostet und ihre Aufgaben nicht bewältigt. Ich bin davon überzeugt, und das ist überaus besorgniserregend, dass ein Mord wie der an Anna Lindh niemals aufgeklärt worden wäre, wenn das Opfer nicht die schwedische Außenministerin gewesen wäre.«

Leif GW Persson ist ein Meister im Schildern der Polizeiarbeit.

Sydsvenska Dagbladet über »In guter Gesellschaft«

PERSSON ÜBER DIE KUNST DES SCHREIBENS.

Leif GW Persson behauptet, es sei viel leichter, Romane zu schreiben als eine Abhandlung oder einen mit Tatsachen gespickten Sachtext. »Zuerst überlegt man sich eine gute Idee, eine Grundlage. Dann muss man eine brauchbare Synopsis schreiben, in der man die Idee entwickelt. Das ist eigentlich die wichtigste Arbeit, aber es ist eben auch eine angenehme Arbeit. Wenn man dann Material gesammelt hat, geht das eigentliche Schreiben schnell.«

Sein großer Liebling unter den zeitgenössischen Krimiautoren ist James Ellroy. »Aber was die Schweden angeht, da sind Sjöwall/Wahlöö noch immer die besten.«

Persson gelingt, was deutsche Autoren nie so richtig vermögen: ein Panorama der Ermittlungsarbeit und der Gesellschaft.

Rheinischer Merkur

www.btb-verlag.de

Im Handel erhältlich:

Ein hochspannender Politkrimi.
Berliner Morgenpost

Ein fesselnder Krimi über den größten ungelösten Kriminalfall der europäischen Geschichte: den Mord an Olof Palme.

Gebundene Ausgabe
€ 22,90 [D] / sFr 40,10
ISBN 3-442-75140-3

... schlichtweg großartige Krimiliteratur.
SWR2 Buchtipp

Der neue Krimi von Leif GW Persson erscheint im Januar 2006 bei btb:

Eine junge Frau wird in ihrem Apartment in Stockholm brutal ermordet aufgefunden. Ein aufmerksamer Nachbar hält für die eintreffende Polizei einen Verdächtigen gefangen. Kommissar Johansson zweifelt aber an dessen Schuld.

Broschur
€ 9,00 [D] / sFr 16,60
ISBN 3-442-73376-6

HÅKAN NESSER
Er wird Ihnen schlaflose Nächte bereiten!

»Besser als jeder Hitchcock!«
GÖTEBORGS-POSTEN

»Ein begnadeter Krimiautor.«
HAMBURGER ABENDBLATT

HÅKAN NESSER, geboren 1950, ist einer der wichtigsten Krimiautoren Schwedens. Für seine Kriminalromane um Kommissar Van Veeteren und seine literarisch anspruchsvollen Psychothriller erhielt er zahlreiche Auszeichnungen, sie sind in mehrere Sprachen übersetzt und werden derzeit verfilmt.

© Cato Lein

73171 / € 10,00 [D]

Drei Männer, drei Todesfälle: Ein Übersetzer auf der Suche nach seiner verschwundenen Frau, ein Psychotherapeut und seine mysteriöse Patientin, ein Lehrer kurz vor dem Nervenzusammenbruch. Welche Geheimnisse verbergen sich hinter ihren Geschichten?

www.btb-verlag.de

72628 / € 9,00 [D]

Der siebte Band aus der Van Veeteren Reihe: Der Kommissar auf der Suche nach dem Mörder seines Sohnes. »Nesser hat mit seinem Roman ›Der unglückliche Mörder‹ Krimi-Maßstäbe gesetzt.«
MÜNCHENER ABENDZEITUNG

DEUTSCHE KRIMIS

ROBERT HÜLTNER

73169 / € 9,00 [D]

Ein toter Artist und ein ehrenwerter Filmproduzent: Was haben die beiden miteinander zu tun? Als der Münchner Kommissar Türk die Zusammenhänge erkennt, ist es fast schon zu spät ...

72145 / € 9,00 [D]

Eine Prostituierte wird ermordet aufgefunden. Inspektor Paul Kajetan, beginnt auf eigene Faust zu ermitteln. Bald wird er in einen gefährlichen Sumpf von Korruption und Waffenschieberei hineingezogen.

ULRICH RITZEL

73010 / € 9,00 [D]

Ein Brief eines Selbstmörders zwingt Kommissar Berndorf sich in äußerst schwierige Ermittlungen zu stürzen. Es wird eine Zeitreise in den heißen RAF-Sommer des Jahres 1972.

72801 / € 10,00 [D]

Kommissar Berndorf und seine Assistentin Tamar Wegenast auf den Spuren eines groß angelegten Komplotts um Gelder, Großaufträge und Gefälligkeiten, in das mehr als nur ein Würdenträger verwickelt ist und das Berndorf fast das Leben kostet.

www.btb-verlag.de